Dieses Buch ist Laurie gewidmet,
die mir so weit vertraute,
daß sie mir ihre Geschichte erzählte.

Vorwort

Lawrencia Ann Bembenek

Ungerechtigkeit an jedem beliebigen Ort ist eine Bedrohung für die Gerechtigkeit an jedem Ort.

Martin Luther King

Als Kris mich während eines von vielen Ferngesprächen bat, eine Einleitung zu ihrem Buch zu schreiben, zögerte ich nur, weil ich den Zeitpunkt für schlecht hielt. In letzter Zeit war meine Stimmung nicht sehr positiv, und ich wollte nicht, daß dies offensichtlich wird, da ich sicher bin, daß mein grüblerischer Zustand vorübergehend ist. Normalerweise bin ich in Ordnung, und mir ist klar, daß ich im Moment äußerst glücklich dran bin, weil ich den besten Anwalt im Sonnensystem habe (Frank Marrocco und sein Team) plus einer gewaltigen Zahl von wohlgesonnenen, wundervollen Freunden. In den Vereinigten Staaten habe ich außerdem die Anwältin Mary Woeherer und den Detektiv Ira Robins, die unermüdlich für mich arbeiten. Die Anwälte Dave Dubinsky und Ron Lester haben ebenfalls geholfen, Wunder für mich zu vollbringen. Manchmal jedoch ermüde ich sehr in meinem zehnjährigen Kampf. Meine Zukunft ist immer noch völlig ungewiß, und obwohl ich das Leben einen Tag nach dem anderen angehe, sieht es im großen und ganzen doch so aus, daß ich nicht weiß, ob ich jemals wieder frei sein oder wo ich landen werde.

Ich sollte mich mittlerweile fast schon an solche Unsicherheit gewöhnt haben, da dies seit 1981 mein Los war, als ich wegen eines Mordes verhaftet wurde, den ich nicht begangen habe. Ich habe den Großteil meiner Zwanziger im Gefängnis verbracht, und ich war in einem kanadischen Gefängnis seit meiner Ergreifung im letzten Oktober, nachdem ich bloß einen flüchtigen Blick auf die Freiheit erhascht hatte.

Das schlimmste an diesen drei Monaten als Flüchtige war, keinen Kontakt zu meiner Familie und meinen Freunden aufnehmen zu können – nicht zu wissen, ob es meiner Mom und meinem Dad gut ging; aber die größte Freude war, jemand anderer zu sein als Laurie Bembenek. Niemand hatte falsche, vorgefaßte Meinungen über mich, als ich Jennifer war. Ich war einfach die Frau von nebenan, und Fremde konnten mich nicht anklagen oder bösartig über mich tratschen oder mich verdammen, bevor sie mich kennenlernten. Die Leute beurteilten mich nach meinem Verhalten anderen gegenüber und nach meiner Persönlichkeit und nicht aufgrund einer völlig unwahren Medienstory vom ›Killer-Bunny‹. In Thunder Bay mochten mich die Menschen um meiner selbst willen.

Ich hoffe, Kris' Buch wird auch dem Leser diese Perspektive erlauben – nämlich einen Blick hinter die Schlagzeilen und die sensationellen Übertreibungen und auf den echten Schmerz und die Qualen jener Personen, die direkt in den Fall verwickelt sind. Man mag sogar überrascht entdecken, wie die menschliche Seite dieses Falls aufzeigt, daß ähnliche Ungerechtigkeiten tatsächlich jedermann zustoßen könnten. Zahlreiche Menschen litten unnötigerweise während dieser scheinbar endlosen Heimsuchung, und vielleicht hilft dieses Buch, Veränderungen innerhalb des Systems voranzutreiben, die verhindern könnten, daß so etwas noch einmal passiert.

Juni 1991

Danksagungen

Es ist unmöglich, jedem zu danken, der beim Schreiben eines solchen Buchs hilft. Den Freunden und Verwandten, die monatelang nicht zu Besuch kommen konnten; den Nachbarn, die anriefen und mir sagten, ich sollte den Computer ausschalten, weil draußen ein Tornado tobt; den anderen Leuten, die Bier auf meine Schwelle stellten, wenn sie die ganze Nacht das Licht im Souterrain brennen sahen; den Freunden, die immer und immer wieder zuhörten, wenn ein Beweisstück auftauchte oder die Geschichte eine neue Entwicklung nahm. Aber einige Leute verdienen eine ausdrückliche Erwähnung: Ira Robins dafür, daß er mit mir seine Notizen, seine Unterlagen, seine Quellen und das Feuer in seinem Herzen teilte; Joseph und Virginia Bembenek dafür, daß sie meine Ernsthaftigkeit anerkannten und meine Freunde wurden; Peg Kelly, weil sie wußte, daß dieses Buch geschrieben werden mußte; Hillel Black dafür, daß er mit seiner meisterhaften Redakteurs-Feder meine Worte in Form brachte; Malcolm McIntyre für die professionelle Anleitung; Mike Witos für sein Computerwissen; Meg Glasgwyn für ihr Talent mit Worten; Greg Gent für sein künstlerisches Auge; Ginny Lord und Nancy Kuehl für ihre mütterlichen Arme und Bob Jozwiak dafür, daß er mir vor zwanzig Jahren sagte, ich könnte das machen. Am wichtigsten aber meinen Dank und meine Entschuldigungen und meine Liebe für Andrew und Rachel, die viel zu lange auf mich verzichteten, und für meinen Ehemann Stephen Carpenter, der sich um die Babys kümmerte, mich in dieses Arbeitszimmer sperrte, sein Tennis opferte und meinen größten Traum Wirklichkeit werden ließ. Dies ist auch euer Buch.

Mitten in der Nacht

Christine Jean Schultz fuhr mit ihren Fingern durch die warme Erde hinter ihrem Haus in Milwaukee und stellte sich vor, wie ihr kahler Garten am Ende des Sommers aussehen würde. Es war der 27. Mai 1981, wenige Minuten nach drei Uhr nachmittags. Sie schloß die Augen und sah sofort reife Tomaten, blühende Blumen und sich selbst, wie sie auf der Terrasse saß und sich um nichts Sorgen machte.

Der Gedanke an Sorgen stieß sie zurück in die Realität und ließ sie lächeln. Christine, eine attraktive, dunkeläugige Brünette, hatte mehr als genug Sorgen. Nach der Scheidung von Elfred O. Schultz jr. im November 1980 hatte ihr Leben sich rasch zu einem komplexen Geflecht aus Männern, Frauen und Kindern entwickelt.

Christine, damals dreißig Jahre alt, war nicht wirklich überrascht gewesen, als Freunde ihr erzählten, sie hätten ihren Mann mit anderen Frauen in der Stadt gesehen. Die Ehe hatte sich schon seit Jahren auf dem absteigenden Ast befunden. Schultz, zwei Jahre älter als sie, war groß und blond und hatte mehr als hübsch in seiner Polizeiuniform von Milwaukee ausgesehen, bevor er Detective wurde. Frauen waren immer hinter ihm her, und er liebte die Beachtung. Als Christine ihn nach diesen anderen Frauen fragte, gab er zu, sich mit ihnen getroffen zu haben, und meinte, so würde es auch weitergehen.

Als Schultz schnell eine sagenhaft aussehende jüngere Frau heiratete, die einundzwanzigjährige Lawrencia Ann Bembenek, war Christine überrascht. Sie war sicher, daß ihr Exmann noch nicht über das Herumziehen hinaus war.

Ihre engen Freunde, von denen viele gesehen hatten, wie Schultz Christine gegenüber gewalttätig wurde, erklärten ihr, sie hätte Glück, aus dieser Beziehung raus zu sein. Aber die Beziehung war bei weitem noch nicht vorüber.

Die zwei Söhne der Schultzes – Sean, elf, und Shannon, sieben – wurden rasch zu einer ständigen Quelle für Streit zwischen den entfremdeten Partnern. Schultz verlangte, alles über das Leben seiner Exfrau zu erfahren. Er wollte sich an jeder Entscheidung beteiligen, die die Jungen anging. Es war ihm wichtig, eine gewisse Kontrolle über die Kinder und deren Mutter zu behalten. Christine fragte sich, ob sie jemals wirklich völlig von dem Mann geschieden sein würde, den sie einst geliebt und den sie fürchten gelernt hatte.

Als Schultz weiterhin in dem Haus, das er für sie auf der South Side von Milwaukee gebaut hatte, auftauchte, obwohl es einen Gerichtsbeschluß gab, der ihm das verbot, ließ Christine die Schlösser austauschen. Sie informierte auch ihren Scheidungsanwalt, Eugene Kershek, daß sie fürchtete, Schultz könnte versuchen, sie umzubringen.

»Er sagte zu mir, daß er mir meinen verdammten Kopf wegpusten will«, hatte Christine erst vor wenigen Wochen erzählt. Sie hatte Kershek auch davon in Kenntnis gesetzt, daß ihr jemand folgte, ohne daß sie den Grund dafür kannte. Sie vermutete, daß die Abteilung für interne Angelegenheiten der Polizei von Milwaukee ihren neuen Freund unter Beobachtung hielt, der ebenfalls Polizist in Milwaukee war. Aber sie war sich nicht sicher, und sie hatte Angst. An diesem 27. Mai sorgte sie sich auch, Schultz könnte herausfinden, daß sie die Jungen für das Wochenende des Memorial Day ins nördliche Wisconsin mitgenommen hatte, ohne es ihm zu sagen. Während ihre Visionen von einem sommerlichen Garten rasch verblaßten, betete Christine Jean Schultz, daß Elfred O. Schultz jr. nicht ausflippte, wenn ihm die Jungen von dem Ausflug erzählten.

Christine erhob sich von der Erde, als sie ihren jüngeren Sohn Shannon von der Schule heimkommen hörte. Sie war eine schlanke Frau, nach der sich noch immer zahlreiche Männer umdrehten, eine Frau, die sich täglich gelobte, mit dem Rauchen aufzuhören, um länger zu leben.

»Sean ist beim Basketballtraining, Mom«, rief Shannon ihr zu, während er über die Straße jagte, um mit den Nachbarskindern Baseball zu spielen. Christine liebte ihre Söhne sehr, und sie bemühte sich nach Kräften, ihre eigenen Ängste vor Elfred nicht auf die Jungen zu übertragen. Sie war eine Meisterin im Vortäuschen geworden.

Als um sechs Uhr ihr zweiundvierzig Jahre alter Freund, Stewart George Honeck, kam, um ihr beim Umgraben des Gartens zu helfen, sah Christine sich einem weiteren Hauptproblem gegenüber. Honeck, zweimal geschieden, hatte sich einst mit ihrem Exmann ein Apartment geteilt und wohnte jetzt gleich hier in der Straße. Honeck wollte sie heiraten. Christine hatte sich seit ihrer Scheidung mit anderen Männern getroffen und war nicht sicher, ob sie schon für eine neue Ehe bereit war. Honeck, ein großer, stämmiger Mann mit einer tiefen, oft rauhen Stimme, hatte auch ein Alkoholproblem, eine Tatsache, an die ihr Exmann sie ständig erinnerte. Die beiden Männer waren zu erbitterten Feinden geworden, seit Honeck sich mit Christine traf.

Gegen halb acht, kurz nachdem die Sonne untergegangen war, ging Christine ins Haus, um das Abendessen zu kochen. Sie mixte Honeck einen Wodka mit Zitrone und nahm sich selbst auch einen. Nach einem zweiten Drink setzten sie sich mit den Jungen zum Essen. Es war fast neun. Sie sprachen über die Gartenarbeit und darüber, wie es in St. Roman's lief, wo beide Jungen zur Schule gingen, und tranken Wein. Die Jungen ließen an diesem Abend das Duschen ausfallen, wünschten Honeck eine gute Nacht und gingen nach oben in ihr gemeinsames Schlafzimmer.

Das Zimmer der Jungen lag genau gegenüber dem ihrer Mutter, und Sean lag oft wach und blickte über den Korridor hinweg in das Zimmer seiner Mom. An diesem Abend rief Shannon, der im oberen Etagenbett schlafen sollte, zu ihm herunter: »Großer Bruder, kann ich bei dir schlafen?«

Sean war daran gewöhnt. Es verging kaum eine Nacht, in der Shannon nicht darum bat. An diesem Abend behauptete Shannon, er habe etwas im Schrank gesehen. Sean, ein leichter Schläfer, lag an der äußeren Bettkante und bewegte sich kaum, als sein Bruder sich gegen ihn kuschelte und einschlief. Er hörte Honeck wieder ins Haus kommen, nachdem dieser heimgegangen war, um nach seinem Hund Ginger zu sehen. Christine und Honeck nahmen noch ein paar Drinks, und dann hörte Sean, wie seine Mom Honeck bat, die Tür zu verschließen, als er endgültig heimging.

Während Sean langsam in den Schlaf zu driften begann, räumte Christine die Küche auf und spülte das Geschirr. Er war an die üblichen Tätigkeiten seiner Mutter gewöhnt, und es überraschte ihn nicht, ›M*A*S*H‹ kurze Zeit später aus dem Fernseher in ihrem Zimmer zu hören. Seine Mom kam herein, um nach den Jungen zu sehen, und setzte sich auf Seans Bett. Er wußte, daß sie unruhig war. Sie war es den ganzen Tag gewesen. Sean war überzeugt, daß sie an diesem Tag mit seinem Vater gesprochen oder ihn gesehen hatte.

»Mom, können Shannon und ich Dad nicht öfter sehen?« fragte er. Sean wußte, daß diese Frage sie noch mehr beunruhigen würde, aber er vermißte seinen Dad. Er wußte auch, daß sein Vater wütend war, daß sie alle zu der Hütte hinauf gefahren waren, ohne es ihm zu sagen. Sean fragte seine Mom auch, ob sie Stu Honeck heiraten würde. Seine Mutter antwortete nicht, und bald darauf stand sie auf, gab ihrem älteren Sohn einen Gutenachtkuß und ging in ihr Schlafzimmer.

Christine zog T-Shirt und Unterhose an, und während ihr der Fernseher Gesellschaft leistete, zog sie ein Laken und eine leichte Decke über sich und versuchte, Elfred Schultz, Stu Honeck und alle anderen Probleme zu vergessen.

Eine Stunde verging, dann noch eine. Das Haus 1701 West Ramsey Street war still. Die Türen waren verschlossen. Alle schliefen. Im Elternschlafzimmer flackerte nur der schwache Lichtschein des Fernsehers in der Dunkelheit. Im Zimmer der Jungen warf ein winziges Nachtlicht einen schmalen Lichtstrahl in den Raum.

Kurz vor zwei Uhr nachts schlüpfte jemand – vielleicht waren es auch zwei – in das fast dunkle Schultz-Haus. Im beginnenden Tiefschlaf hörte Sean Schultz etwas. Er fühlte, wie sich etwas Schreckliches – ein Seil, eine Schnur, ein Draht – um seinen Hals schlang, und er sah, wie sich eine sehr große, in einem Handschuh steckende Hand über sein Gesicht schob. Dann waren sein Mund, seine Augen und seine Nase vollständig bedeckt. Entsetzt begann er, sich zu wehren. Er zog an dem Ding um seinen Hals und schrie. Shannon, jetzt ebenfalls wach und verängstigt, sprang aus dem Bett und begann, nach der Person zu treten – einem großen Mann mit einem rötlichen

Pferdeschwanz und einer grünen Armyjacke. Der Mann lief rasch aus dem Zimmer, über den Korridor und in das Schlafzimmer ihrer Mutter, und einen Moment, nur einen Moment standen die Jungen reglos und stumm da. Dann hörten sie etwas Gräßliches. Zuerst hörte Shannon eine Frauenstimme sagen: »Gott, bitte, das nicht!« In unaussprechlicher Angst hörten die Jungen dann fast im selben Moment etwas, das wie ein Knallfrosch klang.

Shannon raste zur Tür seines Zimmers. Sein älterer Bruder war direkt hinter ihm. Er erhaschte einen Blick auf einen Mann, der über das Bett seiner Mutter gebeugt stand. Shannon schob sich nur ein paar Zentimeter auf den Korridor hinaus, und in diesem Moment rannte der Mann, der sich über seine Mutter gebeugt hatte, an ihm vorbei zur Treppe. Sean sah, wie der Mann mit dem Pferdeschwanz die Treppe hinuntersprang, drei oder vier Stufen auf einmal. Die grüne Armyjacke des Mannes flatterte. Als der Mann unten landete, sah Sean schwarze Schuhe an seinen Füßen. Ein tiefer, grollender Laut drang von dem Mann herauf. Beide Jungen hetzten daraufhin in das Schlafzimmer ihrer Mutter. Was sie da sahen, wird stets eine schreckliche Erinnerung bleiben.

Christine Jean Schultz lag mit dem Gesicht nach unten auf ihrem Bett. Um ihre linke Hand war eine Schnur gewickelt. Eine Art Schal war um ihren Kopf gewunden. Sie war in den Rücken geschossen worden. Die Jungen näherten sich dem Bett ihrer Mutter, verängstigt und voll Sorge, daß der Mann in der grünen Jacke noch im Haus war.

Sean sah sofort das Loch im Rücken seiner Mutter. Er beugte sich über ihren reglosen Körper und fragte sie, ob er ihr T-Shirt aufreißen sollte, damit er sich um das Loch kümmern könne. Christine war geknebelt, aber sie nickte ganz schwach. Sean schaltete die Lichter ein, riß das Adidas-T-Shirt seiner Mutter auf und versuchte, mit einem Waschlappen das Blut von ihrem Rücken wegzuwischen. Als das nicht klappte, wickelte er etwas Stoff um seine Hand und drückte hart direkt oberhalb der Wunde. Er wollte das Blut am Herausfließen hindern. Er wollte seiner Mutter helfen.

Shannon sah stumm zu und wickelte sich in eine blaue Decke

und stellte sich dicht neben seinen Bruder. In dem kalten Zimmer hielten die beiden zitternden und entsetzten Brüder Wache bei ihrer sterbenden Mutter. Sie waren soeben Zeugen ihrer Ermordung geworden.

Ein Seufzer der Erleichterung

In den frühen Morgenstunden des 28. Mai 1981 schlief Stu Honeck in seinem eigenen Haus, nur ein paar Blocks von Christine Schultz entfernt, als er das Telefon klingeln hörte. Honeck schüttelte den Kopf und sah auf den Wecker neben seinem Bett. Es war kurz vor halb drei Uhr. Er fragte sich, wer, zum Teufel, jetzt anrief.

Der Anrufer war leise und verängstigt. Honeck konnte die dünne Stimme kaum hören. Es war Sean Schultz.

»Stu, komm schnell! Jemand hat einen Knallfrosch auf Moms Rücken gelegt, und er ist losgegangen.«

Honeck setzte sich im Bett auf. Er sagte Sean, er solle seine Mutter ans Telefon holen, aber Sean sagte, sie könne nicht sprechen. »Laß mich mit ihr sprechen.«

Sean hielt den Hörer dicht an das Gesicht seiner Mutter.

»Sie kann nicht sprechen, Stu. Sie gurgelt.«

Honeck war blitzartig aus dem Bett. Er sagte, Sean solle im Haus bleiben, und er würde Hilfe holen und sofort kommen. Danach wählte er den Notruf der Polizei. Er sagte, Christine Schultz wäre verletzt oder ›angeschossen‹. Er würde die Polizisten im Haus treffen. Honeck packte seine Hose und weckte seinen Mitbewohner, Kenneth E. Retkowski, einen anderen Polizisten von Milwaukee. Beide Männer stiegen in Honecks Kleinbus und fuhren zu Christines Haus. Das dauerte weniger als zwei Minuten.

Die Polizei von Milwaukee reagierte schnell nach Stu Honecks Hilferuf. Honeck war ein Cop. Diese Frau, die möglicherweise verletzt oder angeschossen war, war die Exfrau eines Cops, und Milwaukees Männer in Blau waren immer schneller, wenn es darum ging, einem der Ihren zu helfen.

Die Polizei von Milwaukee hatte 1981 eine Menge Sorgen. Eine Reihe von Problemen, einschließlich Klagen und Vorwürfe wegen Brutalität, hatte ihren landesweiten Ruf als eine der besten Polizeitruppen des Landes befleckt.

In einem in den Medien breitgetretenen Fall hatten mehrere Polizisten einen ortsansässigen Geschäftsmann zusammengeschlagen, der am Straßenrand hielt, um seine Notdurft zu verrichten. Bei dem Verhör wegen des Zwischenfalls behaupteten die Polizisten, der Mann habe sich selbst verletzt, als er über eines ihrer Motorräder fiel.

In einem anderen Fall wurde ein Schwarzer, der einer Vergewaltigung verdächtigt wurde, im Polizeigewahrsam getötet. Der richtige Vergewaltiger wurde nur ein paar Blocks von dem Tatort entfernt gefunden. Im selben Jahr rückte ein Polizist im Ruhestand damit heraus, daß die Polizei vor Jahren einen Mann, Daniel Bell, in den Rücken geschossen und dem Toten ein Messer in die Hand gedrückt hatte. Ein zweiter Polizist im Ruhestand war in den Fall verwickelt.

Polizeichef Harold Breier wollte, daß die Männer – und die paar Frauen, die es in die Polizeitruppe geschafft hatten – in diesem Frühling besonders vorsichtig waren. Ein weiteres Problem braute sich zusammen. Alle Frauen und Angehörigen anderer Minderheiten, die entlassen wurden, erhoben Fragen über die Art, wie Breier die Polizei führte. Breier haßte es, über ›seine‹ Polizei befragt zu werden, und er hätte nahezu alles getan, um den Ruf der Polizei zu schützen. Die Cops von Milwaukee waren auf der Hut. Niemand wollte seinen Job verlieren, und viele Polizisten würden alles nur Erdenkliche riskieren, um einen Kameraden zu schützen.

Als Honeck zu Christines Haus kam, sah er einen Streifenwagen um die Ecke biegen. Honeck, Retkowski und die zwei Streifenpolizisten hämmerten gegen die Vordertür. Sean und Shannon schlossen endlich auf und ließen Honeck und die anderen Männer hinein. Die Jungen wirkten wie hilflose kleine Welpen, verwirrt und verängstigt.

Honeck ging nach oben, blieb jedoch nicht lange. Er fand Christine Jean Schultz. Sie lag auf der rechten Seite. Honeck sah ein großes Loch von einer Kugel in ihrer Schulter. Er trat an das Bett und rollte Christine herum. Ihre Hände waren vor ihrem Körper gefesselt, und sie hatte einen Knebel im Mund. Als Honeck sah, daß Christine nicht atmete, verließ er rasch den Raum.

Als Honeck nach unten kam, hatte sich das Haus, das Elfred Otto Schultz jr. für Christine gebaut hatte, in ein Meer von blauen Uniformen verwandelt. Es sah so aus, als wären alle Polizisten von Milwaukee im Haus oder im Vorgarten oder würden vorbeifahren. Die Cops stießen buchstäblich zusammen. Jeder wollte den Schauplatz des Mordes sehen.

Fred Schultz tauchte ebenfalls auf. Er sprach ein paar Minuten mit seinen Söhnen, drückte dann jeden kurz an sich und rief seinen Bruder John an, damit er sie abholte. Danach wurde er gebeten, bei der Ermittlung zu helfen. Endlich wurde ein Krankenwagen gerufen, und um fünf Uhr morgens wurde die Leiche von Christine Schultz in die Leichenhalle der Polizei geschafft.

Der Lärm am Ende der Ramsey Street weckte die Hälfte der Bewohner der für gewöhnlich ruhigen Gegend. Polizeisirenen heulten, und rote und weiße Lichter blitzten an jeder Ecke. Nachbarn blickten aus Fenstern und standen in Hausmänteln vor den Türen. Niemand konnte sich vorstellen, was da los war. Dieser Teil der Stadt war sicher. Es war eine Gegend für Familien und ein paar alte, pensionierte Paare. Selbst mitten in der Nacht fand man Kinderwagen und Imbißstände auf den Bürgersteigen. Als das *Milwaukee Journal* am folgenden Nachmittag auf ihrer Schwelle auftauchte, wußten Christine Schultz' Nachbarn, was in ihrer sicheren kleinen Nachbarschaft passiert war. Eine Frau war ermordet worden. Gleich nebenan. Alle hatten Angst. So etwas war bisher noch nie passiert.

Obwohl Morde in Milwaukee nicht ungewöhnlich waren, geschahen sie für gewöhnlich meilenweit entfernt in der Innenstadt, dem Ghetto. Die meisten Leute, die auf der South Side von Milwaukee lebten, waren nie in der Innenstadt gewesen. Das war eine andere Welt. Die Menschen, die fernab der Innenstadt lebten, schickten ihre Kinder in Pfarrschulen. Die Kinder spielten Fußball und Baseball miteinander. Irgendwo in der Straße wurde immer gegrillt. Man lebte in unmittelbarer Nachbarschaft der Eltern, und viele benützten noch die polnischen und deutschen Sätze, die ihnen ihre Großeltern als kleinen Kindern beigebracht hatten.

Für diese Leute war Milwaukee ein wundervoller Ort, um eine Familie zu gründen. Die meisten kamen nie auf die Idee, weiter als bis zur Staatsgrenze zu fahren. Es gab einfach keinen Grund, eine so wunderbare Gemeinde zu verlassen. Berühmt für ›Bier, Bälger und Bowling‹, war es auch eine Stadt, die traditionellen Werten folgte. In Milwaukee brachte man den Kindern bei, Polizisten zu respektieren und zu ehren. In einer Stadt, in der die Mehrzahl der Väter und Mütter in Fabriken und Brauereien arbeitete, wurden Polizisten hoch angesehen und besonders behandelt.

Aus diesem Grund wußten die verängstigten Nachbarn von Christine Schultz, daß die Polizisten herausfinden würden, wer sie getötet hatte. Sie vertrauten einfach den Cops. Die Zeitungen behaupteten, der Täter wäre wahrscheinlich ein Einbrecher. Die Polizei besaß bereits eine gute Beschreibung des Mannes, weil die Jungen den Täter gesehen hatten. Die Polizei suchte einen männlichen Weißen in einer grünen Armyjacke. Der Mann sollte helles Haar mit einem zwanzig bis fünfundzwanzig Zentimeter langen Pferdeschwanz haben.

Während Mütter und Väter ihre Kleinkinder eiligst von den Spielplätzen nach Hause holten und zusätzliche Riegel an den Türen anbrachten, schwärmten Polizisten mit ihren sauberen schwarzen Schuhen und den ordentlichen Hemden mit den gestärkten Kragen in Christine Schultz' Nachbarschaft aus. Sie stellten Fragen, machten sich Notizen und versuchten, den Mann zu finden, der Christine Schultz ermordet hatte. Es tat gut, alle diese Polizeiwagen in der Gegend zu sehen.

Weil das Schultz-Haus neben dem Freeway lag, spekulierte die Polizei, daß der Täter möglicherweise zum Freeway gelaufen und auf diese Weise rasch geflohen war. An dem Morgen des Mordes, nur wenige Stunden nach der Tat, hatte man sogar einen Mann, Daniel Gilbert, befragt, der auf der Überführung direkt oberhalb des Schultz-Hauses parkte. Die Kriminalpolizisten hatten auch einige sehr interessante Spuren.

Mindestens zwölf Bewohner dieser Gegend, darunter zwei Polizisten, hatten in den Wochen vor dem 28. Mai einen Mann gesehen, auf den die Beschreibung des Mörders paßte. Mehrere Leute hatten einen Jogger mit rötlichbraunen, zu einem Pferdeschwanz gebundenen Haaren in einem grünen Jogginganzug gesehen. Er wohnte nicht in der Gegend, und er wurde oft mit einem blauen Schal gesehen, den er umgebunden hatte oder in der Hand trug. Ein Schal wie der, mit dem Christine Schultz geknebelt worden war. Ein Junge, der Sohn eines Polizisten, behauptete, er könnte den Mann identifizieren, weil er ihn oft gesehen hatte.

Dann meldeten sich zwei Pflegerinnen, die in einem Altenheim arbeiteten, das weniger als eine Meile von dem Schultz-Wohnhaus entfernt lag. In der Nacht des Mordes, in den frühen Morgenstunden des 28. Mai, hatten sie etwas sehr Seltsames gesehen. Sie blickten über die Straße und sahen jemanden auf dem Parkplatz liegen. Nachdem sie die Polizei gerufen hatten, kamen sie wieder ins Freie. Es war ungefähr 2 Uhr 50, und sie sahen einen Mann mit rötlichbraunen Haaren und einem grünen Jogginganzug in den Büschen stehen. Er hustete. Sie warfen einen Blick über die Straße und sahen dann wieder zu dem Mann. Er war verschwunden. Es war kurz nach drei Uhr morgens an diesem 28. Mai. Christine Schultz war seit dreißig Minuten tot.

Der Exmann von Christine Schultz wurde schnell als Verdächtiger ausgeschlossen. Er war ein Detective der Polizei von Milwaukee, und er hatte in der Mordnacht Dienst getan. Christines gegenwärtiger Freund war ebenfalls ein Milwaukee-Cop. Ein anderer Verdächtiger war ein Nachbar von Christine. Sein Name war Ray Kujawa. Er berichtete den Cops, daß in der Mordnacht jemand in seine Garage eingebrochen und einen grünen Jogginganzug und einen Revolver Kaliber 38 gestohlen hatte. Kujawa, ein Lastwagenfahrer, behauptete, die Nacht bei einem Freund verbracht zu haben, aber irgend etwas an seiner Geschichte klang seltsam.

Die Detectives untersuchten die meisten Spuren, aber es war unmöglich, alles zu überprüfen. Drei Wochen nach dem Mord an Christine Schultz hatten sie allerdings etwas. Sie ermittelten gegen Lawrencia Ann Bembenek.

Sie war Elfred Schultz' zweite Frau und selbst eine frühere Polizistin.

Jeder bei der Polizei kannte sie. Sie war eine dieser radikalen Emanzen. Eine von denen, die fanden, Frauen verdienten gleiche Chancen. Sie war außerdem einer der schönsten weiblichen Cops, die man bei der Polizei je gesehen hatte. Sie war groß, mit tollen Beinen, himmelblauen Augen, langen schlanken Fingern und dichten blonden Haaren. Auch nach ihrem Ausscheiden hatte man sie nie vergessen. Sie war wegen eines kleineren Problems aus der Polizei hinausgeworfen worden, und Polizeichef Breier lächelte, als er von ihrer Verbindung zu dem Schultz-Mord erfuhr. Die Polizei war kein Ort für Frauen. Sollten sie doch zu Hause bleiben. Diese Frauen verdienten eine Lektion.

Nach den ersten vierundzwanzig Tagen im Juni hörten die Detectives und die Polizisten, die an dem Mordfall Christine Schultz arbeiteten, auf, den Mann mit dem rötlichbraunen Pferdeschwanz und dem grünen Jogginganzug zu suchen. Sie befragten alle, die Lawrencia Bembenek kannten. Sie war eine unwahrscheinliche Verdächtige, aber sie war die zweite Ehefrau, und das erzeugte stets Probleme. Morde waren schon aus viel geringeren Gründen begangen worden.

Als Judy Zess, eine ehemalige Mitbewohnerin der Bembenek, der Polizei erzählte, Laurie habe einmal darüber gesprochen, sie wolle Christine Schultz auslöschen lassen, wußten die Detectives, daß sie auf etwas gestoßen waren. Interessanterweise war auch Judy Zess Polizistin in Milwaukee gewesen. Sie wußte, wie alles funktionierte und was man sagen mußte. Dann, als wäre Gott zur rechten Zeit vom Himmel heruntergestiegen, um ihnen zu helfen, entdeckten die Cops, daß jemand eine rötlichbraune Perücke durch die Abflußrohre des Apartmenthauses hinuntergespült hatte, in dem Lawrencia Bembenek mit ihrem Mann Elfred Schultz wohnte.

Während mehrere Cops durch Milwaukee und nach Chicago hinein ausschwärmten, um eine Wäscheleine zu suchen, die der Schnur entsprach, mit der Christine gefesselt worden war, versuchten alle anderen, Lawrencia Bembenek mit dem Schultz-Mord in Verbindung zu bringen. Die Perücke half dabei, ebenso die Dinge, die Judy Zess erzählte. Lawrencia hatte kein Alibi. Sie hatte zu Hause geschlafen. Die Polizei stückelte eine interessante Geschichte zusammen, und in dieser Geschichte war Lawrencia Bembenek eine Mörderin.

Lawrencia Bembenek war angeblich eifersüchtig auf Christine Schultz. Obwohl ihr frisch angetrauter Ehemann Elfred offiziell geschieden war, sah er seine erste Frau noch immer mehrmals die Woche. Christine hatte seine Söhne zur Welt gebracht, und sie war die erste Frau, die er geliebt hatte. Woher sollte Lawrencia mit Sicherheit wissen, daß er aufgehört hatte, seine erste Frau zu lieben und mit ihr zu schlafen?

Lawrencia Bembenek ärgerte sich auch über die Alimente und den Unterhalt für die Kinder, den ihr Mann leistete, weil sie ihren Lebensstil beschnitten. Als ehemaliges Model war Lawrencia an teure Kleider und schicke Restaurants gewöhnt. Sie haßte es auch, daß sie Freds Liebe mit den beiden Söhnen teilen mußte. Sie wollte ihn und sein Geld ganz für sich selbst.

Weil Lawrencia Bembenek eine große Frau war, paßte die Beschreibung des Mörders, die die Detectives von Shannon und Sean Schultz erhalten hatten, leicht auf sie. Sie war auch eine begeisterte Joggerin, die sich in einem örtlichen Fitneßstudio in großartiger Form hielt. Es wäre ihr leichtgefallen, Christine oder die Jungen zu überwältigen.

Als ausgebildete Polizistin wußte die Bembenek auch, was man an einem Tatort machen mußte. Sie würde Handschuhe tragen, um keine Fingerabdrücke zu hinterlassen. Sie würde ihr Aussehen verändern, damit die Jungen oder Christine sie nicht erkannten. Sie kannte sogar den Grundriß des Hauses, weil sie mehrmals mit Elfred dort gewesen war, um seine Söhne abzuholen.

Und so plante sie am 27. Mai, als sie ihren Mann bei der Arbeit wußte, einen Mord.

Sie zog einen grünen Jogginganzug an, den sie wahrscheinlich nach dem Mord weggeworfen hatte, lud Elfreds Privatrevolver, setzte eine rötlichblonde Perücke auf und joggte die zwei Meilen zu dem Schultz-Haus. Sie wußte, daß die Hinterseite des Hauses gegen Sicht geschützt war. Sie drang durch die Hintertür ein, ohne das Schloß aufzubrechen, und schlich sich in Christines Schlafzimmer. Als Christine sich wehrte, tat Lawrencia Bembenek etwas, das jemand tun würde, der eine Polizeiausbildung besaß. Sie drückte den Abzug. Sie ermordete Christine Jean Schultz, schob dann die Waffe in ihre Hose und joggte rasch zurück zu ihrem Apartment auf der zwanzigsten Straße.

Als der Staatsanwalt des Milwaukee County, E. Michael McCann, das Polizeiszenario hörte, hielt er es für etwas weit hergeholt. Niemand hatte Lawrencia Bembenek auch nur in der Nähe des Tatortes gesehen. Niemand hatte sie mit der Waffe oder der Perücke beobachtet oder mit einem grünen Jogginganzug, den die beiden Jungen für eine grüne Armyjacke gehalten hatten. Die Geschichte beruhte völlig auf Indizien. McCann gefiel das nicht, aber die Polizisten, angeführt vom Stellvertretenden Staatsanwalt Robert Donohoo, erklärten dem Staatsanwalt, sie wüßten, daß sie es getan hatte. Sie mußte es getan haben.

Am 24. Juni 1981 wurde Lawrencia Ann Bembenek, einundzwanzig, wegen des Mordes an Christine Schultz verhaftet. Als ihr Bild an diesem Abend in den Sechs-Uhr-Nachrichten über die Bildschirme flimmerte, konnten drei Viertel von Milwaukee es nicht glauben.

Lawrencia Bembenek, einst Mitglied der Polizeitruppe, hatte von den Polizisten an der Polizeiakademie den Spitznamen Bambi erhalten. Wer ihre Rehaugen sah, hielt den Namen für perfekt. In der Innenstadt und in den Vorstädten sagten alle das gleiche: »Warum sollte so jemand morden?«

In Christine Schultz' Nachbarschaft fühlte sich niemand erleichtert. Dies war ein Mädchen aus ihrer Heimatstadt. Jemand, der nur ein paar Meilen vom Schauplatz des Mordes entfernt aufgewachsen war. Jemand, der mit den Söhnen und Töchtern der Leute zur Schule gegangen war. Jemand, den sie vielleicht im Laden in der Nachbarschaft mit den Einkäufen für die Mutter gesehen hatten oder mit einem Sechserpack Bier in der Kneipe an der Ecke. Wie konnte das denn sein? Konnte die Polizei einen Fehler begangen haben?

In den nächsten paar Tagen erfuhren Milwaukee und das halbe Land alles, was es angeblich über Lawrencia Ann Bembenek zu wissen gab. Sie war eine unwahrscheinliche Mordverdächtige, und ihr Gesicht erschien in Zeitungen überall in Amerika. Es war eine großartige Story. Eine schöne Expolizistin killt die Exfrau des Polizistenehemannes. Jeder wollte alles über die Playboy-Bunny-Killerin erfahren. Aber es gab so viel, das die Kriminalpolizisten von Milwaukee nie erzählten. Und so viel, was Lawrencia Ann Bembenek nie sagen konnte, weil man ihr keine Chance gab.

Eine normale Jugend

Die Verhaftung von Lawrencia Bembenek am 24. Juni 1981 war eine nicht vorherzusehende Wende in ihrem jungen Leben. Es hatte nie ein Anzeichen von Gefahr oder von Bösem in den schimmernden blauen Augen des kleinen Mädchens mit dem bereitwilligen Lächeln gegeben, das von der South Side von Milwaukee stammte.

Sie wurde am 15. August 1959 geboren. Ihre Eltern waren Joseph John und Virginia Carol Bembenek. Sie war eine willkommene Überraschung, ein ›Hoppla‹-Baby, das acht Jahre nach der Geburt ihrer Schwester Colette kam. Eine weitere Schwester, Melanie, war schon ein Teenager, als das letzte Bembenek-Baby aus dem Krankenhaus heimkam.

Das Baby der Bembeneks wurde in der örtlichen katholischen Kirche auf den Namen Laurie Ann getauft, Aber irgendwie tauchte die volle Form ihres Namens, Lawrencia, in ihrer Geburtsurkunde auf. Für Familie und Freunde war das Baby jedoch Laurie. Später, als sie heranwuchs und ihr eigenes Leben begann, benützte Laurie Bembenek oft ihren formellen, offiziellen Namen Lawrencia.

Ihre Nachbarschaft und ihre Familie waren ethnische Spiegel, in denen sich die Werte hart arbeitender polnischer Vorfahren reflektierten. Die kleinen Häuser auf ihrer Straße waren voll von Babys und arbeitenden Vätern und Müttern, die zu Hause blieben. Das weiße Holzhaus der Bembeneks auf der South Taylor Street war stets mit Lachen erfüllt, mit Barbie-Puppen und Dutzenden von Wildlederschuhen.

Die Bembenek-Schwestern wuchsen umgeben von viel Liebe in guten Zeiten auf und wurden mit soliden katholischen Grundwerten großgezogen. Es gab für Laurie Bembenek nie einen Zweifel, daß ihre Eltern sie liebten.

Ihr Vater, Joseph Bembenek, arbeitete drei Jahre lang als Polizist in Milwaukee. Von den korrupten Praktiken seiner Kollegen desillusioniert, quittierte Bembenek den Polizeidienst und arbeitete fortan als Zimmermann. Laurie begleitete ihn oft an Wochenenden und nach der Schule zur Arbeit. Sie war gern mit ihrem Dad zusammen, und besonders gern hörte sie seine Geschichten über seine Arbeit als Cop.

Obwohl die Bembeneks ihre Töchter nach altmodischen Wertvorstellungen erzogen, waren sie überraschend modern, wenn es darum ging, ihre Kinder zu ermutigen, nicht-traditionelle Rollen zu erforschen. Laurie und ihren Schwestern wurde ständig gesagt, sie könnten alles machen, was sie wollten. Wenn auch die Bembeneks für ihr Leben die Rollenverteilung Mutter-zu-Hause und Vater-bei-Arbeit wählten, machten sie klar, daß nicht jedermann so zu leben hatte. Für Virginia und Joseph Bembenek war es wichtig, ihren Töchtern Selbstvertrauen zu geben. Sie wußten, wenn ihre Töchter an sich selbst und an ihre Fähigkeiten glaubten, konnten sie überall hingehen und alles tun.

Laurie besuchte eine katholische Volksschule in der Nähe ihres Zuhauses auf der Taylor Street. Sie ging auf eine Mädchen-High-School, St. Mary's Academy, für ihr erstes Jahr und wechselte dann auf die Bay View High School für den Rest ihrer High-School-Jahre über. Allmählich verlor Lawrencia Ann Bembenek ihr schlaksiges Aussehen, ersetzte ihre Brille durch Kontaktlinsen und verwandelte sich in eine schöne junge Frau.

Mit einsfünfundsiebzig war sie in den meisten Klassen der High-School die Größte. Sie war eine interessante Mischung aus Mutter und Vater. Ihre hellblauen Augen, die hohen Wangenknochen und die blonden Haare verliehen ihr ein Aussehen, bei dem die Männer auf der Straße stehenblieben. Es war allerdings nicht ihr Aussehen, das sie wirklich abhob, sondern es war ihr Auftreten – ihre Unabhängigkeit und ihre Selbstsicherheit –, das sie anders und besonders erscheinen ließ.

Sie war ein Mitglied der Leichtathletikmannschaft und spielte Flöte in der High-School-Band. Die Ungleichheiten bei den Wahlmöglichkeiten des Lehrplans halfen, den Grundstein für ihre feministischen Überzeugungen zu legen, die ein starker Teil ihrer Persönlichkeit wurden. Nachdem ihre Eltern ihr erklärt hatten, sie könnte sein, was immer sie wollte, war Laurie über die Beschränkungen schockiert, die ihr die Gesellschaft auferlegte.

»Mom, die Mädchen nehmen alle Hauswirtschaft und die Jungs Technik«, erzählte sie ihrer Mutter mit Unglauben in der Stimme. »So sollte es aber nicht sein.«

Laurie Bembenek sollte herausfinden, daß viele Dinge im Leben nicht so sind, wie sie sein sollten. Sie träumte davon, Zoologin oder Tierärztin zu werden, doch dann entdeckte sie, daß ihre katholische Ausbildung ihr einige der nötigen Fähigkeiten nicht vermittelt hatte, die sie brauchte, um diese Träume zu verfolgen.

»Die Nonnen lehrten die Jungs Mathe und Naturwissenschaft, und Mädchen sollten gut im Buchstabieren und in Englisch sein«, sagte Laurie. »Wir konnten Cheerleaders sein und Volleyball spielen, aber der Rest der Welt gehörte den Jungs.«

Laurie kämpfte gegen diese Stereotypen. Als die Regeln für den Schulsport geändert wurden, lief sie die Hürdenstrecken, hing mit den Sportkanonen herum und arbeitete hart daran, die ›einsamen und abgeschiedenen‹ Gefühle loszuwerden, die ein Ergebnis der Arbeit ihrer katholischen Erzieherinnen waren.

Eine Beraterin an der High School brachte sie davon ab, vorzeitig den Schulabschluß zu machen. Statt dessen arbeitete sie stundenweise in einem Kaufhaus in Milwaukee und besuchte für den Rest des Tages die Schule.

Sie mußte sich auch mit einem ständig wachsenden Problem auseinandersetzen. Vor ihrer Tür standen die Jungen Schlange, die mit ihr ausgehen wollten. Nicht an einer ernsthaften Beziehung interessiert, war Laurie wählerisch, mit wem sie ihre Zeit verbrachte.

Noch immer unentschlossen, was ihre berufliche Laufbahn anging, machte Laurie einen Test für ein Stipendium an einem ortsansässigen Handelscollege und war überrascht, als sie das Stipendium erhielt. In den nächsten zwei Jahren besuchte sie die Schule und arbeitete auf ein zweijähriges Handelsdiplom auf dem Modesektor hin. Sie arbeitete auch als Kellnerin und Verkäuferin.

Laurie verdingte sich gelegentlich auch als Modell. Freunde und Familienmitglieder hatten ihr seit Jahren gesagt, daß sie mit ihren langen Beinen und Armen bestens geeignet war. Das Mädchen, das auf der High-School den Spitznamen ›Flachbrust‹ erhalten hatte, beschloß, es als Modell zu versuchen. Sie schrieb sich bei drei Talentagenturen in Milwaukee ein. Das Geld war gut – fünfunddreißig Dollar die Stunde –, und Laurie konnte sich ihre Modelltätigkeit entsprechend ihrem Schulstundenplan einteilen. Die Arbeit als Modell war allerdings nicht so glamourös, wie sie gedacht hatte. Abschreckend war schon, die vierzig Pfund schwere Kleidertasche herumzuschleppen.

Lauries feministische Überzeugungen befanden sich noch im Anfangsstadium. Sie rechtfertigte ihre Modelltätigkeit und weigerte sich, nackt oder in Unterwäsche zu posieren. So eine Art von Mädchen war sie nicht. Ihr gewagtestes Foto entstand für die Schlitz-Brauerei. Sie posierte als Miss März im Kalender von 1978. Auf dem Foto liegt sie in einem tiefgeschnittenen Kleid auf einer Samtcouch.

Als Laurie als Schaufensterdekorateurin im Boston Store anfing, einem großen Kaufhaus in Milwaukee, wußte sie fast sofort, daß sie die falsche Karriere gewählt hatte. Sie langweilte sich, fühlte sich nicht gefordert und war für etwas anderes bereit. Ein zweiter Job in einem ortsansässigen Fitneßcenter half ihr bei der Überzeugung, daß sie eine solide Karriere brauchte. Sie wollte nicht für den Rest ihres Lebens in niedrig bezahlten Jobs arbeiten. Laurie Bembenek beschloß, Polizistin zu werden.

Ihre idealistische Motivation half ihr über die Monate nach der Anmeldung für den Eintritt in die Polizeiakademie hinweg. Während ihre High-School-Freundinnen heirateten, wegzogen und allmählich auseinanderdrifteten, war Laurie mit Liegestützen und Jogging beschäftigt. Aktiv in verschiedenen feministischen Gruppen im ganzen Gebiet von Milwaukee, dachte Laurie Bembenek, als Polizistin könne sie beim Lösen der schrecklichen Probleme helfen, die sie täglich um sich herum sah. Sie wollte mithelfen, sexuelle Gewalttaten zu verhindern. Sie wollte weibliche Verbrechensopfer trösten.

Sie wollte ein Rollenmodell für andere Frauen und Mädchen sein.

1979 war Laurie Bembenek idealistisch, zwanzig Jahre alt und bereit, hinter ihren Träumen herzujagen. Sie dachte, die ganze Welt würde auf sie warten.

Auf dem Weg zur Insiderin

Von dem Moment, in dem Laurie Bembenek in die Welt der Polizei eintrat, war sie sexistischen Witzen und Bemerkungen ausgesetzt. In T-Shirt und Bluejeans ging Laurie zu einem Termin im Revier im Zentrum von Milwaukee. Sie hatte soeben ihren einundzwanzigsten Geburtstag gefeiert. Es war August 1979.

»Sagen Sie mir nicht, daß Sie auf ein Einstellungsgepräch warten«, sagte der erste Cop, der sie sah. »Sie meinen, so ein hübsches kleines Ding wie Sie will ein großer, böser Polizist werden?«

»Polizistin«, verbesserte Laurie ihn, ohne zu lächeln, und ihr Magen verkrampfte sich bereits.

Direkt vor ihr grinste ein anderer Cop. »Hey, teilt sie mir zu«, bellte er. »Ich bring der noch ein paar Sachen bei!«

Während die männlichen Cops lachten, stand Laurie stumm auf und ging zu ihrem ersten Vorstellungsgespräch.

Der Polizeichef von Milwaukee, Harold Breier, zögerte nicht, wenn es um seine Gefühle Frauen und Minderheiten in der Polizei gegenüber ging. Er hatte eindeutige Vorstellungen darüber, was Frauen tun sollten, und Polizeiarbeit erschien nicht auf dieser Liste. Geschichten über Belästigungen waren in der ganzen Stadt verbreitet. Weibliche Cops, schwarze Cops, hispanische Cops – alle außer den weißen männlichen Cops hatten es schwer. Damals im Jahr 1979 waren Bundesermittler heimlich und eifrig dabei, eine Anklage gegen die Stadt Milwaukee wegen Diskriminierung und Mißbrauch von Bundesmitteln auf die Beine zu bringen.

Laurie versuchte, ihre erste Erfahrung mit den Cops von Milwaukee zu ignorieren, und war begeistert, als sie erfuhr, daß sie den schriftlichen Test für die Aufnahme in die Polizeiakademie machen konnte. Sie bestand einen körperlichen Eignungstest, und mehrere Monate später wurde sie zur mündlichen Prüfung vor der Milwaukee Fire and Police Commission zugelassen. Sie schnitt bei allen Examen mit hohen Punktzahlen ab und erhielt als Eintrittsdatum in die Polizeiakademie den 10. März 1980.

Während Laurie über dieses Datum hocherfreut war, war ihr damaliger Freund es nicht. Ihr Wunsch nach einer Polizeikarriere bedeutete das Ende ihrer vierjährigen Beziehung, denn Laurie hätte zwischen ihm und ihrer neuen Karriere wählen müssen. Ihr Freund sagte in letzter Minute eine Reise ab, die sie nach Florida geplant hatten, Laurie fuhr allein. Sie wußte, daß es ein Jahr und länger dauern würde, bis sie wieder reisen konnte. Freund oder nicht Freund, sie mußte mit ihrem Leben weitermachen.

Mehrere Tage später traf sie mit Judy Zess zusammen, einer anderen Polizeirekrutin, und Judy Zess bot sich liebend gern an, sie auf der Urlaubsreise zu begleiten. Judy Zess war jung und war, wie Laurie, aufgeregt ob der Aussicht, Polizistin zu werden. Die beiden Frauen hatten einander vor Wochen bei dem körperlichen Eignungstest kennengelernt. Die Reise nach Florida verlief ereignislos, abgesehen von einem sonderbaren Vorfall.

Ein Mann, mit dem Judy Zess sich am Pool des Hotels aufgehalten hatte, näherte sich Laurie etwa einen Tag vor Urlaubsende.

»Sie hat was Komisches an sich«, sagte der Mann, und deutete auf Judy Zess. »Als ob sie von Ihnen besessen wäre.«

Laurie war geschockt, aber sie lachte. Mit Judy sprach sie nie darüber. Aber die Bemerkung des Mannes war so sonderbar, daß Laurie sie nicht mehr vergaß.

Die folgenden einundzwanzig Wochen waren himmelweit von dem Spaß und der Sonne Floridas entfernt. Laurie schnitt ihre Haare ab, damit sie nicht die Ohren bedeckten. Sie trug weder Make-up noch Nagellack, und sie erlebte, wie hart die Grundausbildung war. Jeden Abend war sie körperlich und geistig erledigt. Einer der Polizisten, dem die Aussprache ihres Namens schwerfiel, entschied sofort, daß Bambi für sie ein besserer Name war. Sie fand den Namen gar nicht so schlecht, da sie sich wie ein Reh fühlte, das mitten durch ein Gehege von brummenden und fauchenden Bären lief.

Die Ausbilder waren zu weiblichen Rekruten besonders hart. Laurie zuckte jedesmal zusammen, wenn Straßenunterricht erteilt wurde, weil höchstwahrscheinlich einer der weiblichen Rekruten als erste dran war. Laurie wußte, daß sie hellwach und schlagfertig bleiben mußte, wenn sie überleben wollte – und sie überlebte tatsächlich.

Während einer Unterrichtsstunde blieb ein als Ausbilder arbeitender Detective vor einem weiblichen Rekruten stehen und schrie: »Na, was haben wir denn da? Eine Polizeimuschi!« Die Frau sank auf ihrem Sitz in sich zusammen und war sichtlich erschüttert, aber der Detective fuhr fort: »Hey, warum schleppen Sie einen Knüppel mit sich herum? Können Sie keinen Mann finden?« Polizistin Bembenek fiel in das Lachen mit ein, bis der Detective zu ihr kam.

»Bembenek!« schrie er ihr direkt ins Gesicht. »Geht Ihre Mutter noch immer auf den Strich?«

»Nur an Wochenenden, Sir«, antwortete Laurie lächelnd.

Der Detective war beeindruckt.

Als Laurie am nächsten Tag die Klasse betrat, war die andere Frau nicht mehr da. Sie ließ sich nie mehr blicken.

Nach vier Wochen Ausbildung erhielt Laurie bei ihrer ersten Beurteilung gute Noten. Die Sergeanten und Ausbilder waren besonders von ihren körperlichen Leistungen im Freien und in der Fitneßhalle beeindruckt. Ihr Jogging, das Gewichtheben und das Training hatten sich ausgezahlt. Sie entwickelte sich gut, trotz der anzüglichen und ironischen Bemerkungen der männlichen Rekruten und einiger Ausbilder.

Laurie konnte ihre feministischen Ansichten nicht auf dem Rücksitz ihres Wagens lassen, wenn sie morgens zur Ausbildung ging. Ihre Gedanken über Frauen und darüber, was sie tun und was sie nicht tun konnten, waren für sie zu wichtig. Vor Jahren hatte sie beschlossen, nie Kinder zu bekommen, und falls sie heiratete, wollte sie ihren Namen nicht ändern. Während sie beleidigende Instruktionen über Vergewaltigung und die Behandlung der Opfer über sich ergehen ließ, konnte sie nicht vergessen, was sie glaubte und was sie motivierte.

Sie erinnerte sich gern daran, wie sie an einem Protestmarsch gegen Polizeichef Breiers archaische Haltung gegen die Aufstellung einer Spezialeinheit zur Bearbeitung von Vergewaltigungen teilnahm. Anstatt nationalen Trends und lokalen Forderungen zu folgen, überwies er Vergewaltigungsopfer weiterhin an sein von unsensiblen Männern dominiertes Sittendezernat.

Alle in ihrer Rekrutenklasse wußten, daß Bambi heftig empfand, was Frauenfragen anging. Sie meldete sich in der Klasse zur Wort, wenn die Ausbilder über Sexualdelikte sprachen, und fast jeder machte sich ein besonderes Vergnügen daraus, sie wissen zu lassen, wenn ein Staat sich geweigert hatte, die Gleichheitsklausel zu ratifizieren.

Unbeeindruckt dachte Laurie Bembenek nie daran, aus ihrer Polizeirekrutenklasse auszuscheiden. Sie schuftete weiter und war entschlossen, den Kursus zu beenden und die Arbeit als Polizistin zu beginnen. Sie war entgeistert, als nach ein paar Wochen Ausbildung Sergeant Orval Zellmer sie in sein Büro vorlud. Es wurde ihr rasch eröffnet, daß sie bald in eine vertrauliche interne Untersuchung einbezogen werden würde. Das waren Worte, an die sie sich schnell gewöhnen würde.

Zellmer und ein anderer Sergeant namens Figer nahmen sie fast eine Stunde in die Zange wegen einer Party, auf der sie in der letzten Woche gewesen war. Laurie war schockiert, als sie ihr sagten, sie hätten eine anonyme Anzeige erhalten, sie wäre auf einer Polizeiparty gewesen, mit ihrer Dienstmarke an ihr Shirt geheftet, und hätte Marihuana geraucht. Laurie war auf der Party gewesen, doch die Anschuldigungen waren so lächerlich, daß sie während ihres Gesprächs mit den beiden Männern ein Lachen unterdrücken mußte. Das Lachen dauerte allerdings nicht lang an.

Laurie Bembenek hatte gesehen, wie die Polizei von Milwaukee in ihrem Inneren arbeitete. Die Behandlung von Frauen und das gedankenlose Verhalten machten sie betroffen. Sie begann zu verstehen, warum ihr Vater den Beruf gewechselt hatte. Sie war davon überzeugt, daß die Polizei von Milwaukee bereits ihren Namen durchgestrichen hatte.

Ihre Gedanken waren prophetisch. Als Laurie zwei Wochen später Judy Zess und drei Freundinnen zu einem Konzert in

Milwaukee begleitete, stand danach ihre Polizeikarriere auf der Kippe. Während Laurie die Toilette benützte, verhafteten zwei Kriminalpolizisten Judy Zess und eine ihrer Freundinnen wegen Besitzes von Marihuana.

Am nächsten Tag landete Laurie wieder in dem Verhörzimmer mit Zellmer und seinem Partner. Diesmal dauerte die Befragung Stunden. Die Männer wollten jede Einzelheit ihres Lebens wissen. Wohin sie ging. Was sie tat. Mit wem sie Zeit verbrachte. Laurie fand, daß die Befragung ziemlich streng verlief, wenn man in Betracht zog, daß ihr Verbrechen darin bestanden hatte, aufs Klo zu gehen. Als man sie endlich gehen ließ, war sie erschöpft.

Am folgenden Montag begann die Befragung von vorne. Diesmal wurde ihr gedroht, sie würde ihren Job verlieren. Als Laurie sich mit ihrem Problem an die Polizeigewerkschaft wandte, erklärte man ihr, es gäbe Gerüchte, auf einer Party hätte sie ihre Dienstmarke an der Unterwäsche befestigt. Kurz darauf wurde Judy Zess aus der Polizei hinausgeworfen, weil eine winzige Marihuanazigarette in einem Plastikbecher unter ihrem Sitz gefunden wurde.

Lawrencia Bembeneks Vorgesetzte in der Akademie drängten sie, ein Geständnis zu unterschreiben und danach zu kündigen. Sie versuchten, sie zu der Aussage zu bringen, sie habe bei dem Konzert und auf der Party Marihuana geraucht. Laurie ließ sich nicht einschüchtern. Sie wollte nichts gestehen, was sie nicht begangen hatte. Lawrencia Ann Bembenek besaß ihren eigenen Ehrenkodex, gegen den sie nicht verstieß.

Nach der Art, wie sie behandelt wurde, vermutete Laurie, daß ihr wahres Verbrechen damit zu tun hatte, daß sie als Frau geboren worden war. In der Polizeileitung arbeiteten keine Frauen. Es gab keine weiblichen Sergeanten oder Detectives, und wie die Dinge standen, würde es auch nicht viele weibliche Streifenpolizisten geben.

Als Laurie sich weigerte, unter den drängenden Forderungen ihrer Vorgesetzten klein beizugeben, schien sich die Lage zu beruhigen. Eine Weile dachte sie tatsächlich, sie könnte die Akademie sogar abschließen. Im Juli erhielt sie ihren Einsatzbefehl zum Training vor Ort. Sie wurde dem Distrikt Nummer fünf zugeteilt, zu dem eine rein schwarze Gegend und ein Teil von Milwaukees eleganter East Side gehörte. Ihr Einsatztrainer war ein fetter italienischer Cop, Rosario Collura. Sein Streifenpartner war Michael Jourdan. Laurie Bembenek stand vor ihrer Feuertaufe.

Von dem Moment an, in dem Officer Bembenek sich zum Dienst meldete, wurde sie zu einem Bürger dritter Klasse. In ihrer ersten Nacht im Einsatz hatte sie mit mehreren Schießereien und bewaffneten Raubüberfällen zu tun. Ging etwas schief, war es ihre Schuld. Sie machte den ganzen Papierkram. Sie wurde Colluras Sklavin.

Am dritten Abend ihres Einsatzes trat sie zum Dienstappell an. Der Sergeant befahl den Polizisten, ihre Waffen zu ziehen und zur Inspektion zu entladen. Officer Bembenek brauchte eine Sekunde länger als die altgedienten Polizisten. Ihr Revolver klickte als letzter, als sie den Zylinder wieder einschnappen ließ.

»Waren Sie das, Jourdan?« fragte der Sergeant.

»Nein, das war die blöde Fotze«, sagte Collura und lachte laut.

Officer Bembenek zwang sich dazu, nicht zusammenzuzucken. Sie zuckte auch während der restlichen Woche nicht zusammen, wenn Collura seine sexistischen verbalen Attacken auf sie fortsetzte. Er witzelte ständig über Frauenrechte und befahl Laurie, alle körperlichen Arbeiten zu erledigen, die anfielen.

»Hey, wenn sie den Job eines Mannes will, soll sie doch den Job eines Mannes tun«, sagte er, als er ihr befahl, einen Platten zu wechseln.

Als Laurie mit anderen Klassenkameraden sprach, die dieses Training durchmachten, war sie nicht überrascht, daß diese ganz anders behandelt wurden. Collura war übertrieben hart zu ihr, und als ihre drei Wochen um waren, fand sie endlich den Grund heraus.

»Bembenek, ich riskiere meinen Arsch, wenn ich Ihnen das jetzt sage, aber Sie waren ein gutes Ding, und darum schulde ich Ihnen das«, erklärte Collura.

»Was?« fragte Laurie, erstaunt über den ersten Funken freundlichen Benehmens.

»Ja, also, lassen Sie das nicht die Runde machen, aber ich habe den Befehl bekommen, Sie hart ranzunehmen, und das habe ich gemacht«, sagte Collura. »Die da oben hofften, Sie würden einfach aufgeben und kündigen.«

Laurie fiel darauf nichts ein. Eindeutig war die Leitung der Polizei darauf aus, sie zu zermürben.

»Hey, ich kann nur sagen, Sie haben in diesen letzten Wochen eine ganze Menge eingesteckt. Viel Glück, Kleines.«

Das war das letzte Mal, daß Laurie jemals Collura zu Gesicht bekam. Fünf Jahre später wurde er im Dienst erschossen. Sie sollte sich mit gemischten Gefühlen an ihn erinnern, wie auch an die meisten Polizisten, mit denen sie gearbeitet und trainiert hatte. Lawrencia Bembenek hatte entdeckt, daß die großen Helden der Polizei von Milwaukee nicht das waren, als was sie erschienen.

Der Anfang vom Ende

Am 25. Juli 1980 durchschritt Laurie zum letzten Mal die Tore der Polizeiakademie von Milwaukee. Sie hatte die inneren Vorgänge bei einer der größten Polizeitruppen der Vereinigten Staaten gesehen. Etwa eintausendachthundert ausgebildete Polizisten beschützten achthundertfünfzigtausend Einwohner von Milwaukee. Laurie hatte die Kehrseite der schimmernden Dienstmarken gesehen. Cops, die im Dienst tranken und Verdächtige einschüchterten. Frauen, die wie Tiere behandelt und ständig erniedrigt wurden. Polizisten, die einfach ihre Zeit absaßen, um einen Gehaltsscheck kassieren zu können. Das war nicht, was sie erwartet hatte, aber sie war plötzlich ein Teil der großen Polizeimaschinerie.

Lawrencia Ann Bembenek war jetzt Officer Bembenek. Sie hatte es erreicht. Sie war ein Cop von Milwaukee. Sie nahm an der Abschlußfeier im August teil und wurde dem Distrikt zwei auf der South Side von Milwaukee zugeteilt. Erregt darüber, daß sie es durch eine der schlimmsten Erfahrungen ihres Lebens geschafft hatte, war Laurie begierig, endlich loszulegen und zu beweisen, daß sie einer der guten Cops war.

Was sie im Zweiten District sah und erlebte, stieß sie ab. Wenn sie über die Cops sprach, mit denen sie arbeitete, konnte sie die Mehrzahl nur als brutal, faul, apathisch und korrupt beschreiben. Ihr neuer Distrikt hatte eine niedrige Verbrechensrate, und das bedeutete, daß die Polizisten viel Zeit totzuschlagen hatten. Dafür fanden sie einzigartige Wege.

Bembenek, der Polizeineuling, wurde Zeuge von Hunderten von Regelverstößen. Sie sah Streifenwagen nachts im Friedhof parken, nachdem die Bars geschlossen hatten. Die Polizisten der Spätschicht verschliefen drei oder vier Stunden oder tranken gemeinsam bei Streifenpartys. Cops, die Fußstreife gingen, erhielten in Bars Gratisdrinks. Sie sah, wie einige Pornofilme aus dem Kofferraum ihres Wagens verkauften. Andere trafen sich mit ihren Freundinnen, während ihre Ehefrauen zu Hause warteten. Manche wandten – nach Lauries Meinung – brutale, unnötige Gewalt gegenüber Verdächtigen an, die bereits Handschellen trugen – in den Einlieferungsräumen, fernab des Auges der Öffentlichkeit.

Milwaukees Polizisten nahmen und verkauften Drogen im Dienst. Sie hatten oralen Sex mit Prostituierten. Sie bezahlten Informanten mit Drogen, und Officer Bembenek sah, wie Dutzende von betrunkenen Autofahrern von einem Unfallort weggeschickt wurden, um die ganze Zeit zu sparen, die es kostete, sie festzunehmen, zu testen und anzuzeigen.

Ihre Kollegen sprachen ständig über diese Aktivitäten. Das war ein akzeptierter Teil ihres Lebens, und Laurie hatte keine Ahnung, was sie dagegen machen konnte. Es gab niemanden, dem sie es erzählen konnte. Niemanden, an den sie sich wenden konnte. Der ungeschriebene Polizeicode des Schweigens – den Kollegen schützen, ganz gleich, worum es sich handelt – hing wie eine Wolke über jedem. Die Burschen, mit denen Laurie im Fünften Distrikt trainiert hatte, mochten Arschlöcher gewesen sein, aber wenigstens arbeiteten sie hart.

Es gab ein paar Momente, in denen Laurie ihre Arbeit als Cop tatsächlich mochte. Das waren die Nächte, in denen sie ihre Streife allein ging. Wenn sie nicht zusehen mußte, wie ein anderer Cop eine Regel brach und ihr sagte, sie solle still sein. Das waren die Nächte, in denen Laurie Bembenek wußte, daß sie tat, was sie tun sollte.

Laurie wurde in diesem August einundzwanzig und sah sich nach einer eigenen Wohnung um. Sie hatte beschlossen, eine Eigentumswohnung zu kaufen, obwohl ihr gesellschaftliches Leben so gut wie aufgehört hatte wegen ihrer Arbeit in der zweiten und dritten Schicht. Eine neue Wohnung mochte Laurie helfen, neue Leute kennenzulernen. Als sie am 25. August nach dem Telefon griff, um sich nach ihrem Arbeitsplan zu erkundigen, hatte sie keine Ahnung, daß sich ihr gesamtes Leben verändern sollte.

Der Captain am anderen Ende der Leitung teilte ihr lässig mit, daß Polizeichef Breier ihre Entlassung aus der Polizei befohlen hatte. Laurie war auf diese Nachricht nicht vorbereitet. Sie hatte gedacht, alles wäre in Ordnung. Sie hatte nach allen Regeln mitgespielt. Sie war fair und ehrlich gewesen, und sie hatte den Mund gehalten.

Zwei Sergeanten kamen, um ihre Dienstmarke, ihre Waffe und die Uniformen zu holen. Laurie stand in einem Schockzustand an der Tür. Sie konnte nicht glauben, was da passierte. Sie verstand es nicht. Als ihr Dad an diesem Abend von der Arbeit heimkam, erzählte Laurie ihm die Neuigkeit und weinte sich in seinen Armen aus.

Vier Tage später half ihr ein kleiner Artikel, der in einer Ecke des *Milwaukee Journal* versteckt war, sich zusammenzureimen, was da vor sich ging.

BREIER FEUERT DREI FRAUEN IN EINER WOCHE

In der letzten Woche hat der Polizeichef von Milwaukee, Harold A. Breier, drei weibliche Polizisten entlassen.

Bonnie Avant, Patricia Lipsey und Lawrencia Bembenek befanden sich noch in der Probezeit. Der einzige Grund, der in der offiziellen Anordnung der Polizei betreffs Avant und Lipsey genannt wurde, war ›zum Besten der Polizei‹. Die Anordnung betreffs Bembenek sagte aus, sie wäre der Unwahrhaftigkeit und wegen eines falschen offiziellen Berichts angezeigt worden, aber es wurden keine Details genannt.

Avant und Lipsey sind schwarz. Lipsey wurde am 21. August entlassen, Bembenek am 25. August und Avant am 26. August.

Alle drei wollen offenbar gegen ihre Entlassung Rechtsmittel einlegen.

Eine andere Polizistin, Kathleen M. Rodriguez, wurde diese Woche für drei Tage wegen Vernachlässigung von Dienstpflichten suspendiert. Sie hat nicht angedeutet, gegen die Disziplinarstrafe vorgehen zu wollen.

Eine der entlassenen Frauen sagte, man habe ihr keinen Grund für ihre Entlassung genannt, und sie glaubte, es handelte sich um einen Fall von Diskriminierung gegen Frauen. Eine andere Frau sagte, sie habe lediglich eine schriftliche Notiz erhalten, in der ihr erklärt wurde, daß sie entlassen war.

»Sie lesen es einfach bei der Einsatzbesprechung vor (die Entlassungen), so daß jeder es hören kann«, sagte eine andere der Frauen. »Es wird aufgenommen wie jede alltägliche Nachricht. Frauen sind bei dieser Polizeitruppe arm dran. Frauen und Schwarze sind die einzigen, die sie sich herauspicken«, sagte sie.

Tom Barth, Präsident der Polizeigewerkschaft von Milwaukee, erklärte, die Gewerkschaft würde diese Fälle untersuchen, sofern die Frauen Beschwerde erheben und ihre Wiedereinstellung verlangen.

Letzte Chancen

Jahre später erinnerte Laurie Bembenek sich an die nächsten Monate und die Besprechungen wie an einen ständigen Nebel. Die Entlassung aus dem Polizeidienst zerstörte sie am Boden. Sie hatte keine Ahnung, was als nächstes passieren würde. Aber was auch immer passierte, Lawrencia Bembenek konnte es nicht aufhalten.

Laurie setzte sich sofort mit der Polizeigewerkschaft in Verbindung, um eine Beschwerde auf Wiedereinstellung zu erheben.

Sie wollte unbedingt ihre Personalakte lesen und die genauen Gründe für ihre Entlassung herausfinden. Sie hatte einen Tip, aber der Tip lag ein wenig daneben.

Als der siebzig Jahre alte Breier endlich zustimmte, ihre Akte freizugeben, las Laurie, daß Judy Zess eine Erklärung unterschreiben hatte, in der sie beschuldigt wurde, Marihuana bei dem Konzert geraucht zu haben, das sie beide besucht hatten. Laurie konnte den Bericht nicht glauben und stellte Judy zur Rede.

Judy gab zu, die Erklärungen unterschrieben zu haben, überzeugte Laurie jedoch davon, daß sie es unter Druck getan hatte, nachdem sie stundenlang von hohen Polizisten verhört worden war.

»Laurie, du verstehst das nicht. Ich war betrunken«, sagte Judy. »Sie sagten, wenn ich nicht unterschriebe, würden sie den Polizeichef wecken und mich ihm vorführen.« Während sie weiterhin erläuterte, warum sie die Erklärung unterschrieben hatte, wurde sie immer eindringlicher. »Du mußt mir glauben«, rief Judy Zess. »Was meinst du, warum ich das verdammte Ding gemacht habe? Sie haben mich praktisch unter Verhörlampen gesetzt. Ich wußte nicht, was ich tat. Sie schleppten mich da hinein. Ich fiel hin und zerriß mir die Strümpfe. Dann standen sie hinter mir und sagten mir, was ich schreiben sollte. Meine Rechte wurden verletzt. Ich sagte ihnen, ich wollte einen

Anwalt, aber sie sagten nein. Das wäre eine interne Angelegenheit der Polizei. Du mußt mir glauben.«

Judy versprach, eine eidesstattliche Erklärung für Laurie zu unterschrieben, in der sie versicherte, daß sie gelogen hatte. Bevor Laurie genau wußte, wie es geschah, hatte sie Judy verziehen, und noch rascher kam Judys Vorschlag, sie sollten zusammenziehen. Laurie wußte, daß sie verrückt sein mußte, Judys Vorschlag überhaupt in Betracht zu ziehen, aber sie schätzte die Beziehung noch immer. Es war September 1980.

Im nächsten Augenblick schlug Judy vor, sie beide sollten zum Lake Geneva Playboy Club fahren und sich um Jobs bewerben. Laurie, die sich schon ein bißchen nebenbei verdiente, indem sie als Babysitter für eine andere Polizistin, Margie Lipschultz, arbeitete, kam finanziell kaum über die Runden. Die Arbeitslosenversicherung bestritt Lauries Unterstützungsanspruch. Wenn die Versicherung damit durchkam, stand sie nicht nur ohne Geld da, sondern mußte dann auch das Arbeitslosengeld zurückzahlen, das sie bisher erhalten hatte. Ein Job im Playboy Club konnte nützlich sein, falls alles andere schiefging.

Mitte Oktober setzte sich Lauries abwärts gerichtete Spirale fort. Zuerst kam ein Brief von der Polizeigewerkschaft, in dem stand, daß ihr Fall abgewiesen wurde. Innerhalb einer Woche mußte sie auch zu ihrer Arbeitslosen-Anhörung erscheinen. Während dieser Anhörung glaubte Laurie, den Verstand verlieren zu müssen. Sie hatte noch nie in ihrem Leben so viele Lügen gehört. Ein Polizist sagte tatsächlich aus, Laurie wäre an dem Abend festgenommen worden, an dem sie das Konzert mit Judy besuchte.

»Wie können die bloß aufstehen und lügen?« flüsterte Laurie ihrem Anwalt zu. »Es gibt keine Unterlagen über eine Verhaftung, weil ich nie verhaftet wurde.«

Dieser Anwalt, Kenneth Murray, setzte den Standard für andere Anwälte, die ihm bald folgen würden. »Machen Sie sich keine Sorgen, Lawrencia«, sagte er. »Ich kümmere mich darum.«

Murray kümmerte sich nicht darum. Laurie verlor ihren Fall

und mußte fast zweitausendfünfhundert Dollar Arbeitslosenunterstützung zurückzahlen. Verzweifelt tat sie etwas, das sie während der nächsten fünfzehn Jahre verfolgen sollte – sie bewarb sich um den Job einer Kellnerin im Playboy Club. Sie hatte Erfahrungen als Kellnerin, Lake Geneva war nicht weit von ihrem Zuhause auf der South Side entfernt, und die Trinkgelder waren großartig. Sie konnte fünfzig Dollar dafür bekommen, daß sie irgendeinem Betrunkenen eine Tasse Kaffee brachte. Laurie schätzte, wenn Gloria Steinem in einem Playboy Club arbeiten konnte, würde sie es sechs Wochen lang auch schaffen.

In der Zwischenzeit hatte Judy Zess eine ungewöhnliche Idee entwickelt, um Geld zu machen. Während ihrer Suspendierung hatte sie als Kellnerin gearbeitet und dann in einem Laden für Wasserbetten. Als sich die Rechnungen zu stapeln begannen, erfand sie einen raschen Weg, um an Geld zu kommen.

»Ich habe alle Kerle angerufen, mit denen ich geschlafen habe«, erzählte Judy, atemlos vor Erregung über ihren schlauen Plan, »und ich habe ihnen gesagt, ich wäre schwanger und würde eine Abtreibung brauchen. Bei zweihundert Dollar pro Nase habe ich achthundert Dollar eingesackt.«

Laurie hätte nicht überrascht sein sollen, war es aber doch. Dann erzählte Judy ihr etwas, das sie noch mehr schockierte. Alle Anklagen wegen Drogenbesitzes gegen sie waren fallengelassen worden. Judy erklärte, das könnte für Laurie den Weg zurück in die Polizei ebnen. Wenn Judy Zess unschuldig war, bedeutete das, daß Lawrencia Bembenek ebenfalls unschuldig war.

An diesem Punkt konnte Laurie nicht einmal mehr daran denken, zur Polizei zurückzukehren. Ihre Probleme mit der Polizei hatten ihr Selbstwertgefühl ruiniert. Sie hatte einen Teilzeitjob in einem Fitneßcenter, und sie dachte ernsthaft daran, in die Air Force einzutreten. Laurie Bembenek wußte nicht, wohin sie gehörte oder was sie sollte. Sie war einundzwanzig Jahre alt, und es kam ihr so vor, als habe sie jede falsche Richtung eingeschlagen, jede falsche Entscheidung getroffen, die ein Mensch nur fällen konnte. Sie brauchte etwas oder jemanden, um ihr Leben wieder in Ordnung zu bringen.

In der dritten Novemberwoche, unmittelbar vor Thanksgiving, traf Lawrencia Ann Bembenek einen solchen Menschen. Damals trat Elfred O. Schultz jr., ein Detective der Polizei von Milwaukee, in ihr Leben.

Liebestanz

Elfred Schultz, oder Fred, wie ihn alle riefen, hatte eine Affäre mit Lauries Freundin Margie Lipschultz, als Laurie ihn zum ersten Mal traf. Es verstieß gegen die Regeln der Polizei, daß zwei Polizisten wie Margie und Fred miteinander schliefen, aber alle anderen schienen es auch zu machen. Solange einen niemand anzeigte, war alles in Ordnung. Und so schlichen Margie und Fred heimlich zueinander, obwohl sie beide mit anderen Leuten schliefen.

Zuerst konnte Laurie sich nicht vorstellen, wie eine Frau mit klarem Verstand sich in einen Kerl verlieben konnte, der sich selbst mehr als alles andere mochte. An dem ersten Abend, als Laurie ihn bei Margie kennenlernte, fand sie Fred selbstsüchtig und aufdringlich.

Während dieses ersten Zusammentreffens im November 1980 machte Schultz sich sofort an Lawrencia Bembenek heran. Sobald Margie den Raum verließ, setzte er sich neben sie. Später gestand Fred ihr, er habe sich sofort von ihr angezogen gefühlt und auf der Stelle eine Bindung gespürt. Er sagte Laurie, sie wäre eine der schönsten Frauen, die er je gesehen hatte, und er wäre von ihrem wachen Verstand und ihrem großartigen Humor gefangen.

Als an diesem Novemberabend die beiden Frauen und Schultz bei Gin Tonic miteinander ins Gespräch kamen, glaubte Laurie, daß sie alles über Schultz erfahren hatte, was sie wissen müßte. Er war geschieden und hatte zwei Söhne. Er hatte eine Vasektomie machen lassen. Er schlief mit so vielen weiblichen Polizisten von Milwaukee, daß er ihre Namen in der Unterhaltung durcheinander brachte. Er gab bereitwillig zu, daß er seine frühere Frau Christine nur geheiratet hatte, weil sie schwanger war.

Bevor Laurie die Wohnung ihrer Freundin verließ, hatte Schultz sie schon um eine Verabredung gebeten. Laurie konnte nicht glauben, daß er den Nerv hatte, das vor Margie zu tun.

»Sparen Sie sich den Atem, Schultz«, erklärte Laurie ihm. »Sie werden ihn brauchen, um Ihre aufblasbare Verabredung heute abend aufzublasen.«

Laurie ließ Schultz an der Tür zurück und hoffte, ihn nie wiederzusehen. Schultz hoffte auf etwas anderes, als er zusah, wie Lawrencia Ann Bembenek durch den Vorgarten ging und in ihren orangefarbenen Camaro stieg. Er wußte, daß sie sich wiedersehen würden. Je schneller, desto besser.

In der folgenden Woche hielt Laurie ihren Vorsatz ein, sich bei der United States Air Force einzuschreiben. Sie war ihres scheinbar ziellosen Lebens müde und wollte so weit wie möglich von ihren Erinnerungen an die Polizei wegkommen. Sie wurde in ein Programm für Spätbewerber aufgenommen, in dessen Verlauf sie irgendwann zur Feuerbekämpfung auf Flughäfen ausgebildet werden sollte.

Gleich nach Thanksgiving traf Laurie einen Mann, mit dem sie zusammen in der Polizeiakademie trainiert hatte. Bei einem Drink erzählte ihr der Mann Hintergründe über die Party, die Lauries Schicksal besiegelt hatte. Die blonde Frau, die halbnackt auf der Party herumgelaufen war und Marihuana geraucht hatte, war eine Hilfspolizistin gewesen. Der Mann gab auch zu, daß die anderen angehenden Polizisten auf der Party Angst gehabt hatten, mit der Wahrheit herauszurücken. Angewidert knallte Laurie ihr Glas auf den Tisch und verließ die Bar. Sie fragte sich, wie sie so naiv gewesen sein konnte, das Gesetz hochhalten und die Öffentlichkeit schützen zu wollen.

Kurz darauf traf sie Margie in einem Club auf der East Side. Sie saß mit zwei Männern an der Theke. Sie sahen sich einen Stapel Fotos an, Fotos von nackten Männern und Frauen, die auf Picknicktischen in einem Park tanzten.

»Was sind das für Fotos, und wer sind diese Leute?« fragte Laurie die beiden Männer.

»Sagen Sie bloß, Sie haben noch nie von dem Tracks-Picknick gehört«, sagte einer. »Dieses Picknick halten sie jedes Jahr ab, und es geht verdammt wild zu.«

»Offensichtlich«, sagte Laurie, während sie sich alle Fotos

ansah. »Wieso hat niemand diese Leute verhaftet? Ich kann nicht glauben, daß sich das alles in einem öffentlichen Park abgespielt hat. Seht euch nur die ganzen Leute an, die da herumstehen.«

»Weil die Hälfte dieser Leute Cops sind«, sagte der andere Mann. »Sehen Sie den da? Sie kennen doch Fritz, nicht wahr?«

Fritz war Fred Schultz. Seine Kollegen bei der Polizei hatten ihm den Spitznamen Fritz gegeben, weil er Deutscher war und das oft erwähnte. Auf dem Foto posierte Fred mit angespannten Armen vor einer großen Menschenmenge. Er war nackt.

Laurie erfuhr, daß Tracks, eine populäre Kneipe in Milwaukee, seit Jahren ein jährliches Picknick veranstaltete. Weil die Kneipe ein beliebter Treffpunkt für die Cops von Milwaukee war, wurde das Picknick stets von Polizisten gut besucht und gut beschützt. Die Partys begannen immer mit Freibier und degenerierten rasch zu Nassen-T-Shirt-Wettbewerben und nackten Ausschweifungen.

Während der ersten Dezemberwoche entschied Laurie, mit einem Vertreter der Kommission für Gleichberechtigung am Arbeitsplatz zu sprechen. Laurie war überzeugt, daß ihre Behandlung durch die Polizei von Milwaukee ein offenes Beispiel für geschlechtsbedingte Diskriminierung war. Nachdem sie mit dem Vertreter der Kommission gesprochen hatte, war sie sicher, beweisen zu können, daß weibliche und männliche Polizisten äußerst unterschiedlich behandelt wurden.

Sie konnte sich sogar die Fotos der Tracks-Picknicks verschaffen, um ihren Standpunkt zu beweisen. Laurie war auf bloße Gerüchte hin gefeuert worden, und reguläre männliche Polizisten tanzten nackt in der Öffentlichkeit. Der Vertreter war der Ansicht, sie hätte einen guten Stand für eine Klage gegen die Stadt Milwaukee, und er schickte sie zu James Morrison, einen Stellvertretenden Bundesstaatsanwalt für den östlichen District von Wisconsin.

Ihr Zusammentreffen mit Morrison, einem großen, ruhigen Schwarzen, war das erste Positive, was Laurie seit Monaten widerfuhr. Er erklärte Laurie, daß er die Art dokumentiert hatte, in der Minderheiten und weibliche Polizisten von der Polizei in Milwaukee behandelt wurden. Er sagte, ein offensichtliches Muster habe sich entwickelt, und Lauries Geschichte würde in dieses Muster passen. Morrison erklärte weiter, daß die Polizei von Milwaukee, wollte sie Bundesgelder erhalten, Richtwerte für die Einstellung von Minderheiten einhalten mußte. Die Stadt meldete diese Zahlen jedes Mal umgehend, aber die große Zahl von Frauen und Minderheiten, die man genauso rasch wieder feuerte, würde nie gemeldet.

Morrison sollte sein Zusammentreffen mit Laurie Bembenek nicht vergessen. Nach Jahren als Stellvertretender Staatsanwalt in Milwaukee, wo er jede erdenkliche Entschuldigung für Verbrechen gehört hatte, besaß er ein gutes Gespür dafür, wer ehrlich war. Laurie Bembenek schien die Wahrheit zu sagen. Er hatte genug gehört, um zu wissen, daß ihre Behandlung dem Standard bei der Polizei von Milwaukee entsprach. Er fand auch, daß Laurie Bembenek ein großartiger Cop geworden wäre. Sie war entschlossen und besaß Gerechtigkeitssinn. Nach der Art, in der sie behandelt worden war, fand er, daß es sie Mut kostete, überhaupt eine Beschwerde gegen die Polizei einzulegen. Vielleicht konnten sie sich gegenseitig helfen.

Von diesem Zusammentreffen ermutigt, lieh Laurie sich die Fotos von dem Tracks-Picknick aus und suchte ihren ehemaligen Kollegen, Sergeant Orval Zellmer, auf. Zellmer fiel fast in Ohnmacht, als er die Fotos sah.

»Ich wurde für wenig mehr als ein Gerücht entlassen«, erklärte sie Zellmer, »während Cops mit Dingen davonkommen, die zehnmal schlimmer sind als das, was man mir vorgeworfen hat.«

Zellmer schwieg. Er blätterte die Fotos so schnell wie möglich durch.

»Das ist nicht fair«, sagte Laurie. »Wie konnten dieses Picknick und alle anderen Picknicks in der Öffentlichkeit eines Parks dermaßen entgleisen? Wo waren denn alle Streifen?«

In diesem Moment schien Zellmer sich nicht darum zu kümmern, was fair war und was nicht. Er wollte, daß die Bembenek so schnell wie möglich sein Büro verließ, damit er die Fotos nach oben bringen konnte. Zellmer erkannte mehrere Polizisten auf den Fotos, war jedoch sicher, daß die Bembenek das nicht wußte. Er behielt die Fotos und sagte zu Laurie, er würde alles überprüfen.

Während Laurie ihren Kampf gegen die Polizei von Milwaukee wieder aufgenommen hatte, kämpfte Margie Lipschultz um Fred Schultz, der zur selben Zeit mit mehreren Frauen schlief. Margie lieferte Laurie sogar eine Litanei von Namen.

Laurie wußte, daß ihre Freundin auch mit anderen Männern schlief, und erinnerte sie daran. Margie argumentierte, das wäre etwas anderes. Schließlich hätte auch Schultz' Mitbewohner Stu Honeck, auch ein Milwaukee-Cop, gesagt, Schultz wäre der größte lebende Dreckskerl.

»Komm schon, das glaubst du doch nicht«, sagte Laurie und war überrascht, daß sie sich die Mühe machte, Schultz zu verteidigen. »Du kennst doch die Polizeigerüchteküche.«

Laurie fragte sich, warum sie Fred Schultz verteidigte. Vielleicht fühle ich mich mehr von ihm angezogen, als ich zugeben will, sagte sie sich selbst.

Als sie in der folgenden Woche unerwartet Schultz in einem Restaurant in Milwaukee traf und zustimmte, mit ihm zu joggen, fühlte sie, daß sich da zwischen ihnen etwas abspielen mußte. Fred war älter als sie, und das gefiel ihr. Auch wenn sie es nur ungern tat, mußte Laurie zugeben, daß Fred sehr attraktiv war. Er war groß, blond, muskulös und hatte schöne blaue Augen. Es gefiel ihr auch, daß er Polizist war. Laurie vermißte den Polizeidienst. Ein Teil von ihr wollte noch immer zurückkehren. Ein Teil von ihr wollte beweisen, daß eine Frau es als Cop schaffen konnte, ganz gleich, wie hart es auch wurde.

Bei ihrem ersten Treffen joggten sie entlang des gefrorenen Ufers des Lake Michigan nahe dem Zentrum von Milwaukee. Fred war ein perfekter Gentleman. Er sprach über seine Gefühle und sagte, er wäre es leid, sich mit Margie zu treffen, weil sie zuviel trank und emotional unstabil wirkte. Laurie war gern mit ihm zusammen. Nach dem Laufen stiegen sie in seinen Kleinbus.

»Wohin?« fragte er.

»Ich würde wirklich gern duschen. Wir können zum Haus meiner Eltern fahren und Kaffee trinken. Sie können warten, während ich mir Jeans anziehe.«

»In Ordnung«, sagte Fred. »Wenn Sie möchten, können wir in eine Kneipe gehen. Ich kenne eine, die hat phantastisches importiertes Bier. Mögen Sie Bier?«

»Ob ich Bier mag? Es ist meine einzige Schwäche.«

»Das ist Ihre einzige Schwäche? Was ist mit Männern?«

»Ach, die sind nett als Haustiere.« Laurie lachte.

Fred warf ihr einen gespielt schmutzigen Blick zu, und sie lachten beide.

Am Ende des Abends stellte Laurie fest, daß sie im Begriff stand, sich zu verlieben. Sie mochte versuchen, ihre Gefühle für Fred Schultz zu bekämpfen, aber sie waren doch sehr real. Er bat sie sofort, mit ihm am nächsten Abend auszugehen. Sie stimmte zu, und die beiden besuchten eine verschwenderische Party, die vom Stadtgericht gesponsert wurde. Jeder, der etwas war, war da, und das schloß plötzlich Lawrencia Bembenek ein. Fred war mit einem Dutzend roter Rosen vor ihrer Tür aufgetaucht. Laurie konnte nicht glauben, daß dies derselbe Mann war, über den Margie vor wenigen Wochen hergezogen war. Er war absolut wunderbar.

Nach der Party ging Fred mit ihr in einem Club im Zentrum von Milwaukee tanzen, und er sprach über alles. Fred ließ Laurie fühlen, daß sie ähnlich waren und zusammenpaßten, und am Ende des Abends kam es ihr so vor, als würde sie ihn schon ihr ganzes Leben lang kennen. Noch nie hatte ein Mann sie so empfinden lassen. Den ganzen Abend widersprach er ihr kein einziges Mal.

An diesem Abend hätte Fred sie um alles bitten können, und sie hätte es ihm gegeben. Er war unglaublich attraktiv in seinem dunklen Anzug, und ihr Herz schlug so schnell, daß sie sich schwach fühlte. Als die Musik langsamer wurde, sah Laurie auf der Tanzfläche nur Fred, sonst keinen. Fred küßte sie, und ihr war, als würde sie durch den Mittelpunkt der Erde fallen. Als sie hochblickte, stand Fred Schultz da, seine blauen Augen funkelten, seine blonden Haare waren genau richtig gekämmt, seine Arme fühlten sich stark und sanft an.

Sakramente und Sünden

Fred Schultz wurde zu einem wichtigen Teil von Lauries Plänen für Weihnachten 1980. Nach der Party des Stadtgerichts lehnte Laurie einfach ab, wenn jemand sie zum Ausgehen einlud. Sie konnte nur noch an Fred denken.

Kurz vor Weihnachten rief Fred sie an und sagte, er müsse mit ihr so bald wie möglich sprechen. Laurie stimmte zu, sich mit ihm nahe dem Seeufer zu treffen, an derselben Stelle, wo sie sich das erste Mal verabredet hatten. Während Laurie in ihrem Wagen saß und auf Fred wartete, fragte sie sich, was so dringend war. Vielleicht will er sich nicht mehr mit mir treffen, sagte sie sich. Wahrscheinlich wäre das gut. Dann würde es mir viel leichter fallen, zur Air Force zu gehen.

Fred kam endlich und lief von seinem Kleinbus zu Lauries Wagen, öffnete die Tür und ließ sich auf den Beifahrersitz fallen. Er lächelte nicht. Laurie hatte ihn noch nie so ernst gesehen. Für gewöhnlich war er laut und scherzte ständig über irgend etwas.

»Was ist los? Du mußt wir etwas Wichtiges sagen?« fragte Laurie.

»Du bist . . . anders«, sagte Fred langsam und betont. »Ich will alles mit dir haben. Ich will eine anhaltende Beziehung.«

»Sieh mal, Fred . . . du und Margie . . .«

»Sie bedeutet mir nichts«, unterbrach Fred sie. »Und dir sollte sie auch nichts bedeuten. Du solltest hören, wie sie über dich spricht.«

»Du erzählst mir nichts Neues. Ich weiß, daß sie keine echte Freundin ist. Sie betrinkt sich und sagt häßliche Dinge. Deshalb sehe ich sie auch nicht mehr oft. Aber sie ruft mich noch immer an.«

Laurie und Fred stiegen aus dem Wagen und spazierten an den riesigen Eisschollen am Ufer entlang. Der Himmel war von einem tiefdunklen Blau. Der Schnee auf dem See war unbefleckt weiß.

»Möchtest du hören, was sie mir über dich erzählt hat? Sie sagte, du hättest deine Kinder immer mit einem Hammer geschlagen.«

»Was? Das ist Quatsch«, rief Fred. »Wer hat ihr etwas so Unglaubliches erzählt?«

»Wohnst du mit jemandem namens Stu zusammen?«

»Dieser Bastard! Er versucht immer, jede anständige Beziehung zu ruinieren, die ich mit jemandem habe. Er trifft sich mit meiner Exfrau, dieser Bastard!«

Fred sagte, er würde versuchen, eine neue Wohnung zu finden, aber das Geld reichte nicht. Bei Honeck könnte er die Miete durch einige Arbeiten abbezahlen. Er sagte, daß auch noch ein geschiedener Cop bei ihnen wohnte.

»Was ist mit uns?« fragte Laurie. »Ich soll im Februar zur Air Force. Wir hätten zwei Monate zusammen, das ist alles. Was ist mit Margie?«

»Sie hat mir gesagt, daß es aus ist. Siehst du denn nicht, was sie macht? Sie will uns gegeneinander ausspielen, damit wir uns nicht füreinander interessieren.«

Alles, was Fred sagte, ergab für Laurie einen Sinn. Sie schrieb Margie eine kurze Nachricht, sie hielte es für besser, wenn sie nichts mehr miteinander zu tun hätten. Jeden Abend verbrachte sie mit Fred Schultz. Laurie fand ihn uneingeschränkt interessant, humorvoll und angenehm zuversichtlich. Er war ständig an ihrer Seite und immer daran interessiert, was sie tat. Sie beide schienen vom Leben das gleiche zu erwarten und in die gleiche Richtung zu streben. Fred sagte, er wolle keine Kinder mehr und würde sich eine unabhängige Partnerin wünschen, eine Karrierefrau. Und vor allem war Elfred Schultz ein Cop. Laurie gelangte allmählich zu der Überzeugung, ihren idealen Partner gefunden zu haben, und die zehn Jahre Altersunterschied spielten überhaupt keine Rolle.

Laurie begann, über ihre Entscheidung nachzugrübeln, in die Air Force einzutreten. Sie bemühte sich sehr, ihre Gefühle zu ignorieren. Ich muß mein Herz wie eine harte Faust verschließen, so lange ich das noch kann, sagte sie sich selbst immer und immer wieder. Dann passierte etwas, das ihr klarmachte, wie unmöglich es für sie war, Fred nicht zu lieben.

Nur wenige Tage vor Weihnachten fuhr Fred mit Laurie nach Pewaukee, einer Kleinstadt an einem großen See, etwa fünfundzwanzig Meilen westlich von Milwaukee, um seine Eltern zu besuchen. Sie waren nicht zu Hause, aber Fred hatte einen Schlüssel. Sie gingen hinein, und er machte Feuer im Kamin und schenkte zwei Gläser Wein ein.

»Hat dein Dad dieses Haus gebaut?« fragte Laurie.

»Nein, er hat es gekauft. Sie haben in West Allis ein kleineres Haus, das sie vermieten. Meine Eltern wohnten früher dort.«

Plötzlich wechselte das Thema. Fred setzte sich direkt neben Laurie, so nahe, daß sie seinen Atem auf ihrem Gesicht fühlte.

»Ich glaube, du liebst mich genauso sehr, wie ich dich liebe.«

Es war das erste Mal, daß Fred Schultz das Wort *Liebe* erwähnte. Laurie dachte, ihn auch zu lieben.

»Ja, das tue ich. Es ist zu schade, daß ich diese Pläne mit dem Militär gemacht habe, bevor ich dich kennengelernt habe.«

»Du gehst nirgendwohin.«

»Doch, ich fürchte schon.«

»Aber du kannst das nicht. Wir kommen so gut miteinander aus, wir mögen die gleichen Dinge, wir fühlen in allem gleich. Dieser letzte Monat war so wundervoll. Laurie, mir ist so, als . . .«

»Wir sollten lieber gehen.«

Sie schlossen das Haus ab und kehrten zu Freds Kleinbus zurück. Laurie stieg ein, Fred kam zu ihrem geschlossenen Fenster und legte seine Hand dagegen. Laurie legte ihre Hand auf der anderen Seite dagegen und hielt ihre Hand genau wie er die seine. Als sie über ihre Fingerspitzen blickte, sah sie Tränen in Freds Augen. Laurie wollte auch weinen. Sie hielt es für Ironie – kaum hatte sie einen Mann getroffen, der alles darstellte, was sie sich je gewünscht hatte, und nun würde sie ihn vielleicht nie wiedersehen.

Aber Laurie sah Fred wieder. Sie konnte nicht von ihm lassen. Sie gingen zusammen aus, und Laurie konnte sich an kein schöneres Weihnachtsfest erinnern.

Ihr liebstes Geschenk in diesem Jahr war ein winziges rotweißes Schaukelpferd aus Holz, ein besonderes Geschenk von ihrer Mutter als Entschädigung für das Schaukelpferd, das sie vor siebzehn Jahren hätte bekommen sollen.

Der weihnachtliche Glanz verblaßte nach den Feiertagen sehr schnell. Laurie erhielt einen Anruf von einer Freundin bei der Polizei, die sie warnte, vorsichtig zu sein. Die Diskriminierungsklage, die sie gegen die Polizei von Milwaukee erhoben hatte, machte eine Menge Cops wütend. Ihre Freundin sagte, Polizisten würden sie verbal bedrohen.

»Es sind die Jungs. Mann, sind die sauer«, sagte ihre Freundin. »Gestern abend beim Appell sagte Sergeant Zellich, daß wir nur deinetwegen jetzt unsere Meldungen machen müssen.«

Streifenpolizisten zu Fuß und in Streifenwagen müssen während des Dienstes in Milwaukee jede Stunde Meldung machen. Das bedeutet, daß sie sich über die Polizeirufstellen mit dem Revier in Verbindung setzen müssen. Die Meldungen helfen, den Weg der Polizisten zu verfolgen. Wenn ein Polizist keine Meldung macht, könnte das ein Anzeichen sein, daß er oder sie verletzt oder in Schwierigkeiten ist. Im Zweiten Distrikt brauchten die Leute der Spätschicht keine Meldungen zu machen. Sie konnten die ganze Nacht über tun, was sie wollten. Bis Lawrencia Bembenek sie zur Meldung brachte.

Sekunden später klingelte Lauries Telefon erneut.

»Bembenek, deine Mutter ist tot«, grollte eine Männerstimme.

Dann fand sie eine tote Ratte unter ihrem Scheibenwischer. Es kamen Drohanrufe, und ein paar Tage später ließ jemand die Luft aus ihren Reifen. Als Laurie die Abteilung für interne Angelegenheiten anrief, sagte man ihr: »Da können wir absolut nichts machen.«

Laurie traf sich immer noch ständig mit Fred Schultz. Er rief sie täglich mehrmals an und schickte ihr Karten und Blumen. Sie lernte seine Söhne Shannon und Sean kennen, und sie verbrachten oft zu viert Zeit miteinander. Laurie sprach nie mit

Christine, wenn sie mit Fred ging, um seine Söhne abzuholen, aber die Frauen winkten einander immer zu. Laurie fand, daß Christine eine gute Mutter sein mußte, weil die Jungen sich stets gut benahmen.

Während der letzten Januarwoche begann Laurie mit ihren Plänen für das Grundausbildungslager. Sie fragte sich immer wieder, ob sie die richtige Entscheidung getroffen hatte. Wenn ich weggehe, werde ich jemals wieder jemanden wie Fred Schultz finden? fragte Laurie sich. Als ich das letzte Mal einen Mann der Karriere wegen aufgab, hat mir das nichts gebracht. Ich will denselben Fehler nicht noch einmal begehen.

Als ihr Werber von der Air Force anrief und ihr erklärte, sie könne nicht in das Trainingscamp kommen, solange ihre Klage gegen die Polizei von Milwaukee anhängig war, konnte Laurie es nicht glauben. »Die Air Force kann niemanden mit einem schwebenden Rechtsverfahren aufnehmen, egal, ob Strafgerichtsverfahren, Zivilprozeß, Scheidung oder Vormundschaftsklage. Nichts. Nicht einmal eine Beschwerde oder einen Anspruch gegen eine Regierungsstelle, wenn es dabei zu einer Anhörung kommen kann«, erklärte der Werber.

»Und was wollen Sie mir damit sagen? Daß ich nächsten Monat nicht zum Grundtraining fahren kann?«

»Nicht, wenn bis dahin die Klage nicht abgewiesen oder entschieden ist.«

Laurie legte auf und rief sofort Fred an. Er traf sich mit ihr zum Mittagessen.

»Das ist großartig«, sagte er grinsend. »Tut mir leid, wenn du enttäuscht bist, aber das bedeutet, daß du nicht wegfährst. Und nur darauf kommt es mir an.«

»Ich kann nichts anderes machen, als meinen Anspruch fallen zu lassen«, sagte Laurie. »Und das kann ich nicht machen. Nicht nach all der Zeit. Vielleicht sollte ich es tun. Ich weiß es nicht.«

Laurie wurde hin und her gerissen zwischen ihren Gefühlen für Fred und ihrem Verlangen, ihr Leben in die richtige Bahn zu lenken und ihre Pläne mit der Air Force zu verwirklichen. Sie wußte, daß ihre Freundinnen in den verschiedenen Frauenorganisationen, denen sie angehörte – die Nationale Organisation von Frauen, Frauen gegen Vergewaltigung und die Politische Frauenpartei in Milwaukee – sie alle unterstützten. Laurie wollte sie nicht enttäuschen.

Als aus ihrer mittäglichen Stunde zwei und dann drei Stunden wurden, fühlte Laurie, wie der Wein bei ihr wirkte. Sie sprach gern mit Fred. Wenn sie mit ihm zusammen war, schien nichts anderes wichtig zu sein. »Stört es dich, daß ich geschieden bin?« fragte Fred.

»Nein. Deine Vergangenheit ist deine Vergangenheit. Du bist ein Single, das ist alles.«

»Was ist jetzt mit der Air Force?«

»Jeder, den ich kenne, hält mich für verrückt, daß ich mich überhaupt gemeldet habe. Ich weiß nicht. Die Verpflichtung macht mir angst. Vier Jahre. Selbst mein Dad will nicht, daß ich gehe. Er sagt, wenn das auch nur zur Hälfte so ist wie bei der Army, würde es mir nicht gefallen.«

Laurie erklärte Fred, sie wolle die Klage gegen die Polizei von Milwaukee nicht fallenlassen wegen all der Zeit und Energie, die sie investiert hatte. Sie meinte, die Polizei käme mit Dingen durch, die nicht in Ordnung waren.

»Und?«

»Ich denke, ich werde wohl im nächsten Monat nicht weggehen. Ich muß meine Karriere einfach wieder auf feste Füße stellen. Ich muß eine Richtung haben. Ich muß arbeiten.«

Fred schenkte ihr Wein nach und beugte sich über den Tisch. »Weißt du, Laurie, wir sind einander so ähnlich. Wann wirst du mich bitten, dich zu heiraten?«

»Ja«, sagte Laurie und lachte laut auf. »Wenn die Hölle einfriert.«

»Dann werde ich dich bitten. Willst du heiraten?«

Laurie wurde überrumpelt. Ein Heiratsantrag war das letzte, was sie an diesem Tag erwartet hatte. Ihre Gedanken überschlugen sich. Jahrelang hatte sie gesagt, sie würde nicht heiraten, bevor sie nicht mindestens dreißig war, aber sie hatte es auf einmal seltsam eilig. Sie ertrug die Vorstellung nicht, sie könnte Fred Schultz verlieren.

»Natürlich«, sagte sie endlich. »Ich würde gern heiraten.«

Nachdem die Entscheidung gefallen war, folgten die Pläne

sogar noch schneller. Beide waren sich einig, daß sie eine private, stille Feier wollten. Sie waren sich auch einig, es niemandem zu sagen. Sie trafen sich am folgenden Morgen – ihrem Hochzeitstag, dem 30. Januar 1981 –, um nach Waukegan, Illinois, zu fahren. Es war Freds Idee, für die Feier die Staatsgrenze zu überqueren. Er kannte einen Richter, der sie trauen sollte, sagte er.

Laurie und Fred tauschten schlichte goldene Eheringe. Er versprach ihr, er würde ihr einen Diamanten kaufen, sobald er das Geld zusammengespart hatte. Sie küßten sich, und der Richter gratulierte ihnen. Als Laurie die Heiratsurkunde unterschrieb, schrieb sie Lawrencia Ann Bembenek. Sie hatte Fred schon gesagt, daß sie ihren eigenen Namen behalten wollte. Das machte ihm nichts aus, sagte er, solange sie nur verheiratet waren.

Auf dem Rückweg nach Wisconsin hielten Laurie und Fred an einem kleinen Park, um ein paar Fotos zu machen. Laurie konnte kaum glauben, daß sie verheiratet war. Dies sollte der aufregendste Tag in ihrem Leben sein, aber irgend etwas fehlte. Sie wußte nicht, was es war. Während sie nach Norden fuhren, betrachtete sie ständig ihren Ehering. Ich bin verheiratet, sagte sie sich immer wieder und testete die Worte, die sie bald laut aussprechen würde. Laurie sah auch immer wieder Fred an. Sie wollte sicher sein, nicht zu träumen. Sie konnte nicht glauben, daß sie tatsächlich mit diesem attraktiven Cop verheiratet war.

Das Netz wird gewoben

Lawrencia Ann Bembenek und Elfred Schultz verbrachten ihren ersten Tag als Mann und Frau damit, bei Judy Zess einzuziehen. Judy wohnte in einer Wohnung in einem Hochhaus nahe dem Ufer des Lake Michigan, nur ein paar Minuten vom Stadtzentrum von Milwaukee entfernt. Die Bay View Terrace Condos am South Shore Drive waren hübsch, wenn auch nicht gerade das ideale Arrangement für Flitterwochen.

Fred hatte vorgehabt, bei Judy einzuziehen, bevor er Laurie den Heiratsantrag machte. Er wollte von Honeck weg. Eines Abends, kurz vor seiner zweiten Hochzeit, war es zwischen Fred und Honeck zu einer Schlägerei gekommen, und Honeck hatte Fred den Auszug dringend nahegelegt.

Laurie wußte von Judy, daß sie Mitbewohner suchte, um die Kosten zu teilen, und so schien allen mit diesem Umzug geholfen zu sein.

Fred plante eine Hochzeitsreise, eine Woche in die Karibik. Aber zuerst mußten sie ihren Eltern von der Hochzeit erzählen. Sie beschlossen, es in einem Restaurant zu tun.

Als Laurie ihrer Mom von der Hochzeit erzählte, hielt sie die Nachricht anfänglich für einen Scherz. Heirat hatte bei Laurie immer an letzter Stelle gestanden. Sie hatte mehr als einmal gesagt, sie wäre überrascht, wenn sie jemals heiratete. Ihre Mutter war verletzt, weil Laurie niemanden zur Hochzeit eingeladen hatte, und enttäuscht, daß die Trauung nicht in einer Kirche stattgefunden hatte. Freds Eltern schienen sich über die Neuigkeiten zu freuen.

»Wir sind gesetzlich verheiratet«, sagte Laurie. »Wir hatten nur kein Hochzeitsfest. Darum machen wir vielleicht was Kleines im Frühjahr.«

»Im Frühling was Kleines?« fragte Lauries Mutter. »Habt ihr es deshalb so eilig gehabt?«

»Ausgeschlossen. Ich habe Fred wegen seiner Vasektomie geheiratet.«

»Ich nehme an, du hast deinen Namen behalten«, sagte ihre Mom. »Darüber hast du jahrelang gepredigt.«

»Du weißt doch, daß es sinnlos ist, mit mir darüber zu streiten. Ja, ich habe meinen Namen aus feministischen Gründen behalten.«

»Hoffentlich weißt du, Fred, daß du dir da ein unabhängiges kleines Exemplar eingehandelt hast.«

Fred meinte, er wisse, worauf er sich eingelassen hatte.

Kurz bevor Laurie und Fred zu ihrer Hochzeitsreise aufbrachen, rief Fred seine Exfrau Christine an, um ihr zu sagen, daß er geheiratet hatte. Laurie stand direkt neben Fred, und er drückte ihr plötzlich den Hörer in die Hand. Laurie wußte nicht, was sie sagen sollte, und fühlte sich befangen.

»Ich habe gehört, Sie sammeln Schmetterlinge«, sagte sie zu Christine.

»Ich befestige sie auf Samt und mache Wandbehänge daraus.«

»Vielleicht kann ich ein paar tropische Schmetterlinge kaufen und sie Ihnen mitbringen.«

»Das wäre nett. Kann ich noch einmal mit Fred sprechen?«

Später sagte Laurie zu Fred, sie hätte es gar nicht gern, dermaßen zu etwas gedrängt zu werden. Fred meinte, sie würde sich daran gewöhnen, weil sie gar keine andere Wahl hatte. Laurie würde Christine häufig wegen der Kinder sehen.

»Ich habe einfach keine Erfahrung mit so einer Situation«, erwiderte Laurie. »Gib mir nur etwas Zeit.«

»Weißt du was?« fragte Fred. »Ich wünsche mir bloß, ich hätte dich schon vor zehn Jahren kennengelernt.«

»Aber Fred, vor zehn Jahren war ich erst zwölf.«

Der Vorfall mit Christine war rasch vergessen. Die gesamte Woche der Hochzeitsreise auf Jamaika war wie eine Seite nach der anderen aus einem Reiseprospekt. Laurie und Fred wohnten in einem Hotel direkt am Strand. Sie verbrachten die Nachmittage damit, um Korallenbänke herum und an schwankenden Palmen vorbei zu segeln. Sie tranken Wein und gingen am weißen Sandstrand spazieren. Sie hielten ständig Händchen und redeten stundenlang über all die wundervollen Jahre, die vor ihnen lagen. Sie waren jede Minute zusammen, und Laurie war sicher, die richtige Entscheidung getroffen zu haben, als sie durchbrannte, um Fred zu heiraten. Es gab in der ganzen Woche nur einen unglücklichen Vorfall.

Fred vergaß seine teure Nikon-Kamera im Speisesaal des Hotels, und als er zurückging, waren die Kamera und alle Filme weg. Fred gab allen die Schuld, außer sich selbst. Er begann zu schreien und zu toben. Laurie hatte noch nie gesehen, daß er sich so aufführte, und sie traute ihren Augen nicht.

Nachdem Fred sich wieder beruhigt hatte, lief alles normal weiter. Die Karibik war wie geschaffen für Jungverliebte. Alle, einschließlich Laurie und Fred, küßten und umarmten sich ständig. Zum ersten Mal seit Monaten war Laurie glücklich. Sie war sehr verliebt.

Wieder zurück in Wisconsin, verblaßte der Schimmer der Flitterwochen in dem Moment der Landung. Judy Zess und ein Freund, den sie *Gene, Gene, die Tanzmaschin'* nannte, holten sie am Flughafen ab. Nach der Begrüßung erklärte Judy den beiden, sie müßten sich eine andere Wohnung suchen. Judy sagte, sie hätte eine Party gefeiert, und die Vermieter, die direkt unter ihnen wohnten, hätten wegen lauter Musik gekündigt.

»Oh, Zess, wir sind doch gerade erst eingezogen. Willst du damit sagen, daß wir wieder umziehen müssen?«

»Eure Sachen sind wenigstens noch alle in Kartons«, meinte Judy.

Fred sagte, laut Gesetz müßten sie eine schriftliche Kündigung bekommen. Er fügte hinzu, das würde aber ein paar Wochen dauern und ihnen die Zeit geben, eine neue Wohnung zu finden.

Während Fred als Detective in der dritten Schicht von Mitternacht bis neun Uhr morgens arbeitete, verbrachten Laurie und Judy die meisten Abende zusammen. Sie tranken Wein, kümmerten sich um die Wäsche, redeten. Judy Zess bemerkte oft, daß Fred sich bei seiner neuen Ehefrau ein wenig besitzergreifend aufführte. Er rief sie mehrmals in der Nacht an und wollte wissen, wohin Laurie ging, mit wem sie ausging und was sie tat, wenn sie beide nicht zusammen waren, was selten vorkam.

Ihr Apartment in dem Hochhaus lag in einer netten Nachbarschaft mit einem großartigen Park und vielen Joggingpfaden. Freds Söhne kamen oft her, um mit ihrem Vater und Laurie zusammen zu sein. Laurie gewöhnte sich langsam an die Kinder, und sie hatte sich schon ein paarmal mit deren Mutter unterhalten.

An einem Freitagabend sprach Fred bei einer Flasche Tequila über seine erste Frau. Schultz hatte schon früher bittere Gefühle für seine Exfrau zum Ausdruck gebracht, aber noch nie zuvor so. Er gestand Laurie, daß er gezwungen gewesen war, sie zu heiraten, als sie behauptete, er hätte sie geschwängert.

Laurie hörte stumm zu, als ihr Mann über Christine sprach. Er gab ihr die Schuld am Scheitern der Ehe. Er hielt seine Exfrau für faul, für eine schlechte Mutter und für eine schreckliche Hausfrau. Laurie hörte zu. Sie war sicher, daß es an dieser Geschichte auch noch eine andere Seite gab. Schultz war außerdem wütend darüber, daß seine Exfrau sich mit seinem alten Zimmergefährten Stu Honeck traf.

»Ich ertrag die Vorstellung nicht, daß die beiden in dem Haus schlafen, für das ich bezahle«, sagte Schultz. »Das macht mich richtig wütend.«

Schultz hatte mehr als eine zufällige Begegnung mit Honeck, aber die beiden gingen einander so weit wie möglich aus dem Weg.

Als Fred ein paar Wochen später die Entscheidung über die Vermögensverteilung nach seiner Scheidung erfuhr, kam er schluchzend von der Arbeit heim. Er mußte weiterhin das Haus mit dreihundertdreiundachtzig Dollar im Monat abzahlen, und er mußte dreihundertdreiundsechzig Dollar an Unterhalt für die Kinder bezahlen. Er war verbittert und wütend. »Ich habe dieses Haus mit meinen eigenen Händen gebaut, und jetzt kriegt sie alles«, sagte er. »Das ist nicht fair. Das ist einfach nicht fair.«

Während Fred und Laurie sich auf das Eheleben einrichteten, begann Judy Zess, sich mit einem neuen Mann zu treffen, Thomas Gaertner, einem Bodybuilder, der über ihnen in dem

Apartmenthaus wohnte. Judy lieferte nur wenige Informationen über Gaertner. Laurie wollte wissen, womit er seinen Lebensunterhalt verdiente. Er lebte angeblich von einer großen Erbschaft. Mehr wollte Judy nicht sagen.

Als Judy endlich eine schriftliche Kündigung erhielt, hatten sie schon ein neues Apartment gefunden, 4612 South zwanzigste Straße Nummer fünf, in Milwaukee. Das Apartment war weniger als zwei Meilen von dem Haus entfernt, das Fred Schultz auf der West Ramsey Street für Christine und die Jungen gebaut hatte.

Während sich alle einrichteten, ging die Arbeit an Lauries Klage gegen die Stadt weiter. Zum ersten Mal war Judy Zess tatsächlich bereit, ihr zu helfen. Judy schrieb und unterschrieb eine Erklärung, die Laurie an die Kommission für Gleichberechtigung am Arbeitsplatz weiterleitete. In ihrer kurzen eidesstattlichen Erklärung sagte Judy aus, sie wäre am 2. Mai 1980 zu einer falschen Erklärung gezwungen worden, als sie behauptete, Lawrencia Bembenek habe Marihuana geraucht. Sie sagte auch aus, Laurie wisse nichts von der Kippe einer Marihuanazigarette unter Judy Zess' Sitz. Judy versicherte, der von Lawrencia eingereichte Bericht darüber, was tatsächlich an dem Abend des Konzerts passiert war, wäre faktisch korrekt. Judy sagte, die Anklage wegen Marihuanabesitzes gegen sie wäre nach einer Vorverhandlung fallengelassen worden. Sie und Lawrencia wären diskriminiert worden, und weiße männliche Polizisten würden bevorzugt behandelt.

Laurie hatte auch noch andere Erklärungen, die die Kommission dringend sehen wollte. In dem Jahr nach ihrem Eintritt in die Polizeiakademie waren bereits fünf schwarze männliche, vier weiße weibliche, drei schwarze weibliche Polizisten und ein übergewichtiger weißer männlicher Polizist aus der Polizeitruppe entfernt worden.

Während sich der Stand ihrer Klage positiv darstellte, durchlief ihre Beziehung zu ihrem Ehemann beunruhigende Momente. Laurie stellte fest, daß Fred übertrieben ausführlich über seine erste Frau sprach. Dann entdeckte Laurie seinen alten Ehering in einer seiner Hosen, die sie waschen wollte. Als sie ihm den Ring zeigte, schlug ihr eine Woge des Zorns entgegen.

Sie war sein ständiges Gerede über Christine leid. Sie hoffte, nicht den Rest ihres Lebens zuhören zu müssen, wie Fred sich über Umstände beklagte, die wahrscheinlich von ihm selbst verursacht worden waren. Es kam ihr so vor, als hätte er seine erste Frau nie wirklich verlassen.

»Ich kann mir nur vorstellen, daß sie etwas gegen dich in der Hand hat, und es muß etwas Wirkungsvolles sein, denn wenn sie mit ihrem hübschen kleinen Fuß aufstampft, springt Fred«, sagte Laurie.

»Was verlangst du denn von mir?« entgegnete Fred. »Ich habe alles getan, was ich kann, aber so sind nun mal die Scheidungsgesetze in diesem Staat.«

Laurie wußte es besser. Sie wußte, daß Fred mehr als eine Kommode und seine Kleider aus dieser Ehe hätte mitnehmen können. »Was hat diese Frau gegen dich in der Hand?« fragte Laurie.

»Du hast keine Ahnung, Laurie. Sie hat mich an den Eiern. Sie hätte mich meinen Job kosten können.«

Fred erklärte nie, was er mit dieser Bemerkung meinte, und seine Exfrau Christine Schultz sollt nie eine Chance bekommen, ihre Seite der Geschichte zu erzählen.

Der Wahnsinn bricht herein

Fred Schultz löste seine Probleme in diesem April mit seiner neuen Frau durch eine Woche Florida. Gleich als Fred und Laurie nach Wisconsin zurückkehrten, erhielt sie die Nachricht, daß die Kommission für Gleichberechtigung am Arbeitsplatz bereit war, eine Tatsachenfindung abzuhalten.

Scott Ritter, der Anwalt der Stadt, nahm an diesem Meeting teil, ebenso ein Lieutenant und der Leiter des Reviers im Zweiten Distrikt. Lauries Beschwerde und die einzelnen Anschuldigungen wurden mündlich Schritt für Schritt vorgetragen. Der Anwalt erhielt eine Chance zur Erwiderung.

Laurie behauptete, sie wäre aus Gründen der sexuellen Diskriminierung entlassen worden.

Ihr Bericht über das Konzert, das sie mit Judy besucht hatte, wäre wahrheitsgemäß. Sie legte Judys unterschriebene Erklärung vor. Sie erklärte auch, sie wäre in jener Nacht nicht festgenommen worden.

Ritter behauptete, es gebe zahlreiche Zeugen, die ihre Festnahme gesehen hätten. Allerdings hatte der Staatsanwalt gegen Laurie keine Anklage erhoben, so daß es keine schriftlichen Unterlagen über eine Festnahme gab. Als Ritter schließlich in seinen Unterlagen nachsah, gab er zu, daß Laurie recht hatte, was die Festnahme anging, nicht aber in Sachen sexuelle Diskriminierung.

»*Fotze* bezieht sich doch wohl nur auf eine Frau, nicht wahr?« fragte Laurie. »Das wurde ganz bewußt zu mir gesagt.«

»Sie können keine Absicht nachweisen«, sagte Ritter.

»Ich weiß, daß es bewußt erfolgte, weil mein Trainingspolizist in der Straßenausbildung mich später darüber informierte, er habe von seinen Vorgesetzten die Anweisung erhalten, es mir schwer zu machen.«

Nachdem sie die Namen bekanntgegeben hatte, sagte Ritter, die praktische Ausbildung auf der Straße wäre eine harte Trainingsphase, die stets vor dem Abschluß stattfinde. Es gehörte zum Training, es einem Rekruten schwer zu machen. Straßenslang und Schimpfworte gehörten zum Polizistenjargon.

Die Anhörung dauerte noch mehrere Stunden, und Laurie erkannte, daß sie absolut nicht vorankam. Die Stadt wollte, daß sie einen Mann fand, der die gleichen Probleme hatte, auf die sie gestoßen war. Wenn sie dann beweisen konnte, daß der Mann keine Disziplinarstrafe erhalten hatte, hätte ihr Fall Chancen.

Laurie wußte, daß dies unmöglich war, weil sie keinen Zugang zu Personalakten hatte. Es erschien ihr auch unwahrscheinlich, daß ein ähnlicher Fall eines männlichen Polizeibewerbers existierte.

»Das ist unmöglich«, sagte Laurie. »Die Vorgesetzten bestimmen, ob ein Bericht falsch ist oder nicht, selbst wenn er so eindeutig der Wahrheit entspricht, wie Sie eine Nase im Gesicht haben. Es ist so unfair. Diese weibliche puertorikanische Polizistin aus dem Zweiten Distrikt hat einen Verweis erhalten, weil sie im Dienst eingeschlafen ist. Aber alle schlafen ein. Ich müßte also nicht nur beweisen, daß ein männlicher Polizist einen falschen offiziellen Bericht abgeliefert hat, sondern auch, daß die Vorgesetzten wußten, daß er falsch war, und dennoch keine Disziplinarstrafe verhängten. Das ist unmöglich.«

Man sagte Laurie, die Kommission für gleiche Arbeitsmöglichkeiten würde bald entscheiden, ob ihr Anspruch gerechtfertigt war. Falls die Kommission für sie entschied, würde sie die Angelegenheit über das Justizministerium weiterverfolgen. Falls gegen sie entschieden wurde, hatte Laurie das Recht, auf ihre eigenen Kosten zu klagen. Entschlossen, alles zu tun, was in ihrer Macht stand, damit ihr Anspruch richtig behandelt wurde, entschied Laurie, Klage zu erheben, falls das nötig war, damit Frauen bei der Polizei von Milwaukee gleich behandelt wurden.

Nach Hause zurückgekehrt, vertraute Judy ihr an, daß ihre Beziehung zu dem Bodybuilder über ihnen ernsthaft geworden war. Judy sprach noch immer nicht viel über Gaertner, aber es sah ganz so aus, als ob sie bald ausziehen würde.

Tom Gaertner, ein ehemaliger Mister Wisconsin, arbeitete nie, und Laurie konnte nur schwer glauben, daß der Typ nur von einer Erbschaft und seinem guten Aussehen lebte. Als Laurie und Judy eines Nachmittags in Gaertners Apartment hinaufgingen, um ein paar Kleider zu holen, entdeckte Laurie das Geheimnis seines Erfolgs. Sein Kühlschrank war randvoll mit großen Tüten voll Marihuana.

Verdammter Mist, dachte Laurie, als sie leise die Tür schloß. Auf was, zum Teufel, hat Judy sich diesmal eingelassen?

Laurie Bembenek und Judy Zess befanden sich auf parallel verlaufenden, identischen Pfaden der Zerstörung, allerdings mit einem großen Unterschied: Judy ging ihren wissentlich, während Laurie keine Ahnung hatte. Auf Lauries Pfad, der bereits verworren und kummervoll war, würde bald noch eine unglaubliche Entdeckung auftauchen. Als Laurie die Drogen in Toms Kühlschrank fand, glaubte sie zu verstehen, wieso er ständig seinen Haß auf Cops hinausschrie.

Doch ein hektischer Anruf von Judy Zess erklärte den wahren Grund. »Warum hast du mir nicht erzählt, daß Fred Toms Freund getötet hat?« schrie Judy in das Telefon.

»Wovon sprichst du?«

»Vor einigen Jahren tötete Fred einen Cop, der nicht im Dienst war, und dieser Typ, den er tötete, war Toms bester Freund, und Tom ist stinkwütend«, sagte Judy. Der Tod dieses Mannes hatte in Gaertner einen tiefen Haß gegen Polizisten erzeugt. Laut Gaertner hatte Fred den Mann ohne ersichtlichen Grund getötet.

Freds Version der Geschichte klang ganz anders als Judys. Während sie in ihrer Küche standen, erzählte er Laurie, wie er diesen Cop getötet hatte. Er war nach Glendale unterwegs, einer kleinen Vorstadt, die an Milwaukee angrenzt, als er im Dienst einen Anruf erhielt.

»Ich erschoß 1975 einen Cop aus Glendale, er hieß G. Robert Sasson«, begann Schultz. »Es stellte sich hinterher heraus, daß er ein schlechter Cop war, der mit Drogen dealte. Sieh mal, ich war in einem Streifenwagen auf dieser Seite von Milwaukee, als eine Meldung über Funk kam. Polizist braucht Hilfe. Die Ortsangabe war ungenau. Es hieß, irgendwo auf der Silver Spring Road. Wir hörten weiter den Funk ab. Die Funkzentrale meldete sich wieder und gab durch, es handelte sich um eine Kneipe namens The Northway Tap. Wie auch immer, wir kommen an, und eine Frau auf dem Parkplatz winkt uns. Sie sagt, wir sollen von hinten hineingehen, weil die Vordertür versperrt ist. Das war Sassons Frau Camille.«

Schultz sagte, der Polizeineuling, der mit ihm Streife fuhr, wäre ihm von hinten in die Bar gefolgt.

Er fuhr fort: »Gleich bei der Tür gab es eine Trennscheibe aus Milchglas. Ich umrundete die Trennscheibe und sehe einen Kerl in einer gelben Baseballuniform, der auf dem Boden über einem schwarzen Typen kniet. Als wir nähergehen, steht er auf und hält seine Halbautomatik dem Neuling an die Brust.«

Die nächsten paar Sekunden kamen Schultz wie eine blitzartige nebelhafte *action* vor. Er zog seine Waffe und feuerte vier Schüsse auf den Mann in der Baseballuniform ab. Dann fing Camille Sasson zu schreien an: »Das ist mein Mann! Er ist ein Cop!«

Eines von Fred Schultz' Geheimnissen war ans Tageslicht gekommen. Laurie hatte keine Ahnung gehabt, daß ihr Mann jemals einen Menschen getötet hatte. Schultz versicherte seiner Frau, er wäre von jedem Fehlverhalten reingewaschen worden, obwohl er sich in einer Stadt außerhalb seiner Zuständigkeit befunden hatte.

»Der Mann, der die Cops rief, rief irrtümlich die Cops aus Milwaukee«, erklärte Schultz. »Alles ging gut aus, weil wir später herausfanden, daß Sasson richtig schießwütig war. Das war nicht der erste Vorfall dieser Art, in den er verwickelt gewesen war. Er trank zuviel und geriet dann mit seiner Waffe in Schwierigkeiten.«

Alles mochte für Schultz gut ausgegangen sein, aber Tom Gaertner vergaß die Sache mit Sasson nie. Er haßte Elfred Schultz. Er wollte nie dem Mann verzeihen, der seinen Freund getötet hatte und damit durchgekommen war.

Als Judy zwei Wochen später herausfand, daß Laurie Judys Mutter erzählt hatte, daß Judy zu Gaertner zog, gab es in ihrem Apartment eine große Szene. Laurie hinterließ ihrer Freundin einen Brief.

Zweite Maiwoche

Judy,

erst einmal habe ich keine Ahnung, wie Du so etwas machen kannst. Wir kommen von Florida nach Hause und entdecken, daß die Hälfte Deiner Sachen fort ist – und dann hören wir von Dir zwei Wochen lang nichts und wissen nicht, ob Du die nächste Hälfte der Miete zahlst oder nicht. Als wir diese Wohnung nahmen, dachten wir auch an Dich, weil Du keine Bleibe hattest. Fred wollte ein kleines Apartment mit einem Schlafzimmer nehmen. ABER NEIN. Ich sagte, laß uns doch Judy helfen. Und dann kommen wir von unseren Flitterwochen zurück, und Du sagst uns, daß die Wohnung gekündigt ist. Willst Du von jetzt an von einem Vermieter zum nächsten laufen? Wir haben hier einen Mietvertrag für ein Jahr unterschrieben – Du hast ihn auch unterschrieben, und dann bist Du bequemerweise in Delafield geblieben, während Fred und ich alles hier hereingeschafft haben.

Der einzige Grund, weshalb ich mit Deiner Mom gesprochen habe, war meine Sorge um Dich, weil ich weiß, wie impulsiv Du Dich in etwas stürzt, ohne nachzudenken. Ich habe Tom nicht angeschwärzt. Ich glaube nur, ich hätte Angst vor jemandem, der so massig ist. Abgesehen davon, jemand, der Cops dermaßen offensichtlich haßt, spricht nicht gerade für Anständigkeit und Moral. Ich spiele nicht auf Drogen an. Ich kümmere mich nicht um Verbrechen ohne Opfer, aber ich kümmere mich darum, wenn meine Freundin zum Opfer werden könnte. Lach ruhig, wenn Du willst, aber ich sage Dir das trotzdem. Billige Taktik? Der einzige Grund, aus dem ich nicht schon früher mit Dir zusammenziehen wollte, war die Angst vor einer solchen Situation wie jetzt, und Jan Bauman (eine gemeinsame Freundin) *warnte mich vor dem Zusammenleben mit Dir, und sie hat recht behalten. Danke für die Folie und den Zucker. Hier ist Geld für Dein Sonnenöl, das Freddy vergessen hat.*

Laurie.

P. S.: Was mit Toms bestem Freund (seltsam – ich dachte, er haßt Cops) und Freddy passiert ist, sollte nichts mit Dir und mir zu tun haben. Falls Tom Dich vom Gegenteil überzeugt hat, solltest Du nicht so leicht beeinflußbar sein.

P. P. S.: Billige Taktik ist es, mein ganzes Geschirr für Dein Abendessen zu benützen und einen riesigen Saustall zu hinterlassen, als wolltest Du sagen – leckt mich!

Ach ja, Du solltest Deine Anhörung vor Gericht lieber zu einem anderen Richter als Siefert verlegen.

Als Gaertner den Brief las, wurde er wütend und stellte Laurie zur Rede.

»Hör mal«, schrie er. »Es ist uns verdammt egal, was eure Finanzen angeht, und ich scheiße auf den Saustall, den Judy in der Küche gemacht hat, oder auf das, was du ihrer Mutter gesagt hast. Ich weiß nur, daß dein Mann nichts weiter ist als ein verängstigter Pisser, der meinen besten Freund getötet hat! Er ist ein schießwütiges Schwein!«

Endlich hatte Laurie genug von Judy Zess und verlangte von ihr, ihre Sachen aus dem Apartment zu holen. Die Miete war ihr egal, solange Judy Zess und ihre Probleme nur fort waren. Doch Judy würde nicht lange fort bleiben. Eine knappe Woche später wurde Gaertner von Bundesagenten verhaftet und wegen Besitzes von Kokain und der Absicht, die Drogen zu verkaufen, angezeigt.

Judy kam weinend in das Apartment, als sie ihre restlichen Sachen holte. Sie zog wieder in das Haus nahe dem Lake Michigan, in dem sie mit Laurie und Schultz gewohnt hatte. Während Gaertner seine Probleme mit dem Gesetz zu ordnen versuchte, konnte sie in seinem Apartment bleiben.

Laurie half Judy, ihre restlichen Besitztümer einzupacken, und Fred stritt am Telefon mit Christine. Er fand heraus, daß sie die Jungen mit ins nördliche Wisconsin genommen hatte, um über das Wochenende des Memorial Day ihre Familie zu besuchen. Fred verlangte, verständigt zu werden, sobald die Jungen die Stadt verließen. Laurie hörte ihn durch die Tür schreien.

»Zehn miese Jahre, und ich bezahle mit zusammengebissenen Zähnen«, sagte er. »Erzähl mir nicht den Mist, Chris. Ich weiß, wieviel du verdienst. Ich werde dein Einkommen so schnell ich kann bei einem Richter offenlegen! Ich sehe dich vor Gericht wieder.«

Hinterher kam Fred lachend ins Zimmer. Er erzählte Laurie, jemand habe Honeck bei der Polizei angezeigt, weil er mit Chris schlief. Eine antiquierte Vorschrift erlaubte es Polizisten in Milwaukee nicht, mit anderen Frauen außer der Ehefrau zusammenzuwohnen oder Sex zu haben. Fred berichtete auch, Honeck und Christine hätten Laurie im Verdacht.

»Ich?« fragte Laurie verblüfft.

»Ist das nicht köstlich?« fragte er. »Ich weiß, daß du es nicht warst, weil ich es war.«

Am nächsten Tag hatten sie Honecks rauhe Stimme auf ihrem Anrufbeantworter. »Ihr könnt mich mal, ihr Hundesöhne«, hieß seine Nachricht.

Laurie war weniger über den Anruft schockiert als darüber, daß Fred ihre neue, nicht im Telefonbuch aufgeführte Telefonnummer an Christine gegeben hatte, ohne sie zuerst zu fragen. Es wurde für sie immer offensichtlicher, daß Fred Schultz zwar behauptete, geschieden zu sein, aber nie wirklich aus seinem letzten Zuhause ausgezogen war. Laurie verstand nicht, wieso er sich nicht von Christine befreien konnte.

Als Fred die Tür hinter sich zuschlug und zur Arbeit ging, fragte Laurie sich, ob all dieser Wahnsinn, all die Verzweiflung jemals enden würden. Es war der 26. Mai 1981. Laurie konnte nur hoffen, daß sich die Dinge irgendwie bessern würden.

Der Alptraum explodiert

Am 27. Mai 1981 war die Morgenluft in ganz Milwaukee unbeweglich und warm. Es war fast Sommer. Als Laurie am späten Vormittag ihr Apartment auf der zwanzigsten Straße verließ, waren die Nachbarn dabei, Blumentöpfe ins Freie zu schleppen und die Bürgersteige abzuspritzen. Die Luft roch nach frisch gemähtem Gras. Es war warm genug für Shorts und T-Shirts. Während Laurie zu Vorstellungsgesprächen bei zwei Sicherheitsfirmen fuhr, beobachtete sie, wie Milwaukee von dem langen Winter erwachte, und sie fand, daß die Welt sorgenfrei und verwundbar aussah.

Laurie wußte nicht, was Fred während des Tages machte. Sie hatte keine Ahnung, wie er mit so wenig Schlaf auskommen konnte. Als sie um fünf von ihren Vorstellungsgesprächen heimkam, klagte er, daß er sich den ganzen Nachmittag hin und her gewälzt hatte und noch immer erschöpft war. Sie aßen eine rasch zusammengestellte Mahlzeit, und dann kamen Lauries Eltern mit einigen Kartons, damit Laurie die letzten Sachen für den neuesten Umzug einpacken konnte. Fred hatte ein winziges Apartment nicht weit von dem Haus der Bembeneks in South Milwaukee gemietet. Sie dachten, ihre Verbindung mit Judy Zess wäre endlich vorüber.

Fred beschloß, wieder ins Bett zu gehen. Lauries Dad ging, und ihre Mom blieb und half ihr beim Packen. Laurie genoß die Zeit mit ihrer Mom. Sie waren mehr wie Freundinnen und nicht wie Mutter und Tochter. Sie wußte, daß ihre Mutter immer da war, um ihr zu helfen, ganz gleich, was auch passierte.

Es war schon nach elf Uhr abends, als Joe Bembenek zurückkam und seine Frau abholte. Bis dahin war alles in der Wohnung, abgesehen von ein paar Kleidungsstücken, bereit für den Umzug in Freds und Lauries neues Apartment. Die Bembeneks gingen, und Fred stand auf. Er wollte sofort wissen, ob Laurie noch mit einer ihrer Freundinnen, Marylisa, in eine Bar in der Nachbarschaft, das Tropicana, gehen wollte.

»Nein, ich glaube, sie hat es vergessen. Ich habe schon in ihrer Wohnung angerufen, aber ihre Mitbewohnerin sagte, sie wäre nach der Arbeit direkt zu ihrem Freund gegangen, und ich habe seine Nummer nicht«, erwiderte Laurie.

Sie sagte noch, sie wäre ganz froh, nicht mehr auszugehen, weil sie von den Vorstellungsgesprächen und dem Packen den ganzen Abend über erschöpft war.

Als Fred um 23 Uhr 15 zur Arbeit ging, sagte er, daß er vielleicht irgendwann während der Nacht auf einen Kaffee vorbeikommen würde. Wenn es eine ruhige Nacht war, fuhren Fred und sein Partner oft am Apartment vorbei und kamen herein, wenn das Licht brannte. Laurie wußte, daß er während seiner Schicht jederzeit auftauchen konnte. Oft hielt sie eine Kanne Kaffee auf dem Herd warm für den Fall, daß er erschien.

Fred rief sie während der nächsten neunzig Minuten dreimal an. Obwohl Fred sie oft während der Arbeit anrief, fand Laurie, daß er in dieser Nacht einen neuen Rekord aufstellen wollte. Er behauptete, sich Sorgen zu machen, Zess und Gaertner könnten versuchen, in das Apartment zu gelangen, während er weg war, um ihr etwas anzutun. Laurie war überzeugt, daß er das bloß als Ausrede vorschob, um sie zu überprüfen. Sie hielt ihn einfach für eifersüchtig.

Erst vor einer Woche war sie mit Judy Zess einkaufen gegangen. Sie hatte Fred einen Diamantring von dem Geld gekauft, das sie vom Finanzamt zurückerhalten hatte, nachdem sie ihren Lohnsteuerausgleich eingereicht hatte. Als sie nach Hause kam, schrie er sie an, weil sie so spät dran war. Als sie ihm angewidert den Ring an den Kopf warf, stand er nur noch mit offenem Mund da.

Kurz nach Mitternacht, nach Freds drittem Anruf, schlief Laurie über einem Buch ein.

Zwei Meilen entfernt schlief Christine Schultz ebenfalls. Der kleine Fernseher, den sie eingeschaltet hatte, warf unheimliche Schatten auf ihre Schlafzimmerwände. Auf der anderen Seite des Korridors kuschelten sich ihre Söhne – Fred Schultz' Söhne – in dem unteren Stockbett zusammen.

Während seine Frauen schliefen, nahm Elfred Schultz, der Milwaukee-Detective, mehrere Drinks in einer Bar im Zentrum von Milwaukee, Georgie's Pub and Grub, zusammen mit seinem Partner Michael Durfee und dem Besitzer der Bar, George Marks. Schultz und Durfee waren im Dienst, aber sie tranken trotzdem. Viele Cops tranken im Dienst. Die Polizisten und George Marks verließen George's und gingen in eine andere Bar, Tompter's Inn, etwa zwei Meilen entfernt. Sie nahmen dafür den nicht gekennzeichneten Wagen der Kriminalpolizei.

Um zwei Uhr nachts explodierte die Nacht in Christine Schultz' Haus. Ein Schuß fiel. Schritte hämmerten, hämmerten, hämmerten. Zwei kleine Stimmen schrien um Hilfe. Sirenen. Lichter. Wahnsinn und Chaos einer Tragödie. Christine Jean Schultz war tot.

Um 2 Uhr 42 am 28. Mai 1981 griff Laurie Bembenek automatisch nach dem klingelnden Telefon. Halb schlafend hörte sie die Stimme ihres Mannes. Sie glaubte, noch immer zu träumen. »Laurie, bist du wach?« schrie Schultz. »Bist du wach? Wach auf!«

»Was ist denn?« fragte Laurie, noch immer im Schlaf gefangen.

»Laurie! Chris ist erschossen worden! Sie ist tot! Ich fahre jetzt zum Haus und sehe nach den Jungs. Bist du in Ordnung?«

»Natürlich«, sagte Laurie und hielt das ganze Gespräch für einen Traum. Sie schlief schon wieder, bevor sie auflegte. Fred rief eine Stunde später noch einmal an. Diesmal begriff Laurie, daß sie nicht träumte. Christine Schultz war tot. Sie warf sich einen Hausmantel über und ging nach unten, um auf Fred zu warten und Kaffee zu machen, aber die Kaffeekanne war eingepackt. Laurie setzte sich auf einen Karton und wartete.

Sie rief ihre Mom an. Sie rief Judy Zess an. Sie rief ihre Freundin Joanne an. Sie sorgte sich. »Mein Gott«, sagte sie. »Was soll ich denn mit zwei Kindern machen?« Sie nahm einen Schluck aus einer Whiskyflasche, die aus einem Karton ragte.

Um vier Uhr morgens tauchten zwei Detectives in ihrem Apartment auf. Sie wollten ihr ein paar Fragen über Honeck und über Fred Schultz stellen. Sie fragten Laurie, ob sie eine Waffe besaß. Wie war es mit einem grünen Jogginganzug? Laurie beantwortete alle ihre Fragen. Sie sagte, sie würde alles tun, um zu helfen. Es gab allerdings nicht viele Fragen. Die Untersuchung von Fred Schultz' Rolle in der Ermordung seiner Exfrau hatte soeben begonnen und geendet.

Es dauerte noch eine Stunde, bis Fred heimkam. Michael Durfee, Freds Partner, war bei ihm. Laurie ließ sie in die Wohnung, und sie rannten ins Schlafzimmer. Laurie folgte ihnen. Durfee hatte Freds Privatrevolver, Kaliber 38, in der Hand und kontrollierte die Patronen und ließ sie in seine Hand fallen. Er roch am Lauf.

»Nein«, sagte er. »Dieser Revolver ist nicht abgefeuert worden. Fred, warum reinigst du das Ding nicht von Zeit zu Zeit?«

»Ja«, sagte Fred. »Ich wollte nur diese Waffe sofort überprüfen und unseren Bericht darüber machen. Auf diese Weise wird es keine Fragen geben.«

»Abgesehen davon«, sagte Durfee, »glauben wir, daß der Kerl heute nacht eine Fünfundvierziger benützt hat.«

Laurie sammelte ihre Kleider ein, ging ins Bad und zog sich um. Sie war betroffen über Freds gefaßten Zustand. Ihre Gedanken flossen von Fragen über. Warum war er so begierig darauf, daß seine Waffe überprüft wurde? Warum war er so emotionslos?

Fred erklärte Laurie, daß sie mit ihm in die Stadt kommen sollte. Er sagte, sie müsse Christines Leiche identifizieren. Laurie hielt das für eine sonderbare Bitte, da Stu Honeck sie bereits gesehen hatte. Fred erklärte, Stu wäre am Tatort gewesen. Aber sie sagte nichts. Sie stieg zusammen mit Fred und Durfee in den Streifenwagen und fuhr in die Stadt.

Laurie und Fred betraten allein die Leichenhalle. Laurie blieb zurück, bis Fred sie näherwinkte. Sie war noch nie so nahe einer Leiche gewesen. Die ganze Sache erschien ihr unrealistisch. Christine war mit einem Schlüpfer und einem T-Shirt mit Adidas-Logo auf der Vorderseite bekleidet. Lange Schnüre hingen locker an ihren Handgelenken. Ein blauer Schal war um ihren Hals geschlungen. Fred erklärte ihr, er wäre als Knebel benützt worden. Dann rollte er die Leiche seiner Exfrau herum, damit er die Einschußwunde an ihrem Rücken betrachten konnte. Laurie wich für einen Moment zurück. Die Wunde war sehr groß. Laurie fragte sich, ob Christine sexuell mißbraucht worden war, sagte jedoch kein einziges Wort. Sie stand einfach da und wunderte sich, warum Fred darauf bestanden hatte, daß sie mit ihm kam. Dann gab er ihr ein Zeichen, sie solle näherkommen.

»Sieh dir das an«, sagte er und deutete auf den Bereich rings um die Schußwunde. »Das nennt man strahlenförmige Ausbreitung. Siehst du, wie der Lauf der Waffe einen Eindruck auf der Haut hinterlassen hat? Die Waffe war direkt auf ihrer Haut aufgesetzt.«

Endlich verließen sie das Schauhaus. Laurie wußte nicht, was sie sagen sollte. Was sie gerade gesehen hatte, war tragisch und schrecklich.

Fred sprach mit dem Coroner, dem Leichenbeschauer, während Laurie in dem kleinen Büro zusammen mit Durfee wartete. Sie hörte, wie Fred Fragen über Christine beantwortete.

»Wie würden Sie ihren körperlichen Zustand beschreiben?«

»Sehr athletisch«, sagte Fred rasch. »O ja, sehr athletisch. Sie war im College im Schwimmteam.«

Laurie traute ihren Ohren nicht. Sehr athletisch? dachte sie. Du hast mir einmal erzählt, du konntest Chris nicht einmal dazu bringen, mit dir zu joggen. Er hatte Laurie oft erzählt, daß seine erste Frau faul, fett und unmotiviert war. Jetzt erzählte er dem Coroner etwas anderes.

Dann hörte sie ihn sagen: »Es war bei ihr ganz üblich, daß sie in nichts als einem T-Shirt und einem Schlüpfer um das Haus lief.«

Als nächstes sagte Fred zu Laurie, sie solle auf ihn in der Cafeteria des Polizeiverwaltungsgebäudes warten. Ein Inspektor wollte oben in seinem Büro mit ihm sprechen. Als Fred seine Aktentasche aufschnappen ließ, um sein Notizbuch hineinzuwerfen, bemerkte Laurie, daß er seinen Privatrevolver in der

Tasche hatte. Es war die Waffe, die Durfee vorhin überprüft hatte.

Während Laurie wartete, fragte sie sich, wer mit Fred sprechen wollte. Und sie fragte sich, wer Christine Schultz getötet hatte und warum. Was würde jetzt aus den Jungen werden? Wo sollten sie alle leben? Was passierte mit ihr?

Um die Wahrheit zu sagen

An dem Tag nach dem Mord an Christine Schultz legten Laurie und Fred ihre Energie in die Sorge um Shannon und Sean. Die Jungen verstanden nicht wirklich, was passiert war. Sie wußten, daß ihre Mutter ermordet worden war, und sie wußten, daß sie den Mann gesehen hatten, der sie getötet hatte. Die Realität des Mordes würde sie später treffen, aber am 28. Mai 1981 hielten sie sich besser als erwartet.

An diesem Nachmittag brachten Fred und Laurie die beiden in ihre Wohnung. Überall standen Kartons herum, und die Jungen schalteten den Fernseher ein, während Laurie und Fred für sie Betten machten. Sie sahen sich die Abendnachrichten an. Ein Nachrichtensprecher sagte, die Polizei würde einen großen Mann mit einem langen Pferdeschwanz suchen, der einen grünen Jogginganzug trug. Der Mann hatte ihre Mutter ermordet.

»Aber es war kein grüner Jogginganzug«, sagte Sean. »Es war eine grüne Armyjacke ohne Tarnzeichnung.«

»Manchmal wird in den Nachrichten etwas Falsches gemeldet«, erklärte Fred.

Auch andere Nachrichtensendungen forderten alle auf, die jemanden in einem grünen Jogginganzug in der Nähe des Tatorts gesehen hatten, die Polizei anzurufen. Niemand konnte erklären, wie aus einer grünen Armyjacke ein grüner Jogginganzug geworden war. Die Polizei hatte Probleme, mit den Dutzenden von Anrufen wegen des Mordes Schritt zu halten. Jemand behauptete, ein Hilfspostbote würde der Beschreibung entsprechen.

Gleich nach den Nachrichten wandte Sean sich an seinen Vater und sagte, er habe eine Frage.

»Was denn?«

»Wir haben da alle gestanden, nachdem es passiert war, die Polizisten, Stu, und ... also ... Stu ... Stu sagte: ›Ich wette, Freddy hat das getan!‹ Aber ich weiß, daß du es nicht getan hast, Daddy«, sagte Sean und brach in Tränen aus.

Während die Jungen weiterhin fernsahen, hörte Laurie, wie Fred in einem der anderen Schlafzimmer fluchte und mit Kartons um sich warf.

»Was machst du da?« fragte sie ihn.

»Ich versuche, meine lederne Schmuckschatulle zu finden. Wo ist sie?«

»Ich habe keine Ahnung. Meine Mutter hat in diesem Zimmer eingepackt. Also hat sie alle deine Sachen eingepackt. Warum? Du bringst alles in Unordnung.«

»Sie muß hier sein.«

»Warum brauchst du deine Schmuckschatulle?«

»Darum! Ich habe einen Schlüsselring darin, und einer der Schlüssel paßt zum Haus auf der Ramsey Street. Ich hätte gar keinen Schlüssel zu dem Haus haben sollen. Christine wollte nicht, daß ich einen habe. Darum habe ich einmal, als ich die Jungen abholte, Kopien von Seans Hausschlüssel gemacht. Ich habe einen in meiner Schmuckschatulle versteckt.«

»Einen?«

»Ich hatte einen an meiner Schlüsselkette zusammen mit meinen Schlüsseln, aber ich mußte ihn der Polizei geben, damit sie noch einmal ins Haus kann, um Fingerabdrücke zu nehmen.«

Fred fand endlich den Schlüssel. Laurie stand in dem Zimmer, nachdem er an ihr vorbei hinausgegangen war, und fragte sich, wie sie mit jemandem zusammenleben konnte, ohne etwas so Wichtiges über ihn zu wissen. Fred war hinterhältig. Sie hatte keine Ahnung gehabt, daß es in dem Apartment einen Schlüssel gab, der Christine Schultz gehörte.

Fred sagte dann, sie müßten zu Christines Haus gehen und ein paar Sachen für die Jungen holen. Sie setzten die Kinder bei Lauries Eltern ab. In Christines Haus packte Laurie ein paar Kleidungsstücke der Jungen in eine Papiertüte, während Fred auf und ab ging und sich für den Zustand des Hauses entschuldigte. Es roch wie Hundeurin, und das Kinderzimmer war ein einziges Chaos. Überall lag Spielzeug herum. Kleidungsstücke waren auf den Boden geworfen, und eines der Stockbetten war mit einem urinbefleckten Mickeymaus-Laken bezogen.

»Laß dich davon nicht abschrecken«, sagte Fred. »Die Jungen

durften nie so leben, so lange ich noch hier wohnte. Man muß Kindern Disziplin beibringen.«

Als sie in den Wohnraum gingen, deutete Fred auf eine Metallschatulle in der Mitte des Raums. Er sagte, sie würde normalerweise nicht hier stehen. Er zeigte ihr auch, wie die Stereoanlage verrückt worden war. Fred meinte, es würde so aussehen, als habe jemand nach etwas gesucht. Aber wonach?

Laurie wußte nicht, ob es eine gute Idee war, am Tatort eines Mordes herumzugehen, aber Fred war Polizist. Sie folgte ihm von Zimmer zu Zimmer und hörte ihm zu, wie er Christines Fähigkeiten heruntermachte, das Haus in Ordnung zu halten, an dem er so viele Monate gebaut hatte.

Fred war sicher, daß Honeck etwas mit dem Mord zu tun hatte. Als sie ins Bad kamen, warf er einen Blick in die Dusche. Schmutzige Wäsche stapelte sich darin. Laurie bemerkte eine Rolle Verbandszeug, die aus dem Medizinschränkchen gefallen war und sich auf dem Fußboden aufgewickelt hatte. Es war das Verbandszeug, mit dem Sean versucht hatte, seiner Mutter das Leben zu retten. Als sie das Bad verließen, meinte Fred, er wäre sicher, Honeck habe gelogen, als er die Zeit angegeben hatte, wann er Christines Haus verlassen hatte.

»Du warst mit mir in der Leichenhalle. Chris war perfekt sauber«, sagte er. »Ihr Haar war frisch gewaschen. Es hat unter den Lichtern geschimmert. Sie sah nicht wie jemand aus, der den ganzen Nachmittag im Garten gearbeitet hat. Als ich Stu sah, war auch er sauber. Beide hatten irgendwo geduscht, aber nicht hier. Hätte Chris hier geduscht, hätten diese Wäschestücke auf dem Boden gelegen. Sie hätte sie nicht in eine nasse Wanne zurückgelegt. Ich wette, sie war eine Zeitlang bei Honeck zum Duschen und Bumsen, und er sagt es nur nicht.«

»Was ist, wenn man keine Samenspuren bei der Autopsie findet?« fragte Laurie. »Ich finde, du solltest keine voreiligen Schlüsse ziehen. Vielleicht hat Honecks Story ein paar Löcher, aber das ergibt noch keinen Mord. Außerdem wohnt Orval Zellmer genau gegenüber von Honeck auf der anderen Straßenseite. Er ist der König der Abteilung für interne Angelegenheiten. Du weißt, daß er in Milwaukee die internen Untersuchungen leitet. Wenn Honeck im Verdacht stand, mit Chris zu schlafen, bezweifle ich, daß sie zu ihm in die Wohnung ging.«

Fred setzte seine Suche fort. Er fand einen gut bestückten Barschrank und verwünschte Christine dafür, daß sie extra Geld von ihm verlangt hatte, weil sie nicht genug für Essen hatte. Er fischte eine Packung Antibabypillen hervor und winkte damit.

»Sieh dir das an!«

»Hör mit dem Herumschnüffeln auf«, drängte Laurie. »Laß uns gehen. Du regst dich über Winzigkeiten auf. Wüßte ich es nicht besser, würde ich sagen, daß du dich eifersüchtig benimmst. Mein Gott, Fred, sie ist tot!«

Christine Schultz wurde in Appleton, Wisconsin, begraben, und Fred und Laurie fuhren mit Sean und Shannon hin, mieteten ein Hotelzimmer und nahmen an der Beisetzung teil. Fred weinte nicht in den zwei Tagen, die sie in Appleton verbrachten, und die Jungen ebenfalls nicht.

Als Laurie mit Fred an Christines offenen Sarg herantrat, sahen sie beide, daß sie einen Diamantring trug. Keiner von ihnen hatte ihn jemals zuvor gesehen. Im Schauhaus hatte Christine den Ring nicht an der Hand gehabt. Später wurde Honeck als Christines Verlobter vorgestellt, und Fred spekulierte, ob Christine und Honeck in der Mordnacht gestritten hatten, weil sie sich weigerte, ihn zu heiraten. Er wollte diese Möglichkeit nach der Rückkehr nach Milwaukee bei der Polizei erwähnen.

Auf der Rückfahrt nach Milwaukee erklärte Fred, er werde Eugene Kershek bitten, sich um den Papierkram wegen Christines Nachlaß zu kümmern. Laurie hielt das für sonderbar, weil er Christines Scheidungsanwalt gewesen war und Fred letztlich mehr Geld hatte zahlen müssen, als er seiner Meinung nach zahlen sollte. Dann sagte Fred auch noch, Kershek wäre *cool*. Laurie verstand seine Denkweise nicht.

Zurück in Milwaukee, wurde Fred zur Tagesschicht versetzt. Laurie wollte, daß sie sich sofort eine Wohnung suchten, weil sie aus dem Apartment auf der zwanzigsten Straße ausziehen mußten und außerdem mehr Platz für die Jungen brauchten.

Fred schlug vor, sie sollten in Christines Haus auf der Ramsey Street ziehen.

Laurie sagte entschieden nein. Das wäre Christines Zuhause gewesen. Es war voll von ihren Erinnerungen, von Babyfotos der Kinder, Erinnerungen an ihr Leben mit Fred. Laurie konnte niemals dort wohnen. Fred drängte, aber Laurie meinte, sie könnten ein paar Wochen wohnen bleiben, wo sie jetzt waren, und dann in das Haus ihrer Eltern ziehen, während diese an der Westküste waren. Fred sagte, sie solle sich Zeit lassen und über die Ramsey Street nachdenken.

Laurie bewarb sich weiterhin um Jobs im Sicherheitsdienst, während sie stundenweise im Fitneßcenter arbeitete. Ein paar Tage nach dem Mord tauchten eines Nachmittags zwei Detectives bei ihr auf und fragten sie, ob sie bereit war, sich einem Lügendetektortest zu unterziehen. Laurie hatte gerade einen solchen Test als Teil einer Stellenbewerbung gemacht und war von der Vorstellung nicht begeistert. Sie wußte, daß Lügendetektortests langwierig und manchmal nicht eindeutig waren. Die Detectives behaupteten, sie würden Honeck, Judy Zess, Laurie und Fred Schultz bitten, sich dem Test zu unterziehen. Laurie hätte fast zugestimmt, als die Detectives vor ihr standen und sie anlächelten, aber dann dachte sie, die Polizei könne den Test gegen sie wegen ihrer Diskriminierungsklage verwenden.

Sie rief Freds Anwalt, Richard Reilly, an, und er meinte, es wäre nicht gut, den Test zu machen.

»Absolut nein«, sagte er. »Ich würde Ihnen abraten. Die Polizei kann die Ergebnis verfälschen. Vertrauen Sie ihnen nicht. Man kann Sie nicht zu einem Test mit dem Lügendetektor zwingen.«

Fred erklärte Laurie, er werde den Test machen, obwohl Reilly ihm davon abriet.

»Das ist sehr dumm«, erwiderte Laurie.

»Ich muß es tun«, behauptete Fred. »Wegen der Kinder. Die Polizeiführung hat versprochen, jeden, der dem Test zustimmt und ihn besteht, als unschuldig zu betrachten. Sie werden mich dann nicht mehr belästigen.«

»Judy macht auch keinen Test«, erwiderte Laurie. »Wer weiß, was sie einen fragen, wenn sie einen erst einmal an den Stuhl geschnallt haben. Du könntest gefeuert werden.« Fred Schultz machte den Test. Er kam spätabends wieder und sah schrecklich aus. Er erzählte Laurie, sie hätten ihn ›alles‹ gefragt und wären bis zu seinem sechsten Lebensjahr zurückgegangen. Er hatte zugegeben, daß er am College Hasch geraucht und einmal wegen eines Strafzettels beim Autofahren gelogen hatte. Und er erzählte den Männern, die den Test durchführten, daß er Christine Schultz einmal geschlagen hatte.

Laurie mühte sich in ihrer neuen Rolle als Mutter ab. Sie vertraute ihrer eigenen Mutter an, daß es schwierig war, mit zwei kleinen Jungen fertig zu werden. »Ich wollte nie Kinder haben, und jetzt sind sie plötzlich da«, sagte Laurie. »Ich weiß nicht, wie, um alles in der Welt, ich das je machen soll.«

Die Jungen klammerten sich an Laurie und versicherten ihr ständig, wie sehr sie sie liebten. Ein Kinderpsychologe, Ken Ploch, versicherte, die ständigen Alpträume der Jungen würden mit der Zeit verschwinden. Jeden Morgen fand Laurie die Jungen neben ihr im Bett. Der Psychologe meinte auch, es wäre eine gute Idee, daß die Jungen in ihr eigenes Zuhause auf der Ramsey Street zurückkehrten.

Lauries Mom half ihr weiterhin mit Christines Kindern, während Laurie sich nach Arbeit umsah. Sie bewarb sich um einen Job beim Sicherheitsdienst der Marquette University in Milwaukee und drückte sich die Daumen, daß sie ihn bekommen würde. Es wäre so ziemlich die gleiche Art von Arbeit gewesen, die sie als Polizistin getan hatte.

Als Ende Juni der Mietvertrag für das Apartment auslief, brachten Laurie und Fred alle ihre Kartons und die Jungen in das Haus ihrer Eltern. Und sie setzten ihren Streit über den Umzug in das Haus auf der Ramsey Street fort. Fred erzählte Laurie, Christines Mutter hätte ihn aufgefordert, ein Angebot für den Ankauf der Hälfte des Hauses zu machen.

»Mit anderen Worten, sie erwartet, daß ich die Hälfte meines Hauses von meinen Kindern kaufe«, sagte er.

Fred erzählte ihr auch, als er das Bett in Christines Schlafzimmer auseinandergenommen hatte, wäre ein Vibrator herausgefallen.

»Ich kann nicht glauben, daß die Polizei ihn nicht entdeckt hat«, sagte er. »Aber es ist kein Wunder, der Tatort war in dieser Nacht ein regelrechter Zirkus. Fast jeder Streifenpolizist der South Side trat auf den anderen herum.«

Fred rief zwei Detectives an, nachdem er den Vibrator gefunden hatte, aber sie waren nicht interessiert genug, um ihn zu konfiszieren.

»Sie hätten ihn ins Kriminallabor bringen und auf Spuren von Schamhaaren und Samen testen lassen können«, sagte Fred. »Aber sie haben sich so richtig ›Wen schert's?‹ aufgeführt«

Fred erzählte auch, die Polizei würde einen Mann überprüfen, den man als Verdächtigen bei Christines Ermordung betrachtete. Er wohnte gegenüber dem Haus auf der Ramsey Street.

»Er ist als eine Art Irrer beschrieben worden. Ein seltsamer Typ, lebt allein und hat eine Latte von emotionalen Problemen.«

Fred sagte, der Mann, Ray Kujawa, habe gemeldet, daß ein .38er-Revolver aus seiner Garage gestohlen worden war. »Aber die Waffe, die bei Chris verwendet wurde, war doch eine .45er, oder?« fragte Laurie.

»Nein. Die Ballistiker haben festgestellt, daß es ein .38er war.«

»Warum war dann das Einschußloch so groß?«

»Sie sagten, die Wunde wäre so groß wegen der geringen Distanz, aus der geschossen wurde. Direkt an der Haut.«

»Dann hat dieser Kerl also eine Waffe mit demselben Kaliber als gestohlen gemeldet, noch bevor die Polizei wußte, daß es ein .38er war?«

»Ja. Er hat auch einem Nachbarn gegenüber angegeben, daß ihm sein grüner Jogginganzug fehlt.«

»Er muß verrückt sein.«

»Er arbeitet in einer Fabrik in der zweiten Schicht und hat lange braune Haare. Als Hobby lackiert er Autos, also müßte er eine Lackierermaske haben.«

»Der Mörder trug eine Maske?«

»Also, laut Shannon ja. Aber du kennst das Kind. Ich zweifle ernsthaft an seiner Glaubwürdigkeit. Er behauptet auch, er hätte einen silbernen Revolver mit Perlmuttgriffen gesehen.«

Nachrichten über den Mord an Christine Schultz verschwanden von den Titelseiten der Lokalzeitungen, obwohl die Polizei keinen Verdächtigen festgenommen hatte. Das Leben auf der South Side von Milwaukee kehrte zum Alltäglichen zurück. Die Menschen in Milwaukee vertrauten darauf, daß die Polizei den Mann finden würde, der Christine getötet hatte.

Laurie bekam den Job an der Marquette University und arbeitete als Campuspolizistin, und sie liebte ihre Tätigkeit. Sie begann sogar zu denken, daß vielleicht alles in Ordnung kam. Die Chefin ihrer Abteilung, Carol Kurdzeil, war eine wunderbare Vorgesetzte, und Laurie mochte sie sofort. Das war ein himmelweiter Unterschied zu ihrer Arbeit als Polizistin in Milwaukee.

Dann kam Fred von der Arbeit heim und berichtete, daß man ihn wegen des Mordes befragte. Man wollte wissen, ob er einen Schlüssel für das Haus auf der Ramsey Street hatte. Fred gab zu, in der Nacht des Mordes einen Schlüssel bei sich und einen zweiten in seiner Wohnung gehabt zu haben. Einige Polizisten wußten das bereits, weil Fred in der Mordnacht einen der Schlüssel an sie übergeben hatte.

»Sie müssen wissen, daß Honeck auch einen Schlüssel hatte«, meinte Laurie.

»Ich weiß es nicht. Es war so, als wollten sie feststellen, ob du oder ich Zugang zu dem Haus hatten, weil es keine Anzeichen eines gewaltsamen Eindringens gab.«

»Du oder ich!« Laurie schrie fast. »Warum? Ich wußte nicht einmal etwas von dem Schlüssel. Zum ersten Mal habe ich von dem Schlüssel gehört, als du alle Kartons aufgerissen und danach gesucht hast.«

»Ich weiß. Ich habe das geheimgehalten, weil ich keinen Schlüssel zu diesem Haus haben sollte.«

»Hast du ihnen das erklärt?«

»Nein. Dadurch hätte ich schlecht ausgesehen.«

»Du! Himmel, was ist mit mir? Du stellst das so hin, als hätte ich einen Schlüssel zu diesem Haus gehabt. Warum hast du ihnen überhaupt erzählt, daß du noch diesen zweiten Schlüssel hattest?«

»Ich konnte nicht lügen. Falls uns die Polizei später im Haus sah, hätte ich ohnedies erklären müssen, wie wir dort hineingelangten.«

Laurie wollte verzweifelt Fred glauben. Er war ihr Ehemann. Aber es sah so aus, als wollte er die Schuld von sich selbst abschieben und ihr anlasten. Sie wurde zornig. »Kein Wunder, daß sie mich gedrängt haben, einen Test mit dem Lügendetektor zu machen!« schrie sie ihn an. »Du warst einfach zu feige, um die Schuld auf dich zu nehmen!«

»Quatsch!« schrie Fred zurück.

»Von wegen Quatsch! Es hat nichts wie Ärger gegeben, seit wir geheiratet haben. Meine Mutter sagte mir, daß geschiedene Männer nichts wie Ärger verursachen. Ich hätte auf sie hören sollen. Ich dachte, du wärst ganz anders.«

»Was willst du mir denn damit sagen?«

»Ich will dir sagen, daß ich es leid bin, dein Sündenbock zu sein, und ich will aus dieser ganzen häßlichen Situation raus. Ich ziehe nicht in das Haus auf der Ramsey Street. Ich spiele nicht Hausmütterchen für zwei Kinder, die nicht mir gehören. Ich bin es leid, von deiner Familie wie Dreck behandelt zu werden, und ich bin diese ganze Sache leid!«

»Entweder wohnst du mit mir auf der Ramsey Street in meinem Haus, oder ich verlasse dich!«

»Fein! Ich wohne hier bei meinen Eltern, und ich gehe jeden Tag zur Arbeit und brauche mich nicht mehr um die vollgemachten Unterhosen von Jungen zu kümmern! Geh du nur in dein verdammtes Haus!«

Fred nahm die Jungen und fuhr zum Baseballtraining. Laurie wollte in ihren Wagen steigen und so schnell wie möglich wegfahren. Sie fühlte sich gefangen. Als Fred mit den Jungen zurückkehrte, stimmte Laurie endlich zu, in die Ramsey Street zu ziehen, bis das Haus verkauft werden konnte. Es kam ihr so vor, als hätte sie keine andere Wahl. An diesem Punkt ihres

Lebens wollte sie Fred nicht verlieren. Sie hatte das Gefühl, als wäre er alles, was ihr noch geblieben war.

Als Laurie am nächsten Tag bei der Arbeit einen Anruf von Freds Anwalt erhielt, wußte sie nicht, was sie denken sollte. Reilly berichtete ihr, daß man im Kriminallabor Blut an Freds Dienstrevolver gefunden hatte.

Fred behauptete, nur zwei Waffen zu haben. Sein Privatrevolver, die Waffe, die Fred und Durfee in der Mordnacht überprüft hatten, war ein kleiner Smith & Wesson Kaliber .38 mit hölzernen Griffschalen und einem Zwei-Zoll-Lauf. Sein Dienstrevolver, auch ein .38er, hatte einen Vier-Zoll-Lauf und einen großen schwarzen Gummigriff. Er benützte bei der Arbeit immer die größere Waffe.

An diesem Abend erzählte ihr Fred, das Blut auf dem Revolver wäre Blutgruppe A, seine sowie Christines Blutgruppe. Laurie hatte keine Ahnung, ob sein Blut wirklich der Gruppe A angehörte.

»Fred, das muß ein Trick sein«, meinte Laurie.

»Vielleicht ist es mein Blut auf diesem Revolver von einem Kampf, in den ich bei der Arbeit verwickelt wurde. Wir wurden zu einer Sache in Monreal's gerufen . . .«

»Du hast mir nicht erzählt, daß du bei der Arbeit verletzt wurdest.«

»Ich wurde nicht schlimm verletzt, aber ich habe einen Kratzer am Arm abgekriegt. Das muß es sein. Die sind auf mir herumgekrochen, seit wir im Labor waren. Die könnten mich auch gleich anklagen, aber ich hatte in jener Nacht Dienst. Dann haben sie auch noch so was Lächerliches gesagt, du könntest in jener Nacht die Waffen ausgetauscht haben. Ist das nicht albern?«

»Ich?« fragte Laurie. »Wovon sprichst du, Fred?«

»Du hast kein Alibi für jene Nacht.«

»Bist du wahnsinnig? Hier geht es um Mord! Ein Alibi?«

»Ich weiß, aber sie haben mich verhört.«

»Es ist deine Waffe! Sie haben Blut auf der Waffe gefunden, die du in jener Nacht getragen hast. Warum haben sie Fragen nach mir gestellt?«

»Ich habe den Test mit dem Lügendetektor bestanden, und du hast ihn abgelehnt.«

Laurie schüttelte den Kopf, um sich davon zu vergewissern, daß sie wirklich wach war. Was versuchte Fred ihr beizubringen? Was versuchte er mit ihr zu machen? Sie entschied rasch, daß das Blut auf Freds Waffe von ihm sein mußte. Es konnte nicht von Christine stammen. Die Detectives stellten nur Routinefragen. Fred konnte unmöglich denken, daß sie seine Exfrau ermordet hatte. Oder?

Laurie erinnerte sich auch daran, wie besorgt Fred an dem Morgen nach dem Mord gewesen war, als er über das Zusammentreffen sprach, das er mit Vorgesetzten hatte, gleich nachdem sie Christines Leiche inspiziert hatten. Er kam in die Küche ihrer Eltern und erzählte ihr und ihrer Mom und ihrem Dad, daß er immer wieder über Christines Ermordung befragt worden war und über seine Tätigkeiten in der Mordnacht. Fred zitterte sogar, als er ihnen davon erzählte.

»Ich habe zu ihnen gesagt, sie sollten mich unter Anklage stellen, oder ich würde einfach weggehen«, berichtete Fred vor Laurie und ihren Eltern.

Laurie begann sich zu fragen, was sich tatsächlich bei diesem Zusammentreffen abgespielt hatte.

An diesem Wochenende halfen Freunde und Verwandte Fred und Laurie, das Haus auf der Ramsey Street auszuräumen. Sie wollten in der folgenden Woche ihre Kartons und Möbel in das Haus bringen, alles aufstellen und anfangen, dort zu leben.

Laurie saß auf einem Karton mitten in Christine Schultz' Wohnzimmer und blickte aus einem der Fenster. Sie sagte sich, sie müsse daran glauben, daß alles gut werden würde. Sie würden in das Haus ziehen, es herrichten und verkaufen und sich ein eigenes Zuhause beschaffen. Irgendwie würde sie es schon schaffen.

Laurie griff nach dem Karton und ging nach draußen. Es war heiß, und die Blumen, die Christine im Monat zuvor gepflanzt hatte, begannen gerade zu blühen. Laurie blieb stehen, sah sie an und empfand Traurigkeit und Gram für eine Frau, die sie kaum gekannt hatte.

»Was für eine Verschwendung ... was für eine Verschwendung«, sagte sie, als sie dem Haus den Rücken zuwandte und die heiße asphaltierte Zufahrt hinunterging.

Dem Ertrinken nahe

Der 24. Juni 1981 war ein schwüler Mittwoch. Um die Mittagszeit hielten sich Massen von Stadtbewohnern am Ufer des Michigan-Sees auf. Christine Schultz war seit weniger als einem Monat tot. Die Polizei hatte noch immer niemanden verhaftet.

Laurie brach zur Arbeit auf und erinnerte sich an den winzigen Hamster, den Shannon und Sean ihrem Vater zum Geburtstag geschenkt hatten. Laurie half ihnen, den Hamster in eine kleine Schachtel zu stecken, und sie alle lachten, als Fred den Deckel öffnete und der Hamster heraussprang. Für diese wenigen Momente schien alles normal zu sein. Bisher war ihre Arbeit an der Universität Routine. Als Sicherheitskraft patrouillierte sie zu Fuß und in einem Wagen auf dem Campus. An diesem Nachmittag patrouillierte Laurie in einem Streifenwagen, als sie feststellte, daß sie ihr Funkgerät vergessen hatte. Sie fuhr zurück zur Zentrale der Universitätspolizei.

Es war ungewöhnlich, daß die Tür ihres Sergeants geschlossen war, und sie mußte klopfen, ehe sie eintreten konnte, um ihr Funkgerät zu holen. Als der Sergeant die Tür öffnete, wirkte er geschockt, als er Laurie sah. In seinem Büro saßen zwei Cops von Milwaukee, Lieutenant Carl Ruscitti und Detective Frank Cole. Sie zeigten Laurie ihre Dienstmarken, und Cole sagte: »Sie sind wegen Mordes ersten Grades verhaftet.«

Laurie war wie gelähmt. Bevor sie etwas sagen konnte, nahmen die Männer ihr die Dienstmarke, die Mütze und den Schlüsselring der Universität ab. Dann legten sie ihr Handschellen an. Es war wie in jener Nacht, in der Fred anrief, um ihr zu sagen, daß Christine ermordet worden war. »Das ist ein Traum«, sagte sie. »Das passiert gar nicht wirklich.«

Cole war ein großer Mann, nahezu zwei Meter, und er wog fast dreihundert Pfund. Laurie hatte Angst. Auf der Fahrt zum Verwaltungsgebäude der Polizei sagten die Cops Dinge wie: »Sie sehen eindeutig nicht überrascht aus«, und: »Sie wußten, daß das passieren würde.«

Anstatt Laurie in den Aufnahmeraum zu bringen, führten die Männer sie in das Büro des Stellvertretenden Inspektors und nahmen ihr die Handschellen ab.

»Wir machen das wirklich ungern, aber es ist unser Job«, sagte Cole. »Sie sind so eine schöne junge Lady. Wir lassen gleich den Polizeifotografen heraufkommen, damit er Fotos von Ihnen schießt. Auf diese Weise haben wir einen Beweis, daß wir Sie nicht geschlagen haben. Geht das in Ordnung?«

Laurie nickte. Sie hatte noch nie solche Angst gehabt. Sie wußte, wie die Cops arbeiteten. Wie sie Fakten verdrehen und Unterlagen verändern konnten.

Die Männer boten ihr eine Zigarette an. Laurie sagte, daß sie nicht rauchte. Die Männer begannen das Verhör.

»Also schön. Nun denn, Lawrencia, wir denken, daß Ihr Mann Sie in der Sache reingelegt hat. Sie wissen, daß er es getan hat. Wir können es für Sie leichter machen. Wir wissen, daß ihr beide in die Sache verwickelt wart.«

»Ich verstehe nicht«, sagte Laurie und dachte bei sich: Fred? Er doch nicht. Er war es nicht. Die sind verrückt.

Die Polizisten sagten Laurie nicht, welche Beweise zu ihrer Verhaftung geführt hatten. Das sollte sie erst später herausfinden. Sie nahm an, die Polizei hätte Freds Privatrevolver als Anlaß genommen, sie zu verhaften. Sie war in jener Nacht mit der Waffe in dem Apartment gewesen. Jahre später blickte Laurie zurück und wünschte sich, zugehört zu haben, eine Liste von allem erstellt zu haben, das sich tatsächlich zugetragen hatte in den Monaten, in denen sie Elfred Schultz kennengelernt hatte, mit ihm ausgegangen war und ihn geheiratet hatte. Doch am 24. Juni 1981 waren ihr diese Gedanken fremd. Sie konnte nicht glauben, daß ihr Mann irgend etwas wußte oder tat, was Christine Schultz schadete.

Cole fuhr fort, sie hätten genügend Beweise gegen Laurie, um sie für den Rest ihres Lebens einzusperren. Er sprach über die Alimente, die Fred an Christine zahlte, und dann erwähnten sie, daß Laurie Christine bedroht hatte. Cole wußte, daß Judy Zess schreckliche Dinge über ihre Freundin Lawrencia Bembenek gesagt und sie in Christines Ermordung verwickelt hatte. Sie hatte der Polizei sogar erzählt, Laurie besäße einen grünen

Jogginganzug. Er wußte auch, daß eine rötlichbraune Perücke aus dem Abfluß gezogen worden war, der Lauries Apartment mit dem Nachbarapartment verband. Diese Beweisstücke waren alle nur Indizien, aber wenigstens hatte die Polizei eine Mordverdächtige.

Laurie schwieg. Diese beiden Männer mußten das alles erfinden.

»Unsere Theorie ist, daß ihr zwei einen Plan ausgekocht habt, um Chris Angst einzujagen, aber dann habt ihr es verpatzt und sie statt dessen getötet.«

»Das ist lächerlich«, sagte Laurie endlich.

»Sie wollten Chris aus diesem Haus vertreiben, damit Sie und Elfred dort wohnen konnten.«

Laurie starrte die Männer ungläubig an und konnte sich nicht vorstellen, wie man eine erwachsene Frau aus ihrem Haus vertreiben konnte.

Ruscitti und Cole machten weiter. Sie sagten, falls Laurie mit ihnen kooperierte, würden sie empfehlen, daß die Anklage auf Totschlag reduziert wurde. Laurie erklärte, es wäre ihr Recht zu schweigen, bis sie einen Anwalt hatte. Das verärgerte die beiden Männer, und Cole knallte seinen Stift auf den Tisch. Sie hatten erwartet, Laurie würde gestehen und ihnen ihre Arbeit ein wenig erleichtern.

Cole sagte, Laurie würde auch wegen versuchten Mordes angeklagt, weil sie versucht hätte, Sean in der Mordnacht zu erdrosseln. Cole stand auf, erhob sich dicht neben Laurie in seiner ganzen Länge.

Bevor er den Raum verließ, maß er mit einem Lineal die Länge von Lauries Haaren am Hinterkopf. Der Mordverdächtige hatte einen fünfzehn Zentimeter langen Pferdeschwanz gehabt, und Lauries Pferdeschwanz war kaum fünf Zentimeter lang.

Die müssen schon sehr verzweifelt nach einem Verdächtigen suchen, dachte sie.

Auf dem Weg zur Abnahme der Fingerabdrücke traf Laurie mit Richard Reilly auf dem Korridor zusammen. Er war Freds Scheidungsanwalt, und Fred hatte ihn angerufen und ihm gesagt, er sollte schnellstens zum Polizeigebäude fahren. Freds

Freunde bei der Polizei hatten ihn angerufen und ihm mitgeteilt, daß Laurie wegen Mordes verhaftet worden war.

»Das ist doch alles ein Fehler, nicht wahr?« fragte sie und packte Reilly am Arm. »Die lassen mich doch nach Hause gehen, nicht wahr?«

»Sie hatten keinen Haftbefehl gegen Sie«, erklärte Reilly. »Es sieht sicher nach einem Fehler aus, aber die meinen es ernst. Halten Sie jetzt einfach durch und sagen Sie nichts. Verstehen Sie? Gar nichts. Ich komme so schnell wie möglich wieder zu Ihnen zurück.«

Laurie wurde in eine schmutzige Arrestzelle geschoben. Sie war eng und schwach erleuchtet. Es gab eine Eisenpritsche und eine Eisentür mit einem winzigen Schlitz. Wenn Laurie ihr Gesicht gegen die Tür preßte, konnte sie nur die Wand auf der anderen Seite sehen. Es gab vier Betonmauern, eine Toilette aus Metall und eine kleine Glühlampe an der Decke, die durch ein Drahtgitter geschützt war. Ihre Welt war plötzlich sehr klein geworden.

Sie blieb drei Tage und drei Nächte in dieser Zelle. Sie trug noch immer ihre Uniform von der Marquette University. Das jährliche Sommerfest lief gerade, und das einzige, was Laurie in diesen Tagen und Nächten hörte, war das Lärmen der Betrunkenen, die kamen und gingen. Täglich um 5 Uhr 45 erhielt sie Kaffee und ein Sandwich mit Bologneser Wurst von einer namenlosen Wärterin. Ihre Bluse wurde von Schweiß getränkt. Sie versuchte, sich mit Gymnastik die Zeit zu vertreiben. Es gab nichts zu lesen. Keine Besucher. Später fand Laurie heraus, daß sie in dieser Zelle drei Tage lang festgehalten wurde, während Cole die Strafanzeige gegen sie tippte.

Sie sollte auch herausfinden, daß Lokalzeitungen und örtliche Rundfunk- und Fernsehstationen ihre Verhaftung bereits zur Sensation aufbauschten. Man nannte sie ein schönes Ex-Playboy-Bunny. Reporter durchstreiften die Stadt und versuchten, alles über sie herauszufinden, was nur möglich war. Lawrencia Bembenek, das nette Mädchen von der South Side, machte Schlagzeilen auf der Titelseite.

Am dritten Tag zeigte Reilly sich endlich. Laurie durfte die Zelle verlassen und in den Besucherraum gehen. Die Aufseherin hatte ihr die Brille weggenommen, und sie konnte kaum sehen, wohin sie ging.

»Sie wurden des Mordes ersten Grades angeklagt. Unser nächster Schritt ist es, vor einem Richter zu erscheinen, der Ihre Kaution auf zehntausend Dollar festsetzen wird. Dieser Betrag ist ein Geschenk. Die Kaution wird in den meisten Mordfällen um die hunderttausend herum angesetzt.«

Laurie fand, daß Reilly wie Orville Reddenbacher, der Popcorn-König, aussah. Er hatte eine dünne Stimme, die wie das Summen einer Biene klang. Sie hoffte, daß er wußte, was er tat. Wenn sie bedachte, daß Fred glaubte, er hätte seine Scheidung verpatzt, war sie nicht sicher, ob er der Anwalt war, mit dem sie sprechen sollte. Reilly erklärte, der Fall gegen sie beruhte auf Indizien, deshalb wäre die Kaution so niedrig. Zu den Bedingungen der Kaution würde gehören, daß sie daheim mit Elfred oder ihren Eltern lebte und daß die Jungen, Shannon und Sean, außerhalb der Stadt bei ihren Großeltern wohnten. Laurie dachte nicht daran zu fragen, warum Fred plötzlich nicht mehr als Mitverschwörer betrachtet wurde, obwohl die Cops erst vor drei Tagen behauptet hatten, er wäre derjenige, der den ganzen Mord ausgedacht hatte, um sich von seinen hohen Unterhaltszahlungen zu befreien.

Reilly erklärte auch, sie solle auf ihr Recht einer Vorverhandlung verzichten, ein Vorschlag, bei dem die meisten anderen Anwälte schmerzlich zusammengezuckt hätten. Reilly sagte, ohne Vorverhandlung hätte er mehr Zeit, sich auf den Prozeß vorzubereiten. Ein anderer Anwalt hätte bei der Vorverhandlung darauf gedrängt, daß die Anklagen fallengelassen würden. Er sagte auch, daß ihre Chefin in der Marquette University, Carol Kurdzeil, sie mit Lohnfortzahlung suspendiert hatte.

Laurie saß auf der anderen Seite einer verglasten Trennwand und nickte ständig. Ihr war, als würde sie über allem schweben und zusehen, wie es passierte.

»So muß es sich anfühlen, tot zu sein, in einem schrecklichen, schrecklichen Wirbelwind gefangen zu sein«, sagte sie, als Reilly weiter und immer weiter redete.

»Sind Sie in Ordnung?« fragte er endlich. »Ich muß Ihnen nämlich ein paar Fragen stellen.«

Er wollte wissen, ob Laurie jemals eine Perücke besessen hatte. Sie erwiderte, daß sie zwei blonde Kurzhaarperücken besaß, die sie bei der Arbeit im Zweiten Distrikt getragen hatte. Fast alle Polizistinnen würden Kurzhaarperücken tragen, weil sie ständig aufgeschrieben wurden, wenn ihr Haar bis unter die Ohren reichte. Sie erinnerte sich, eine der Perücken an Margie Lipschultz verkauft zu haben, und sie erklärte Reilly, die andere wäre irgendwo in einem Karton eingepackt.

»Haben Sie über Freds Kinder die Bemerkung gemacht: ›Ich hasse diese verdammten Kinder‹?«

»Natürlich nicht.«

»Was empfanden Sie für Sean und Shannon?«

»Zuerst war ich über die ganze Sache nicht begeistert. Aber es hat sich eingespielt. Ich mag sie. Warum fragen Sie mich das?«

Reilly wirkte in Eile. Er beantwortete keine ihrer Fragen, und er meinte nur immer wieder, er würde ihr alles später erklären.

»Haben Sie jemals zu irgend jemandem gesagt, Sie wollten gern jemanden anheuern, der Christine tötet?«

»Nein!«

»In Ordnung. Das wäre es für jetzt. Ich komme wieder, um Sie zu der Anhörung zu begleiten. Entspannen Sie sich und sehen Sie fern und versuchen Sie, nicht zu viel zu denken. Ich sehe Sie später.«

Laurie hatte den Eindruck, soeben mit einem Gebrauchtwagenverkäufer gesprochen zu haben.

Dasitzen und fernsehen! Was denn für ein Fernsehen? Versuchen, nicht zu viel zu denken? Werde ich verrückt? fragte sie sich.

Vor ihrem Erscheinen vor dem Richter wurde Laurie in eine Zelle außerhalb des Gerichtssaals gesteckt. Ohne es zu wissen, war sie zur größten Kuriositätenschau in der Stadt geworden. Alle paar Sekunden rannte jemand zum Fenster der Zelle und blickte herein. Als sie in den Gerichtssaal geführt wurde, waren überall Fotografen und Reporter. Ohne ihre Brille konnte Laurie noch immer nichts sehen, und sie hatte keinen Kamm und hatte seit drei Tagen nicht geduscht oder die Kleidung gewechselt.

Der Wächter führte Laurie an allen Reportern und Fotografen vorbei. Sie suchte nach Elfred Schultz, konnte ihn jedoch nicht finden. Verstört und verwirrt stand sie vor dem Richter mit hängenden Armen, eine Hand über die andere gelegt. Ihr kleiner goldener Ehering schimmerte jedesmal, wenn jemand ein Foto schoß.

Reilly stand neben ihr und hielt einen Kugelschreiber in seinen Händen. Der Richter verlas die Anklage wegen Mordes ersten Grades, weil sie Christine Jean Schultz am 28. Mai 1981 getötet habe. Wie Reilly gesagt hatte, wurde die Kaution auf zehntausend Dollar festgesetzt.

Laurie wurde sofort in das Milwaukee County Jail gebracht. Sie hatte Geschichten darüber gehört, wie schrecklich es dort war, und diese Geschichten waren nicht übertrieben. Sie mußte ihre Uniform aus- und ein leichtes Baumwollkleid anziehen. Der Zellenblock war schmutzig. Eine Mischung aus altem Essen, Erbrochenem und Zigarettenkippen bedeckte den Boden. Eine Frau mit leeren Augen saß in einer Ecke und sang. Laurie setzte sich auf die Kante eines Stuhls und starrte auf den Fernseher. Sie zeigten ihren Auftritt vor Gericht. Sie fühlte sich dem Ertrinken nahe.

Vor Jahren machte sie als kleines Mädchen mit ihren Eltern Urlaub in Kanada und schwamm im Pool des Hotels. Versehentlich geriet sie in zu tiefes Wasser, und weil sie nicht schwimmen konnte, ging sie mehrmals unter und kam wieder hoch und schnappte nach Luft. Als sie wieder unterzugehen drohte, zog ihre Mutter sie heraus. Als sie jetzt da im Milwaukee County Jail saß, fühlte Laurie sich genau wie in diesem Hotelpool. Nur daß diesmal niemand da war, der sie rettete.

Laurie durfte endlich ans Telefon. Sie rief Fred an. Sobald sie seine Stimme hörte, begann sie zu weinen. Fred erklärte, keine der Banken, mit denen er Kontakt aufgenommen hatte, würde ihm Geld für die Kaution geben, und er hatte nicht das Bargeld oder die Wertsachen, um zu einem Kautionsbüro zu gehen. Laurie sank auf ihrem Stuhl zurück und fragte sich, wie lange sie im Gefängnis bleiben mußte. Kurz darauf fragte ein Deputy Sheriff, ob sie wollte, daß ihre Tante für sie die Kaution hinterlegte. Sie wollte es. Nachdem sie ihre Marquette-Uniform anziehen durfte, verließ sie das Gebäude durch die Hintertür.

Im Haus ihrer Eltern fiel sie Fred in die Arme, und sie standen beide da und weinten. Für diese wenigen Momente vergaß Lawrencia Bembenek alles Schreckliche, das ihr widerfahren war, und alles Schreckliche, das ihr noch zustoßen konnte. Als Fred seine Arme um sie schlang, dachte Laurie, daß vielleicht, nur vielleicht, ihre schlimme Lage verschwinden würde.

Auf der Suche nach Hilfe

Laurie verbrachte ihren ersten Abend außerhalb des Gefängnisses damit, die Zeitungsberichte über ihre Verhaftung zu lesen und sich anzusehen, was die lokalen Fernsehnachrichten über den Fall zu sagen hatten. Lawrencia Bembeneks Name und ihr Foto schrien von jeder Titelseite.

»Mein Gott!« sagte Laurie, als sie die Artikel las. »Sie machen mir in der Presse bereits den Prozeß. »Wie können sie mir das antun?«

Fred reichte Laurie einen Drink und meinte, die Berichterstattung wäre sensationshungrig und verzerrt. Er sagte, das meiste davon wäre nicht einmal wahr.

»Sie schreiben, daß die Polizei eine rote Perücke aus dem Abfluß unserer Dreizimmerwohnung gezogen hat. Das ist nicht wahr. Die Perücke kam aus dem Apartment auf der anderen Seite des Korridors. Sie schreiben, wir wären in mein Haus auf der Ramsey Street gezogen, und wir sind dort noch gar nicht eingezogen, und sie schreiben auch, du wärst des versuchten Mordes angeklagt worden, und das stimmt nicht.«

»Sie zitieren immer wieder eine Quelle«, sagte Laurie, während sie die Zeitungen überflog, »aber sie schreiben nicht, wer diese Quelle ist. Eine Quelle sagt, sie hätte einen grünen Jogginganzug besessen. Eine Quelle sagt dies, eine Quelle sagt das. Wer ist diese Quelle?«

Laurie wollte verzweifelt ihre Seite der Geschichte erzählen, doch Fred meinte, Reilly habe ihn angewiesen, nicht mit der Presse zu sprechen. Laurie las weiter. Sie fand alle möglichen Dinge heraus, die sie nicht gewußt hatte. Die Zeitungsberichte deuteten darauf hin, daß die Polizei ihren ganzen Fall auf dem ballistischen Bericht aufbaute, der besagte, daß Freds Privatrevolver die Mordwaffe war.

Das ist unmöglich, sagte sie sich. Fred und Durfee überprüften diese Waffe in jener Nacht! Was war denn mit dem Blut auf dem Dienstrevolver? Wurden die beiden Waffen verwechselt?

Dann las sie, daß man ein Perückenhaar auf Christine Schultz' Leiche gefunden hatte. Fred erklärte rasch, es wären mindestens zwei Frauen am Tatort gewesen, und beide hätten wahrscheinlich Perücken getragen.

Fred unterließ es zu erwähnen, daß er der Polizei am 2. Juni erzählt hatte, Laurie habe mit den Kugeln aus seinem Privathalfter nur wenige Tage vor dem Mord herumgespielt. Laurie sollte das bald genug erfahren, aber nicht von Fred Schultz.

Dann entdeckte Laurie, daß die Polizei ihren Spind in der Marquette University durchsucht und ihre Handtasche ohne Durchsuchungsbefehl beschlagnahmt hatte. Es wurde offensichtlich, daß die Cops freie Hand hatten und tun konnten, was immer sie wollten, selbst wenn es gegen das Gesetz war und ihre persönlichen Rechte verletzte.

Laurie hatte immer noch das Gefühl, daß sie jeden Moment aus einem schrecklichen Traum erwachen würde. Fred und Reilly erklärten ihr ständig, alles würde in Ordnung kommen, und sie hatte keine andere Wahl, als den beiden zu glauben. Reilly hatte sich mit Laurie seit ihrer Entlassung aus dem Gefängnis nur einmal in Verbindung gesetzt und bestand noch immer darauf, daß sie ihr Recht auf eine Vorverhandlung ablehnte.

Als Lauries Eltern von einem Ausflug nach Oregon zurückkehrten, konnten sie nicht glauben, daß Reilly keine Vorverhandlung wollte. Sie entdeckten, daß einer seiner Partner in seiner Anwaltskanzlei ein Mitglied der Police and Fire Commission war. Nachdem sie mit einem anderen Anwalt sprachen, wurde den Bembeneks auch erklärt, daß es für Reilly einen Interessenskonflikt darstellte, Laurie zu vertreten, weil er auch Freds Scheidungsanwalt gewesen war. Jemand schlug vor, sie sollte sich mit Donald S. Eisenberg in Madison in Verbindung setzen.

Ohne es Fred zu sagen, fuhr Laurie mit ihrer Mutter nach Madison, um sich mit Eisenberg zu treffen. Sie war sofort von seiner aufgeschlossenen Persönlichkeit und seinem etwas schillernden Stil beeindruckt. Als Anzahlung auf sein Honorar verlangte er fünfundzwanzigtausend Dollar. Laurie und Fred hatten kein Geld, und ihre Eltern lebten jetzt von der mageren

Rente ihres Vaters, aber ihre Mutter sagte, sie würden es schaffen. Sie engagierten Eisenberg, und Laurie legte ihr Leben buchstäblich in seine Hände. Es war eine gefährliche Entscheidung, aber das erkannte niemand, bevor es zu spät war.

Eisenberg war ein attraktiver Mann, der auffälligen Goldschmuck und große Wagen liebte. Er hatte ein breites Lächeln, sein dunkles, gelocktes Haar wurde an den Schläfen grau, und er wußte immer, was er sagen und wie er es sagen mußte. Obwohl er eine Reihe von Siegen als Strafverteidiger vorzuweisen hatte, wurde Eisenbergs Taktik von seinen Kollegen oft angezweifelt. Er erklärte häufig in der Öffentlichkeit, daß es ihm egal war, ob seine Klienten schuldig oder unschuldig waren. Es war seine Aufgabe, sie freizubekommen. Die öffentliche Aufmerksamkeit, die sich um viele seiner Fälle rankte, hatte seinen beruflichen, finanziellen und gesellschaftlichen Status angehoben. Donald Eisenberg schätzte die Beachtung und war begeistert über die heißeste und schönste Klientin in Wisconsin.

In ihrem verzweifelten Wunsch, jemandem vertrauen zu können, entschied Laurie, daß Eisenberg ihre Rettung war. Von dem Moment des Kennenlernens an wirkte er optimistisch, was ihre Chancen auf einen Freispruch anging, und Laurie glaubte jedes seiner Worte. »Wir sorgen dafür, daß dieser Fall bei der Vorverhandlung abgewiesen wird«, erklärte er. »Man wird Sie nicht einmal anklagen.«

Während Eisenberg an ihrem Fall zu arbeiten begann, nahm Laurie unbezahlten Urlaub von ihrem Job an der Marquette University, und Fred wurde von seinen Vorgesetzten bedeutet, er wäre emotional nicht für seine Arbeit geeignet. Er wurde in den Innendienst versetzt. Er weigerte sich und wollte seinen Job als Detective wiederhaben.

Um die Zeit zu überbrücken, beschlossen Laurie und Fred, mit Freunden zum Camping zu fahren. Sie hielten es für eine gute Idee, von Telefonen und Reportern wegzukommen. Kurz bevor sie losfuhren, holte Fred die Zeitung, und da prangte Judy Zess' Foto auf der Titelseite. Am Vorabend – dem 2. Juli 1981 – war Judy zusammengeschlagen und mit vorgehaltener Waffe beraubt worden. Judy behauptete, sie wäre von zwei

Männern angegriffen worden, als sie aus ihrem Wagen vor den Bay View Terrace Apartments stieg, wo sie mit Gaertner gewohnt und auch mit Laurie und Schultz zusammengelebt hatte.

Judy sagte aus, einer der Männer habe eine rötlichbraune Perücke getragen. Er zog einen Revolver Kaliber .38 und verlangte den Schlüssel zu ihrem Apartment. Der andere Mann nahm den Schlüssel und betrat ihr Apartment. Judy rannte los, als der Mann mit der Perücke versuchte, ihre Hände hinter ihrem Rücken mit Handschellen zu fesseln. Der Mann riß sie zu Boden und schlug sie. Als sie es endlich wieder in ihr Apartment schaffte, war dieses total verwüstet worden. Geld und Stereoanlage fehlten.

Laurie fiel sofort der Bezug auf die rötlichbraune Perücke und den .38er-Revolver auf. Der Mörder von Christine Schultz hatte eine rötlichbraune Perücke getragen und einen .38er-Revolver benützt. Lauries Laune hob sich ein wenig, als sie zu dem Campingausflug aufbrach. Bestimmt untersuchten die Cops die Ähnlichkeiten zwischen diesen beiden Fällen. Aber sie täuschte sich.

Der Campingausflug entwickelte sich zur Katastrophe. Es war heiß, es gab eine Mückenplage, und Freds wahre Persönlichkeit begann sich zu zeigen. Als Laurie versehentlich Tacosauce in Freds Kleinbus verschüttete, bekam er einen Tobsuchtsanfall und schlug letztlich Lauries Freundin Donna Janke. Fred Schultz hatte ein gewalttätiges, explosives Temperament, und Laurie war entsetzt. Fred entschuldigte sich, aber es konnte nie wieder wie früher sein.

Als sie ins Haus von Lauries Eltern zurückkehrten, sagte Fred etwas, das Laurie schaudern ließ. »Ich habe Chris nie geliebt.«

»Wie kannst du mit jemandem zehn Jahre zusammenleben, Kinder großziehen, ein Haus bauen und hinterher sagen, du hättest sie nie geliebt?« fragte Laurie. »Das ist unmöglich.«

»Du irrst. Ich habe sie nie geliebt.«

Laurie erklärte Fred, sie könne es nicht glauben, daß er zehn Jahre lang Sex gehabt habe, ohne etwas dabei zu fühlen.

Fred blieb dabei. Er habe seine erste Frau, Christine Jean Schultz, nie geliebt. Laurie hatte gesehen, wie er in Tränen ausbrach und dann genauso schnell wieder zu weinen aufhörte. Sie erinnerte sich daran, wie kalt und gefühllos er in der Nacht war, in der sie Christines Leiche in der Leichenhalle der Polizei identifizierten. Vielleicht hatte Fred Schultz recht. Vielleicht hatte er Christine nie geliebt, und vielleicht hatte er Laurie nie geliebt. Vielleicht war alles nur eine Lüge nach der anderen.

Laurie war nicht der einzige Mensch, der begonnen hatte, an Fred Schultz zu zweifeln. Christines Verwandte hatten entschieden, daß Fred Schultz ein unfähiger Vater war, und sie verlangten bei Gericht die Vormundschaft über Sean und Shannon. Ohne Freds Wissen hatten mehrere Mitglieder seiner Familie mit den Pennings, Christines Eltern, daran gearbeitet, die Kinder zu bekommen. Trotz hektischer Telefonanrufe und verbaler und physischer Drohungen von Fred erhielt er nicht die Vormundschaft. Richter Robert M. Curley verfügte, daß die Jungen bei ihrer Tante Barbara Crist, Christines Schwester, blieben, die jetzt in Gresham, Wisconsin, lebte. Fred erklärte, er werde darum kämpfen, die Jungen zurückzubekommen.

Lauries dreiundzwanzigster Geburtstag war kein großer Festtag. Während des letzten Jahres hatte ihr Leben sich völlig verändert. Anstatt in ihrem Traumjob als Polizistin zu arbeiten, half Laurie Fred bei Zimmermannsarbeiten. Weil sie Seite an Seite mit ihrem Vater gearbeitet hatte, besaß Laurie alle Grundkenntnisse. Sie konnte Bretter festnageln und grobe Zimmermannsarbeit erledigen.

Jeden Abend sah Laurie sich müde und schmutzig im Spiegel an und lachte. »Ich sehe wirklich wie ein sexy Playboy-Bunny aus. Wo sind die Reporter, die die echte Geschichte haben wollen?«

Journalisten aus Wisconsin und von überall in der Welt konzentrierten sich auf Lawrencia Bembeneks Aussehen und darauf, was sie anzog. Das ergab bessere Schlagzeilen als die Fakten.

Die beiden letzten Augustwochen gingen rasch vorbei. Lauries Vorverhandlung wurde für den 1. September festgesetzt. Ein Richter würde sich das Beweismaterial gegen sie anhören und entscheiden, ob es ausreichte, gegen sie Anklage wegen des Verbrechens zu erheben. Eisenberg versicherte ihr nach wie vor, daß dies ihr letzter Auftritt vor Gericht sein würde. Robert E. Kramer, Stellvertretender Staatsanwalt, war für den Fall zugeteilt worden, und Eisenberg war mehr als zuversichtlich, sich gegen ihn durchsetzen zu können.

Laurie glaubte ebenfalls, für die Vorverhandlung gewappnet zu sein. Sie wußte über die Perücke Bescheid und über die Berichte über Freds Privatrevolver. Sie konnte und wollte nicht glauben, daß die Polizei tatsächlich Beweise gegen sie fabrizieren könne. Aber es gab sehr viel, was Lawrencia Ann Bembenek nicht wußte.

Lügen im Vorfeld

Laurie fand schnell heraus, daß die Welt mit einer Frau, die des Mordes beschuldigt wurde, nichts zu tun haben wollte. Nachrichten von ihrer Verhaftung und die Tatsache, daß sie des Mordes beschuldigt wurde, machten sie zum Mittelpunkt allgemeiner Neugierde. Die Leute erkannten sie überall. Sie zeigten auf sie im Lebensmittelladen, und wohin sie auch ging, wußte sie, daß die Leute darüber redeten, was sie angeblich getan hatte.

Viele ihrer engen Freunde waren auch von der Polizei angesprochen worden. Detectives fragten, ob Laurie und Fred offen über Christines Ermordung gesprochen hatten. Laurie verstand nicht, wieso die Cops noch immer gegen Fred ermittelten, wenn sie die einzige Person war, die des Mordes beschuldigt wurde. Wußte die Polizei etwas über Fred Schultz, das sie nicht wußte?

Dann erhielt Laurie eine Nachricht von der Marquette University, sie könne ihren alten Job nicht wiederbekommen. Freds Vorgesetzte bei der Polizei erklärten ihm, er wäre zu emotional, um unter Streß zu arbeiten und eine Waffe zu tragen. Schließlich übernahm er einen Büroposten bei der Kriminalpolizei, ein Job, der normalerweise behinderten Polizisten vorbehalten war.

Fred wurde zur Tagesschicht eingeteilt. Er war stundenlang damit beschäftigt, Führerscheinnummern durchzugehen. Das war himmelweit entfernt von dem aufregenden Job eines Detectives. Die Tage, an denen er überall in der Stadt in Restaurants kostenlos essen und trinken konnte, waren vorüber. Jetzt hatte er zwanzig Minuten, um an seinem Schreibtisch ein Mittagessen aus der Tüte zu verzehren. Fred war über das neue Arrangement nicht glücklich.

Er verbrachte die Wochenenden mit seinen Söhnen. Er besuchte sie unter Aufsicht im Haus seiner Familie in Pewaukee. Laurie hatte vom Gericht die Auflage erhalten, die Jungen nicht zu sehen. Wenn Fred morgens zur Arbeit gegangen war, verbrachte sie den Rest des Tages allein. Sie fühlte sich ziellos und einsam, während sie schrieb und an ihren Zeichnungen arbeitete. Laurie hatte Angst davor, ihre Freunde anzurufen. Sie wollte nicht über den Fall sprechen. Alle hatten schon ihrer Probleme wegen genug durchgemacht.

Während ihrer langen einsamen Tage hatte Laurie jede Menge Zeit zum Nachdenken. Sie wurde immer deprimierter und fühlte sich hilflos. Sie bereute ernsthaft ihre Heirat. Wiederholt sagte sie, daß das Leben einfach gewesen war, bevor sie Elfred O. Schultz jr. kennenlernte und heiratete.

Zuerst entscheide ich wegen einer Polizeikarriere gegen einen Mann, dachte sie. Dann entscheide ich wegen eines Mannes gegen eine Karriere bei der Air Force. Brillante Entscheidungen, Laurie. Wie bin ich bloß jemals da hineingeraten? Laurie war weniger als fünf Monate verheiratet gewesen, als Freds Exfrau ermordet wurde. Als sie heirateten, kannten sie einander kaum. Während der ersten Monate einer normalen Ehe verbringt ein Paar viel Zeit miteinander. Doch Fred und Laurie lebten mit Judy, und innerhalb von drei Monaten mußten sie zweimal umziehen. Wenn Laurie darüber nachdachte, so war ihre Beziehung mit Fred von Anfang an vom Untergang bedroht gewesen.

Wenn Laurie vor der Vorverhandlung Denkschwierigkeiten hatte, sollte sie am Ende überhaupt nicht mehr denken können. Eisenberg hatte sie davon überzeugt, daß Richter Ralph Adam Fine nie zulassen würde, daß ihr Fall zur Verhandlung kam. Der Staatsanwalt müsse beweisen, daß es einen glaubwürdigen Grund für ihre Verhaftung gab, und Eisenberg glaubte nicht, daß dies gelingen würde. Fred behauptete auch ständig, daß bald alles vorüber sein würde. Aber die Ereignisse hielten sich nicht exakt an die Voraussagen.

Der 1. September war ein warmer Frühherbsttag. Laurie zog ein konservatives graues Gabardinekostüm an. Sie spürte ihren Magen in der Kehle, als sie mit Fred zum Gerichtsgebäude von Milwaukee fuhr. Sie waren beide schweigsam.

Eisenberg traf sich mit ihnen im Gerichtsgebäude und platzte vor Zuversicht. »Alles wird bestens laufen«, versicherte er Laurie zum hundertsten Mal.

Milwaukees Hallen der Gerechtigkeit sind von einem überall

wahrnehmbaren Geruch durchdrungen, eine Mischung aus schalem Zigarettenrauch, altem Bohnerwachs, Holz und kaltem salzigen Schweiß. Laurie würde für den Rest ihres Lebens versuchen, diesen Geruch aus ihrer Haut zu bekommen. Aus ihren Haaren. Aus ihren Gedanken. Doch eine Spur des Geruchs sollte immer zurückbleiben. Ein Geruch, den sie mit dem Gefühl von Bösem, von Verrat und Haß verband. Um zehn Uhr an diesem dumpfen Septembervormittag begann der Verrat.

Reporter und Fotografen hatten sich reihenweise versammelt, als Richter Fine den Gerichtssaal betrat. Deckenventilatoren kreisten über den Köpfen, und als Laurie die Augen schloß, lächelte sie, weil sie sich vorstellte, es wären Bussarde. Der Hammer fiel, und die Vorverhandlung begann.

Der Stellvertretende Staatsanwalt Robert E. Kramer fing an zu sprechen, wurde jedoch schnell von Eisenberg gestoppt. Lauries Verteidiger wollte wissen, wieso die Staatsanwaltschaft keine entlastenden Beweismittel freigegeben hatte. Der Richter sagte, es wäre die Pflicht der Staatsanwaltschaft, dafür zu sorgen, daß alle Beweismittel und Berichte an die Verteidigung weitergegeben werden müßten.

»Ich werde Mr. Eisenberg alles Material übergeben, das vom Gesetz gefordert wird, und wahrscheinlich sogar mehr, wann immer es uns passend erscheint«, sagte Kramer.

Laurie saß neben Eisenberg an einem langen Holztisch. Sie betrachtete den Stapel Akten und Aufzeichnungen. Die Worte DER STAAT WISCONSIN – KLÄGER GEGEN LAWRENCIA BEMBENEK – BEKLAGTE, NO. K–00775 standen auf allem. Der Anblick all dieser juristischen Unterlagen ließ die Dinge für sie noch unrealer erscheinen. Ein Teil von ihr glaubte noch immer nicht, daß sie verhaftet und eines Mordes beschuldigt worden war.

Kramer begann mit der Verlesung einer Liste von Zeugen, die er an diesem Tag einsetzen wollte. Es gab mehrere Polizisten, den Gerichtsmediziner, Judy Zess, Frances Zess und fünf oder sechs andere Namen, die Laurie nicht vertraut waren. Eisenberg wollte Shannon und Sean Schultz, Virginia Bembenek, Fred Schultz, Lawrencia Bembenek und Ray Kujawa als Zeugen aufrufen.

Niemand von Freds Verwandten nahm an der Vorverhandlung teil. Lauries Mutter und Vater und ihre Schwester Colette und deren Freund saßen so nahe wie möglich bei ihr, und Laurie drehte sich gelegentlich zu ihnen, um sie anzusehen.

Zuerst erschien keine der Aussagen weltbewegend. Die Staatsanwaltschaft rief einen Zeugen auf, der eine braune Perücke aus der Toilette in dem Apartment neben dem von Laurie, Fred und Judy Zess gezogen hatte. Der Manager von Lauries Apartmenthaus sprach ebenfalls über die Perücke, und Detective James Gauger trat in den Zeugenstand. Er sagte, am 18. Juni, drei Wochen nach dem Mord, habe er den Auftrag erhalten, zusammen mit Elfred Schultz durch Christine Schultz' Haus zu gehen und nach Beweisen zu suchen. Gauger sagte, Schultz habe eine grüne metallene Munitionsschachtel mit .200er-Grain-Patronen darin entdeckt. Die Kugel, die Christine Schultz tötete, war eine .200er-Grain-Patrone.

Als er Gauger ins Kreuzverhör nahm, war Eisenberg unermüdlich. Er brachte Gauger dazu zuzugeben, daß man nicht mit Sicherheit feststellen konnte, daß sich die .200er-Grain-Patronen in der Mordnacht in der Munitionsschachtel befunden hatten. Gauger gab auch zu, obwohl der Dienstrevolver von Fred Schultz – ein 38er Smith & Wesson mit einem Vier-Zoll-Lauf – Blutspuren am Lauf hatte, hätte sich niemand die Mühe gemacht zu überprüfen, ob sich Blut am Halfter seines Dienstrevolvers befand. Eisenberg machte seine Sache gut, aber der Staatsanwalt wärmte sich gerade erst auf. Die nächste Zeugin der Anklage war Frances Zess, Judys Mutter. Laurie war überrascht, daß Mrs. Zess als Zeugin aufgerufen wurde. Sie war noch überraschter, als sie hörte, was Mrs. Zess zu sagen hatte.

Die Fragen drehten sich um eine Dinnerparty, die Mrs. Zess Anfang Februar in ihrem Haus in Delafield, Wisconsin, gegeben hatte, um die Hochzeit von Fred und Laurie zu feiern. Laurie erinnerte sich an die Party, aber der Rest von Mrs. Zess' Geschichte war ihr nicht so vertraut.

Mrs. Zess sagte, sie hätten vor dem Abendessen Mixgetränke und zum Essen drei Flaschen Wein gehabt.

Mrs. Zess: Wir sprachen über die hohen Lebenshaltungskosten und die Ausgaben, und Laurie sagte, sie könne was von hohen Lebenshaltungskosten erzählen, weil ein großer Teil von Freds Bezahlung an seine Exfrau Christine geht.

Kramer: Und wenn Sie Laurie sagen, meinen Sie die Beschuldigte?

Mrs. Zess: Ja.

Kramer: Fred, damit meinen Sie Fred Schultz?

Mrs. Zess: Ja.

Kramer: Und sagte die Beschuldigte irgend etwas über Mrs. Christine Schultz nach dieser Diskussion über das Geld, das Fred an sie zahlen muß?

Mrs. Zess: Ja, sie sagte, daß es sich lohnen würde, sie wegpusten zu lassen.

Laurie konnte nicht glauben, was sie da hörte. Als Judy Zess später in der Anhörung aussagte, konnte Laurie nur noch dasitzen und ungläubig starren. Judy stimmte ihrer Mutter zu und sagte, ja, Laurie habe tatsächlich davon gesprochen, Christine Schultz ›wegpusten‹ zu lassen. Als Eisenberg sie endlich ins Kreuzverhör nehmen konnte, veränderte sich plötzlich ihre Geschichte.

Eisenberg: Und sie lachten auf dieser Party und unterhielten sich gut?

Judy Zess: Ja.

Eisenberg: Und was genau sagte Laurie angeblich?

Judy Zess: Wir sprachen über die hohen Lebenshaltungskosten, und sie sagte, es würde sich lohnen, Chris wegpusten zu lassen.

Eisenberg: Wie haben Sie reagiert?

Judy Zess: Ich erinnere mich nicht.

Eisenberg: Riefen Sie die Polizei? Haben Sie darüber gelacht?

Judy Zess: Ich ... wir ... das Thema wurde fallen gelassen.

Eisenberg: Dachten Sie, sie würde einen Scherz machen?

Judy Zess: Nein.

Eisenberg: Würde es Ihr Gedächtnis auffrischen, wenn Sie einen Bericht lesen, den Sie im letzten Juni gaben, in dem Sie der Polizei erklärten, daß Sie dachten, es wäre nur ein Scherz, und daß Sie dachten, Laurie würde nur einen Witz machen?

Judy Zess: Ja.

Eisenberg: Sie dachten, Laurie würde einen Witz machen?

Judy Zess: Ja.

Eisenberg: Aber anläßlich dieser Anhörung beschlossen Sie zu sagen, Sie hätten gedacht, Laurie würde nicht scherzen?

Judy Zess behauptete weiter, sie habe einen grünen Jogginganzug in dem Apartment gesehen, das sie mit Laurie und Fred teilte. Sie habe nie gesehen, daß ihn jemand trug, aber sie wußte, daß er da war. Laurie wollte Judy fragen, wovon sie sprach. Laurie besaß keinen grünen Jogginganzug. Sie besaß gar nichts Grünes. Das einzig Grüne, das ihr einfiel, war Freds Baseballhose, und die war in einem Abstellraum eingeschlossen, zu dem nur Judy Zess einen Schlüssel besaß.

Judy sagte auch, Laurie habe Judys Freund, Thomas Gaertner, einundvierzig Jahre alt, gefragt, ob er jemanden kannte, der Christine Schultz ›ausradieren‹ würde. Judy versäumte es, dem Gericht zu sagen, daß Gaertner ihr Ehemann geworden war und seine Verurteilung nach der Bundesanklage wegen Drogen erwartete. Gaertner war außerdem 1975 zu drei Jahren Gefängnis verurteilt worden wegen verbotenen Waffenbesitzes und wegen Besitzes von zehn Pfund Marihuana. 1977 war er zu elfeinhalb Jahren Gefängnis für Schmuggel von Marihuana und Nichtzahlung von Einkommensteuer verurteilt worden.

Eisenberg versuchte, Judys Glaubwürdigkeit dadurch zu erschüttern, daß er anführte, daß ihre Beziehung zu Laurie unter Druck geriet, als Gaertner herausfand, daß Schultz 1975 seinen besten Freund erschossen hatte.

Judy Zess sagte auch aus, die mit Plastik überzogene Wäscheleine, die man um Christines Hände geschlungen gefunden hatte, wäre ähnlich einer Wäscheleine, die sie in dem Apartment gesehen hatte. Sie sagte, Laurie habe eine Wäscheleine benützt, als sie mit Fred auf Hochzeitsreise ging.

Eisenberg war von Judy Zess' Aussage noch verblüffter als Laurie. Einmal verlor Eisenberg die Beherrschung und schrie: »Da haben wir eine Märchenerzählerin im Zeugenstand!«

Als Judy fertig war, ging sie an Laurie und Eisenberg vorbei, ohne Augenkontakt aufzunehmen.

»Was, zum Teufel, ist mit Judy Zess passiert?« raunte Eisenberg zu Laurie.

»Ich verstehe es absolut nicht«, erwiderte Laurie. »Wir hatten in der Vergangenheit unsere Differenzen – wie ich Ihnen ja erzählt habe, aber das reicht nicht aus, um diese Lügen zu erklären. Wie konnte sie mir das antun?«

Die Aussage von Judy Zess schadete Laurie schon genug. Dann trat Elfred Schultz in den Zeugenstand.

Elfred: Euer Ehren, ich habe mit meinem Anwalt über diesen Fall gesprochen, und er riet mir, da ich unter die Richtlinien des Fünften Zusatzartikels falle, das Recht der Aussageverweigerung auszuüben, und zu diesem Zeitpunkt will ich das tun.

Offenbar hatte niemand im Gerichtssaal gewußt, daß Fred sich auf den Fünften Zusatzartikel berufen wollte. Er hatte es weder seiner Frau noch ihrem Verteidiger gegenüber erwähnt. Eisenberg deutete an, er habe Einwände dagegen, daß Fred die Aussage verweigern wollte, weil er sicher war, daß die Polizei nicht die richtige Person gefaßt hatte, die Christine Schultz getötet hatte. Trotz dieser Einsicht widersprach er nicht, als Kramer fragte, ob er einen Einspruch dagegen erhob, daß Fred sich auf den Fünften Zusatzartikel berief.

Kramer glaubte nicht, daß die Fragen, die er Fred stellen wollte, Fred belasten könnten, aber er sagte dem Gericht, er könne verstehen, daß Detective Schultz glaubte, einige seiner Antworten könnten ihn belasten. Richter Fine erklärte, bevor er Fred erlauben könne, die Aussage zu verweigern, müsse er wissen, ob es dafür genügend Gründe gäbe. Es war unüblich, besonders in einem Mordfall wie diesem, dem Ehemann der Verdächtigen Immunität zu garantieren.

Eisenberg schlug vor, daß Freds Anwalt, Joe Balistrieri, gerufen wurde, bevor sie weitermachten. Richter Fine stimmte zu und wies Fred Schultz an, mit niemandem zu sprechen und das Gerichtsgebäude nicht zu verlassen, bevor sein Anwalt eintraf.

Laurie hatte keine Ahnung, was da vor sich ging. Die Polizei hatte sie nach Freds Verstrickung in den Mord befragt. Er hatte Blut an seinem Dienstrevolver gehabt, und er hatte in der Mordnacht Zugang zu Christines Haus gehabt. Und sie wußte, daß Fred den Detectives Dinge über sie erzählt hatte, die nicht wahr waren.

Eisenberg erklärte ihr, sollte Fred Immunität erhalten, könnte er nicht wegen des Mordes an Christine Schultz verfolgt werden. Lauries Gedanken rasten. Sie konnte die Vorstellung nicht akzeptieren, daß Fred Schultz, erst seit wenigen Monaten ihr Ehemann, seine Exfrau getötet haben könnte. Sie sagte Eisenberg, er wäre der Anwalt. Er solle die Entscheidung treffen.

Als Fred am nächsten Tag in den Gerichtssaal gebracht wurde, erklärte er, sein Anwalt habe ihn erneut angewiesen, sich auf den Fünften Zusatzartikel zu berufen und keine Fragen zu beantworten. Fred war bereit auszusagen, wenn nichts, was er sagte, gegen ihn verwendet werden würde. Ohne diese Garantie – Immunität – wäre seine einzige Alternative, sich auf den Fünften Zusatzartikel zu berufen.

Richter Fine: Also gut. Das Gericht hat bereits ohne vorliegende Anträge oder Einsprüche der Anwälte befunden, daß Officer Schultz' Berufung auf seine Rechte aus dem Fünften Zusatzartikel gegen Selbstbelastung angemessen und vom Gesetz zugelassen ist.

Kramer: Euer Ehren, die Staatsanwaltschaft möchte zu diesem Zeitpunkt den Antrag stellen, gemäß 9782.08(1) der Gesetze des Staates von Wisconsin, Mr. Schultz Immunität für alle seine Aussagen zu gewähren.

Richter Fine: Mr. Eisenberg, hat die Verteidigung Einwände?

Eisenberg: Keine Einwände, Euer Ehren.

Richter Fine las daraufhin den entsprechenden Gesetzestext vor, um zu erklären, wieso Elfred Schultz nicht für das verfolgt werden konnte, was er von nun an sagen würde. Fine sagte, wann immer jemand die Aussage verweigerte, weil er sich dadurch selbst belasten könnte, konnte ihm befohlen werden, trotzdem auszusagen, allerdings wäre er dann vor einer Bestrafung geschützt. Aber der Richter machte klar, daß Fred Schultz die Wahrheit sagen mußte. Niemand werde vor Meineid geschützt, fügte er hinzu. Der Richter erklärte Schultz, er habe Immunität erhalten, doch er müsse alle an ihn gerichteten Fragen beantworten.

Fred Schultz lehnte sich auf dem Holzstuhl im Zeugenstand zurück. Er wirkte behaglich und erleichtert. Sie konnten ihn alles fragen, was sie wollten. Es war ausgeschlossen, daß er jemals für den Tod von Christine Jean Schultz zur Verantwortung gezogen wurde.

Alle im Gerichtssaal sahen ihn an und fragten sich, was er aussagen würde. Wußte er etwas über den Tod seiner ersten Frau? Wußte er, ob seine zweite Frau eine Mörderin war? Fred Schultz hatte die Antworten auf viele Fragen, und es war an der Zeit herauszufinden, wie diese Antworten lauteten.

Drama und Tod

Anfangs war Fred Schultz' Aussage am 2. September weder dramatisch noch enthüllend. Er sprach über seine Jahre als Polizist und beantwortete verschiedene Fragen, wann er Christine heiratete und wann sie sich scheiden ließen, und er beschrieb seine Beziehung zu ihr. Er gab an, bei seinem Auszug aus dem Haus auf der Ramsey Street fünf Waffen besessen zu haben, die er mitnahm.

Er erklärte, wie Laurie und ihre Mutter den Abend des 27. Mai 1981 damit verbrachten zu packen, weil Lauries Plan, mit einer Freundin auszugehen, ins Wasser gefallen war. Er habe Laurie in dieser Nacht mehrmals angerufen, und sie wäre jedesmal zu Hause gewesen. Danach lieferte er einen detaillierten ballistischen Bericht über den Privatrevolver, der angeblich verwendet worden war, um Christine zu töten.

Seine Erinnerung an die Nacht des 27. Mai unterschied sich nicht sonderlich von dem, was alle bisher gehört hatten. Er hatte einen Anruf im Revier erhalten, in dem ihm mitgeteilt wurde, daß Christine erschossen worden war. Sein Partner Durfee hatte die Anweisung erhalten, den Wagen zur Ramsey Street zu steuern, weil er selbst zu betroffen war.

Als Fred zu schildern anfing, wie er am Tatort eintraf, begann er plötzlich zu weinen. Er weinte so heftig, daß er nicht weitersprechen konnte. Das Gericht machte eine Pause, während Laurie und Eisenberg von Freds plötzlicher Zurschaustellung von Gefühlen völlig verblüfft waren.

»Er war nicht fähig, über ihren Tod zu sprechen?« zischte Laurie mit zusammengebissenen Zähnen. »Aber mir gegenüber hört er nicht auf, Christine auf schreckliche Weise zu kritisieren. Ich begreife das nicht.«

Laurie dachte, daß Fred nur schauspielerte. In der Mordnacht hatte sie ihn nicht weinen gesehen, und Fred hatte sich über die Ermordung seiner Exfrau nicht überrascht gezeigt. Sie konnte seine kalt kalkulierten Handlungen bei der Identifizierung von Christines Leiche im Leichenschauhaus nicht vergessen.

Aus Eisenbergs Augen sprühte Feuer.

»Verdammt! Hätte ich gewußt, daß Fred das macht, hätte ich ihn nicht in den Zeugenstand gerufen!«

Laurie verließ den Gerichtssaal und ging zur Toilette. Sie war von Freds Aussage verletzt und verwirrt. Er hatte soeben den Menschen im Gerichtssaal gestanden, daß er Christine noch immer liebte, und das war genau das Gegenteil von dem, was er privat zu ihr gesagt hatte. Sie stand vor dem Waschbecken, schöpfte sich kaltes Wasser ins Gesicht und schloß die Augen. Sie konnte sich nicht selbst im Spiegel ansehen. Ihr Herz hämmerte, und sie sah nichts anderes vor sich als Freds Gesicht.

Warum, Fred, warum? fragte sie sich. Was bedeuteten das monatelange böse Kritisieren und diese Haßausbrüche gegen Chris? Hast du versucht, mir oder dir selbst etwas vorzumachen?

Als Laurie sich umdrehte, stand ihre Mutter neben ihr.

»Was, zum Teufel, sollte das denn bedeuten?« fragte sie Laurie. »Was ist mit Fred los? Liebt er sie noch immer? Ganz bestimmt hat es so auf mich und alle anderen im Gerichtssaal gewirkt.«

Betroffen erkannte Laurie, daß alles, was ihre Mutter über Fred Schultz gesagt hatte, stimmte. »Bitte«, stammelte Laurie und konnte ihrer Mutter nicht in die Augen sehen, »laß mich ein paar Minuten allein.«

Als das Geräusch von Virginia Bembeneks Absätzen in dem kleinen Waschraum verklang, wandte Laurie sich wieder zum Waschbecken und widmete sich ihren Überlegungen.

Mein Gott, in was bin ich da hineingeraten? fragte sie sich, als sie in den Gerichtssaal zurückging.

Die Befragung ging weiter, und Stu Honeck trat in den Zeugenstand. Er kaute auf einem Kaugummi herum, und obwohl er behauptete, mit Christine verlobt gewesen zu sein, zeigte er bei seiner Befragung keine Emotionen.

Er sagte aus, den Großteil des Abends des 27. Mai mit Christine Schultz verbracht zu haben. Obwohl die Schultz-Jungen behaupteten, Honeck wäre an diesem Abend nach Hause gegangen, behauptete er, Christine hätte ihn nach Hause gefahren. Die Jungen hatten der Polizei erzählt, sie hätten das Starten des Wagens hören müssen, weil er sehr laut war und direkt in der Einfahrt parkte.

Nachdem Christine ihn vor seinem Haus abgesetzt hatte, hätte er seine Wohnung aufgeräumt und sie ungefähr um 22 Uhr 50 angerufen. Er habe mit ihr bis 23 Uhr 20 gesprochen. Um Mitternacht wäre er eingeschlafen und etwa eine halbe Stunde später aufgewacht, als einer seiner Mitbewohner hereingestolpert kam, und dann wurde er noch einmal um 2 Uhr 20 durch den Anruf von Sean Schultz geweckt.

Sean wollte, daß er sofort ins Haus käme, weil ›jemand einen Knallfrosch auf den Rücken seiner Mommy geworfen hatte und sie blutete‹. Er hätte mit Christine sprechen wollen, aber Sean sagte, sie könne nicht sprechen, weil sie gurgelte.

Laut Honeck sollte Sean auflegen und im Haus warten. Honeck rief die Polizei an und verlangte, daß sie einen Streifenwagen und einen Krankenwagen nach 1701 West Ramsey Street schickten, weil jemand ernsthaft verletzt oder angeschossen worden war.

Honeck rief daraufhin Sean an und wies ihn an, die Polizei bei ihrer Ankunft ins Haus zu lassen. Sean bat ihn, sich zu beeilen, weil er glaubte, es wäre noch jemand im Haus. Er hatte Angst.

Als Honeck bei Christines Haus eintraf, war soeben ein Streifenwagen vorgefahren, und der Krankenwagen kam die Straße entlang. Sein Mitbewohner war bei ihm, und sie gingen mit den uniformierten Polizisten zur Vordertür.

Er sagte aus, Shannon und Sean hätten die Tür geöffnet, und er wäre sofort in Christines Schlafzimmer gegangen. Christine lag auf der rechten Seite, das Gesicht nach Westen gedreht. Honeck konnte eine Schußwunde in ihrer Schulter sehen.

Bei dem Kreuzverhör durch Eisenberg gab Honeck zu, einen Schlüssel zu Christines Haus zu besitzen. Eisenberg wollte über Honecks chronische Alkoholprobleme sprechen. Der Richter sollte auch erfahren, daß Honeck an diesem Abend getrunken hatte. Honeck gab zu, einen Wodka mit Zitronensaft am

Abend der Mordnacht getrunken zu haben, behauptete jedoch, sich nicht daran zu erinnern, ob er auch Wein getrunken hatte.

Laut Honeck hatte er nie eine Waffe oder Munition im Haus gesehen, und er erinnerte sich auch an keine grüne Munitionsschachtel. Er sagte aus, in der Mordnacht nicht mit Christine gestritten zu haben, und als er noch spät mit ihr am Telefon sprach, wäre es eine angenehme Unterhaltung gewesen.

Doch Honeck sagte auch aus, daß Christine ihm mehrmals erzählt hätte, Laurie Bembenek würde sie nicht mögen und hätte sie einmal auf dem Korridor stehen lassen, als sie kam, um ihre Kinder wieder abzuholen.

Alle Augen im Gerichtssaal richteten sich plötzlich von Honeck auf Laurie. Laurie hielt ihren Blick auf Honeck gerichtet. Sie erinnerte sich an die Szene.

Christine kam in das Apartment, und Laurie lud sie ein, sich umzusehen. Christine fühlte sich befangen und meinte, sie würde lieber an der Tür warten. Sie gab Laurie einen kaputten Mixer und sagte, sie könnte ihn vielleicht noch gebrauchen, wenn er repariert wäre.

Während die beiden Frauen dastanden, war Fred im Bad und blieb fünfzehn Minuten da. Laurie rief ihm endlich zu, er solle herauskommen.

In Lauries Erinnerung war der Vorfall etwas schwierig. Sie dankte Christine für den Mixer und fand es nett von ihr, daß sie ihn mitgebracht hatte. Es war das erste Mal, daß sie mehr als nur ein paar Sekunden mit Freds Exfrau gesprochen hatte, und sie mochte sie. Christine Schultz war ganz anders, als Fred sie beschrieben hatte.

Während Laurie in dem heißen Gerichtssaal saß, fühlte sie, wie die Wände von allen Seiten gegen sie vorrückten. Die Menschen schienen sich zusammengerottet und beschlossen zu haben, irgend etwas zu erfinden, damit es so aussah, als hätte sie Christine Schultz ermordet. Sie hatte noch nie so viele Lügen gehört. Laurie wollte in ihren Wagen steigen und so schnell und so weit weg wie möglich fahren. Als das Gericht sich endlich vertagte, fragte sich Lawrencia Bembenek, wie sie einen weiteren Tag von Zeugenaussagen vor Gericht aushalten sollte.

Am nächsten Tag, dem 2. September, sagten Lauries Nachbarn in dem Apartmentgebäude aus, daß sie in den frühen Morgenstunden des 28. Mai keinen Wagen wegfahren gesehen oder gehört hatten. Carl Templin, der Detective, der Laurie am Morgen nach dem Mord befragt hatte, sagte aus, er hätte sich nicht die Mühe gemacht, Laurie Bembeneks Camaro anzufühlen – wenn der Motor noch warm gewesen wäre, hätte man daraus schließen können, daß der Wagen vor kurzem noch benutzt worden war. Er hatte auch keinen grünen Jogginganzug gefunden, und er hatte nicht überprüft, ob sich irgendwelche Schußwaffen in der Wohnung befanden.

Virginia Bembenek war die nächste Zeugin. Sie sagte aus, am Mordabend wäre sie diejenige gewesen, die Freds lederne Schmuckschatulle eingepackt habe.

Laurie wäre nicht im Raum gewesen, als sie die Schatulle einpackte, und sie habe nicht wissen können, wo sich die Schatulle befand. Sie versicherte, nicht zu lügen, nur weil sie ihre Tochter schützen wollte.

Mrs. Bembenek erinnerte sich daran, daß sie und ihr Mann am 14. April zum Abendessen bei Laurie und Fred in der Wohnung waren, um ihren Hochzeitstag zu feiern. Es habe ein Problem in Judy Zess' Bad gegeben, und sie hätten durch das Apartment gehen und das andere Bad benützen müssen.

Laurie haßte es, ihre Mutter im Zeugenstand zu sehen. Sie fühlte sich schrecklich, weil sie ihre Eltern mit dem Prozeß und der damit verbundenen Aufregung belastete.

Eisenberg ging ebenfalls rauh mit Lauries Mutter um. Er wollte nicht, jemand könne denken, er wollte durch sie die Sympathie des Gerichts erringen.

»Verhielt Laurie sich am Abend vor dem Mord seltsam?«

»Nein.«

»Benahm sie sich nervös?«

»Nein.«

»Benahm sie sich wie eine Frau, die für diese Nacht einen Mord plante?«

»Natürlich nicht.«

»War sie betrunken?«

»Nein.«

»Hatte sie Drogen genommen, von denen Sie wissen, oder hatte sie Pläne für diese Nacht, von denen Sie etwas wissen?«

»Laurie erwähnte, daß sie mit einer Arbeitskollegin ausgehen wollte. Sie wartete auf einen Anruf des Mädchens, aber sie sagte, daß sie vielleicht nicht ausgehen würde, weil sie zu müde wäre.«

Als Virginia Bembenek ihre Aussage beendet hatte, trat Sean Schultz in den Zeugenstand. Als Laurie ihn hinter dem Mikrophon sitzen sah, wurde sie plötzlich von Emotion erfüllt. Sie vermißte ihn und seinen Bruder und wollte ihn in den Armen halten. Sie wußte, daß er sehr viel Angst haben mußte.

Sean sah zu ihr herüber und lächelte ihr zu. Er wirkte nicht nervös. Seine Version der Vorgänge in der Nacht, in der seine Mutter ermordet worden war, hatte sich nicht verändert, genauso wenig wie seine Behauptung, daß Lawrencia Bembenek nicht der Mörder war. Mehrmals versicherte er, die Person, die er am 28. Mai gesehen hatte, könnte nicht Laurie sein, weil der Mann viel größer gewesen wäre.

»Es kann gar nicht Laurie gewesen sein«, sagte der elf Jahre alte Sean. »Nicht einmal, wenn sie Schulterkissen getragen hätte wie ein Footballspieler. Auch dann hätte sie es nicht sein können, weil dann ihr Körper eine V-Form hätte haben müssen. Aber dieser Körper war groß und an den Seiten gerade.«

Sean fuhr mit seinen Händen auf und ab, um zu zeigen, wie groß und eckig der Körper gewesen war.

»Außerdem kenne ich Laurie. Laurie riecht immer gut, weil sie gern Parfum hat, und ich habe kein Parfum gerochen.«

Während Sean sprach und sich an die letzten Momente im Leben seiner Mutter erinnerte, war es im Gerichtssaal völlig still. Niemand regte sich. Hier war einer von zwei direkten Zeugen des Mordes. Eine Person, die einen Mann über sich stehen und aus dem Zimmer seiner Mutter laufen sah – so nahe, daß er die Hand ausstrecken und den Mann hätte berühren können. Der Junge war klug. Der Junge konnte sich ausdrücken, und er erinnerte sich.

»Er trug eine grüne Armyjacke aus Khaki«, sagte er fest. »Es war kein grüner Jogginganzug. Ich weiß das, weil, als er oder sie die Treppe hinunter rannte, habe ich die Enden flattern sehen. Wissen Sie, eine Armyjacke ohne Tarnzeichnung.«

Kramer, ein großer, etwas untersetzter Mann, sprang von seinem Sitz auf und fragte Sean, wieso er *er oder sie* sagte. »Kommt es daher, daß du nicht wirklich sicher bist, ob es ein Mann oder eine Frau ist?«

»Nun, ich habe *er oder sie* gesagt, weil es nur diese beiden Geschlechter gibt.«

»Sean, du weißt, daß dein Daddy Laurie sehr liebt, richtig?«

»Ja.«

»Ist es nicht so, daß dein Daddy dir gesagt hat, daß Laurie es nicht getan hat?«

»Nein.«

»Hat dein Daddy mit dir darüber gesprochen?«

»Ja.«

»Was hat er zu dir gesagt?«

»Er hat zu mir gesagt, daß ich nur die Wahrheit sagen soll.«

Als Eisenberg mit Sean sprach, fragte er ihn mehrmals, ob er die Wahrheit sagte. Sean versicherte immer wieder, ja, er würde die Wahrheit sagen und wissen, daß es falsch sei zu lügen. Er sagte, es wäre Wahrheit, wenn er erklärte, daß ›der Mann‹, der seine Mommy getötet hatte, nicht Laurie Bembenek war.

Einmal, als Sean beschrieb, wie er seine Mutter auf ihrem Bett liegen sah, gefesselt und mit einem Loch im Rücken, brach er in Tränen aus. Der Richter ordnete eine kurze Pause an, während Sean sich über die Augen wischte. Dann wandte sich Don Eisenberg an Sean.

»Ich habe nur eine Frage, Sean, das verspreche ich dir. Wenn du davon ausgehst, was du in jener Nacht gesehen hast und was mit dir passiert ist, und nach der Größe des Angreifers und allem anderen, hast du irgendeinen Zweifel, ob es Laurie war oder nicht?«

»Sie war es nicht.«

Seans Aussage beendete die Vorverhandlung. Blitzlichter zuckten, als Laurie aufstand, um den Saal zu verlassen. Alle wollten, daß sie irgendeine Erklärung abgab. Die riesige Schlagzeile am folgende Morgen im *Milwaukee Sentinel* lautete: JUNGE SAGT: BEMBENEK KEINE MÖRDERIN. Aber die Schlagzeile sollte kein gutes Omen sein.

Eisenberg, Laurie und ihre Eltern verließen den Gerichtssaal, ohne irgendeine Erklärung abzugeben. Fred sagte, er müsse zu einer Besprechung, weigerte sich jedoch zu sagen, wo sie stattfand und worum es dabei ging. Laurie ging zu der einen Tür hinaus, Fred zu einer anderen. Eisenberg wollte alle auf ein paar Drinks einladen und die Aussagen des Tages besprechen.

»Seien Sie nicht zu scharf mit Fred wegen seines Gefühlsausbruchs«, sagte Eisenberg zu Laurie. »Exfrauen haben eine einzigartige Weise, Männer mit gewaltigen Schuldgefühlen zu überhäufen. Ich muß es wissen. Ich habe zwei Exfrauen.«

Eisenbergs dritte und gegenwärtige Frau Sandy war ein Playboy-Bunny im Lake Geneva Playboy Club gewesen, demselben Club, in dem Laurie ein paar Wochen lang gearbeitet hatte. Gelegentlich zeigte er tatsächlich einem ungläubigen Freund ein Foto von ihr in ihrem Häschenkostüm. Seine drei Ehen hatten seinen Ruf als Frauenheld nur gestärkt.

Eisenberg erklärte den Bembeneks, der Richter wolle mehr Zeit haben, um zu entscheiden, ob er den Fall zu einer Verhandlung weiterverweisen sollte. Er hatte beide Anwälte gebeten, kurze Stellungnahmen zu schreiben.

»Denken Sie daran, das einzige, was der Staatsanwalt in der Vorverhandlung beweisen mußte, war ein plausibler Grund für die Verhaftung«, sagte Lauries Anwalt. »Es geht um Plausibilität. Das ist nicht annähernd so schwer zu beweisen wie in einer Geschworenenverhandlung, in der der Staatsanwalt die Schuld über jeden vernünftigen Zweifel erhaben beweisen muß. Die Beweislast in der Vorverhandlung ist anders. Hier brauchen sie nur zu beweisen, daß es vernünftig wäre anzunehmen, daß der Angeklagte es möglicherweise getan hat.« Laurie nahm einen Schluck Scotch. Sie hatte das Gefühl, daß Eisenberg ihr beizubringen versuchte, daß sie wegen Mordes vor Gericht mußte.

»Ich finde, wir alle haben großartige Arbeit geleistet«, meinte er. »Wir haben eine Anzahl möglicher Verdächtiger aufgezeigt. Die Kinder bestanden darauf, daß Sie es nicht waren.«

Virginia interessierte sich mehr dafür, worüber nicht im Zeugenstand gesprochen worden war.

»Der Verdächtige, der gegenüber dem Haus auf der anderen Seite der Ramsey Street wohnt . . . was ist denn aus ihm geworden?«

Ray Kujawa war für alle ein Hauptverdächtiger gewesen. Er entsprach Seans Beschreibung und war der Mann, der gemeldet hatte, daß eine Waffe und ein grüner Jogginganzug aus seiner Garage fehlten. Virginia konnte nicht glauben, daß er nicht wenigstens ein Zeuge war oder ein Verdächtiger oder sonst irgend etwas.

»Er weigerte sich auszusagen«, antwortete Eisenberg. »Was konnten wir schon machen?«

Nach ein paar weiteren Drinks sprach Eisenberg aus, was er nach Lauries Meinung schon seit einer halben Stunde sagen wollte.

»Glauben Sie, die Anklage wird abgewiesen?« fragte Laurie.

»Seien Sie nicht am Boden zerstört, wenn das nicht der Fall ist. Ich wünschte, es wäre so. Es sollte so sein. Aber viele Richter lassen ihre Entscheidungen von der Politik beeinflussen. Sie müssen sich über ihre Wiederwahl Sorgen machen. Sie hatten gewaltige Publicity. Richter Fine könnte durchaus Pontius Pilatus spielen und Sie an das Gericht überstellen, damit die Geschworenen entscheiden.«

Laurie sollte noch weitere sechs Wochen warten müssen, ehe Richter Fine eine Entscheidung fällte, ob sie wegen des Mordes an Christine Schultz vor Gericht mußte.

Während dieser Wochen sollte Laurie mehr über den Mann, den sie geheiratet hatte, und über den Mord an Christine Schultz erfahren. Viele Geheimnisse warteten noch darauf, enthüllt zu werden.

Hundstage

Was noch von Laurie Bembeneks Selbstvertrauen und Hoffnung geblieben war, schwand nach der Vorverhandlung. Sie hatte das Gefühl, sich wegen Mordes vor Gericht verantworten zu müssen.

Sie behauptete nicht nur, den Mord nicht begangen zu haben, sondern sie wußte auch nichts darüber.

Obwohl sie ernsthafte Zweifel an ihrer Beziehung zu Fred Schultz hatte, konnte Laurie nichts dagegen unternehmen. Sie hatte ihn so oft ›alles kommt in Ordnung‹ sagen gehört, daß sie nicht wußte, ob sie es noch einmal ertragen würde. Sie hielt es kaum im selben Zimmer mit ihm aus.

Fred behauptete, unter einem ›Trauma‹ zu leiden, und erklärte der Polizei, er könne seine Arbeit als Detective nicht fortsetzen. Der Tod der einen Frau und die Mordanklage gegen die zweite waren einfach zu viel für ihn, um damit fertig zu werden.

Die Polizei von Milwaukee verfügte, daß Fred im Fall seiner Rückkehr zu regulärer Polizeiarbeit eine Untersuchung seines Geisteszustandes vornehmen lassen mußte, um zu beweisen, daß er sich von dem psychischen Trauma erholt habe. Er behielt seinen Schreibtischposten, klagte jedoch über Belästigungen. Seine Anrufe würden abgehört. Er könne den Raum nicht verlassen, in dem er arbeitete, und er habe keinen Zugang zu Polizeiakten. Er mußte um Erlaubnis bitten, um zur Toilette gehen zu können.

Die Polizei von Milwaukee schien ihn nicht mehr haben zu wollen. Vielleicht wußte die Leitung der Polizei etwas über Fred, was sonst niemand wußte.

Da Fred noch immer den ganzen Tag weg war, mußte Laurie allein mit der Zeit fertig werden. Sie konnte immer noch nicht aus dem Haus gehen, weil die Berichterstattung über die Vorverhandlung ihr Foto zurück auf die Titelseiten gebracht hatte und jedermann sie erkannte.

Vier Tage nach der Vorverhandlung brachte das *Milwaukee Journal* einen großen Bericht auf der Titelseite des lokalen Nachrichtenteils.

SCHÖNE MENSCHEN – BIZARRER FALL
MORDGESCHICHTE LIEST SICH WIE ROMAN

Die Geschichte konzentrierte sich auf die äußerliche Schönheit aller Hauptpersonen an dem Mordfall Christine Schultz.

»So viel zu den Rechten der Frauen, dem Justizsystem und dazu, daß Schönheit nicht tiefer geht als die Haut«, sagte Laurie laut, als sie die Zeitung von sich schleuderte und aus dem Haus ging, um an der Ecke ein paar Briefe einzuwerfen.

Lauries Depression nach der Vorverhandlung setzte sich fort. Sie verlor Gewicht und hörte auf zu joggen und arbeitete auch nicht mehr in dem Fitneßcenter, zwei Dinge, die ihr einmal sehr wichtig gewesen waren. An den meisten Tagen dachte sie, schlicht und einfach verrückt zu werden.

Eines Nachmittags saßen Laurie und Fred am Küchentisch, kurz nachdem Fred von der Arbeit heimgekommen war. Er hatte seine Krawatte gelöst und aß eifrig ein kaltes Rindfleischsandwich. Laurie hörte plötzlich ein komisches Geräusch im Korridor und setzte sich auf ihrem Stuhl auf.

Ein Welpe, ein Deutscher Schäferhund, kam um die Ecke. Laurie liebte Tiere, und der Welpe, den sie Sergeant nannte, wurde rasch zum Mittelpunkt ihres Lebens. Sie verbrachte täglich Stunden damit, ihn zu dressieren, mit ihm spazieren zu gehen und mit ihm im Garten zu spielen.

Obwohl der Hund half, sie aufzuheitern, war Laurie noch immer deprimiert. An manchen Tagen hing sie einfach in Pyjama und Hausmantel im Haus herum. Sie hatte keinen Grund sich anzuziehen. Sie hatte schreckliche Schwierigkeiten mit dem Schlafen, wachte oft nachts auf und saß stundenlang am Küchentisch ihrer Mutter.

Irgendwann rief sie ein Beratungszentrum für Frauen in Milwaukee an. Sie hatte schreckliche Angst, jemand könne herausfinden, daß sie Hilfe in Anspruch nahm, und könne die Polizei anrufen oder die Zeitungen verständigen. Doch es passierte nie.

Ihre Beraterin war ein Profi und erzählte nie jemandem, daß Lawrencia Bembenek sie aufsuchte.

»Mein Gott«, sagte die Beraterin. »Sehen Sie sich an, was in weniger als einem Jahr aus Ihrem Leben wurde. Sie wurden in eine Wirbelwind-Romanze gerissen, weil zu diesem Zeitpunkt alles andere in Ihrem Leben eine Katastrophe war. Ihre Heirat wurde von Freds Familie nie akzeptiert, und jetzt sind Sie dazu gezwungen, im Haus Ihrer Eltern zu leben. Davor mußten Sie von einem Apartment zum anderen ziehen.«

Laurie hörte zu und machte sich im Geist Notizen. Nie zuvor hatte jemand so mit ihr gesprochen. Niemand schien zu verstehen, wie schrecklich alles tatsächlich für sie war.

»Zwei kleine Kinder sind Ihnen in den Schoß geworfen worden, und alle erwarteten von Ihnen, daß Sie sie mit offenen Armen aufnehmen. Es gab Nachlaßprobleme, Probleme mit der Vormundschaft, und dann wurden Sie für einen Mord verhaftet, den Sie nicht begangen haben. Ihre besten Freunde haben sich gegen Sie gewandt, über Sie gelogen und Ihnen in den Rücken gestochen. Laurie! Gönnen Sie sich doch etwas Ruhe!« Die Beraterin drängte Laurie, Fred ihre Belastungen mit ihr teilen zu lassen. Fred habe ebenfalls eine Verantwortung, der Beziehung zu helfen. Laurie müßte mit Fred über ihre Gefühle sprechen.

»Als Sie Fred kennenlernten, haben Sie ihn bewundert, und jetzt, da die Illusion geschwunden ist, sind Sie ziemlich enttäuscht, nicht wahr?«

»Ja. Es ist wie dieses Buch von Marilyn French. Sie schreibt, man meint, irgendein Kerl wäre nicht von dieser Welt, und dann heiratet man ihn und findet heraus, daß er im Schlaf schnarcht und furzt.«

»Sie lieben ihn noch immer?«

»Ich denke schon. Aber ich mag ihn nicht sehr.«

Fred machte es Laurie nicht leicht, ihn zu mögen. Er gab eines Abends zu, daß er aufgehört hatte, Zahlungen für das Haus auf der Ramsey Street zu leisten und daß es eine Verfallserklärung geben könne. Dann passierte etwas, das ihre negativen Gefühle für Elfred O. Schultz jr. festigte.

Am 6. Oktober fuhren sie nach einem Footballspiel, an dem

Fred teilgenommen hatte, in eine Bar in Milwaukee, um Poolbillard mit seinem Bruder Billy und Lauries Freundin Marylisa zu spielen. Marylisa war die Frau, mit der Laurie in der Mordnacht hatte ausgehen wollen. Seither war sie mit Freds jüngerem Bruder befreundet.

Die beiden Paare spielten Pool, und Fred ärgerte sich, als Laurie hintereinander zwei Spiele gewann. Aus Jux stieß Fred gegen ihren Billardstock, als sie gerade stoßen wollte. Beim ersten Mal war es lustig, aber beim dritten Mal war es Laurie zu viel.

»Du weißt nicht, wann du aufhören mußt, du Schwindler.«

»Na und?« sagte Fred. »Spielen wir doch.«

»Nein, es ist fast schon Mitternacht. Laß uns gehen.«

Halb betrunken setzten Laurie und Fred das Hin- und Hergeschiebe auf dem Weg zum Wagen fort. Plötzlich gerieten die Dinge außer Kontrolle. Fred versetzte Laurie einen Schlag, der sie umwarf. Sie landete im Rinnstein. Schmerz schoß in ihrem Rücken hoch. Sie begann zu weinen.

»Komm schon, steh auf, bevor dich jemand sieht!« schrie Fred sie an.

»Warte. Du bist verrückt!«

»Du mußte ausgerutscht sein. Die Bürgersteige sind naß.«

»Laß mich in Ruhe. Du hast mich viel zu hart gestoßen. Fred, ich habe Schmerzen.«

Fred versuchte daraufhin, Laurie hochzuheben und in seinen Kleinbus zu schieben.

»Halt verdammt noch mal den Mund und steig in den Wagen!« schrie er. »Du weckst die ganze Gegend auf!«

Ein Zeuge des Streits rief die Polizei von West Allis. Laurie weigerte sich, mit Fred in den Kleinbus zu steigen. Sie hatte Angst, und sie war wütend. Sie saß auf den Rücksitzen des Polizeiautos, während Fred mit den Cops sprach. Als sie zu Laurie kamen, um mit ihr zu sprechen, fragten sie sie, ob sie bei einem Psychiater in Behandlung wäre.

»Nein«, log sie.

Laurie fühlte sich von Fred Schultz völlig verraten. Er versuchte, gut aus der Situation herauszukommen, indem er den Polizisten erzählte, sie hätte mentale Probleme.

»Atmen Sie tief durch und hören Sie zu weinen auf«, riet ihr einer der Cops. »Wollen Sie Anzeige wegen Mißhandlung stellen?«

»Nein, ich will in ein Frauenhaus.«

Am Morgen wußte Laurie nicht, ob sie heimkehren sollte. Im Verlauf der Nacht war sie zu der Ansicht gelangt, sie sollte die Auseinandersetzung als Handgemenge im Rausch betrachten, das außer Kontrolle geraten war. Aber sie fragte sich auch, ob Fred sich von seinem gewalttätigen Temperament hatte hinreißen lassen.

Laurie hatte sich selbst vor langer Zeit versprochen, sich nie irgendwelcher Gewalt oder körperlicher Überlegenheit unterzuordnen. Sie hatte keine Angst vor Fred, wußte jetzt aber, daß er imstande war, einer Frau weh zu tun. Laurie wußte auch, daß ihre Trennung für Zeitungen und Staatsanwaltschaft ein Festessen gewesen wäre.

Laurie betrat die Telefonzelle in dem Frauenhaus und wollte ihre Mom anrufen, die sich noch in Oregon aufhielt. Meine Mom wird mir sagen, was ich tun soll, dachte Laurie. Sie ist immer für mich da, ist ruhig und kühl geblieben und weiß, was das beste ist. Plötzlich vermißte Laurie ihre Mutter so sehr, daß sie zu weinen begann. Sie wählte die Nummer und hörte die Stimme ihrer Mutter. Laurie wurde von Emotionen überwältigt. Sie hätte alles dafür gegeben, hätte ihre Mutter sie nur ein paar Augenblicke in den Armen halten können.

»Wo bist du, Baby?« fragte ihre Mutter.

Später kam Lauries Dad, um sie abzuholen und heimzubringen. Fred hatte erzählt, Laurie wäre so betrunken gewesen, daß sie ohnmächtig wurde und hinfiel.

Fred war in Panik und bat sie tränenreich um Verzeihung. Ihr Vater wich ihr nicht mehr von der Seite.

»Ich mag einundsechzig Jahre alt sein, aber beim nächsten Mal, wenn du so was abziehst, spiele ich den Rächer«, sagte ihr Vater. »Ich habe zwei andere Töchter, die von ihren Ehemännern mißhandelt wurden, und ein drittes Mal mache ich das nicht mit.«

Fred nickte stumm.

An diesem Abend stand die Geschichte über ihren Streit in

den Zeitungen, und Don Eisenberg rief an. »Sie hatten eine Auseinandersetzung mit Fred? Gibt es etwas, das ich wissen sollte?«

»Mann, Ihnen entgeht in Madison aber nichts. Nein, es ist jetzt geregelt.« Ihr Anwalt fragte daraufhin, ob sie ihm irgend etwas anderes mitzuteilen hatte. Laurie verneinte.

Eisenberg erklärte, er habe soeben einen Anruf von Richter Fine erhalten, und der Richter wolle sie beide so schnell wie möglich sehen.

Laurie hatte keine Ahnung, worüber der Richter sprechen wollte. Sie hoffte, daß ihr nur einmal etwas Gutes widerfahren würde.

Revolver und Rosen

Richter Fine wirkte ernst, als Laurie, Eisenberg und der Stellvertretende Staatsanwalt Kramer sein Richterzimmer betraten.

Es war die erste Oktoberwoche, und Laurie hatte noch immer Schmerzen von ihrem ›Kampf‹ mit Fred. Richter Fine sagte, er hätte mit der Post einen Brief erhalten, der sich auf den Fall bezog, und er würde eine rasche Anhörung in seinem Gerichtssaal abhalten, um darüber zu sprechen. Laurie drehte sich um, sah Eisenberg an und fragte ihn ohne Worte, was da vor sich ging. Eisenberg zuckte die Schultern, und sie alle gingen in den Gerichtssaal.

Richter Fine berichtete, er hätte am letzten Freitag mit der Post einen unerwarteten Brief erhalten. Dann begann er ihn vorzulesen.

Nachdem er nur ein paar Sätze gelesen hatte, unterbrach ihn Eisenberg und bat, ob er den Brief zuerst lesen dürfe. Richter Fine stimmte zu, und Eisenberg und Laurie lasen den Brief zusammen. Lauries Augen wurden groß. Der Brief stammte von John Schultz, dem Bruder, der Fred Schultz und seine zweite Frau, Laurie Bembenek, haßte.

John hatte geschrieben, daß Laurie ›nach seinem besten Wissen‹ Christine Schultz getötet und versucht hatte, auch Sean umzubringen. Um seine Ansicht zu unterstützen, schrieb John Schultz, seiner Meinung nach wären Sean und Shannon von ihrem Vater beeinflußt worden, um zugunsten von Laurie Bembenek auszusagen.

Der weitschweifige Brief erwähnte, daß Fred die Jungen auf einer Karte an Laurie hatte unterschreiben lassen und daß Fred seine Söhne bat, an Laurie zu schreiben. John teilte auch mit, Laurie hätte den Jungen versprochen, ihnen zu kaufen, was immer sie wollten, sobald Laurie und er wieder arbeiteten.

Gegen Ende des Briefes schrieb John, Seans Leben wäre kompliziert, weil er gezeugt worden war, bevor Fred und Christine heirateten. John behauptete, als Reaktion darauf wäre Fred stets gegen Sean gewesen und habe ihn extrem hart behandelt. Er behauptete, Fred hätte Christine nur geheiratet, weil sie schwanger war.

John schrieb: »Fred akzeptierte Sean nie, und Sean schrie förmlich nach Anerkennung, Lob und Liebe, wie ein Hündchen, das seinem strengen Herrchen entgegenläuft und mit eingeklemmtem Schwanz wedelt.«

Nachdem Eisenberg zu Ende gelesen hatte, erhob er Einspruch dagegen, daß der Brief zu dem Gerichtsprotokoll genommen wurde. Er beruhte auf Hörensagen und hätte absolut nichts mit dem Mord oder Lauries Schuld zu tun. In dem Brief stand nichts, fügte er hinzu, das auf Laurie Bembenek zeigte – auf Fred Schultz vielleicht, aber nicht auf Laurie Bembenek.

Laurie versuchte zu ergründen, warum ihr Schwager den Brief geschrieben hatte. Er hatte Christine nahe gestanden und Freds zweite Ehe nie wirklich akzeptiert. Er war mit Fred unlängst wegen der Jungen in einen offenen Streit geraten, den die Polizei von Pewaukee schlichten mußte.

Eisenberg sagte Laurie, sie sollte sich wegen des Briefes keine Sorgen machen, und Richter Fine ordnete an, daß er weggeschlossen und nicht öffentlich bekanntgemacht wurde. Doch Laurie wußte, daß der Richter sich höchstwahrscheinlich an den Brief erinnern würde, wenn er in zwei Wochen zu entscheiden hatte, ob sie wegen Mordes vor Gericht mußte. Sie hatte noch einen Grund mehr zur Sorge.

Bevor sie Zeit hatte, darüber nachzudenken, was der Brief tatsächlich bedeutete, rief Eisenberg sie wieder an und bat sie, nach Madison zu kommen. Es gab noch etwas, das er mit ihr besprechen wollte.

Laurie fuhr die fünfundsiebzig Meilen von Milwaukee nach Madison und fragte sich, was als nächstes passieren würde. Eisenberg wirkte nervös, als sie in sein Büro kam. Es gab nicht die üblichen Scherze und die neckenden Bemerkungen, wie wundervoll sie aussah und duftete.

»Kramer von der Staatsanwaltschaft will diesen Fall nicht zur Verhandlung bringen«, erklärte er. »Er denkt, daß entweder Fred jemanden angeheuert hat, um Christine zu töten, oder daß

Sie und Fred in irgendeiner Weise sich zu der Tat verschworen haben.«

Laurie wollte aufspringen. Sie war wütend.

Eisenberg hielt sie zurück und fuhr fort: »Die Staatsanwaltschaft ist bereit, die Anklage gegen Sie fallenzulassen, wenn Sie eine Erklärung darüber abgeben, was Sie wissen.«

»Sind die denn verrückt? Warum sollte ich irgendeine lächerliche Geschichte erfinden? Warum sollte ich etwas zugeben, was ich nicht getan habe? Denken die tatsächlich, ich würde Fred irgendwie decken?«

»Offenbar begreift Kramer diesen Fall nicht richtig und wäre begeistert, von Ihnen eine Erklärung zu erhalten.«

»Don, ich wäre unter gar keinen Umständen so dumm, mich an einem Mord zu beteiligen. Falls Fred jemanden angeheuert hätte, es zu erledigen, meinen Sie nicht, er hätte den Mörder eine andere Waffe verwenden lassen? Oder glauben Sie nicht, daß Fred sich der Waffe entledigt hätte? Er hatte über zwei Wochen Zeit, den Revolver zu verlieren oder als gestohlen zu melden, was auch immer!«

»Ich bin gerade dabei, mit meinem eigenen Ballistikexperten über diese ganze Sache zu sprechen«, erwiderte Eisenberg. »Der Schuß, der Christine tötete, wurde aus solcher Nähe abgegeben, daß die Öffnung des Laufs buchstäblich in die Haut eindrang. Nach Angaben meines Experten wurden sowohl Blut als auch Gewebe in den Lauf des Revolvers hineingeblasen. Das heißt, daß Sie den Revolver hätten reinigen müssen, bevor Durfee und Fred ihn untersuchten, und wenn Sie ihn gereinigt hätten . . .«

»Dann wäre darauf kein Staub vorhanden gewesen«, sagte Laurie.

Ihr Anwalt erwiderte: »Vor allem, da sich der Revolver in einem Halfter befand, das zusätzlich in einer geschlossenen Segeltuchtasche steckte. Das ergibt keinen Sinn. Nun, das alles mag verfrüht sein. Erst einmal, soll ich Kramer sagen, daß es keinen Handel gibt?«

»Keinen Handel«, erklärte Laurie. »Ich bekenne mich nicht für etwas schuldig, das ich nicht getan habe.«

Auf der Rückfahrt nach Milwaukee versuchte Laurie die Tatsache zu ignorieren, daß über Fred als möglichen Verdächtigen gesprochen wurde. Fragen nagten in ihr. Warum gab es keine Untersuchung über seine Rolle? Was hatte er am Tag des Mordes getan? Sie hatte keine Ahnung, wohin er gegangen war und mit wem er gesprochen hatte. Sie schüttelte den Kopf.

Fred konnte nicht in diese Sache verwickelt sein. Das sagte sie sich immer wieder und hoffte, daß sie irgendwann ihren eigenen Worten glauben konnte.

Am 16. Oktober verkündete Richter Ralph Adam Fine, daß er in der Vorverhandlung zu einer Entscheidung gelangt war. Laurie trug ein dunkelbraunes Kostüm mit einer weißen Bluse und Lederpumps im Gerichtssaal. Fred Schultz saß neben ihr, während Richter Fine seine Entscheidung verkündete. Laurie hielt den Atem an und machte sich auf das Schlimmste gefaßt.

Als der Richter begann, seine vorbereitete Erklärung zu verlesen, erstarb jedes Geräusch im Gerichtssaal. Niemand regte sich. Er begann damit, daß die ihm angebotenen Beweismittel sowohl ›fragwürdig‹ als auch ›widersprüchlich‹ waren und daß dies der ›am meisten auf Indizien basierende Fall‹ war, den er je erlebt hatte.

»Das meiste davon ist spekulativ. Vieles davon ist widersprüchlich. Manches davon ist nicht glaubhaft«, sagte Richter Fine. »Ja, es gibt im Sinne dieser Vorverhandlung eine mögliche Verbindung zwischen der Beklagten und dem Tod von Christine Schultz. Diese Verbindung ist natürlich Beweisstück Nummer zwei, Fred Schultz' Privatrevolver. Laut Ballistikbericht, Beweismittel Nummer acht, kam das Regional Crime Laboratory zu dem Schluß, daß die aus der Leiche von Christine Schultz sichergestellte Kugel aus dieser Waffe abgefeuert wurde.«

Laurie schaffte es irgendwie, eine ruhige, reservierte Haltung zu bewahren, als Richter Fine fortfuhr, doch dann begann sie, unkontrolliert zu zittern. Ihr Kopf explodierte. Sie wandte sich an Donald Eisenberg und starrte ihn an. Der Richter fuhr fort: »Die Aussagen der Polizisten Durfee und Elfred Schultz zerstörten diese Verbindung nicht im Sinne der Wahrscheinlichkeit. Aufgrund der in der Vorverhandlung beigebrachten Beweise war die einzige Person, die während der fraglichen Periode in der Mordnacht Zugang zu der Waffe hatte, die Beklagte, Lawrencia Bembenek. Diese Verbindung, zusammen mit den anderen in der Vorverhandlung beigebrachten Beweisen, reicht diesem Gericht aus, um zu befinden, daß es einen wahrscheinlichen Grund zu der Annahme gibt, daß die Beklagte ein Verbrechen im Milwaukee County begangen hat. Dementsprechend wird die Hauptverhandlung gegen sie eröffnet.«

Lawrencia Bembenek wurde weiß. Sie beugte sich vor und zog an Eisenbergs Ärmel. »Das ist nicht wahr. Ich bin nicht die einzige, die Zugang zu dieser Waffe hatte! Und woher wissen wir, daß die Waffe, die sie jetzt haben, überhaupt dieselbe Waffe ist, die sich in der Mordnacht in unserem Apartment befunden hat?«

»Nehmen Sie es leicht«, sagte Eisenberg. »Nehmen Sie es bloß leicht.«

Laurie wußte, daß Elfred Schultz Zugang zu der Waffe gehabt hatte. Ebenso Judy Zess, Thomas Gaertner und der Vermieter.

Der Richter hatte beschlossen, gegen sie den Prozeß zu machen wegen der Waffe, doch es gab mehrere Leute, von denen einige in Richter Fines Gerichtssaal saßen, die bereits wußten, daß der Privatrevolver Kaliber 38 Special nicht die Waffe war, mit der Christine Jean Schultz getötet worden war.

In guten wie in schlechten Zeiten

Die letzten Wochen des Herbstes gingen rasch vorbei, und hätte Laurie Bembenek gewußt, was noch kommen sollte, hätte sie diese leuchtend orangefarbenen, gelben und goldenen Tage genossen. Tief im Hintergrund ihrer Gedanken fragte Laurie sich, ob dies der letzte Herbst war, in dem sie jemals imstande war, durch die herabgefallenen Blätter zu waten, ohne gegen einen hohen Metallzaun mit Stacheldraht obendrauf zu stoßen.

Am 9. November erschien sie vor Richter Michael Skwierawski zur Anklageerhebung wegen Mordes ersten Grades. Anklageerhebungen sind immer kurz; der Angeklagte steht vor dem Richter, und die Anklagepunkte werden verlesen. Der/die Beklagte hat Gelegenheit, auf schuldig oder nicht schuldig zu plädieren. Doch Lawrencia Bembeneks Fall war alles andere als normal.

Die Reporter, die im Hintergrund des Gerichtssaals aufgereiht standen, waren enttäuscht, als die schöne blonde Expolizistin vor den Richter trat und sich weigerte, auf die Anklagepunkte zu antworten. Eisenberg hatte ihr geraten, nichts zu sagen. Er protestierte gegen das Verfahren. Er fand, seine Klientin hätte in diesem Gerichtssaal nichts zu suchen.

Also trug der rothaarige Skwierawski, der einen struppigen Bart hatte, eine Erklärung auf nicht schuldig für sie ein. Skwierawski, ein bedächtiger, ruhiger Mann mit eckigen Brillengläsern in Metallfassung, stellte Laurie und Eisenberg auch anheim, einen anderen Richter zu verlangen.

Skwierawski erklärte Eisenberg und dem Stellvertretenden Staatsanwalt Kramer, er habe einmal Thomas D. Gaertner vertreten. Obwohl Laurie und Eisenberg wußten, daß Gaertner ein wichtiger Teil ihres Falles war, beschloß Eisenberg, nicht um einen anderen Richter zu bitten. Er sagte sogar, er wollte Gaertner gar nicht in den Zeugenstand rufen, obwohl Laurie diesen angeblich gefragt hatte, ob er jemanden kannte, der Christine Schultz umbringen könnte.

»Es gibt nichts, was er für mich tun könnte«, sagte Eisenberg über Gaertner.

Laurie mußte am 22. Februar 1982 zu ihrem Prozeß erscheinen, und Anträge zu dem Fall sollten am 8. Februar gehört werden. Trotz der außerordentlichen Medienberichterstattung über den Fall, erklärte Eisenberg, er werde nicht beantragen, den Prozeß aus dem Milwaukee County hinaus zu verlegen. Er glaubte nicht, daß dies eine Rolle gespielt hätte.

Lauries Geschichte war bereits in einigen der schmierigsten Klatschblätter und Magazine im ganzen Land erschienen. Jedermann, einschließlich Laurie, war klar, daß der Fall mehr als interessant war, aber aus lauter falschen Gründen.

Ihr Playboy-Bunny-Image fand sie unfair, und niemand hatte sich die Mühe gemacht, den Mordfall zu untersuchen. Die Kameras waren stets auf sie gerichtet, und Laurie dachte, irgend jemand sollte doch die Person suchen, die Christine Schultz ermordet hatte.

Am Tag nach der Anklageerhebung erhielt Laurie eine Nachricht von der Stelle für Arbeit, Industrie und zwischenmenschliche Beziehungen, in der sie informiert wurde, daß ihre Klage wegen sexueller Diskriminierung gegen die Stadt Milwaukee unbegründet war. Laurie war nicht überrascht von dieser Entscheidung und schickte den Brief an einen von Eisenbergs Partnern, weil sie diese Angelegenheit weiter verfolgen wollte. Es gab noch eine Angelegenheit, die verfolgt werden mußte.

Eisenberg rief sie am selben Tag an und eröffnete ihr, sie wäre nicht gesetzlich mit Elfred Schultz jr. verheiratet. »Wo haben Sie Fred geheiratet?« fragte er.

»Vor einem Richter. Das muß im Waukegan County gewesen sein, glaube ich. Jedenfalls war es in Illinois. Warum wollen Sie das wissen?«

»Wann war das?«

»31. Januar 1981.«

»Ich glaube, wir haben ein Problem«, sagte Eisenberg. »Warum haben Sie dort geheiratet?«

»Weil Fred es vorschlug. Ich weiß nicht. Wir sind durchgebrannt. Es wirkte romantisch. Weshalb alle diese Fragen?«

»Ich muß noch ein paar Überprüfungen anstellen, aber ich glaube, ihr zwei seid nicht gesetzlich verheiratet.«

Wieder einmal traute Laurie ihren Ohren nicht. Eisenberg setzte ihr auseinander, daß die Ehe vielleicht in Illinois legal war, aber wahrscheinlich nicht in Wisconsin. Der Staat von Wisconsin verbot, daß jemand vor Ablauf von sechs Monaten nach der letzten Scheidungsverhandlung heiratete, und Fred war noch keine sechs Monate geschieden gewesen, bevor sie heirateten.

»Wenn Ihre Ehe nicht legal war, wird sich der Stellvertretende Staatsanwalt darauf stürzen und Ihnen wildes Zusammenleben vorwerfen. Ich will nicht, daß Ihre Glaubwürdigkeit angegriffen wird.«

»Was, um alles in der Welt, machen wir, wenn die Ehe nicht legal ist?«

»Noch einmal in Wisconsin heiraten.«

»Das glaube ich einfach nicht«, sagte Laurie. »Fred könnte wegen wilden Zusammenlebens seine Stelle verlieren. Wenn wir in die Stadt fahren und eine Heiratslizenz beantragen, bekommen die Zeitungen wieder ein Festessen serviert.«

Als Laurie mit Fred über die Hochzeit in Illinois sprach, rückte er mit einer Erklärung heraus, die für sie absolut keinen Sinn ergab. Elfred Schultz hatte ein Kästchen auf seiner neuen Heiratsurkunde nicht angekreuzt, bei dem er gefragt wurde, ob er schon einmal verheiratet gewesen war. Fred behauptete, er habe nicht gelogen, es wäre lediglich ein Versehen gewesen.

Trotz ihrer Unsicherheit wegen ihrer Beziehung mit Fred und den Ergebnissen einer psychologischen Überprüfung, die besagte, daß es in der Ehe ernsthafte Probleme gab, half Eisenberg den beiden, eine neue Hochzeit zu planen. Sie wollten in seinem Büro in Madison in der letzten Novemberwoche noch einmal heiraten.

Die Eheprobleme besserten sich nicht. Laurie war den ganzen Tag daheim lustlos und gelangweilt. Sie hatte beschlossen, sich für Kurse an der University of Wisconsin in Milwaukee einzuschreiben, doch es würde noch mehrere Monate dauern, bis diese Kurse begannen. In der Zwischenzeit taute sie den Kühlschrank ab und wischte Staub im Haus – Tätigkeiten, die sie haßte.

Laurie hatte auch einen ›Widerwillen‹ gegen Fred entwickelt. Sie war an Sex nicht interessiert, und Fred war gar nicht glücklich darüber. Als Laurie sich eines Abends auf die andere Seite drehte und versuchte zu schlafen, bekam Fred einen Wutanfall. »Willst du schlafen?« fragte er. »Das ist schon der dritte Abend hintereinander.«

»Na und? Ich schlafe eben ein.«

»Du liebst mich nicht mehr.«

»Mach dich nicht lächerlich. Mir ist einfach nicht nach Sex. Das bedeutet nicht, daß ich dich nicht liebe. Schlaf jetzt.«

»Nein, verdammt. Sex war das erste, was in meiner letzten Ehe zum Teufel ging, und das lasse ich nicht wieder zu!«

»Warum mußt du mich ständig mit Chris vergleichen? Du überreagierst in dieser Sache.«

»Nein, das tue ich nicht«, schrie Fred sie an. »Du warst in diesen letzten paar Monaten so abgestumpft, daß ich glaube, du liebst mich gar nicht mehr. Und jetzt das.«

Laurie setzte sich im Bett auf und sagte Fred, er solle still sein, weil ihr Vater nebenan schlief, aber er weigerte sich und schrie noch lauter. Fred begann sich anzuziehen. Er sagte, er würde weggehen. Lauries Vater erwachte und versuchte einzugreifen.

»Laß ihn gehen, Dad«, sagte Laurie. »Man kann mit diesem Mann nicht sprechen.«

Fred kam noch einmal zurück und hoffte, Laurie würde ihn bitten zu bleiben. Sie tat es nicht. Aber er rief ein paar Minuten später an.

»Was willst du?« fragte sie.

»Weißt du, was großartig wäre? Wenn du mich bitten würdest, jetzt gleich heimzukommen.«

»Du bist verrückt!« sagte Laurie. »Zum einen bin ich angewidert, daß du nicht einmal den Anstand besessen hast, meinen armen Dad aus dem Streit herauszuhalten. Er hatte nichts damit zu tun, aber du mußtest ja diesen verdammten Krach machen, bis du ihn aufgeweckt hast. Keine Rücksichtnahme! Drei Tage ohne Sex, und du führst dich schon auf, als wäre es eine Staatsaffäre. Du kannst bleiben, wo immer du bist.«

Fred erzählte Laurie nie, wo er diese Nacht verbrachte, und

es interessierte sie auch nicht besonders. Am nächsten Morgen fand sie einen Brief von Eisenberg in der Post. Es war eine Aussage von einem Zeugen, der behauptete, Judy Zess hätte einen Meineid geschworen.

Der Brief war am 27. Oktober 1981 von einem Mann namens Frederick Horenberger geschrieben worden. Er bestand aus sechs Seiten interessanter und enthüllender Informationen über Judy Zess.

Laut Horenberger hatte er Judy in den letzten zwei Juniwochen im Jahr 1981 kennengelernt, als er in ihr Apartment kam, um sich einen Wagen anzusehen, den Tom Gaertner verkaufen wollte. Während Horenberger bei Judy Zess war, rief Gaertner aus dem Gefängnis an, und Horenberger hörte, wie Judy ihm erzählte, sie wäre bei der Polizei gewesen, um Beweisstücke aus dem Mordfall Christine Schultz in Augenschein zu nehmen.

Judy erzählte Horenberger, sie würde als Zeugin gegen Laurie Bembenek im Mordfall Christine Schultz auftreten. Horenberger schrieb, Judys Telefon wäre von der Polizei von Milwaukee abgehört worden, für den Fall, daß Laurie sie anrief.

Horenberger führte in seinem Brief aus, Judy habe ihm erzählt, sie habe einen Handel mit der Polizei von Milwaukee geschlossen. Sie würde mit der Polizei zusammenarbeiten im Austausch für ein paar Gefälligkeiten. Judy erzählte ihm, sie habe Sex mit Frank Cole, einem Detective, der auf den Mordfall Christine Schultz angesetzt war, und Cole würde ein paar Tauschgeschäfte für sie arrangieren.

Horenberger gab an, die Nacht mit Judy Zess verbracht und dabei herausgefunden zu haben, daß Judy alles tun würde, um Gaertner zu helfen.

Als Laurie den Brief zu Ende gelesen hatte, ging ihr ein winziges Licht auf. Für kurze Zeit ergab alles einen Sinn und fügte sich richtig aneinander. Sie verstand, wieso Judy im Zeugenstand eine Kehrtwendung gemacht hatte, und sie schauderte bei der Vorstellung, daß Judy darauf gewartet hatte, daß sie anrief oder eine Nachricht schickte, damit diese Information gegen sie verwendet werden konnte.

Horenberger hatte seinem Brief auch noch einen Zettel beigelegt, auf dem er ein Zusammentreffen mit Frank Cole beschrieb, als er Judys Apartment verließ. Judy Zess' sexuelle Drehtür traf Horenberger an diesem Tag im Hinterteil. Cole war nicht erfreut, ihn hier zu sehen, und warnte ihn, er würde großen Ärger bekommen, wenn er sich hier noch einmal blicken ließ. Horenberger hatte ein Vorstrafenregister, und er wußte, daß Cole einen Höllenspektakel bei seinem Bewährungshelfer veranstalten konnte.

Laurie las den Brief noch einmal und fragte sich, wieviel davon wahr und wieviel erfunden war. Judy hatte Horenberger gegenüber gelogen, als sie behauptete, es hätte einen Annäherungsversuch gegeben, weil sie nie im selben Bett geschlafen hatten.

Sie erinnerte sich an die Bemerkungen, die Judys New Yorker Freund in Florida gemacht hatte. Sie erinnerte sich auch an Judys Zorn, als sie von Lauries Heirat mit Fred erfuhr. Judy liebte es, Lauries Kleider zu tragen, und fotografierte sie ständig. Wenn es stimmte und Judy Zess sich zu ihr hingezogen fühlte, ergab alles viel mehr Sinn.

Eisenberg beschloß, Horenberger als Zeugen einzusetzen, und tagelang fühlte Laurie sich zuversichtlich und war erleichtert zu wissen, daß sie vielleicht doch nicht den Verstand verlor. Doch an dem Tag, an dem sie Fred Schultz in Donald Eisenbergs Büro heiratete, war sie plötzlich wieder am Ausgangspunkt angelangt.

Die Heirat lief rasch ab. Ein Richter vollzog die Zeremonie. Laurie trug eine schlichte schwarze Hose, und Fred schlug vor, in den Playboy Club am Lake Geneva zu fahren und bei einem Mittagessen zu feiern. Laurie war von der Idee nicht begeistert, weil sie nicht in die Öffentlichkeit gehen und erkannt werden wollte, aber sie hielt es für wichtig, ihre Beziehung mit Fred Schultz zu retten. Sie wußte, daß es ohne Fred einer Geschworenenjury schwerfallen würde, sie freundlich zu betrachten.

Als sie im Club ankamen, fanden sie heraus, daß ein Kongreß stattfand und alle Speisesäle überfüllt waren. Sie warteten an der Bar auf einen Tisch. Laurie bestellte einen Scotch und sah, wie Fred rasch seinen Whisky trank. Laurie sah sich um und dachte, daß die Polizei hiergewesen war und ihre ehemaligen Arbeitskollegen befragt hatte.

Mitten während des Essens fing Fred an, sich so zu benehmen, als habe er zu viel getrunken. Einer Kellnerin gegenüber erwähnte er, daß Laurie in dem Club gearbeitet hatte.

»Ich wünschte, du hättest nichts davon gesagt, daß ich hier gearbeitet habe«, sagte Laurie zu ihm.

»Dann hättest du etwas sagen sollen, bevor wir herkamen.«

»Was soll ich denn noch machen? Soll ich dir Verhaltensmaßregeln erteilen, bevor wir irgendwohin gehen? Ich dachte, du hättest mehr Verstand.«

»Gibt es denn etwas, wofür du dich schämen mußt?«

»Nein! Ich schäme mich nicht dafür, daß ich hier gearbeitet habe, obwohl ich es nicht in meinen Lebenslauf schreiben würde. Das war etwas, das ich ein paar Wochen lang machen mußte. Ich schäme mich nur, daß die Polizei hier war und alle nach mir befragt hat.«

Laurie lief letztlich vom Tisch weg und schloß sich auf der Toilette in eine Kabine ein.

Das ist verrückt, dachte sie. Fred ist verrückt. Er spielt Gedankenspiele. Er argumentiert im Kreis. Ich ertrage das nicht länger.

Laurie faßte sich wieder und kehrte an den Tisch zurück. Sie mußte alles einstecken, was Fred Schultz auch immer tat oder sagte. Sie fühlte sich wie in einer Falle.

Während der völlig schweigsamen Rückfahrt sah sie ihren Mann an, und es wurde ihr bewußt, daß ihre Neuverheiratung vor wenigen Stunden ihr überhaupt nichts bedeutete.

Alarmierende Abschriften

Die Zeit vor Weihnachten 1981 waren die besten Wochen, die Lawrencia Ann Bembenek seit Monaten erlebt hatte. Sie freute sich auf die Feiertage und begann wieder mit dem Training im Fitneßcenter.

Eisenberg versicherte ihr oft, er würde eifrig an ihrem Fall arbeiten, und ein paar Wochen lang redete sie sich ein, alles würde gut ausgehen. Aber ihre optimistischen Gefühle dauerten nicht lange.

Zuerst hatte sie wieder einen Streit mit Fred. Er kaufte Shannon und Sean teure Weihnachtsgeschenke, Radios mit Kopfhörern, obwohl sie abgemacht hatten, nichts über zwanzig Dollar zu kaufen, weil sie nicht genug Geld hatten. Fred machte klar, daß Laurie nichts zu sagen hatte, wenn es um seine Kinder ging. Er erzählte ihr, Christines Eltern hätten den Jungen ein Atari-Heimcomputerspiel gekauft.

»Wir haben kein Geld, um dieses Spielchen mitzumachen«, erwiderte Laurie. »Du kannst sie nicht an Geschenken übertreffen. Ich finde, du solltest diese teuren Radios zurückgeben und den Kindern etwas Praktisches kaufen.«

»Das sind meine Kinder«, entgegnete er. »Und du wirst mir nicht sagen, was ich für sie ausgeben soll.«

»Es geht nicht wirklich um das Geld. Es geht darum, was du ausgesucht hast.«

»Du beklagst dich auch nicht über Geld, wenn ich es für dich ausgebe«, sagte Fred. »Also sag mir nicht, was ich für die Kinder kaufen kann und was nicht.«

Dann beschloß Lauries Vater, nach Oregon zu fliegen und einige Zeit bei seiner Frau zu verbringen, die noch immer bei Lauries Schwester zu Besuch war. Als Laurie ihn zum Flughafen fuhr, hatte sie das Gefühl, ihren besten Freund zu verlieren. Da nun beide Eltern weg waren, würde sie mit ihrem Mann allein sein. Der Gedanke machte ihr plötzlich angst.

Als sie am Flugsteig stand und ihrem Vater zum Abschied

zuwinkte, fing Laurie zu weinen an. Es kam ihr so vor, als würde sie ihren Vater nie wiedersehen.

Nachdem ihr Vater abgereist war, hatte Laurie eine Reihe immer wiederkehrender Träume, die ihre festliche Stimmung völlig ruinierten. In einem Traum war sie in Florida und brachte Kartons und Möbel mit mehreren Freunden in ein Strandhaus. Sie war verlegen, weil etliche Sessel fleckig und schäbig waren. Dann gesellte sie sich zu einer Gruppe von Leuten, die sich zu einem Picknick an der Küste versammelt hatten, als plötzlich eine gewaltige Flutwelle sich näherte und auf alle mit großer Geschwindigkeit und erschreckender Wucht zuraste. Die Leute liefen einen Hügel hinauf, weg vom Wasser, und Laurie lief hinter ihnen her, weil sie nicht schwimmen konnte. Als sie den Gipfel des Hügels erreichte, wurde sie von einem Sturmzaun aufgehalten. Gerade als sie sich über den Zaun schwingen wollte, erkannte sie, daß es ein elektrischer Zaun war. Ihre Hände wurden von dem Schlag zurückgeschleudert. Sie blickte über ihre linke Schulter. Der Gedanke, daß ihr einziger Fluchtweg abgeschnitten war, erfüllte sie mit Entsetzen. Die Wellen kamen näher und näher. Kurz bevor sie sie erreichten, erwachte Laurie schweißgebadet und nach Luft ringend.

Der andere Alptraum war noch bizarrer und entsetzlicher. Laurie träumte, sie wäre in einer Stadt, würde sich um Jobs bewerben und schmutzige Treppen hinaufsteigen, die in kleine, alte Büros führten. Nach kurzer Zeit wurde sie verwirrt und fand sich nicht mehr zurecht. Sie ging eine Straße entlang und suchte ein Telefon, als sie plötzlich hinter sich ein häßliches mechanisches Geräusch hörte. Es war ein grauenhaftes Knirschen von Zahnrädern und ein scheußliches rhythmisches Klicken.

Sie drehte sich um und sah, wie ihr ein roboterhaftes Wesen folgte. Es hatte einen Totenschädel und trug einen Uncle-Sam-Hut. Sein Kiefer öffnete und schloß sich mit ruckartigen, maschinenähnlichen Bewegungen. Sie rannte und fand ein Telefon im Korridor eines Gebäudes. Bevor sie Fred anrufen konnte, schnallten seltsame Leute sie auf eine Bahre und injizierten ihr etwas in den Arm, womit sie bewußtlos gemacht werden sollte. Laurie kämpfte mit ihnen und bettelte und flehte sie an, daß sie ihren Mann anrufen könnte. An dieser Stelle erwachte sie jedesmal.

Lauries Träume verwandelten sich weiter in Alpträume. Am 10. Dezember kam Fred von der Arbeit nach Hause und sagte, er wolle mit ihr über etwas Wichtiges sprechen. Er setzte sich an den Küchentisch, sah Laurie an und streckte seine Hand aus.

Fred sagte, er wolle seinen Dienst bei der Polizei quittieren. Er haßte den Innendienst und wollte sich auch nicht weiter mit all den Fragen nach dem Mord herumschlagen.

Fred erwähnte auch flüchtig, daß Vertreter der Polizeiführung ihm bedeutet hatten, sie würden ihn wegen mehrerer Verstöße gegen Polizeivorschriften anzeigen. Es ging um die Umstände seiner Heirat mit Laurie in Illinois.

Laurie meinte, er sollte tun, was er für das beste hielt. Er bewarb sich sofort um einen Job bei der Polizei von Wauwatosa und wurde entmutigt, als man ihn als vierzehnten von fünfzehn Kandidaten einstufte.

»Da muß jemand schon eine Menge Mut aufbringen, um mich einzustellen, obwohl meine Qualifikation höher liegt als bei jedem anderen, den sie kriegen können«, sagte er.

Die Zeitungen schrieben sofort eine Story darüber, daß Fred den Dienst quittiert hatte. Laurie lachte, als sie las, was ein Journalist über sie beide zu sagen hatte:

Dennoch ergab es eine Meldung. Weil die beiden Teil eines der bizarrsten Mordfälle der letzten Jahre sind, diese jungen, gutaussehenden Eheleute, wie sie da in der Küche sitzen und reden und ein Hund auf dem Fußboden spielt.

In Wirklichkeit, fand Laurie, waren sie so abnormal, wie ein Paar nur sein konnte.

»Wie viele Ehefrauen in dieser Straße bereiten sich auf einen Mordprozeß vor, weil sie angeblich die erste Ehefrau ihres Mannes umgebracht haben?« fragte sie Fred. Was immer von ihrem einst normalen Leben übriggeblieben war, verblaßte.

Laurie war auch nicht überrascht, als eine Freundin anrief und sagte, sie habe Judy Zess und Stu Honeck zusammen gesehen. Laurie erzählte Eisenberg von Judy und Honeck. Sie hatte keine Ahnung, was die Verabredung der beiden bedeutete, aber Don Eisenberg würde es herausfinden. Es wirkte sonderbar, aber wenn sie darüber nachdachte, erschienen ihr sogar seltsame Ereignisse und Vorfälle mittlerweile normal.

Lauries Weihnachten zu Hause sollte eine bleibende Erinnerung werden. Anstatt im Haus zu sitzen und sich selbst zu bemitleiden, beschloß sie, Weihnachten zusammen mit einer laotischen Familie in Milwaukee zu verbringen, von der sie in der Zeitung gelesen hatte. Die vierzehnköpfige Familie war durch ein Feuer knapp vor Weihnachten obdachlos geworden. Das Besorgen von Weihnachtsgeschenken für die Familie half ihr, die eigenen Probleme zu vergessen. Als sie die Leute in ihrem neuen, winzigen Apartment besuchte, war sie von der Dankbarkeit zu Tränen gerührt. Laurie überreichte jedem der zwölf Kinder Geschenke und war von deren Ernsthaftigkeit bewegt. Der Besuch bei dieser Familie ließ sie erkennen, ganz gleich, wie schlimm die Dinge auch für sie standen, irgend jemand war immer noch schlimmer dran.

Laurie schrieb sich für Kurse an der University of Wisconsin ein und traf sich gelegentlich mit Eisenberg, um ihre Verteidigung zu diskutieren, wenn er in Milwaukee zu tun hatte. Fred begleitete sie immer. Die Treffen fanden oft in einem Restaurant oder einer Bar statt, und Eisenberg trank immer, meistens zu viel, während sie aßen und redeten.

Laurie fand es nicht seltsam, daß Eisenberg sich während der Besprechungen nie Notizen machte. Sie hatte ein Superman-Image von ihm und hatte vor Monaten entschieden, ihm voll zu vertrauen. Ein Zusammentreffen mit Eisenberg in Milwaukee entpuppte sich jedoch als äußerst beunruhigend.

Laurie war seiner Frau Sandy vorgestellt worden und war betroffen, als sie Eisenberg in einem Restaurant mit einer anderen Frau traf. Die Frau war eine Kellnerin, und der Besitzer des Restaurants hatte sie Eisenberg als *blind date**-Geschenk vorge-

* blind date – Verabredung mit einer/einem Unbekannten

stellt. Eisenberg und die Kellnerin führten sich wie Jungverliebte auf. Sie tauschten Zungenküsse, hielten Händchen und machten sexuelle Bemerkungen. Laurie, die Sandy mochte, war zutiefst verlegen über Eisenbergs Verhalten. Ihr Bild von dem hart arbeitenden, engagierten, professionellen Anwalt war zerstört, aber Laurie konnte nicht mehr zurück. Ihr Mordprozeß würde in knapp zwei Monaten beginnen.

Während der letzten Dezemberwoche schlug Fred vor, sie sollten Silvester in Las Vegas verbringen. Er hatte soeben Geld für ein paar Zimmermannsarbeiten erhalten, und er meinte, sie hätten es sich verdient. Laurie wußte nicht, ob es eine gute Idee war, mit Fred allein zu verreisen, aber sie mußte wegkommen. Sie schafften es tatsächlich, die Reise ohne größeren Streit zu überstehen. Einmal waren sie nahe dran. Laurie erwähnte, daß sie schon einmal mit einem alten Freund in Las Vegas war, und Fred regte sich auf.

»Du brauchst bei mir nicht mit deinen ehemaligen Freunden zu prahlen.«

»Was ist los? Du kannst doch nicht eifersüchtig sein!«

»Ich sollte es nicht sein ... Es ist nur so, daß ich endlich die wahre Liebe gefunden habe. Ich kann gar nicht anders.«

»Fred, was wird mit uns im Februar geschehen? Ich habe Todesangst.«

»Mach dir deshalb keine Sorgen. Alles geht in Ordnung. Du wirst schon sehen.«

Fred und Laurie saßen am Pool ihres Hotels. Einen Moment sagte keiner von ihnen etwas. Dann blickte Fred hoch und sagte etwas, das Laurie sonderbar fand.

»Aber es würde mir auch nichts ausmachen, wenn du Chris umgebracht hättest.«

Laurie wollte schon ihre Unschuld beteuern, als eine Kellnerin sie beide fragte, ob sie noch einen Drink wollten. Fred unterhielt sich mit ihr, als wäre nichts geschehen.

Als Fred und Laurie Las Vegas verließen, flogen sie nach Florida und wohnten bei Freunden. Fred bewarb sich um Polizeijobs und war den ganzen Tag weg, aber Laurie wußte nicht genau, was er tat. Er hätte genausogut am Strand liegen können. Er sagte, er würde sich als Polizist bewerben, damit sie nach Florida ziehen konnten, wenn der Prozeß vorüber war.

Was Laurie während des Aufenthalts in Florida am meisten störte, war die Erkenntnis, daß sie deprimiert war, ganz gleich, wo sie sich befand. Da der Prozeß über ihrem Kopf schwebte, wurde sie das ständige Gefühl einer Bedrohung nicht los.

Laurie hatte seit ihrem sechzehnten Lebensjahr gearbeitet, und die Tage und Wochen freier Zeit trugen zu ihrem Unglücklichsein und ihrer Depression bei. Als sie nach Milwaukee zurückkehrte, verbrachte sie ihre Zeit mit Wäschewaschen und dem Wachsen der Fußböden und dem Aufräumen hinter Fred. Das war schwerlich die Existenz, von der sie geträumt hatte. Laurie beschrieb ihre Gefühle einer engen Freundin gegenüber.

Ich war die wiedergeborene Joan Crawford und putzte wie eine unter Analzwang stehende Freudsche Fallstudie, nur um zu sehen, wie meine Bemühungen in weniger als fünfzehn Minuten zerstört wurden, nachdem Fred zur Tür hereingekommen war. Er zog sich nach der Arbeit Stück für Stück aus und hängte Mantel, Jackett und Weste und Krawatte auf alle möglichen Türklinken und Stühle. Socken blieben in kleinen marineblauen Häufchen auf dem Teppich liegen, und auf Ablageflächen lagen Schlüssel, Sonnenbrillen und Notizblöcke herum.

Laurie begann gleich nach den Feiertagen mit Kursen an der Universität. Allerdings mußte sie vorzeitig aufgeben, weil sie unfähig war, sich zu konzentrieren.

Während der zweiten Januarwoche entdeckte Laurie im *Milwaukee Sentinel* einen Artikel über Frederick Horenberger, den Mann, der Eisenberg einen entlarvenden Brief über Judy Zess geschickt hatte. Er war wegen bewaffneten Überfalls verurteilt worden. Sein Opfer war Judy Zess gewesen. Laurie fühlte sofort, daß irgend etwas nicht stimmte. Horenberger war aufgrund von Judys Aussage verurteilt worden. Sie hatte behauptet, er wäre der Mann gewesen, der sie zusammengeschlagen und beraubt hatte. Judy hatte auch über sie, Laurie, Dinge gesagt, die nicht stimmten. Laurie schnitt den Artikel aus, und ihre Gedanken überschlugen sich.

Laut sagte sie: »In einen Raub verwickelt und verurteilt! Mein Gott! Da geht mein Zeuge hin. Er wußte zu viel. Deshalb ist er jetzt weg. Er sah Frank Cole in Judys Wohnung. Sie erzählte ihm von dem Handel, den sie und Tom mit den Cops machten. Sie erzählte ihm von ihren Plänen, im Zeugenstand zu lügen. Sie erzählte ihm von ihrer Affäre mit Cole. Jetzt ist Horenberger weg vom Fenster.«

Als Laurie den Artikel Fred zeigte, sagte er, daß Horenberger zwar noch immer für sie aussagen könne, seine Glaubwürdigkeit jedoch dahin war. Laurie wußte, daß Eisenberg auf Horenberger und seinen Brief bei ihrer Verteidigung gezählt hatte. Jetzt würde er höchstwahrscheinlich nicht imstande sein, ihn als Zeugen aufzurufen.

Dann erlitt der Mann ihrer Psychologin einen Herzinfarkt, und sie sagte Lauries wöchentliche Sitzungen ab. Als ihre Mutter anrief und ihr eröffnete, sie müsse sich dringend einer Hysterektomie unterziehen, fühlte Laurie, wie die Reste ihrer Welt zerbrachen. Das bedeutete, daß ihre Mutter dem Prozeß nicht beiwohnen konnte. Laurie wußte nicht, wie sie es ohne sie schaffen sollte.

Laurie fand dann heraus, daß Fred angewiesen worden war, seinen Söhnen sechstausendsechshundert Dollar aus seinem Polizei-Pensionsfonds zu bezahlen. Sie entdeckte es nur, weil sie es in der Zeitung las. Bei einer Verhandlung, zu der Fred nicht hingegangen war, hatte Richter Robert M. Curley ihn dazu verurteilt, mit seinen Kindern die dreizehntausendzweihundertneunzehn Dollar zu teilen, die er aus seinem Pensionsfonds erhalten hatte, als er den Polizeidienst verließ.

Richter Curley sagte, Fred hätte im Dezember 1980 eine Erklärung unterschrieben, die garantierte, daß Christine Schultz oder ihre Erben die Hälfte seines Pensionsfonds erhalten sollte. Fred hatte Laurie auch das nie erzählt.

Laurie verstand nicht, warum Fred in allem so geheimnisvoll war, was mit seinen Jungen oder mit Christine zu tun hatte. Sie erklärte ihm, es wäre einfacher, würde sie solche Vorgänge von ihm und nicht aus der Zeitung erfahren. Fred zuckte bloß die Schultern.

Während der dritten Januarwoche verlor Laurie ihren goldenen Ehering. Als sie ihren nackten Finger betrachtete, fragte sie sich, ob der Verlust ein böses Omen war.

Laurie Bembenek und Fred Schultz verbrachten ihren ersten Hochzeitstag mit Einkäufen auf der East Side von Milwaukee und mit dem Besuch einer Kunstgalerie. Es war ein ereignisloser, unromantischer Tag. Laurie bemühte sich sehr, nicht daran zu denken, was ihr alles in diesem letzten Jahr zugestoßen war.

Zehn Tage vor ihrem Prozeßbeginn am 24. Januar 1981 hatte Laurie ein letztes Treffen mit Eisenberg. Was er ihr zu sagen hatte, war mehr ein schlechtes Omen als alles, was Lawrencia Bembenek sich vorgestellt hatte. Laurie traf ihn in einem Restaurant in Milwaukee, und sie saßen allein in einer ruhigen, dunklen Nische. Irgendwie hatte Laurie Fred überredet, nicht mitzukommen.

»Ich muß Ihnen etwas sehr Wichtiges sagen«, erklärte Eisenberg.

»Was denn?« fragte Laurie.

Eisenberg wollte nicht vor der Kellnerin sprechen. Sie bestellten Drinks, und als die Kellnerin ging, hatte Laurie einen Moment Zeit, den Mann zu betrachten, der ihr Leben verteidigen sollte. Er trug einen dunklen, teuren Anzug und eine modische Seidenkrawatte. Diamanten glitzerten an seinen Manschettenknöpfen, an seinen Ringen und an seiner Krawattenspange. Heute wirkte Donald Eisenberg feierlich.

»Es ist ernst. Ich habe diesen Fall jetzt seit etwa neun Monaten untersucht. Am Anfang habe ich Ihnen klar gemacht, wie wichtig es für Sie ist, völlig ehrlich zu mir zu sein, weil ich Sie verteidige. Ich weiß, daß Sie ehrlich waren. Wie ich Ihnen schon sagte, es interessiert mich nicht, was Sie getan haben. Es würde mich nicht stören, sollten Sie den Mord begangen haben, weil es nicht meine Aufgabe ist, ein moralisches Urteil über Sie zu fällen. Ich habe Leute für jedes Verbrechen verteidigt, das Sie sich nur vorstellen können.«

Eisenberg behielt seine Ernsthaftigkeit bei. Laurie hatte ihn noch nie so gesehen. Für gewöhnlich flirtete er mit ihr oder einer der Kellnerinnen.

»Was wollen Sie mir also sagen?« fragte sie.

»Zuerst will ich Sie etwas fragen. Das ist sehr wichtig. Gibt es etwas, das Sie mir nicht gesagt haben?«

»Nein! Was meinen Sie damit?«

»Über Fred. Decken Sie ihn in irgendeiner Weise?«

»Nein!«

»Haben Sie Angst vor Fred?«

»Nein!«

»Sie haben mir alles erzählt?«

»Ja. Warum?«

Eisenberg wühlte hastig in einigen Papieren herum und sah Laurie an. Er berichtete, sein Ermittler habe mit jemandem gesprochen, der behauptete, Fred habe einen bezahlten Killer aus Chicago angeheuert, um Christine Schultz zu töten.

»Viel von dem, was er sagt, stimmt mit dem Fall überein«, sagte Eisenberg. »Aber er könnte es sich andererseits aus den Zeitungen zusammengesucht haben. Er sagt etwas, das viel Sinn ergibt, nämlich, daß tatsächlich in jener Nacht zwei Männer im Haus waren. Ich habe mich immer gewundert, wie eine Person Christine fesseln und gleichzeitig eine Waffe auf sie richten konnte oder warum sie sich gegen einen einzelnen Mann überhaupt nicht gewehrt hat. Es gab keine Anzeichen eines Kampfes. Sie war eine stattlich gebaute Frau und kein schwaches Frauchen.«

Eisenberg fuhr fort, der Informant habe ausgesagt, die Jungen, Shannon und Sean, wären absichtlich in der Mordnacht geweckt worden. Die Männer wollten, daß Sean sah, daß der Mann, der seine Mutter tötete, nicht sein Vater war.

Laurie riß Eisenberg die Abschrift aus der Hand und las, so schnell sie konnte. »Der Mann, der Ihnen das erzählte, ist ein Sträfling?«

»Ja.«

»Aber ich dachte, ein Häftling habe wenig oder gar keine Glaubwürdigkeit vor Gericht.«

Eisenberg unterbrach sie und beantwortete ihre Frage nicht. Sie dachte an Frederick Horenberger.

»Haben Sie eine Ahnung davon?« fragte ihr Anwalt. »Wenn ja, dann sagen Sie es mir bitte jetzt gleich. Wir sprechen hier über ein Urteil auf Lebenslänglich. Wir sprechen nicht über ein paar Monate.«

»Ich habe keine Ahnung«, antwortete Laurie ehrlich. »Ich weiß nicht, worum es bei all dem geht, so wahr mir Gott helfe. Ich würde nie einen Mord decken.«

Don Eisenberg meinte, wenn die Aussage des Strafgefangenen wahr war, dann benutzte Fred Schultz seine Frau.

Laurie konnte kaum begreifen, was Eisenberg sagte. Die Kellnerin brachte eine große rote Speisekarte, aber Laurie konnte sie nicht einmal lesen. In ihrem Kopf drehte sich alles.

Warum hat Fred der Polizei erzählt, daß ich einen Schlüssel zu diesem Haus hatte, wo ich doch nicht einmal wußte, daß er einen Schlüssel hatte? fragte Laurie sich selbst. Wie kam Blut auf seinen Dienstrevolver? Warum brach er bei der Vorverhandlung in Tränen aus? Er schrieb auch nichts in seinen Polizeiberichten davon, wie oft er mich in der Mordnacht angerufen hat. Warum wollte er in dieses Haus ziehen? Warum?

»Ich weiß nicht, was ich tun soll«, sagte Laurie endlich zu Eisenberg. »Ich muß darüber nachdenken. Hätten wir einen besseren Beweis dafür, daß Fred jemanden angeheuert hat ... aber das ist ein so großes Risiko.«

Laurie hoffte, Eisenberg würde ihr sagen, was zu tun war. Aber er war sicher, ihren Fall zu gewinnen. Er meinte, sie müsse diese Entscheidung selbst fällen. Er sagte aber auch noch, daß die Aussage des Häftlings falsch sein konnte.

»Da wir gerade von schwachen Beweisen sprechen – ich sehe nicht, wie wir diesen Fall verlieren könnten«, sagte Eisenberg. »Es handelt sich dabei um nichts weiter als eine Ansammlung von widersprüchlichen Fakten und spekulativen Theorien.«

Nach dem Mittagessen fuhr Eisenberg in seinem neuen Jaguar davon und ließ Laurie neben dem alten Wagen ihrer Mutter stehen. Sie hatte bereits ihren orangefarbenen Camaro verkauft, um bei der Bezahlung von Eisenbergs Honorar zu helfen. Sie stand da und sah ihn verschwinden.

Sie wollte nicht glauben, daß ihr Mann jemanden angeheuert hatte, um Christine Schultz zu töten, und es dann so aussehen ließ, als hätte sie den Mord begangen.

»Das ist der springende Punkt«, sagte Laurie laut, als Eisenbergs Wagen um die Ecke bog und verschwand. »Ich will nicht glauben, daß Fred Schultz irgend etwas damit zu tun hatte.«

Eine Entscheidung auf gut Glück

Laurie wußte, daß Fred ein perfektes Alibi für die Mordnacht hatte. Er hatte Dienst getan als Detective der Polizei von Milwaukee. Sie wußte auch, daß alles möglich war, wenn ein Cop in Milwaukee Dienst hatte. Sie wußte, daß die Polizisten nicht immer da waren, wo sie zu sein behaupteten. Sie hatte alles gesehen, von Cops, die im Dienst tranken, bis hin zu Pornografie, die sie aus dem Kofferraum des Streifenautos heraus verkauften.

Laurie konnte einfach nicht glauben, daß Fred ein Komplott gegen sie geschmiedet hatte. Sie war ihr ganzes Leben dazu erzogen worden, das Beste von Menschen zu denken, besonders von Menschen, die behaupteten, einen zu lieben und den Rest ihres Lebens mit einem verbringen zu wollen.

Als Laurie von ihrem Treffen mit Eisenberg nach Hause kam, schlief sie auf der Wohnzimmercouch ein. Als sie mit einem leichten Kater von zu vielen Drinks mit Eisenberg erwachte, wußte sie, daß sie eine Entscheidung treffen mußte, ob sie sich bei dem Prozeß gegen Fred wenden sollte.

Fred hat in der ganzen Sache bei mir ausgehalten, dachte sie. Er hat sein Haus, seinen Job, seine Kinder verloren. Ich sollte mich schämen, daß ich auch nur für eine Sekunde an seiner Liebe gezweifelt habe. Diese Aussage kann nicht wahr sein. Ich hatte meine Zweifel, aber nein, ich könnte mich nicht gegen ihn stellen. Täte ich das, könnte ich nicht mehr mit mir selbst weiterleben.

Laurie rief Don Eisenberg an. Sie sagte ihm, nicht die Aussage des Häftlings zu verwenden, Elfred Schultz habe die Ermordung seiner ersten Frau geplant. Eisenberg widersprach Lauries Entscheidung nicht.

Sie begann, täglich auf einer Hallenbahn zu laufen. Das war die einzige Zeit, in der sie sich von ihren Sorgen befreien konnte. Sie begleitete Fred zu dem Zimmermannsauftrag, den er bekam, und arbeitete oft bis spät in die Nacht. Er hatte mehrere Aufträge von Firmen bekommen, und sie konnten sich erst an die Arbeit machen, wenn die Geschäfte geschlossen hatten.

Daheim gab es eine winzige gute Neuigkeit. Es war ein Brief von Lauries Mom, die darin bat, am Flughafen abgeholt zu werden. Lauries Eltern würden rechtzeitig zum Prozeß hier sein. Fred fuhr mit ihr zum Flughafen, aber er stieg nicht aus dem Wagen aus, und Laurie ging hinein, um ihre Eltern selbst abzuholen.

Sobald Laurie ihre Mutter und ihren Vater entdeckte, begann sie zu weinen und warf sich ihrer Mutter in die Arme. »Nicht weinen, wir sind ja jetzt zu Hause«, sagte ihre Mutter leise.

Eine Woche vor Prozeßbeginn rief Eisenberg an, um Laurie zu sagen, daß er einen Antrag auf Offenlegung gestellt hatte. Der Antrag bat den Richter, anzuordnen, daß die Staatsanwaltschaft jegliche Information herausgab, die sie vor Gericht gegenüber Eisenberg verwenden wollte. Er erhielt Kopien aller Polizeiberichte.

Die Berichte füllten vier große Kartons. Laurie las alle durch und fand die meisten völlig bedeutungslos. Es gab einen Bericht von einem Mitglied ihrer Klasse an der Polizeiakademie darüber, daß Laurie behauptet hatte, alles tun zu können, was ein Mann konnte. Es gab Befragungen von Lauries Freunden, ihrer Familie, Arbeitskollegen. Und sie sah Polizeifotos von zwanzig verschiedenen Verdächtigen, alle männlich.

Laurie konnte gar nicht glauben, wie viele Berichte es von Leuten gab, die nahe Christines Haus wohnten. Es gab einen Stapel von Polizeibefragungen von Leuten, die einen Mann mit einem grünen Jogginganzug und einem langen rötlichen Pferdeschwanz gesehen hatten, wie er in der Nähe des Tatorts joggte. Es gab auch eine überdurchschnittlich große Anzahl an Aussagen von Judy Zess.

Dann holte Don einen Bericht über eine Frau namens Kathryn Morgan hervor.

»Wo war Ihre Mutter am 18. Juni?« fragte Don.

Laurie blätterte in ihrem Kalender und versuchte sich zu erinnern, ob ihre Mutter an jenem Tag auf Urlaub gewesen war.

»Das will ich hoffen. Die Staatsanwaltschaft hat eine Zeugin namens Mrs. Morgan, die behauptet, Ihre Mutter gesehen zu haben, wie sie den Mülleimer Ihres alten Apartmentkomplexes durchwühlte. Sie sagt aus, Ihre Mutter hätte etwas in einer Abfalltüte mit nach Hause genommen.«

»Was?«

»Die Morgan sagt aus, daß sie am 18. Juni vor ihrem Apartment saß, gegenüber dem Garten Ihrer alten Wohnung, als eine Frau mit einem Wagen vorfuhr. Die Frau wäre etwa einssiebzig gewesen. Sie trug Shorts und eine ärmellose Bluse. Die Morgan behauptet, die Frau wäre aus dem Wagen gestiegen und zu ihr gekommen, um sie zu fragen, ob die grünen Tonnen die Müllbehälter für die Apartments wären.«

Laut Bericht ging die Frau zu einer grünen Tonne, holte eine Tüte heraus, legte sie in ihren Wagen und fuhr weg.

Laurie sagte, die Beschreibung paßte gar nicht auf ihre Mutter. Außerdem hätte ihre Mutter an jenem Tag auf Shannon und Sean aufgepaßt, weil sie selbst wohl zur Arbeit gefahren war. Ihr Vater sei mit dem Auto zur Arbeit gefahren, und ihre Mutter sei nicht groß genug, um in die Mülltonne zu fassen und Abfall herauszuholen.

»Der Staatsanwalt will wahrscheinlich zu beweisen versuchen, daß Sie irgendein Beweisstück wegwarfen und es von Ihrer Mutter für Sie zurückholen ließen«, erklärte Eisenberg. »Können wir irgendwie beweisen, daß Ihr Vater an jenem Tag den Wagen hatte?«

Laurie sagte, der Chef ihres Vaters würde sich erinnern, und dann stockte sie. »Erinnern Sie sich an die Aussage meiner Mutter bei der Vorverhandlung? Etwas Sonderbares passierte. Kurz bevor Kramer mit seinem Kreuzverhör fertig war, bat er meine Mom, die Brille abzunehmen. Zeigen Sie mir noch einmal den Bericht.«

Im Bericht stand, Mrs. Morgan habe Virginia Bembenek am 2. September 1981 identifiziert, dem zweiten Tag der Vorverhandlung, und zwar als dieselbe Frau, die sie gesehen hatte, als sie die Tüte aus dem Müll holte. Morgan identifizierte sie, nachdem Lauries Mutter die Brille abgenommen hatte.

»Meine Mom kann ohne Brille nicht fahren«, rief Laurie. »Sie kann ohne kaum sehen. Ihre Augen sind so schlecht, daß sie nicht mehr nachts oder auf dem Freeway fährt.«

Eisenberg meinte, diese Information würde helfen. Laurie konnte nicht glauben, daß alle diese Leute Unwahrheiten von sich gaben. »Ich finde es so unglaublich, daß alle diese Verrückten mit dem ganzen Mist ankommen!«

Eisenberg stimmte zu. »Das passiert immer in einem Fall, der in den Medien so breitgetreten wurde wie der Ihre. Die Leute suchen den Nervenkitzel. Sie wollen mit von der Partie sein. Gelangweilte Hausfrauen spielen Detektiv.« Eisenberg war der Ansicht, daß Mrs. Morgans Aussage falsch sein mochte, ihnen aber trotzdem schaden würde. Indizienbeweise wären so, als würde man mit einem Baukasten spielen. »Man hat diese Zeugin und jene Aussage, und allmählich baut man einen Fall daraus auf.«

»Aber nichts davon ist wahr! Können Sie sich vorstellen, daß meine Mutter an einer Verschwörung teilnimmt, um einen Mord zu decken? Sie hat mich nicht einmal die Schule schwänzen lassen.«

Laurie blätterte weitere Berichte durch und las von Christines Freunden, die der Polizei erzählt hatten, Fred hätte Christine körperlich mißhandelt. Ein Bericht von Christines Anwalt Eugene Kershek besagte, Fred hätte Christine wenige Wochen vor dem Mord bedroht.

»Don«, sagte Laurie. »Die meisten dieser Berichte wurden im Juli gemacht, nach meiner Verhaftung. Es kommt mir so vor, als hätte man mich verhaftet und dann festgestellt, daß man doch besser beweisen sollte, daß ich es getan habe.« Ein weiterer Bericht von Christines Babysitter behauptete, Fred hätte Laurie in ihrer Anwesenheit durch das Haus geführt. Laurie sagte, das wäre ebenfalls nicht wahr. Sie wäre nie weiter als bis zur Vordertür gekommen. Am Tag nach dem Mord wäre sie zum ersten Mal in dem Haus auf der Ramsey Street gewesen.

Laurie nahm alle Berichte mit nach Hause, sollte sie durchlesen und Don Bericht erstatten.

»Das ist ein weiteres Beispiel dafür, wie ich als schuldig gelte, bis meine Unschuld bewiesen wird, anstatt daß ich als unschuldig gelte, bis meine Schuld bewiesen ist«, sagte Laurie zu Eisenberg.

Daheim stapelte Laurie die Berichte auf dem Wohnzimmertisch und begann zu lesen. In Freds Bericht stand, als er mit seinem Partner Michael Durfee bei ihrem Apartment eintraf, hätte er sofort an der Motorhaube von Lauries Wagen gefühlt, ob er warm war. Er wollte feststellen, ob sie den Wagen vor kurzem benutzt hatte. Laurie fand das seltsam. Fred schrieb, der Wagen wäre kalt gewesen, aber er hätte sich gefragt, ob sie ausgegangen war, ohne es ihm zu sagen.

Den nächsten Bericht hatte Freds Lieutenant, Carl Ruscitti, geschrieben. Ruscitti schrieb, Fred wäre zu ihm gekommen und habe gemeldet, es hätten sich einige seiner Kugeln im Mai nicht an der richtigen Stelle im Halfter gefunden.

In dem Bericht behauptete Fred, Laurie nach den Kugeln befragt zu haben, sie hätte jedoch abgestritten, etwas darüber zu wissen. Es sah so aus, als hätte Laurie mit Freds Patronen herumgespielt. Als Laurie das las, schnellte sie von der Couch und lief in die Küche, wo Fred die Zeitung las. Sie knallte den Bericht vor ihn hin.

»Was ist?« fragte er.

»Was, um alles in der Welt, hast du deinem Lieutenant erzählt?«

»Ich habe Ruscitti gar nichts erzählt. Ich meine, was ich ihm erzählt habe, steht hier nicht. Es wurde verändert . . .«

»Warum hast du ihm so etwas erzählt? Es ist nicht wahr. Ich fühlte mich so verraten. Was willst du mir antun?«

»Laurie, ich habe ihm erzählt, wie ich einmal diese Patrone auf dem Boden neben meinem Kleiderständer fand.«

»Neben deinem Kleiderständer in deiner Ecke des Schlafzimmers, wo du immer deinen Munitionsgürtel und die Waffe und alles andere aufgehängt hast. Ich erinnere mich an den Vorfall. Wir hatten schon die Jungen, Fred. Sean und Shannon waren gerade da. Und du hast sie beschuldigt, sie hätten mit deinen Patronen gespielt, als die verdammte Kugel aus deinem Gurt auf den Boden fiel. Das passierte im Juni.«

»Und?«

»In dem Bericht steht Mai. Und da steht, du hättest behauptet, daß du mich befragt hast. Dieser Bericht würde nicht existieren, wärst du gar nicht erst zu Ruscitti gegangen. Eine Patrone fällt aus deinem Munitionsgürtel, mitten in den ganzen

Kram in deiner Ecke, und mein Mann rennt sofort mit der Sache zu seinem Vorgesetzten!«

»Ich habe Ruscitti gesagt, es wäre für Judy Zess möglich gewesen, sich meine Munition anzusehen. Deshalb habe ich es ihm erzählt. Ich weiß nicht, warum er diese andere Scheiße geschrieben hat.«

»Du hast einen harmlosen in einen belastenden Vorfall verwandelt!«

»Du solltest vor allen anderen wissen, wie die Polizei Berichte fälscht.«

»Und du hast die Motorhaube meines Wagens in jener Nacht befühlt?«

»Ich habe das absichtlich vor Durfee gemacht, um ihm zu zeigen, daß der Motor kalt war. Auf diese Weise konnte niemand die Sache umdrehen und . . .«

»Aber, Fred, warum solltest du das tun? Warum solltest du so etwas überhaupt machen, wenn du nicht mißtrauisch warst? Wie konntest du nur?«

Dann erwähnte Laurie die ganzen Berichte darüber, daß Fred Christine mißhandelt hatte.

»Diese Leute besitzen so viel Glaubwürdigkeit wie Mrs. Morgan. Das sind Lügen. Genau wie der Bericht über deine Mutter eine Lüge ist. Genau wie die Berichte über dich Lügen sind. Habe ich jemals auch nur einen Moment an dir gezweifelt? Ich glaube keine der Lügen über dich. Wieso glaubst du die Berichte über mich?«

Laurie saß in der Falle. Sie mußte zurückweichen. Was Fred sagte, ergab einen Sinn. Er meinte, die Polizeiberichte über sie könnten Lügen sein. Alle Berichte könnten Lügen sein, aber sie existierten, und der Ankläger würde sie gegen Laurie verwenden. Sie wußte, daß die Berichte sehr schädlich sein konnten – und es höchstwahrscheinlich auch sein würden.

Laurie verbrachte die letzten Tage vor ihrer Verhandlung damit, die restlichen Berichte durchzulesen und sich psychologisch auf den Prozeß vorzubereiten. Sie versuchte, sich zu entspannen und auszuruhen, aber es gab eigentlich gar nichts, womit Lawrencia Ann Bembenek sich auf die kommenden Tage vorbereiten konnte.

Eine Jury aus Ebenbürtigen

Milwaukee erwartete begierig die Eröffnung des Prozesses gegen Lawrencia Bembenek am 23. Februar 1982.

Eine Stunde vor Beginn der Verhandlung drängten sich die Leute vor dem Gerichtssaal. Es waren die üblichen Prozeßbeobachter: Großmütter mit Strickzeug und ein paar Freundinnen, junge Männer und Frauen, die einmal Anwälte werden wollten, Freunde der Angeklagten, Freunde der Toten, verschiedene Zeugen und viele Gaffer.

Die Gruppe, die Lauries Prozeß erwartete, umschloß alle oben angeführten Leute und noch welche darüber hinaus. Eine sonderbare Mischung durchschnittlicher amerikanischer Bürger wollte diese Verhandlung sehen. Viele Leute in Milwaukee fanden, daß irgend etwas nicht stimmte mit den Anklagen gegen Lawrencia Bembenek. Immerhin hatte man nichts gefunden, das Laurie in direkte Verbindung zu dem Mord brachte.

Als die Türen geöffnet wurden, gab es einen Sturm auf die Plätze. Etwa hundert Personen wurden abgewiesen. Sie mußten sich damit begnügen, was die Medien über den Prozeß berichteten.

Laurie versuchte, alle diese starrenden Blicke zu ignorieren, als sie in Eisenbergs Begleitung den Gerichtssaal betrat. Er trug einen eher konservativen dunklen Anzug, dazu eine dunkle Krawatte. Laurie trug ein dunkles Kleid. Sie wußte, daß es in den Nachrichten in allen Einzelheiten beschrieben werden würde.

Die langwierige Auswahl der Geschworenen stand als erstes an. Geschworene wurden willkürlich per Computer ausgesucht, aber bevor sie für eine bestimmte Jury ausgewählt wurden, mußte jeder Geschworene mehrere Fragen beantworten und wurde von der Verteidigung und der Anklage unter die Lupe genommen.

Laurie wußte, daß sie kaum jemanden finden würden, der nicht schon von ihrem Fall gehört hatte. Sie fragte sich, ob es am Ende eine aus lauter älteren Frauen bestehende Jury geben würde.

Die zur Wahl stehenden Geschworenen wurden informiert, daß der Prozeß drei Wochen dauern konnte und daß sie isoliert bleiben würden. Das bedeutete, sie müßten in einem Motel wohnen, fernab von ihren Familien, und dürften keine Nachrichten über den Fall sehen, hören oder lesen.

Die Mehrzahl der Männer sagte, sie hätten wichtige Jobs und könnten der Arbeit nicht fernbleiben. Die meisten befragten Frauen wirkten mehr als begierig, dem Gericht zur Verfügung zu stehen. Laurie hielt das nicht für ein gutes Zeichen. Wären es Frauen aus Minderheiten gewesen, dann vielleicht, aber nicht die Art von Frauen, die jede andere Frau mit blonden Haaren, einer guten Figur und einem geschiedenen Ehemann mit Verachtung betrachteten.

Endlich wurden sieben Frauen und fünf Männer ausgewählt. Zu der Gruppe gehörten mehrere Hausfrauen, ein Teilzeit-Lastwagenfahrer, ein Blumendesigner, ein Angestellter und ein Gesundheitsinspektor. Diese Leute würden darüber entscheiden, wie Lawrencia Bembenek den Rest ihres Lebens verbringen sollte. Im Gefängnis oder als freie Frau, die fälschlich eines Verbrechens angeklagt worden war. Als ihre Namen verlesen wurden, beugte Laurie sich zu Eisenberg und flüsterte ihm zu: »Ich weiß nicht, aber ich habe so ein Gefühl über dieses Gleichgewicht. Das ist nicht wirklich eine Jury aus mir ebenbürtigen Leuten.«

»Das stört mich auch«, meinte Eisenberg. »Aber da können wir nicht viel machen. Wir haben die Liste von fünfundzwanzig Namen abgehakt. Kramer durfte ein paar ablehnen, und wir auch, bis wir zwölf Geschworene und zwei Ersatzgeschworene hatten.«

Eisenberg hatte den Antrag gestellt, den Fall wegen mangelnden Tatverdachts abzuweisen. Er versuchte auch, daß Beweismittel nicht zugelassen wurden, die seiner Meinung nach illegal aus Lauries Spind in der Marquette University sichergestellt worden waren.

Eine Haarbürste, die aus Lauries Spind genommen worden war, war ins Kriminallabor geschickt worden, und zumindest ein Haar an der Bürste stimmte mit einem Haar überein, das angeblich auf dem Knebel in Christines Mund gefunden worden war.

Das Haar war angeblich von den Angestellten des Kriminallabors entdeckt worden, als sie den Knebel entfalteten.

Eisenberg und Laurie saßen direkt nebeneinander, so daß sie Notizen austauschen und über die Verfahrensweise sprechen konnten. Eisenberg unterstrich die Sätze, *ein gefärbtes blondes Haar,* das man befunden hatte als *übereinstimmend in charakteristischen Punkten* und *das von derselben Quelle stammen konnte.*

»Das ist die schlampigste Polizeiarbeit, die ich je gesehen habe«, flüsterte Eisenberg. »›Stammen konnte‹? Man kann wegen einer Vermutung verurteilt werden? Und obendrein handelte es sich um eine ungesetzliche Durchsuchung.«

Der Richter, Michael Skwierawski, wollte einige Aussagen hören, bevor er über die Anträge entschied und bevor der eigentliche Prozeß begann und die Geschworenen in den Gerichtssaal zurückgebracht wurden.

Tom Conway, der Lauries Sergeant an der Marquette University war, der seit damals jedoch seinen Job verloren hatte, trat in den Zeugenstand. Er sagte aus, Laurie habe ihm nach ihrer Verhaftung die Kombination ihres Spinds genannt, damit er ihr eine neue Uniform bringen konnte.

Unmittelbar nachdem er ihren Spind geöffnet hatte, tauchten zwei Detektiv auf und fragten, ob sie zugegen sein dürften, wenn er ihren Spind durchsuchte. Plötzlich rissen die Detektive Lauries Handtasche an sich und erklärten Conway: »Die brauchen wir.«

Laurie war überrascht, als Eisenberg sie bat, über die Vorgänge auszusagen. Sie trat in den Zeugenstand und erklärte, sie habe Conway die Erlaubnis gegeben, ihre Uniform zu holen, jedoch nichts von ihrer persönlichen Habe. Sie war nur ein paar Minuten im Zeugenstand.

Nach Lauries Aussage gab es eine kurze Unterbrechung. Sie ging auf den Korridor hinaus, vorbei an Fernsehkameras und Reportern.

»Miss Bembenek!« schrie ein Reporter. »Ein Kommentar!«

»Worüber? Ihren Anzug?« scherzte Laurie. »Sie sehen wie einer der Anwälte hier aus.«

»Ich ziehe mich bewußt so an«, antwortete der Reporter. »So kriege ich die Leute dazu, mit mir zu sprechen.«

»Mich nicht«, sagte Laurie und ging rasch weg.

Im Gerichtssaal war der Richter bereit, über Eisenbergs Anträge zu entscheiden.

»Ich bin aus einer Reihe von Gründen überzeugt, daß die Polizeiaktionen in diesem Fall nicht eine überwiegend private Handlung eines privaten Bürgers in eine staatliche Handlung verwandelten«, sagte Skwierawski.

Dann lehnte er den Antrag ab, die Gegenstände auszuschließen, die aus Lauries Handtasche genommen worden waren. Laurie fragte sich, wenn die Polizisten, die ihre Handtasche konfisziert hatten, keine staatliche Handlung begingen, was taten sie dann?

Skwierawski lehnte auch den Antrag ab, den Fall wegen mangelnden Tatverdachts abzuweisen. Er sagte, die Wahrscheinlichkeit des Tatverdachts wäre bereits in der Vorverhandlung festgestellt worden, und dieses Gericht wolle nicht die Entscheidung eines anderen Richters umstoßen.

»Warum stellen Sie überhaupt einen Antrag, wenn Sie ohnedies wissen, daß er abgelehnt wird?« raunte Laurie ihrem Anwalt zu.

»Für das Protokoll«, flüsterte Don zurück.

Eisenberg hatte auch Polizeichef Harold Breier vorgeladen und eine Anordnung auf Offenlegung zugeschickt, die den Zugang zu Polizeiakten über Stu Honeck und Judy Zess einschloß.

Der Stellvertretende Staatsanwalt erhob Einspruch, als Eisenberg um die Information bat.

»Euer Ehren!« sagte er und erhob sich von seinem Stuhl. »Ich muß Einspruch erheben gegen das Verlangen der Verteidigung nach diesen Akten! Ich erhebe auch Einspruch gegen Mr. Eisenbergs Strategie. Seine Absicht ist es, mit Fingern auf andere

Verdächtige zu zeigen, und das ist nicht seine Aufgabe. Seine Aufgabe ist es, Miss Bembenek zu verteidigen, nicht andere mögliche Verdächtige aufzuzeigen.«

»Euer Ehren«, protestierte Eisenberg, »darf ich das Gericht um Kenntnisnahme bitten, daß der einzige Zweck der Verteidigung bei der Anforderung dieser Informationen darin besteht, dem Gericht zu beweisen, daß frühere Aussagen dieser Zeugen Meineide waren. In der Vorverhandlung leugnete Mr. Honeck, ein Problem mit Alkohol zu haben, und ich glaube, diese Akten werden zeigen, daß er in der Tat ein Problem hat, das wichtig sein könnte bei seiner Erinnerung an die Ereignisse der Mordnacht. Wenn er eine große Menge Alkohol in jener Nacht zu sich nahm . . .«

»Euer Ehren«, wandte Kramer ein. »Ob Mr. Honeck Alkoholiker ist oder nicht, hat für diesen Fall überhaupt keine Bedeutung, und ich sehe keinen Grund, weshalb dies hier zugelassen werden sollte.«

Der Richter unterbrach endlich beide Männer. »Gentlemen, wenn Sie für einen Moment aufhören wollen, dann werde ich Ihnen erklären, daß ich beabsichtige, die Akten von Miss Zess und Mr. Honeck in der Abgeschiedenheit meines Büros zu überprüfen und zu entscheiden, ob sie wichtig für diesen Fall sind.«

Richter Skwierawski zog sich in sein Zimmer zurück und kam eine halbe Stunde später heraus, um zu verkünden, daß er den Antrag ablehnte, die Akten von Honeck und Zess offenzulegen. Laurie war nicht überrascht.

Dann beklagte Eisenberg sich darüber, daß er die Söhne von Schultz nicht vor Prozeßbeginn hatte befragen können. Seine wiederholten Versuche, mit den Jungen zu sprechen, wären von den Vormunden der Kinder, den Crists, abgewiesen worden.

Nachdem Skwierawski Kramer und Eisenberg befragt hatte, ordnete er an, daß die Jungen mit Eisenberg in einem Raum nahe dem Gerichtssaal zusammentrafen.

Danach ordnete der Richter an, daß ein störender Zuschauer ins Gefängnis gesteckt wurde, bis die Verhandlung für diesen Tag beendet war. Endlich war es an der Zeit, die zwölf Geschworenen und die zwei Ersatzgeschworenen hereinzubringen und den Mordprozeß gegen Lawrencia Bembenek zu beginnen.

Laurie hielt Kramers Eröffnungserklärung für eine theatralische Mischung von Tatsachen und Erfindungen, wobei der Nachdruck auf Erfindungen lag. Er bot den Geschworenen eine Zusammenfassung des Mordes an Christine Schultz am 28. Mai 1981 an. Seine Theorie war, daß Laurie sich in das Haus auf der Ramsey Street schlich, in der Absicht, Christine so zu verängstigen, daß sie aus ihrem Haus ausziehen wollte. Lauries Plan war schiefgegangen, als Christine sich wehrte und die Waffe, die Laurie Bembenek in ihrer Hand hielt, gegen Christines Rücken losging. Laut Kramer wollte Laurie den Tatort so aussehen lassen, als habe ein Raub stattgefunden.

Kramer sprach darüber, wie Fred das Haus auf der Ramsey Street baute und wie schwer es ihm fiel, dort auszuziehen, als seine Ehe zerbrach. Fred Schultz habe auch arge finanzielle Schwierigkeiten gehabt, weil er weiterhin für das Haus zahlen mußte, obwohl er nicht mehr dort wohnte. Dann, führte Kramer aus, lernte Fred Schultz eine sehr junge und sehr attraktive Frau kennen.

»Miss Bembenek lebte gern, wie ich es ausdrücken würde, auf der Überholspur. Sie wollte, sie erwartete, sie genoß die schöneren Dinge im Leben. Sie mochte Kleider, Juwelen. Sie reiste gern. Sie arbeitete im Boston Store als Schaufensterdekorateurin und hatte dort offenbar Zugang zu Perücken und anderen Dekorationsstücken, die man in den Schaufenstern verwendete. Sie arbeitete auch als Häschen in dem Playboy Club, wo sie für kurze Zeit ebenfalls zu Perücken und Make-up Zugang hatte.«

Kramer sprach über Lauries und Freds rasche Heirat, ihre Flitterwochen und darüber, wie Laurie auf der Reise nach Jamaica eine Plastikwäscheleine benutzte. Er sagte, Fred habe gehofft, seine Exfrau würde in ein Haus ziehen, das ihren Eltern im nördlichen Wisconsin gehörte, damit er in das Haus auf der Ramsey Street ziehen konnte, doch diese Hoffnung erfüllte sich nicht.

Er sagte, in der Mordnacht habe Lawrencia Bembenek eine Perücke aufgesetzt, ihre schwarzen Polizeischuhe und einen grünen Jogginganzug angezogen und wäre zu Christine Schultz' Haus gejoggt. Laurie wäre mit dem Haus vertraut gewesen und durch die Hintertür hineingeschlichen, Freds Privatrevolver unter den Arm geklemmt. Laurie habe Handschuhe getragen, habe Christines Schlafzimmer betreten, einen Schal um ihr Gesicht gewickelt und sie gefesselt, ehe sie auf der anderen Seite des Korridors nach den Jungen sah.

»Nun, offenbar wird Sean von einer behandschuhten Hand auf seinem Gesicht geweckt«, schilderte Kramer, »und von einer Art . . . ich glaube, er beschrieb es als Plastikleine oder Schnur, die ihn am Hals würgte. Instinktiv fängt er zu schreien und um sich zu schlagen und in dem dunklen Schlafzimmer um sich zu treten an. Shannon wird ebenfalls in dem dunklen Schlafzimmer aus dem Schlaf gerissen und tritt nach einer Person, die seinen Bruder angreift. Sie können sich vorstellen, Ladies und Gentlemen, die Geräusche, die aus diesem Schlafzimmer dringen. Sie können sich vorstellen . . .«

Nach einigen Protesten Eisenbergs gegen die Schilderung, was Christine Schultz hörte oder nicht hörte, fuhr Kramer fort, den Geschworenen zu erklären, wie Lawrencia Bembenek in Christines Schlafzimmer zurücklief. Das Seil um ihre Handgelenke habe sich gelockert und Mrs. Schultz habe Laurie erkannt.

»Mrs. Schultz wurde klar, was nun passieren würde, weil sie etwas von sich gab in der Art wie ›O Gott, o Gott‹, und in diesem Moment schoß ihr die Angeklagte, Miss Bembenek, in den Rücken und tötete sie.«

Laurie war nahe daran, von ihrem Platz hochzuspringen, während sie Kramer zuhörte. Er erfand die ganze Geschichte. Sie griff nach Stift und Notizblock und begann, Notizen für Eisenberg zu schreiben.

›Wenn Kramer behauptet, es habe keine Tötungsabsicht vorgelegen, warum wurde ich dann des Mordes ersten Grades angeklagt?‹

Laurie schrieb weiter, während Kramer schilderte, wie Sean und Shannon in das Zimmer ihrer Mutter liefen und versuchten, ihr zu helfen. Die Jungen hätten dann Honeck angerufen. Als die Polizei eintraf, habe Sean ausgesagt, es wäre ein großer

Mann in einer grünen Armyjacke gewesen, doch Shannon sagte, es wäre ein Mann oder eine Frau in einem grünen Jogginganzug mit gelben Streifen gewesen, die an der Seite senkrecht verliefen.

›Das ist absurd‹, schrieb Laurie an Eisenberg. ›Es ist idiotisch anzunehmen, daß man eine erwachsene Frau aus ihrem eigenen Haus verscheuchen kann. Wie weit hergeholt! Sie hätte ihre Schlüssel wechseln oder einen Wachhund kaufen oder jemanden bei sich einziehen lassen können, aber sie wäre nicht einfach ausgezogen! Christines Freund war ein Cop! Honeck hätte das Haus im Auge behalten können, falls sie Angst hatte. Das ist eine dumme Theorie. Außerdem hatten Fred und ich einen schrecklichen Streit wegen des Einzugs in dieses Haus. Ich habe mich geweigert, dort zu wohnen!‹

Laurie fragte sich auch, wie Christine sie erkannt haben sollte, wenn sie mit einer Perücke und anderen Dingen verkleidet war, die sie im Playboy Club ›eingesammelt‹ hatte. Sie fand es auch seltsam, daß Kramer behauptete, Christine habe sich umgedreht und sie erkannt, weil sie doch gefesselt war und man sie in den Rücken geschossen hatte. Nichts von alldem ergab einen Sinn.

Kramer sprach darüber, daß Fred Schultz am Tatort eintraf, ohne zu erwähnen, daß er einmal ein Hauptverdächtiger gewesen war. Schultz wäre dann mit Detective Durfee zu Freds Apartment gefahren und habe seine Frau geweckt. Sie sahen sich Freds Privatrevolver an und fanden Staub daran.

»Er roch an der Waffe«, sagte Kramer. »Er schloß zu diesem Zeitpunkt, daß die Waffe nicht abgefeuert worden war, und gab sie Detective Schultz zurück. Detective Durfee oder Detective Schultz deuteten an, es wäre besser, die Waffe in die Stadt mitzunehmen. Detective Durfee, Detective Schultz und Miss Bembenek kamen überein, mit dem Privatrevolver zum Revier zu fahren.«

Kramer führte aus, daß später ein Polizist namens Gauger dieselbe Waffe untersuchte und mit der Kugel verglich, die aus der Leiche von Christine Schultz von Dr. Elaine Samuels, der Pathologin, entfernt worden war, sowie mit anderen Kugeln, die von Mr. Schultz beigebracht worden waren. Nach dieser

Untersuchung war festgelegt worden, daß Fred Schultz' Privatrevolver tatsächlich die Waffe gewesen war, die Christine Schultz getötet hatte.

Kramer sprach daraufhin über die Perücke, die in dem Abfluß des Apartments neben Fred und Laurie gefunden worden war, und über ein Haar, das man auf der Wade von Christine Schultz entdeckt hatte. Dieses Haar würde mit den Fasern der Perücke übereinstimmen. Laut Kramer entsprachen auch Haare, die man auf dem als Knebel verwendeten Schal gefunden hatte, den Haaren auf Lawrencias Haarbürste.

Laurie fiel es schwer zuzuhören, als Kramer den Geschworenen berichtete, sie wäre in der Stadt in einem grünen Jogginganzug gesehen worden. Ein Fotograf des *Milwaukee Journal* habe ein Foto von ihr darin geschossen. Obwohl das Foto schwarzweiß war, meinte der Fotograf, daß es ein grüner Jogginganzug gewesen war.

»Ich hatte nie im Leben einen grünen Jogginganzug«, flüsterte Laurie Eisenberg zu. »Die haben einen roten als Beweisstück. Es muß jemanden geben, der wie ich aussieht und in der Stadt in einem grünen Jogginganzug herumläuft.«

Kramer behauptete, der Anzug wäre verschwunden und höchstwahrscheinlich habe Lauries Mutter, Virginia Bembenek, ihn aus der Mülltonne vor Lauries Apartment geholt. Er habe sogar eine Zeugin, Mrs. Morgan, die sie dabei gesehen hatte.

Kramer war endlich fertig. Er hatte erklärt, warum Laurie Bembenek den Mord an Christine Schultz begangen hatte. Sie hatte es getan, weil sie in dem Haus auf der Ramsey Street wohnen und weil sie toll leben wollte.

»Deshalb hat Miss Bembenek Christine Schultz erschossen«, sagte er. »Das sind die Gründe, weshalb sie heute hier sitzt. Und ich bin zuversichtlich, daß Sie, nachdem Sie alle Zeugenaussagen gehört haben, die Frage ›Wer tötete Christine Schultz?‹ dadurch beantworten werden, daß Sie Miss Bembenek für schuldig befinden werden.«

Ein paar Sekunden rührte sich Donald Eisenberg nicht von seinem Stuhl. Laurie hatte keine Ahnung, was als nächstes passieren würde. Alle auf den Geschworenenbänken sahen ihn und sie an. Endlich wandte sich der Richter an Eisenberg. »Mr. Eisenberg, möchten Sie eine Eröffnungserklärung an den Beginn stellen?«

»Ja, Euer Ehren. Ich wollte es ursprünglich nicht, aber ich denke, an diesem Punkt werde ich es doch tun.«

Eisenberg stand auf, knöpfte sein Jackett zu und wandte sich an die Geschworenen. Er erklärte, ursprünglich habe er keine Eröffnungserklärung abgeben wollen, dann aber seine Meinung geändert, weil die Männer und Frauen der Jury wissen sollten, was er für den Prozeß plante.

»Die Informationen in diesem Prozeß, in dem Lawrencia Bembenek des Mordes ersten Grades angeklagt ist, beweisen nichts. Ich möchte, daß Sie erkennen, daß es nur einen glaubwürdigen Beweis gibt, und der kommt aus dem Zeugenstand, wenn die Aussage glaubwürdig ist. Laurie möchte nichts anderes von Ihnen zwölf, und ich sage das mit dem nötigen Respekt auch für Sie beide (die Ersatzgeschworenen), als eine faire und aufrichtige Behandlung der glaubwürdigen Aussagen im Zeugenstand.«

Eisenberg erinnerte die Geschworenen daran, daß jede Geschichte zwei Seiten hatte. Es wäre nicht fair, Laurie für schuldig zu halten, nur weil sie eine schöne junge Frau war. Danach bot er in kurzen Umrissen ihre Lebensgeschichte.

Er sprach über ihre Probleme auf der Polizeiakademie. Er erklärte den wirklichen Grund für ihre Entlassung aus der Polizei, nämlich einen mutmaßlich falschen Polizeibericht. Sie dagegen hatte in dem Polizeibericht nicht gelogen.

Er wies darauf hin, daß viele Beweisstücke, die Kramer erwähnt hatte, gar nicht vorhanden waren. Die schwarzen Polizeischuhe, die der Mörder in der Mordnacht getragen hatte, wären nicht sichergestellt worden. Man könne auch nicht beweisen, daß die Perücke aus dem Abfluß in der Mordnacht verwendet worden war. Und es gäbe auch keinen grünen Jogginganzug, betonte Eisenberg.

Er führte aus, daß Judy Zess Zugang zu dem Apartment und zu der angeblichen Mordwaffe bis zu dem Zeitpunkt des Mordes gehabt hatte. Es wäre unmöglich, mit Sicherheit festzustellen, ob die an Christine Schultz' Leiche gefundenen Haarfasern identisch waren mit den Fasern an der Perücke, die im Abfluß gefunden worden war.

»Der Vertreter des Kriminallabors wird aussagen, daß diese Haare von hundertfünfzig Millionen anderer Perücken stammen könnten«, sagte er.

Eisenberg verwendete auch reichlich Zeit, um über die einundzwanzig Tage zu sprechen, die die Polizei gebraucht hatte, um festzustellen, daß es wirklich der Privatrevolver von Fred Schultz gewesen war, der Freds erste Frau getötet hatte. Dann sprach er über die Söhne von Schultz.

»Sean, den Sie als hellen, intelligenten, fürsorglichen, liebevollen jungen Mann kennenlernen werden, wird aussagen, daß der Angreifer, die Person, die seine Mutter tötete, keinen grünen Jogginganzug getragen hat, sondern eine Armyjacke ohne Tarnzeichnung. Keinen grünen Jogginganzug. Eine Armyjacke ohne Tarnzeichnung, die ... die flatterte und groß geschnitten war.«

Er erklärte auch, daß Virginia Bembenek nicht ohne ihre Brille fahren konnte. Nicht einmal die Autokennzeichen würden übereinstimmen. Sie war nicht die Frau, die eine Mrs. Morgan gesehen hatte, wie sie Abfall aus der Mülltonne nahe Freds und Lauries Apartment auf der zwanzigsten Straße holte.

»Wir, Laurie und ich, Ladies und Gentlemen, sind sicher, daß Sie nach Prüfung aller Beweise keinen Zweifel an Lauries Unschuld haben werden. Ein Strafprozeß, Ladies und Gentlemen, ist eine Suche nach der Wahrheit, wie Sie ohne Zweifel in den nächsten Tagen feststellen werden. Ladies und Gentlemen, bitte helfen Sie Laurie und helfen Sie mir, diese Wahrheit zu finden.«

Laurie hörte, wie Eisenberg seine Eröffnungserklärung beendete. Sie blickte zu den Geschworenen, den Männern und Frauen, die buchstäblich ihr Leben in ihren Händen hielten.

Hören sie zu? dachte sie. Hören sie wirklich zu, oder sehen sie nur herüber?

Unschuldig bis ...

Nachdem der Prozeß erst einmal begonnen hatte, fiel es Laurie schwer, sich daran zu erinnern, was für ein Tag war. Sie erzählte ihrer Mutter, sie fühle sich völlig losgelöst, als würde sie bloß in den Kulissen eines Theaters stehen und einem Stück zusehen, in dem sie gleichzeitig die Hauptrolle spielte. Sie war wie eine Träumerin, die Angst davor hatte zu erwachen.

»Während ich alle beobachte, Mom«, sagte Laurie, »kann ich mich nicht bewegen oder diejenigen anschreien, die mich absichtlich verletzen und die aus mir unbekannten Gründen bösartig lügen.«

Jeden Morgen erwachte Laurie lange bevor der Wecker klingelte. Dann lag sie im Bett und starrte auf die Digitaluhr und sah zu, wie eine Sekunde nach der anderen vertickte. Endlich sprang sie aus dem Bett, wühlte in ihrem Schrank auf der Suche nach etwas Sauberem, das sie tragen konnte, und hetzte sich ab, um rechtzeitig im Gericht zu sein.

Jeden Morgen während der dreiwöchigen Verhandlung sah Laurie zu, wie die Menge aufgeregter Zuschauer zu den Sitzplätzen im Gerichtssaal jagte. Sobald sich die Türen des Gerichtssaals öffneten, gab es jedesmal die gleiche Hetze.

»Vielleicht erwache ich aus diesem schrecklichen Traum, wenn ich dreimal meine Schuhe gegeneinander schlage«, flüsterte sie ihrer Mutter zu, als sie in den Gerichtssaal ging.

Während der Aussagen behielt Laurie die Geschworenen im Auge. Diese sahen sie jedoch selten an, und ein älterer Mann döste ständig ein. Dann gab es eine geistig instabile Frau, die immer wieder die Verhandlung störte. Das geschah fast täglich, bis der Richter anordnete, daß sie im Milwaukee County Jail inhaftiert wurde. Als sie einmal aus dem Gerichtssaal geführt wurde, griff sie nach Lauries Handtasche, deren Inhalt durch den ganzen Gerichtssaal flog.

Am dritten Tag der Verhandlung betrat Sean Schultz den Zeugenstand. Seine Aussage war ähnlich der Aussage, die er in der Vorverhandlung gemacht hatte, doch seit dem Mord waren fast neun Monate vergangen. Sein Gedächtnis war nicht mehr ganz so frisch. Er erinnerte sich daran, daß seine Mutter Geschirr spülte, nachdem er und sein Bruder Shannon zu Bett gegangen waren. Sie hätten beide im unteren Stockbett geschlafen.

»Ich weiß die Zeit nicht mehr, aber als sie mit dem Geschirr fertig war, kam sie herauf, und wir haben über was geredet – weil wir in den Norden gefahren waren, ohne es meinem Dad zu sagen, und ich war besorgt deswegen, und meine Mom war besorgt, weil mein Dad wütend war. Und ich wollte meinen Dad sehen, und darum war ich darüber besorgt«, erzählte er Kramer.

Sean sagte, er wäre irgendwann eingeschlafen und dann aufgewacht, weil er ein Seil oder so etwas an seinem Hals ziehen fühlte. Dann legte sich eine Hand auf sein Gesicht. Er sagte, die Person, die ihm weh tun wollte, trug Handschuhe. Die Handschuhe waren schmutzig und von brauner Farbe. Sean habe geschrien, und dann sah er die Person aus dem Zimmer laufen.

»Die Person hatte so was wie eine weite grüne Armyjacke aus Segelleinen ohne Tarnzeichnung an«, sagte er. »Und die Schuhe sahen so aus wie, wissen Sie, wie die schwarzen Polizeischuhe, die niedrigen.«

Sean sagte aus, zwei Sekunden später habe er einen Knall gehört und gesehen, wie ein Mann die Treppe hinunter lief und sprang. Er erinnerte sich auch daran, daß die Person in seinem Zimmer – er oder sie – ein leises grollendes Geräusch von sich gegeben hatte.

Dann fragte Kramer, ob die Person, die in seinem Zimmer in der Mordnacht gewesen war, Laurie Bembenek war.

Kramer: Also, glaubst du, daß die Person, die du in eurem Haus in der Nacht gesehen hast, in der deine Mutter erschossen wurde, Laurie Bembenek war?
Sean: Nein.
Kramer: Warum nicht?
Sean: Wegen der Größe der Person.
Kramer: Noch etwas anderes als die Größe der Person?
Sean: Nun ja, wie hoch und breit der Körper war. Das ist alles.

Als Kramer mit Seans Befragung fertig war, kam Eisenberg an die Reihe. Sean war ein Schlüsselzeuge für Laurie. Obwohl er nicht unmittelbarer Zeuge des Mordes war, hatte er die Person gesehen, die den Mord beging, und er war bei seiner Geschichte geblieben, daß die Person ein Mann war. Es war nicht Laurie Bembenek gewesen.

Sean sagte, er habe Laurie stets gemocht. Laurie wäre immer freundlich zu ihm und seinem Bruder gewesen und hätte sie nie wie Babys behandelt. Sie behandelte sie wie große Jungs und ließ sie einige Entscheidungen selbst treffen.

Eisenberg konzentrierte sich auf die körperliche Beschreibung des Angreifers. Sean bestätigte, daß der Mann keinen grünen Jogginganzug getragen hatte. Es war eine grüne Armyjacke gewesen. Er bestätigte Eisenberg noch einmal, daß es nicht Laurie gewesen sein konnte, weil sie viel kleiner war als der Mann, der ihn angegriffen hatte.

Shannon sagte als nächster aus. Er erinnerte sich, in der Mordnacht im Bett aufgewacht zu sein und einen Mann in einem grünen Jogginganzug mit gelben Streifen entlang der Ärmel gesehen zu haben. Er sah auch einen rötlichbraunen Pferdeschwanz auf den Rücken des Mannes fallen.

Shannon konnte sich nicht genauer ausdrücken, was sonst noch in der Nacht passierte, in der seine Mutter ermordet wurde.

Danach wurde Judy Zess in den Zeugenstand gerufen. Sie erzählte Kramer, Laurie habe mindestens eine blonde Kurzhaarperücke gehabt, während sie als Polizistin arbeitete. Die Perücke wäre zu kurz gewesen, um sie zu einem Pferdeschwanz zu binden. Judy Zess gab im Zeugenstand zu, daß sie eine schulterlange bräunliche Perücke besaß, die sie im Haus ihrer Eltern in Delafield aufhob.

Sie sagte aus, Laurie habe ein Reisewaschset mit einer Wäscheleine aus Plastik, und sie blieb bei ihrer Geschichte aus der Vorverhandlung, daß Laurie darüber gesprochen hatte, Christine Schultz ›wegpusten‹ zu lassen. Dann sagte Judy Zess auch noch aus, Laurie habe einen grünen Jogginganzug besessen, als sie beide zusammen wohnten.

Laurie fand, daß Judy im Zeugenstand nervös wirkte. Sie

hielt die Augen niedergeschlagen und sah Laurie während der ganzen Aussage nicht an.

Als Eisenberg mit Fragen an die Reihe kam, wurde Judy von ihrer Erinnerung im Stich gelassen. Sie konnte sich nicht an das genaue Datum erinnern, wann sie ihren Schlüssel zu dem Apartment abgegeben hatte, das sie damals mit Fred Schultz und Laurie auf der zwanzigsten Straße geteilt hatte. Sie nannte Eisenberg drei verschiedene Daten, obwohl sie in einer früheren Aussage erklärt hatte, sie habe den Schlüssel am 24. Juni abgegeben, einen Monat nach der Ermordung von Christine Schultz.

Sie sagte aus, Laurie und Fred hätten nicht ›großkotzig‹ gelebt und nicht viel Geld für Kleidung, Essen oder teure Geschenke ausgegeben. Fred und Laurie hätten auch alle Rechnungen bezahlt und schienen keine finanziellen Probleme gehabt zu haben.

Obwohl Judy zu Laurie gesagt hatte, ihr jetziger Ehemann, Tom Gaertner, wäre wütend gewesen, als er herausfand, daß Laurie mit Fred Schultz verheiratet war, dem Mann, der seinen besten Freund erschossen hatte, sagte sie Eisenberg, daß Gaertner nur ›leicht‹ verärgert gewesen war, als er mit ihr darüber sprach.

Sie sagte aus, sie habe eine grasgrüne Baseballhose in einem von Freds Kartons gesehen, die in dem Abstellraum des Apartments auf der zwanzigsten Straße aufbewahrt wurden. Ihre Beschreibung dessen, was sie tatsächlich in diesem Karton sah, veränderte sich mehrmals während der Befragung durch Eisenberg.

Als Eisenberg fertig war, fragte Kramer sie, ob sie jemals gehört habe, wie Laurie etwas über Christine Schultz gesagt hatte.

Zess: Im Mai, bevor Tom zur Wahl des Mr. USA fuhr, es könnte der 19. Mai 1981 gewesen sein, da haben wir ein paar von unseren Sachen zusammengepackt, und Laurie sagte zu Tom: ›Kennst du einen, der einen bezahlten Mord an Chris ausführen könnte?‹

Laurie konnte Judy Zess kaum ansehen, als Kramer mit ihr fertig war. Sie wußte, daß sie auch die Aussage von Fred Schultz ertragen mußte, und sie fragte sich, welche Überraschungen sie noch zu hören bekommen würde. Während des Prozesses machte sie ihrem Ärger Luft, indem sie Eisenberg kurze Nachrichten mit bunten Markierstiften schrieb.

Eugene Kershek, Christine Schultz' Scheidungsanwalt, wurde nicht nach Aussagen befragt, die Christine Schultz bei ihm gemacht hatte und die sich auf ihre Angst vor Fred Schultz bezogen. In dem Polizeibericht, den Laurie gelesen hatte, stand, Christine habe Kershek erzählt, sie habe Angst, weil Fred ihr gesagt habe, er würde ›ihren verdammten Kopf wegpusten‹. Doch das wurde nicht bei Gericht vorgebracht.

Christines Babysitterin, Tammy Brumirski, sagte aus, Anfang Mai habe sie auf Shannon und Sean aufgepaßt, als Fred und Laurie kamen, um die Jungen abzuholen. Fred habe Laurie durch das Haus geführt, bevor die beiden mit den Jungen weggingen.

Als Eisenberg sie befragte, konnte sie sich nicht an das genaue Datum erinnern und gab zu, unsicher zu sein, wann Laurie und Fred tatsächlich zu dem Haus gekommen waren.

Ein Fotograf des *Milwaukee Journal*, Robert Goessner, erklärte dann Kramer, daß er Laurie Bembenek im Dezember 1980 gesehen hatte. Sie war in die Fotoredaktion gekommen, um sich für eine Story fotografieren zu lassen, die die Zeitung über ihre Diskriminierungsklage gegen die Stadt schrieb. Er erinnerte sich, daß Laurie einen grünen Jogginganzug getragen hatte. Er erinnerte sich, meinte er, weil sie so attraktiv gewesen wäre. Sein Beweis für den grünen Jogginganzug war ein Schwarzweißfoto.

Laurie griff nach ihrem Stift und schrieb wild auf dem länglichen gelben Notizblock. Eine Freundin, die in einem Fotolabor arbeitete, hatte Laurie einmal von einem Verfahren erzählt, mit dessen Hilfe man die wahren Farben auf einem Schwarzweißfoto feststellen konnte.

Eisenberg sah sich an, was Laurie geschrieben hatte, und beschloß, den Fotografen danach zu befragen. Goessner gab zu, ein solches Verfahren würde existieren und könne die wahre Farbe der Jacke bestimmen.

›Natürlich hat die Polizei das Negativ nicht getestet‹, schrieb Laurie an Don. ›Das hätte nämlich bewiesen, daß ich auf dem Foto eine rote Jacke trage!‹ Don nickte, beugte sich dann zu Laurie und flüsterte ihr ins Ohr: »An Kramers Stelle würde ich mich schämen, ein so billiges, lächerliches Beweismittel vorzubringen.«

Eisenberg fragte Goessner, der nicht einmal das Foto gemacht hatte, ob irgend jemand jemals versucht habe, das Negativ zu testen, um die Farbe von Lauries Jacke zu bestimmen.

Goessner verneinte, doch die Ausrüstung wäre vorhanden, sollte der Staatsanwalt oder sonst jemand ganz sicher feststellen wollen, ob die Jacke grün oder rot war.

Die Staatsanwaltschaft hatte Lauries rote Joggingjacke als Beweisstück beschlagnahmt. Das war die Jacke, die sie trug, als das Foto vom *Journal* gemacht wurde.

Laurie kam es so vor, als könne jeder in den Zeugenstand treten und alles über und gegen sie sagen. Sie wußte, daß sie als Angeklagte absolut das Recht hatte, sich zurückzulehnen und es dem Staatsanwalt zu überlassen, alles zu beweisen. Technisch gesehen war sie nicht verpflichtet, irgend etwas zu beweisen. Sie war unschuldig, bis ihre Schuld bewiesen wurde. Laurie wußte, daß der Staatsanwalt beweisen mußte, daß sie schuldig war – über jeden vernünftigen Zweifel erhaben. Doch in Wahrheit mußte sie wie der Teufel kämpfen, um nicht für ein Verbrechen verurteilt zu werden, das sie nicht begangen hatte.

Als nächster sagte John Schultz aus, Freds Bruder, der den Brief an Richter Fine geschrieben hatte, in dem er behauptete, er hielte Laurie für Christines Mörderin. Er sagte, daß seine Vermutungen über Lauries Schuld genau das waren – Vermutungen.

Eisenberg brachte John Schultz dazu einzugestehen, daß seine Frau Kathy und Christine sehr enge Freundinnen gewesen waren. John sagte, daß Kathy über ihren Tod sehr betroffen war und daß es wegen des Mordes zu Problemen zwischen den fünf Schultz-Brüdern gekommen war.

Eisenberg: Gibt es in Ihrem Brief an Richter Fine auch nur eine winzige Information, die Sie so untermauern können, daß sie als Beweis gilt, daß Laurie Bembenek Christine Schultz getötet hat?
John: Nein, Sir.

John Schultz gab auch zu, daß Laurie sich nie unpassend Sean und Shannon gegenüber verhalten und daß sie den beiden nie gesagt hatte, was sie bei der Befragung durch die Polizei über den Mord aussagen sollten.

Die Stellvertretende Gerichtsmedizinerin des Milwaukee County betrat den Zeugenstand. Sie hatte die Autopsie an Christine Schultz durchgeführt. Laurie hielt Dr. Elaine Samuels für eine sehr präzise, intelligente Frau. Sie erklärte, daß die Kugel – die sie ›das Geschoß‹ nannte – an der Hinterseite der rechten Schulter eintrat und einen direkten diagonalen Weg zum Zentrum des Herzens ›mit erstaunlicher Genauigkeit‹ zurücklegte.

Eisenberg wollte Dr. Samuels' gewaltiges Wissen nutzen, um andere Experten der Staatsanwaltschaft inkompetent wirken zu lassen. Eisenberg begann, sie nach dem Begriff ›Rückschlag‹ zu befragen, als Kramer Einspruch erhob.

»Rückschlag ist ein Thema, das für Ballistikexperten reserviert ist. Ich glaube nicht, daß Dr. Samuels qualifiziert ist, über dieses Thema auszusagen.«

»Euer Ehren, würde das Gericht Dr. Samuels fragen, ob sie sich für qualifiziert hält, und sich nicht auf Mr. Kramers Annahme verlassen, sie wäre es nicht«, bat Eisenberg.

»Dr. Samuels?« fragte der Richter.

»Ich denke, es fällt direkt in den Bereich der Gerichtspathologie«, antwortete Dr. Samuels.

Laurie war über die vorherrschende Ansicht verärgert, Dr. Samuels wäre ›seltsam‹, nicht weil sie in der Leichenhalle arbeitete, sondern wegen ihres Aussehens. Elaine Samuels entsprach nicht den normalen Vorstellungen der Gesellschaft davon, wie ein Arzt auszusehen hatte. Erst einmal war sie eine Frau, was gegen sie sprach. Zweitens trug sie ihr Haar sehr kurz und benutzte kein Make-up. Sie war dick und trug eine Brille mit schwarzer Fassung. Die Brille verlieh ihr ein maskulines Aussehen.

Laurie hielt Elaine Samuels für brillant, und andere auf dem medizinischen Gebiet, die hinter die Brille sehen konnten, stimmten ihr da zu. Doch wegen ihres Erscheinungsbildes befand sich ihre Glaubwürdigkeit ständig unter Beschuß.

Dr. Samuels erklärte nun den Rückschlag.

»Rückschlag findet statt, wenn eine Waffe aus nächster Nähe gegen einen Körper abgefeuert wird. Blut und Gewebe explodieren durch den Eintritt des Geschosses in den Körper und spritzen zurück in den Lauf der Waffe«, sagte sie.

»Haben Sie die Einschußwunde in der Leiche von Christine Schultz untersucht?« fragte Eisenberg.

»Ja.«

»Würden Sie die Einschußwunde beschreiben?«

»Die Wunde selbst war ziemlich groß. Die Haut um die Wunde zeigte den Eindruck einer Laufmündung in einem sichtbaren kreisrunden Muster.«

»Würden Sie sagen, daß sich die Waffe in geringem Abstand befand?«

»Ja. Sie muß die Haut berührt haben.«

»Dr. Samuels, würde Ihrer Meinung nach mit medizinisch wissenschaftlicher Sicherheit dieser Rückschlag stattgefunden haben?«

»Ja.«

Eisenberg wollte, daß die Geschworenen Dr. Elaine Samuels' Aussage hörten, weil bei der Untersuchung des Privatrevolvers von Fred Schultz im Kriminallabor keine Spuren von Gewebe oder Blut im Lauf der Waffe gefunden worden waren. Es gab auch keine Spuren von Reinigungsflüssigkeit. Nur Spuren von Staub.

Dr. Samuels sagte auch aus, daß mehrere Haare auf dem blauen Schal gefunden worden waren, der um Christine Schultz' Mund geschlungen war, doch diese Haare stimmten mit den Haaren von Christine Schultz überein.

Andere Experten des Kriminallabors sollten aussagen, daß die an Christines Leiche gefundenen Haare übereinstimmten mit Haaren von der Perücke, die in dem Apartmenthaus in der zwanzigsten Straße gefunden worden war, und ebenfalls übereinstimmten mit den Haaren von Lauries Haarbürste.

Eisenberg versuchte, den Geschworenen klarzumachen, daß Haaranalysen absolut keine exakte Wissenschaft darstellten und daß Haare von ihren eigenen Köpfen ebenfalls ›ähnlich‹ charakteristische Merkmale aufweisen konnten wie die Haare oder Fasern, die auf Christines Leiche gefunden worden waren.

Als Eisenberg den nächsten Zeugen befragte, den Detective Drew Halvorsen, konnte er mehrere Dinge aufzeigen, die dieser Detektiv unterlassen hatte, als er den Schauplatz des Mordes untersuchte. Halvorsen räumte ein, obwohl Blut neben der Wand am Fuß der Treppe in Christines Haus gefunden worden war, wäre das Blut nicht untersucht worden, um seine Herkunft festzustellen. Der Detektiv konnte Eisenberg auch nicht sagen, ob Lauries schwarze Polizeischuhe konfisziert worden waren, um zu überprüfen, ob sie mit den Schuhen übereinstimmten, die Sean und Shannon in der Mordnacht gesehen hatten.

Obwohl nach Aussage des Detektivs Blutspuren unter mehreren von Christines Fingernägeln gefunden worden waren, habe niemand überprüft, ob Laurie Kratzer von einem möglichen Kampf mit Christine Schultz hatte.

Als Detective Michael Durfee, Freds Partner in der Mordnacht, in den Zeugenstand trat, hatte seine Aussage – genau wie die Aussage von Judy Zess – seit der Vorverhandlung einige Veränderungen erfahren.

Laut Durfee untersuchte er zusammen mit Fred Schultz einen Einbruch um zwei Uhr nachts am 28. Mai 1981, genau zu dem Zeitpunkt, an dem Christine Schultz ermordet wurde. Durfees Erinnerung an die folgenden Vorgänge stimmte mit anderen

Laurie Bembenek im neuen Regenmantel vor ihrem Elternhaus in der South Taylor Street in Milwaukee. Das Foto wurde einige Tage nach ihrem zweiten Geburtstag im August 1961 aufgenommen.

1966. Die erste heilige Kommunion. Laurie ist sechs Jahre alt.

1971. Laurie, 12 Jahre alt, vor ihrem Elternhaus.

Fred Schultz geleitet seine Frau zum Hochzeitsempfang – es war der 2. August 1981, nicht einmal drei Monate nach dem Mord an Christine Schultz.

Auch dieses Foto entstand während des Hochzeitsempfangs am 2. August 1981.

Fred Schultz nahm 1978 an dieser Tracks Party als offizieller Fotograf teil. Solche Parties fanden in verschiedenen Parks von Milwaukee statt, oft von vielen Polizisten besucht.

Dieses Foto, das Fred auf dieser Party von 1978 zeigt, gehört zu jenen, die Laurie der Abteilung „Interne Angelegenheiten“ bei der Polizei übergab, bevor sie ihren Mann kennenlernte. Laurie wollte der Abteilung beweisen, daß Polizeibeamte wie Fred offen das Gesetz brechen, indem sie nackt in der Öffentlichkeit tanzen.

Christine Jean Schultz wurde am 28. Mai 1981 in diesem Haus an der Ramsey Street in Milwaukee ermordet. Privatdetektiv Ira Robins behauptet, es wäre einem Mörder leicht gefallen, nach der Tat den Zaun zu übersteigen und über den Freeway zu entkommen.
(Foto: Greg Gent Studios, Inc.)

Das Apartmenthaus an der South Twentieth Street in Milwaukee, wo Laurie Bembenek und Fred Schultz mit Judy Zess lebten. Die Polizei sagt, Laurie hätte ihre Wohnung verlassen, wäre fast zwei Meilen bis zur Ramsey Street gelaufen, hätte Christine Schultz getötet und wäre zurück nach Hause gejoggt.

(Foto: Greg Gent Studios, Inc.)

Der Privatdetektiv Ira B. Robins hat die letzten acht Jahre damit verbracht, Beweise zu sammeln, daß Lawrencia Bembenek nicht die Mörderin von Christine Schultz ist.

(Foto: Greg Gent Studios, Inc.)

1983. Laurie seit einem Jahr im Gefängnis.

1985. Laurie bei der Arbeit an einem Weihnachts-Poster.

1985. Laurie wartet vor dem Gefängnis auf den Besuch ihrer Eltern.

1985. Virginia und Joe Bembenek stellen sich mit Laurie dem Fotografen in Taycheedah, nachdem Laurie für ihre Gedichte ausgezeichnet worden war.

Lauries beste Freundin in Taycheedah war Kathy Braun, die ebenfalls wegen Mordes lebenslänglich erhalten hatte. Das Foto entstand 1985.

1986. Laurie und ihre Freundin Kathy Braun posieren auf den Knien von Santa Claus.

1984. Laurie war fünfundzwanzig Jahre alt und seit fast zwei Jahren in Taycheedah. Das Arrangieren von Blumen war einer der Kurse, die Laurie im Gefängnis belegte.

1986. Laurie mit Mutter und Vater vor dem Gefängnis. Sie hatte gerade ihr Diplom von der Universität in Wisconsin erhalten.

1987. Laurie, achtundzwanzig Jahre alt, wartet im Besucherraum.

Laurie im April 1989, neunundzwanzig Jahre alt, im Besucherraum von Taycheedah.

Als ihre Freunde sie besuchten, wollte Laurie sie in lässiger Kleidung empfangen – einschließlich Turnschuhen und Sonnenbrille.

So sah Laurie 1987 aus, als sie im Besucherraum wartet.

1989. Laurie war seit sieben Jahren im Gefängnis.

Virginia Bembenek,
Melanie Bembenek
und Joseph Bembenek
besuchen Laurie 1989.

Laurie und
Ira Robins
Weihnachten 1990
in Taycheedah.

Laurie war 1990
gerade 31 Jahre alt
geworden, als dieses
Foto von ihr in
Taycheedah
aufgenommen
wurde.

Virginia und Joseph Bembenek im August 1981
in ihrem Haus in Milwaukee.

Laurie und Nick Gugliatto kurz nach ihrem Kennenlernen im August 1990.

Laurie und Nick während seines Besuchs im Oktober 1990.

Dieses Bild von Nick und Laurie entstand kurz nach ihrem Entschluß zu heiraten – Ende 1990.

Dieses Foto, das im Februar 1991 aufgenommen wurde, ist das letzte von Nick und Laurie, bevor sie im Juli 1991 aus Taycheedah flohen.

Während der Anhörung im August 1991 trug Laurie das gleiche Kleid, das sie zehn Jahre zuvor bei ihrem Prozeß getragen hatte.

Laurie im September 1989 im Gefängnis von Taycheedah.
(Foto: George Anich)

Berichten über die Mordnacht überein. Er fuhr mit Fred zurück zum Revier des Fünften Distrikts, sie erhielten einen Anruf, in dem Christines Tod mitgeteilt wurde, sie fuhren zum Tatort, und dann überprüften sie Freds Privatrevolver. Danach veränderte sich die Geschichte. Er nahm einen Teil neu auf, in dem er behauptete, Fred und Laurie hätten ein paar Momente allein miteinander gesprochen, nachdem Durfee und Fred in der Wohnung eingetroffen waren. Er sagte, er habe die Unterhaltung nicht hören können.

Laurie wußte, daß Durfee log. Als die beiden in dem Apartment eintrafen, waren sie förmlich ins Schlafzimmer gerannt, um die Waffe zu holen.

Das ist nicht logisch, dachte sie. Hätten Fred und ich ein oder zwei Momente allein für uns gehabt, wie Durfee aussagt, und wäre ich schuldig, hätte ich Fred erklärt, er solle die Waffe nicht untersuchen. Fred hätte behaupten können, daß sie verloren gegangen oder gestohlen worden war.

Dann erklärte Durfee, wie er die Waffe untersuchte, die später zur Mordwaffe erklärt worden war.

»Ich nahm die Waffe aus dem Halfter«, sagte Durfee. »Und ich rieb mit meinem Daumen über das Ende des Laufs und sah meinen Daumen an und stellte fest, daß auf meinem Daumen kein schwarzer Kohlenstoff und keine Rückstände zurückgeblieben waren. Ich sah mir den Zylinder vom Laufende her an und stellte fest, daß fünf scharfe Patronen in der Waffe waren und daß die Kugeln alle Bleikugeln waren und keine Mantelgeschosse oder Hohlmantelgeschosse.«

Durfee sagte auch, er habe einen leichten Staubbelag am Rahmen und am Hammer gesehen. Er konnte keine Rückstände in dem Lauf sehen, und als er an der Waffe roch, roch sie nicht so, als wäre daraus geschossen worden. Nach der Inspektion habe Fred Schultz die Waffe in seinen braunen Aktenkoffer gelegt und diesen Koffer mitgenommen, als er das Apartment verließ.

Seit Eisenberg mit diesem Fall begonnen hatte, wartete er auf diesen Moment, in dem er Durfee ins Kreuzverhör nehmen durfte. Er wußte, daß Detective Durfee sonderbarerweise ein entscheidendes Beweisstück in dem Mordfall Christine Schultz verlegt hatte.

Eisenberg: Wo ist Ihr Einsatzbuch der Mordnacht?
Durfee: Ich habe es nicht.
Eisenberg: Sie sollen es aber aufbewahren?
Durfee: Nein, Sir.
Eisenberg: Sie können jetzt Ihre Einsatzbücher wegwerfen?
Durfee: Ja, Sir.
Eisenberg: Also, wenn ich von einem braunen Einsatzbuch spreche, haben Sie jetzt eines bei sich? Irgend eines?
Durfee: Ja, Sir.
Eisenberg: Sehr schön. Und dies ist das braune Standard-Einsatzbuch, von dem wir sprechen?
Durfee: Ja.
Eisenberg: Das Buch, das Sie mir ausgehändigt haben, reicht vom 25. Januar 1982 bis heute?
Durfee: Ja, Sir.
Eisenberg: Wo ist Ihr Einsatzbuch, in dem die Ereignisse vom 28. und 29. Mai 1981 aufgeführt sind?
Durfee: Wenn ich es erst einmal weggeworfen habe, weiß ich nicht, wo es wieder auftauchen könnte, Sir.
Eisenberg: Und das war das Einsatzbuch, in dem Sie die Fakten festhielten, die sich bei einem Mord ersten Grades hier in Milwaukee ereigneten?
Durfee: Nach meinem besten Wissen habe ich keine Eintragungen in diesem Buch gemacht, die sich auf meine Tätigkeiten an jenem Tag bezogen.
Eisenberg: Dann haben Sie also keine Eintragungen gemacht über die Seriennummern des Privatrevolvers, der Ihnen in der Nacht des 28. oder 29. Mai 1981 gezeigt wurde?
Durfee: Das ist richtig.

Laurie hörte Durfee äußerst erstaunt zu. Sobald sie ihn sagen hörte ›Nach meinem besten Wissen‹, wußte sie, daß etwas nicht stimmte. Polizisten wurden darauf trainiert, genau das zu sagen, wenn sie Mist gebaut hatten. Wenn sie einen Fehler begangen hatten. Wenn sie ihren Arsch retten mußten.

Sie wußte auch, daß Durfee nicht einfach seine Einsatzbücher wegwarf. So funktionierte das System nicht. Die Cops benutzten die Einsatzbücher, um detaillierte Polizeiberichte zu schreiben und um sich selbst zu schützen, falls sie in ein ernsthaftes Verbrechen verwickelt wurden, Mordprozesse eingeschlossen. Irgend jemand verbarg irgend etwas, und Laurie hatte nicht die geringste Ahnung, was das war.

Eisenberg war mit Durfee noch nicht fertig. Er fragte Durfee, ob er jemals die Seriennummer von Fred Schultz' Privatrevolver aufgeschrieben habe. Durfee verneinte.

Eisenberg: Können Sie den Geschworenen jetzt sagen, ob diese Waffe, Beweisstück sechs, genau dieselbe Waffe ist, die Sie in den frühen Morgenstunden des Achtundzwanzigsten sahen?
Durfee: Nein, Sir.

Eisenberg fragte Durfee, ob er jemals gesehen habe, daß Fred Schultz die Seriennummer der Waffe aufschrieb, und Durfee sagte nein, Fred Schultz habe die Seriennummer auch nicht aufgeschrieben.

Eisenberg hielt sich noch immer an das Thema des braunen Einsatzbuches. Er glaubte nicht, daß Durfee einen detaillierten Polizeibericht aus dem Gedächtnis schreiben konnte. Das erschien höchst unwahrscheinlich.

Eisenberg: Sie schrieben am 28. Mai 1981 einen Bericht, stimmt das?
Durfee: Das ist richtig.
Eisenberg: Warum schrieben Sie am 18. Juni 1981 einen neuen Bericht, der sich auf die gleichen Fakten bezog?
Durfee: Weil mir von Vorgesetzten aufgetragen wurde, weiter in Details zu gehen als in dem Bericht vom 28. Mai.
Eisenberg: Und in diesen einundzwanzig Tagen schrieben Sie diesen Bericht mit mehr Details aus dem Gedächtnis?
Durfee: Ja, Sir.

Eisenberg war mit Durfee fertig, und als er zu seinem Stuhl zurückging, schenkte er Laurie ein kurzes Lächeln. Laurie erriet, was er dachte.

Er würde Durfees kleines braunes Notizbuch gern in die Finger bekommen, sagte Laurie sich, und ich auch. Ich frage mich, in wessen Safe es heute eingeschlossen ist. Darüber hinaus wüßte ich gern für alles in der Welt, was darin steht, das so belastend sein könnte. Was machten Fred Schultz und Michael Durfee am 28. Mai 1981?

Müll, Waffen und Grün

Nach zehn Tagen Prozeßdauer ließ weder die Medienberichterstattung noch die Zahl der Leute nach, die sich für den Christine-Schultz-Mord interessierten und für die Frau, die dieses Mordes angeklagt war. Je mehr die Leute über Laurie Bembenek und den Prozeß erfuhren, desto mehr wollten sie wissen. Jede Zeitung und jedes Magazin brachte an hervorgehobener Stelle eine Geschichte über Laurie. Der Mordprozeß eröffnete die täglichen Abendnachrichten, und wenn die Leute redeten, dann über ›den Fall‹.

Trotz der Woge von Berichterstattung – teils gut, teils schlecht – hatte Laurie keine Ahnung, wie der Prozeß voranging.

Sie war nie zuvor bei einem Mordprozeß gewesen und konnte sich nur anhören, was Eisenberg zu sagen hatte, und dann hoffen, daß er die Wahrheit sagte. Sie wollte ihm jedesmal glauben, wenn er versicherte, alles würde großartig laufen und sie sollte sich keine Sorgen machen. Aber einige ihrer schlimmsten Befürchtungen waren bereits wahr geworden. Sie stand wegen Mordes ersten Grades vor Gericht.

Ihre einzige Zuflucht in diesen Wochen fand sie hinter den versperrten Türen ihres Elternhauses. Sobald sie von der Verhandlung heimkam, für gewöhnlich kurz vor sechs Uhr abends, streifte sie ihre Schuhe ab, nahm einen Drink und versuchte, sich zu entspannen. Sie spielte Karten oder Scrabble, sah sich einen Film an oder spielte mit ihrem Hund. Alles war in Ordnung, bis die Abendnachrichten kamen.

Laurie hatte nach wie vor das Gefühl, daß die Medienleute kurzsichtig waren. Sie schilderten, was sie jeden Tag vor Gericht trug, und Laurie wußte, daß das nie passieren würde, falls ein Mann des Mordes angeklagt war. Es gab in Milwaukee auch eine weitverbreitete Haltung: Wenn die Polizei jemanden verhaftete, mußte der Betreffende schuldig sein. Die Polizei schien über dem Gesetz zu stehen, und die Vorstellung, sie könnte einen Fehler machen, erschien den meisten Leuten unmöglich. Lawrencia Bembenek wußte es besser.

Sie hatte die Polizei von Milwaukee aus der Nähe gesehen, und sie wußte, daß die Polizeitruppe aus gewöhnlichen Männern und Frauen bestand, die gewöhnliche Fehler begingen. Laurie hatte auch gesehen, wie leicht es ihnen fiel, ihre eigenen Irrtümer zu verdecken und einen Fall gegen jemanden zu inszenieren. Die Tatsache, daß sie aus dem Polizeidienst entlassen worden war, weil sie angeblich einen falschen Polizeibericht geschrieben hatte, von dem die Polizei später zugeben mußte, daß er nicht falsch war, war nur ein Beispiel. Und so beobachtete Laurie tagtäglich, wenn schon nicht höchst erstaunt, so doch ziemlich ungläubig, wie die Zeugen des Anklägers weiterhin in den Zeugenstand traten und Dinge sagten, von denen sie wußte, daß sie nicht wahr waren.

Ein Beispiel für die ausgewählten Zeugen des Anklägers, die nur ausgewählte Aussagen von sich gaben, bot sich in Form eines Mitglieds von Lauries Polizeirekrutenklasse. Keith Faubel sagte im Zeugenstand aus, er habe Laurie an der Polizeiakademie in einem grünen Jogginganzug gesehen. Eisenberg nahm Faubel wegen der Farbe des Anzugs in die Zange, und Faubel sagte, es wäre Grasgrün gewesen, nicht annähernd die Farbe, die von Sean und Shannon beschrieben worden war.

Dann verlas Eisenberg eine Namensliste. »Nun, lassen Sie sich einige Namen vorlesen. Wie war es mit Darlene Anderson, Patricia Lipsey, Linda Reaves, Jackie Warren, Willie Bradford, Jeffrey Eastern, LaMont McGlown, Jerry Gedig, Marge Lipschultz . . .«

Die Liste ging weiter. Eisenberg verlas die Namen aller Polizisten, die in Lauries Rekrutenklasse gewesen waren. Von den fünfzig Personen auf der Liste war Faubel der einzige, der Lawrencia Bembenek jemals in einem grünen Jogginganzug gesehen hatte.

Wiederum fragte Laurie sich, was diesen Mann dazu gedrängt hatte, gegen sie auszusagen. Hatte die Polizei von Milwaukee etwas gegen ihn? Drohten sie ihm mit dem Verlust seines Arbeitsplatzes? Laurie wünschte sich, die Antworten zu kennen. Sie wünschte sich, Zugang zu den Personalakten der

Polizei zu haben. Das hätte wahrscheinlich die Büchse der Pandora geöffnet.

Elfred O. Schultz war am Samstag, dem 27. Februar, an der Reihe, auf dem hölzernen Zeugenstuhl Platz zu nehmen. Er trug einen dreiteiligen Anzug und sah gelegentlich zu seiner Frau und lächelte. Fred war während der Befragung ruhig und behielt, anders als während der Vorverhandlung, seine Beherrschung, als er über Christine Schultz sprach. Diesmal weinte er nicht im Zeugenstand.

Kramer machte die üblichen Fragen durch nach seinem Job, seiner Familie, seinen Tätigkeiten in der Mordnacht. Als Kramer ihn bedrängte und ihn zu dem Eingeständnis bringen wollte, daß er gewußt habe, daß seine Ehe mit Laurie in Illinois nicht legal war, griff Eisenberg ein. Eisenberg glaubte nicht, daß Freds Ehe mit Laurie irgend etwas mit dem Mord an Christine Schultz zu tun hatte. Schultz gab zu, zwei Schlüssel zu dem Haus auf der Ramsey Street gehabt zu haben. Er sagte, er habe die Schlüssel nach Seans Schlüssel anfertigen lassen. Er habe den einen Schlüssel stets bei sich gehabt und den anderen in seiner ledernen Schmuckschatulle aufbewahrt.

Ein großer Teil von Freds Zeugenaussage drehte sich um seinen Privatrevolver, der angeblich benutzt worden war, um Christine Schultz zu töten. Kramer wollte zeigen, daß Laurie Zugang zu dieser Waffe gehabt hatte.

Kramer: Wissen Sie, ob Miss Bembenek jemals diese Waffe hatte oder Zugang dazu hatte?
*Fred:*Meines Wissens nicht.
Kramer: Hatte sie jemals die Kugeln oder den Behälter der Kugeln, also den Behälter am Halfter?
Fred: Meines Wissens nicht.

Fred blieb auch bei seiner Geschichte, daß er mit Laurie einen Streit wegen seines Patronengurts gehabt hatte. Er sagte, er habe nie wirklich festgestellt, ob Laurie mit seinen Patronen herumgespielt hatte. Er sagte ihr nur, die Patronen müßten im Gurt in einer ganz besonderen Weise stecken, damit er rasch an sie herankam, wenn es einmal auf Leben und Tod ging.

Laurie wußte, daß es für die Geschworenen noch immer so aussehen mußte, als habe sie mit seinen Patronen herumgespielt. Erneut wünschte sie sich, Fred hätte den Vorfall überhaupt nicht bei Officer Ruscitti erwähnt, vor allem, da sich das alles nach dem Mord abgespielt hatte.

Fred schilderte die frühen Morgenstunden nach dem Mord, als er zusammen mit Detective Durfee in sein eigenes Apartment fuhr, um seinen Privatrevolver zu überprüfen. Er sagte, sie beide hätten festgestellt, daß diese Waffe nicht abgefeuert worden war.

Als Kramer fertig war, befragte Eisenberg Schultz über die Wichtigkeit der kleinen braunen Einsatzbücher, die von Polizisten verwendet wurden, um Vorfälle während des Dienstes festzuhalten. Anders als sein Partner Durfee sagte Schultz aus, er habe seine Notizbücher behalten, weil sie wertvolle Hilfsmittel waren. Ohne diese Einsatzbücher wären seine Berichte nicht genau.

Eisenberg sah sich einige von Schultz' Notizbüchern an und stellte fest, daß seine Eintragungen aufhörten, unmittelbar nachdem er von Christine Schultz' Tod informiert worden war. »Und der Grund, vermute ich, warum Sie nichts aufschrieben, ist vor allem, daß es sich um eine wirklich aufwühlende, ernsthafte Angelegenheit handelte, die Sie mehr als Mensch anrührte und nicht als Polizist, nicht wahr?« fragte Eisenberg.

»Ja«, erwiderte Fred.

Dann ließ Eisenberg Schultz eine Aktentasche hervorholen, die mit Polizeieinsatzbüchern angefüllt war. Schultz sagte, er habe noch jedes Notizbuch, das er jemals als Polizist in Milwaukee benützt hatte. Diese Bücher würden bis zum ersten Tag zurückgehen, an dem er als Polizist eingeschworen worden war.

Eisenberg: Warum haben Sie sie nicht vernichtet?
Schultz: Wir sollen sie als Unterlagen aufheben.

Fred hatte Michael Durfee soeben wie einen Narren dastehen lassen. Eisenberg hoffte, die Geschworenen würden sich fragen, wieso der eine Cop alle seine Aufzeichnungen aufhob, während der andere sie wegwarf. Die Geschworenen sollten sich fragen, wie Michael Durfee detaillierte Berichte aus dem Gedächtnis schreiben konnte. Besonders Berichte, die mit der Ermordung einer jungen Frau zu tun hatten.

Eisenberg brachte Fred Schultz zu der Aussage, daß Lauries Designerkleider aus einer oder zwei Jeans zu vierzig Dollar bestanden. Er sagte, sie habe keinen Nerzmantel oder Juwelen oder tolle Autos. Er sagte, sie würden nicht ausgehen oder oft in tollen Restaurants essen. Er sagte ebenfalls aus, daß Laurie völlig dagegen gewesen war, in das Haus auf der Ramsey Street zu ziehen.

Schultz identifizierte die Jacke eines roten Jogginganzugs als Lauries Eigentum und sagte, er habe sie nie in einem grünen Jogginganzug gesehen und wäre sicher, sie habe auch keinen.

Eisenberg fragte Fred, ob er glaubte, seine Frau habe Christine Schultz getötet. Fred sagte nein, er habe sie gefragt und würde merken, wenn sie gelogen hätte. Seine Frau habe nicht gelogen, als sie ihm bei zahlreichen Gelegenheiten versicherte, Christine nicht getötet zu haben.

Die Aussage von Fred Schultz war weder spektakulär noch enthüllend. Zeitungsberichte behaupteten an diesem Abend, die Aussage wäre zugunsten von Laurie ausgefallen. Der bemerkenswerteste Moment in Freds Aussage war von Eisenberg in Szene gesetzt worden. Der Anwalt überraschte alle, als er seinen eigenen kurzläufigen Revolver präsentierte. Eisenberg wollte den Geschworenen zeigen, wie leicht Waffen gleich aussehen konnten. Als Eisenberg später am Tisch der Verteidigung hinter Kramer saß, hielt er die Waffe in der Hand und klickte gedankenverloren immer wieder mit dem Auslöser für die Trommel. Kramer wurde von dem Geräusch irritiert.

»Hören Sie auf, mit dieser Waffe hinter meinem Rücken zu spielen!« rief er.

Eisenberg lachte, steckte jedoch endlich den Revolver weg, als Richter Skwierawski es ihm befahl.

Laurie fand die Aussage von Kathryn Morgan am 1. März ziemlich bizarr. Die Frau, die ihre Mutter als die Frau identifiziert hatte, die Müll aus einer Mülltonne geholt hatte, erzählte die gleiche Geschichte, die Laurie in dem Polizeibericht gelesen hatte. Sie hatte Mrs. Virginia Bembenek dabei ertappt, wie sie in einer Mülltonne nahe dem Apartment von Laurie und Fred kurz nach dem Mord herumgrub.

Don Eisenberg holte zum Schlag gegen Mrs. Morgan aus, weil er ihre Aussage für total unglaubwürdig hielt. »Ist es nicht eine Tatsache, daß Sie Mrs. Bembenek bei Lawrencia Bembeneks Vorverhandlung identifizierten?«

»Ja.«

»Nachdem Sie darum gebeten hatten, daß Mrs. Bembenek ihre Brille abnahm?«

»Ja.«

»Die Frau, die Sie am 18. Juni sahen, wie sie in der Mülltonne wühlte, trug keine Brille?«

»Nein.«

»Ist Ihnen bekannt, daß Virginia Bembenek ohne ihre Brille fast blind ist?«

»Nein.«

»Ist Ihnen bekannt, daß Virginia Bembenek ohne ihre Brille nicht autofahren kann?«

»Nein.«

Eisenberg grillte sie. Er sagte, Mrs. Bembenek trüge keine Shorts und hätte dies auch schon seit Jahren nicht mehr getan, weil ihr die Krampfadern an den Beinen peinlich wären. Mrs. Morgan behauptete, die Frau, die in der Mülltonne gewühlt hatte, hätte Shorts getragen.

»Erwarten Sie wirklich, Mrs. Morgan, daß dieses Gericht glaubt, daß eine Frau, die angeblich versucht, Beweismittel in einem Mordfall aus einer großen Mülltonne zu entfernen, zu einer völligen Fremden bei hellem Tageslicht geht, sie nach den Mülltonnen fragt, eine Tüte aus den Tonnen hervorholt und danach wegfährt?«

Eisenberg wollte dann noch wissen, wie Mrs. Morgan den Wagen identifiziert hatte, in dem sie die Frau gesehen hatte.

»Ein Detektiv kam zu mir nach Hause und bat mich, ihn zu begleiten, um den Wagen zu identifizieren«, sagte sie.

Mrs. Morgan schilderte, daß sie in seinen Wagen stieg, und

der Polizist fuhr sie zu einem Haus auf der Ramsey Street, wo sie ein braunes Auto in der Einfahrt sah.

»Mrs. Morgan«, sagte Eisenberg, »in diesem Bericht steht, daß Ihre genauen Worte waren ›Der sieht ähnlich aus wie der Wagen, den ich am 18. Juni gesehen habe.‹ Also, ich hoffe, daß es Sie nicht verwirrt, wenn es so viel Aufregung gibt wegen des Prozesses und der Fernsehkameras und allem anderen. Sagten Sie, der Wagen würde ähnlich aussehen?«

»Ja.«

»Nicht, daß es derselbe Wagen war?«

»Nein.«

Laurie hielt den nächsten Schritt der Anklage für einen billigen Trick. Kramer behauptete, er habe vier Zeugen, zwei Cops und deren Frauen, die sich daran erinnerten, daß Laurie im Winter 1981 den grünen Jogginganzug getragen habe. Laurie und Fred hatten vor einem Kino gestanden.

Alle vier Namen standen auf der Liste der Zeugen, doch als es Zeit wurde, sie in den Zeugenstand zu bringen, erklärte Kramer, eines der Paare wäre in Colorado und könne nicht aussagen. Der Cop, der dann aussagte, Gary Shaw, hatte es irgendwie geschafft, zum Detective befördert zu werden.

»Auf diese Weise brauchen sie ihre verdammte Geschichte nicht zu erhärten«, flüsterte Don zu Laurie. »Was, zum Teufel, ist da denn los? Waren Sie mit Fred in einem Film?«

»Ja, es war ein Cop-Film. *Fort Apache: Die Bronx*, mit Paul Newman in Uniform. Sah der gut aus!«

»Vergessen Sie Paul Newman, Laurie«, sagte Eisenberg. »Was hatten Sie an?«

»Wahrscheinlich Jeans und meine Skijacke, wie üblich. Ich erinnere mich, wie Fred in der Eingangshalle mit den beiden Paaren sprach. Ist der Winter nicht eine kalte Zeit, um einen Jogginganzug zu tragen?«

»Dieses Argument haben sie schon abgeblockt«, sagte Don. »In diesem Bericht steht, daß sie sich an den grünen Jogginganzug erinnern, weil es einfach zu kalt war, um so etwas zu tragen.«

»Guter Trick.«

Lauries und Freds Nachbarin des Apartments auf der zwanzigsten Straße, Sharon Niswonger, erklärte dem Gericht, daß Judy Zess sie oft gebeten hatte, sie in den Apartmentkomplex einzulassen, damit sie Freds und Lauries Apartment betreten konnte. Sharon Niswonger sagte auch, sie glaube nicht, daß es möglich war festzustellen, ob die Perücke, die aus dem Abfluß ihres Apartments gezogen wurde, aus ihrem Bad oder dem Bad in Lauries und Freds Apartment stammte.

In der Vorverhandlung hatte Richter Fine festgestellt, Lauries Zugang zu der Waffe wäre ein Hauptelement seiner Entscheidung gewesen, Laurie den Prozeß zu machen. Doch hier war jetzt noch eine Zeugin, die behauptete, Judy Zess habe ebenfalls Zugang zu der Waffe gehabt. Und so gern sie es auch getan hätte, aber Laurie konnte nicht die Tatsache ignorieren, daß die angebliche Mordwaffe Fred Schultz gehörte. Die halbe Zeit hatte sie nicht einmal gewußt, wo er die Waffe aufbewahrte. Fred hatte sie immer an einer anderen Stelle untergebracht.

Mehrere Polizisten, die bei Lauries Verhaftung geholfen hatten, wurden als Zeugen aufgerufen, und Eisenberg erklärte ihr, die Liste der Zeugen der Staatsanwaltschaft wäre erschöpft. Dann konnte er eigene Zeugen aufrufen. Während der letzten Stunden der Zeugenbefragung durch den Staatsanwalt fand Eisenberg, daß es ihm gelang, einige gute Punkte zu machen, einschließlich der Feststellung, daß Haaranalyse keine exakte Wissenschaft war, sondern eines der umstrittensten Gebiete polizeilicher Untersuchungen.

Der Staatsanwalt rief Arthur J. Varriale in den Zeugenstand, den Leiter der serologischen und mikroserologischen und mikroanalytischen Abteilung im staatlichen Kriminallabor in New Berlin, Wisconsin. Varriales Aufgabe war es, Haare, Textilfasern, Blut und Körperflüssigkeiten zu analysieren. Doch Varriale erschien vor Gericht nur, um über Haare und Textilfasern auszusagen. Varriale erklärte, seine Arbeit wäre eine Wissenschaft.

Varriale sagte aus, er habe etliche Fasern untersucht, die ihm von Diane Hanson zugeleitet wurden, einer Angestellten des Kriminallabors, die Blut, Körperflüssigkeiten und Haare in dem Mordfall Schultz untersuchte. Seine Aufgabe war es, drei von Hanson übersandte Fasern mit den Fasern einer Perücke zu vergleichen, die aus dem Abfluß des Apartments auf der zwanzigsten Straße geborgen worden war. Er habe feststellen können, daß das Haar, das man auf Christines Bein gefunden hatte, ähnlich war den Haaren von der Perücke, die aus dem Abfluß gezogen worden war.

Eisenberg brachte Varriale dazu zu sagen, seine Tätigkeit mochte zwar eine Wissenschaft sein, aber keine genaue Wissenschaft. »Also sagen Sie jetzt den Geschworenen, daß die Faser, die auf dem Bein von Christine Schultz gefunden wurde, gleich sein könnte oder auch nicht gleich. Ist das richtig?« fragte Eisenberg.

»Würden Sie die Frage wiederholen?« fragte Varriale.

»Die zwei Fasern, die Sie untersuchten. Sie können den Geschworenen nicht über jeden vernünftigen Zweifel erhaben, nicht mit wissenschaftlicher Sicherheit sagen, daß diese Fasern identisch sind?«

»Nein.«

Diane Hanson, die Expertin für Haaranalysen, trat in den Zeugenstand. Eisenberg hatte schon früher mit ihr gearbeitet, und er sagte Laurie, sie habe einen schrecklichen Ruf. Als er ihr Fragen stellte, wurde sie sichtlich ärgerlich. Er überredete sie dazu einzugestehen, daß sie ihr Diplom auf dem Gebiet der Bakteriologie erworben habe, weitab des Studiums der Haaranalyse. Ihr Wissen über Haare habe sie sich stückweise und oberflächlich innerhalb von sechs Wochen auf verschiedenen Seminaren erworben.

Diane Hanson gab zu, daß Haaranalyse sogar noch weniger genau war als Faseranalyse. Dann verlor die Hanson die Beherrschung und gab zu, daß sie die Anordnung des Gerichts verletzt hatte, nicht über den Fall zu sprechen. Sie hatte über ihre Aussage mit Varriale gesprochen. Der Richter entschied, die Geschworenen hinauszuschicken, während er sich diese Sache näher ansah. Nachdem er Diane Hanson befragt hatte, entschied der Richter, daß sie tatsächlich gegen die Anordnung der Verschwiegenheit verstoßen hatte. Aber er lehnte Eisenbergs Antrag ab, Hansons Aussage zu streichen. Er erlaubte Eisenberg auch nicht, Hanson oder Varriale zu ihren Aussagen zu befragen.

Laurie saß am Tisch der Verteidigung und erinnerte sich an die rechtsgerichteten Meinungen und Ansichten der Ausbilder in der Polizeiakademie. Sie hatten stets behauptet, das Gesetz würde die Verbrecher schützen. Sie hatten sich aufgeführt, als müsse ein Polizist lediglich eine Durchsuchung oder eine Festnahme unkorrekt durchführen oder eine juristische Winzigkeit verletzen, und schon würde ein Gericht den Fall kippen.

Sie hatten so gesprochen, als könnten Polizisten sich auf unzählige Arten irren, was letztlich dazu führte, daß die Anklagen fallengelassen wurden. Sie ritten dermaßen auf der richtigen Vorgehensweise herum, daß man meinen konnte, Bürgerrechtler würden über dem Strafgerichtssystem lauern und nur darauf warten, sich auf eine Verletzung von Rechten zu stürzen, um diese einem liberalen Berufungsgericht zu melden.

Laurie beugte sich zu Eisenberg und sagte alles andere als ruhig: »Jetzt sind mir die Augen aufgegangen. Jetzt sehe ich, daß der Staat mit all seiner Macht vorgehen darf, als gäbe es weder eine Bill of Rights noch eine Verfassung der Vereinigten Staaten.«

Als letzter Zeuge des Anklägers sagte Monty Lutz aus, der Ballistikexperte des staatlichen Kriminallabors. Es war keine Überraschung, als Lutz erklärte, daß die aus Christine Schultz' Leiche geborgene Kugel aus Freds Privatrevolver stammte. Trotz Lutz' Aussage dachte Eisenberg, beweisen zu können, daß Christine nicht mit Freds Privatrevolver getötet worden war. Er fragte Lutz, ob der Revolver aus Aluminium hergestellt worden war.

»Nein, nur der Rahmen ist aus Aluminium, der Lauf und die anderen Teile der Waffe nicht. Ich weiß nicht, wie detailliert Sie mich das ausführen lassen wollen.«

»Danke, Mr. Lutz. Falls Seife und Wasser benützt wurden, um die Waffe zu reinigen, hätte sie dann nach einer gewissen Zeit Rost angesetzt?«

»Eindeutig.«

»Wären Reinigungsflüssigkeit oder ein Lösemittel angewandt worden, wäre dann Staub vorhanden gewesen?«

»Ich nehme an, nach einer gewissen Zeit . . .«

»Nach einem Zeitraum von ein paar Stunden?«

»Das kommt darauf an, wo die Waffe aufbewahrt wurde.«

»Falls sie sich in einem Halfter befand, das wiederum in einem geschlossenen Behälter untergebracht war, wie zum Beispiel einer Sporttasche mit Reißverschluß?«

»Oh. Dann würde ich sagen, nein. Staub wäre nicht vorhanden, falls die Waffe gereinigt und dann verstaut wurde.« Eisenberg betonte diesen Teil der Befragung, weil Freds Privatrevolver nicht gereinigt worden war. Das widersprach aber völlig dem Fehlen von Blut an der Waffe.

Auch wenn Laurie wußte, daß die Staatsanwaltschaft keine weiteren Zeugen aufrufen wollte, war sie keineswegs beruhigt. Jetzt war Eisenberg an der Reihe, Zeugen für ihren Charakter zu präsentieren. Laurie wußte, daß sie keine Überraschungen für Kramer planten. Kramer wußte es ebenfalls.

Laurie sollte auch aussagen. Das war für gewöhnlich ein Zeichen, daß es nichts zu verbergen gab. Daß der Angeklagte unschuldig war. Lawrencia Bembenek würde ein entscheidender Faktor sein, wie die Geschworenen diesen Mordfall betrachteten. Ihre Hauptsorge bestand nicht darin, die Wahrheit zu sagen oder den Geschworenen die Entscheidung darüber zu überlassen, was sie gesagt hatte. Sie erklärte Eisenberg, sie mache sich Sorgen darüber, wie Kramer verdrehen würde, was immer sie auch sagte.

»Ganz gleich, was ich auch sagen werde, es wird nicht richtig sein«, meinte sie zu Eisenberg. »Diese Leute halten mich bereits eines Verbrechens für schuldig, das ich nicht begangen habe.«

»Keine Sorge.« Eisenberg klopfte ihr auf den Rücken. »Sie werden es schon gut machen.«

Wahrheit, Tränen und Märchen

Weil sie für Laurie aussagen sollten, durften ihre Eltern während der Verhandlung nicht im Gerichtssaal sein. Der Richter wollte nicht, daß Zeugen hörten, was andere Zeugen aussagten. Tag für Tag saßen sie auf einer kleinen hölzernen Bank außerhalb des Gerichtssaals, redeten leise miteinander, sahen, wie andere in den Gerichtssaal gingen und herauskamen, und beteten für ihre Tochter.

Am Mittwoch, dem 4. März, als Lauries Prozeß sich dem Ende näherte, waren endlich die Bembeneks im Gerichtssaal an der Reihe. Eisenberg hatte bereits sechs Zeugen der Verteidigung aufgerufen. Sie waren ehemalige Mitglieder von Lauries Klasse an der Polizeiakademie. Keiner von ihnen hatte Laurie jemals in einem grünen Jogginganzug gesehen.

Laurie wußte, daß ihre Mutter sich wegen ihrer Aussage sorgte. Mrs. Bembenek wollte, daß jedes ihrer Worte zählte. Sie hatte Angst, ihre Tochter könnte ins Gefängnis wandern.

Mrs. Bembenek sagte aus, sie müsse eine Brille tragen und könne keine Kontaktlinsen verwenden. Sie habe nicht in einer Mülltonne hinter dem Apartmenthaus ihrer Tochter herumgewühlt.

Sie erklärte, wie sie Laurie beim Packen in dem Apartment am Abend des Mordes half. Sie wäre diejenige gewesen, die Fred Schultz' lederne Schmuckschatulle einpackte. Sie erzählte Eisenberg, sie habe mindestens einen heftigen Streit zwischen Laurie und Fred gehört, weil Laurie nicht in das Haus auf der Ramsey Street ziehen wollte.

Mrs. Bembenek sagte aus, Laurie habe ihre Fehler, aber sie wäre immer eine gute Tochter gewesen. Ihre Tochter habe Christine Schultz ›absolut nicht getötet‹.

Lauries Vater sagte ebenfalls aus, und dann trat Elfred O. Schultz sen., Freds Vater, in den Zeugenstand.

Schultz sen. erzählte Eisenberg von einer Reihe von Anrufen, die er zwischen dem 29. März und dem 5. April 1981 erhalten hatte. Der Anrufer sagte immer etwas wie: »Du Bastard, du Bastard! Ich kriege dich, du Hurensohn!«

Endlich war Schultz sen. klargeworden, daß die Anrufe wahrscheinlich für seinen Sohn bestimmt waren. Als er den nächsten Anruf erhielt, erklärte er dem Mann, daß er Elfred Schultz senior in Pewaukee war. Danach hörten die Anrufe auf.

Schultz sen. brach in Tränen aus, als er über seine fünf Söhne sprach und über die Probleme, die durch Christines Ermordung entstanden waren. Sein Sohn John habe Christine nahegestanden, und deshalb meinte John, Laurie wäre in den Mord verwickelt. Niemand sonst in der Familie würde so denken.

Er sagte, daß er Laurie Bembenek mochte, und er könne nicht glauben, daß sie die Mörderin von Christine Schultz wäre.

Das Gericht vertagte sich nach Schultz seniors Aussage, und Laurie hastete auf den Korridor zu ihren Eltern. Ihre Mutter lehnte an der Wand und weinte.

»Nicht, Mom«, sagte Laurie und umarmte sie. »Du hast es gut gemacht. Es ist vorüber.«

»Ich hatte solche Angst, ich könnte etwas Falsches sagen! Du weißt, wie diese Polizei einen Menschen verwirren kann, wenn er nur die Wahrheit sagen will! So viel hing von meiner Aussage heute ab! Ich habe solche Angst um dich!«

»Ich weiß«, erwiderte Laurie und hatte Angst, ihre Mutter loszulassen. »Mach dir keine Sorgen. Bitte, mach dir keine Sorgen.«

Der folgende Tag, der 5. März, war der letzte Tag der Beweisaufnahme. Es war der Tag, an dem Lawrencia Bembenek aussagte.

Laurie trug eine weiße Bluse mit einer schwarzen Krawatte vor Gericht. Ihr neuer goldener Ehering war ihr einziger Schmuck.

Bevor Laurie aussagte, wurden drei ihrer Freundinnen als Charakterzeugen aufgerufen. Sie alle sagten aus, Laurie wäre der letzte Mensch auf der Welt, der jemanden töten würde.

Gerade als Laurie aufstand, um in den Zeugenstand zu gehen, erhob sich auch Kramer.

»Einen Moment«, sagte Kramer. »Da ist noch etwas, Euer Ehren. Auf der Liste der Verteidigung stehen Namen, gegen die ich Einspruch erhebe, und ich beantrage, daß sie nicht zur Aussage zugelassen werden aufgrund ihrer mangelnden Bedeutung für den Fall. Einer dieser Namen ist Frederick Horenberger.«

Laurie erstarrte, als sie Horenbergers Namen hörte. Sie erkannte, daß der Staatsanwalt versuchte, die Aussage des einzigen Menschen zu unterbinden, der die Erklärungen von Judy Zess, der Hauptzeugin der Anklage, unglaubwürdig machen konnte. Während ihrer Aussage hatte Judy alles bestätigt, was der Ankläger von ihr bestätigt haben wollte. Sie hatte Kramer seinen ganzen Fall auf die Beine gestellt. Jetzt sollte ihre Aussage unwidersprochen bleiben.

Der Richter befand: »Falls Mr. Eisenberg darauf besteht, diesen Zeugen aufzurufen – und ich habe gehört, Mr. Horenberger wurde aus dem Waupun Gefängnis in das Milwaukee County Jail verlegt – dann findet das Gericht, die Verteidigung sollte uns erklären, warum seine Aussage relevant ist. Mr. Eisenberg, möchten Sie mir die Beweiskraft des Zeugen erklären?«

»Euer Ehren«, antwortete Eisenberg. »Ich kann Ihnen die Relevanz von Horenbergers Aussage nicht erklären, ohne Mr. Kramer meine gesamte Verteidigung zu verraten.«

Es gab noch mehrere Minuten lang Argumente, und endlich entschied Richter Skwierawski, daß Horenbergers Aussage nur auf Hörensagen basierte. Horenberger dürfe nicht aussagen.

›Auch nicht, wenn er einen Meineid beweisen könnte?‹ schrieb Laurie in großen Buchstaben auf ihren Notizblock.

Eisenberg zuckte nur die Schultern, und Laurie fühlte, wie ihr letzter Funke von Optimismus verschwand.

»Sind Sie bereit?« fragte Eisenberg sie.

»Ja, aber ich habe ein wenig Angst vor Kramer.«

»Haben Sie keine Angst, Sie sind klüger als er. Laurie, wenn Sie Angst haben, dann zeigen Sie es auch. Für gewöhnlich erscheinen Sie ein wenig zu ruhig. Wahrscheinlich Ihr Polizeitraining.«

»Ich bin keine Schauspielerin.«

»Dann seien Sie ganz Sie selbst.«

Laurie verbrachte volle fünf Stunden im Zeugenstand.

Schweißtropfen liefen über ihren Rücken. Sie versuchte, alle Fragen präzise zu beantworten. So oft sie hochblickte, sah sie zahlreiche Kameras auf sich gerichtet. Die Geschworenen starrten sie ebenfalls an, emotionslos, jede ihrer Bewegungen, jedes ihrer Worte abschätzend.

Eisenberg breitete Lauries gesamtes Leben vor den Geschworenen aus. Ihre Ausbildung, ihre religiöse Überzeugung, ihre Polizeiausbildung, wie sie Fred kennengelernt und geheiratet hatte. Er fragte sie nach ihrer Klage, die sie gegen die Polizei eingereicht hatte, und ihre Gründe, aus denen sie überhaupt Polizistin werden wollte.

Laurie wirkte ruhig, aber in Wahrheit hatte sie solche Angst, daß sie meinte, bei jeder Antwort würde ihr schlecht werden. Als Eisenberg sie nach dem Diamantring fragte, den sie für Fred gekauft hatte, begann Laurie zu weinen.

»Soviel mir bekannt ist, nahmen Sie im Mai letzten Jahres Ihre Steuerrückzahlung und kauften Ihrem Mann einen teuren Diamantring, nicht wahr?«

»Ja.«

»Warum haben Sie ihm den Ring gekauft?«

»Weil er nie so etwas gehabt hatte . . .« Laurie konnte nicht fortfahren, und der Gerichtsdiener brachte ihr einen Becher Wasser. Sie holte ihr Taschentuch hervor und fuhr sich damit über die Augen.

»Wie fühlen Sie sich im Moment?« fragte Eisenberg.

»Ich habe entsetzliche Angst.«

Sie schilderte die Tage vor der Ermordung von Christine Schultz und beschrieb im Detail, was sie in der Mordnacht getan hatte. Es gab in ihrer Aussage nichts Enthüllendes oder Schädliches. Sie sagte das gleiche, was sie schon seit Monaten immer wieder gesagt hatte.

Während der Mittagspause trank Laurie rasch drei Glas Wein. Sie versuchte, sich auf Kramers Kreuzverhör vorzubereiten. Während Eisenbergs Befragung hatte Kramer dauernd gelächelt und den Kopf geschüttelt. Laurie ermahnte sich ständig, bei ihm nicht die Beherrschung zu verlieren oder sarkastisch oder flapsig zu werden. Sie fand, daß es sehr einfach war, ihn nicht zu mögen.

Kramer griff sofort ihre Aussage über ihre Arbeit und ihre Probleme mit der Polizei an.

Kramer: Miss Bembenek, hat diese angebliche Bedrängung durch die Polizei von Milwaukee irgend etwas mit diesem Prozeß zu tun?
Laurie: Das weiß ich nicht.
Kramer: Und hat irgend etwas von den Dingen, die Sie den ganzen Vormittag über diesen Geschworenen erzählt haben, irgend etwas mit diesem Prozeß zu tun?
Laurie: Das weiß ich nicht.
Kramer: Miss Bembenek, gehen wir doch zu dem Grund, aus dem Sie aus dem Polizeidienst entlassen wurden. Ist es nicht eine Tatsache, daß Sie von Polizisten der Milwaukee Vice Squad beim Rauchen einer Marihuanazigarette bei einem Konzert in Milwaukee gesehen wurden?

Eisenberg sprang auf, um Einspruch zu erheben, doch Skwierawski erklärte ihm, er selbst habe die Tür zu diesem Thema geöffnet, indem er es bei Lauries Befragung anschnitt. Auch ohne eine Antwort von Laurie hatte Kramer seinen Punkt gemacht. Er wollte die Geschworenen glauben lassen, sie habe Marihuana geraucht. Er stellte ihr noch eine oder zwei Fragen und wechselte dann völlig das Thema und kam zu ihrer Hochzeit am 31. Januar.

Kramer wollte Laurie dazu bringen zuzugeben, sie habe gewußt, daß es illegal war, Fred in Wisconsin zu heiraten, weil seine Scheidung noch keine sechs Monate rechtskräftig war.

»Ich fuhr nach Waukegan, um dort zu heiraten, weil Fred es vorschlug. Wir brannten durch.«

»Das war der einzige Grund?«

»Und ich hielt es für romantisch.«

»Oh, Sie hielten es für romantisch. Aber ist es denn nicht eine Tatsache, daß Sie diese Heiratsurkunde unterschrieben in dem Wissen, daß Sie beide laut Gesetz nicht frei waren, um zu heiraten?«

»Nein! Ich war frei, um zu heiraten.«

»Sie wußten nicht, daß Fred es nicht war?«

»Nein. Woher sollte ich es wissen?«

»Haben Sie denn nicht über die Scheidung gesprochen?«

»Nein.«

»Oh. Na gut. Haben Sie über Geld gesprochen?«

»In welcher Hinsicht?«

»Geld. Sie wissen schon, wie hoch sein Gehalt war, seine Unterhaltszahlungen, die Zahlungen für die Kinder, die Zahlungen für das Haus. Haben Sie darüber gesprochen?«

»Nein.«

»Bevor Sie heirateten, haben Sie nicht über Geld gesprochen?«

»Nein. Wir waren verliebt. Wir sprachen darüber, was wir gemeinsam hatten. Wir sprachen nicht über Geld.«

Kramers Fragen gingen weiter und weiter. Er fragte Laurie, ob sie Christine gehaßt habe. Laurie sagte nein, sie habe Christine Schultz nicht gehaßt. Er wollte wissen, ob sie Diamantringe besaß. Laurie sagte, alle ihre Ringe wären falsch. Sie habe nie einen echten Diamantring besessen. Er wollte wissen, ob sie Designer-Kleidung besaß.

»Keine Originale«, antwortete Laurie.

»Originale?«

»Nancy Reagan trägt Originale.«

»Sie besitzen keine Originale?«

»Euer Ehren«, unterbrach Eisenberg. »Möge das Gericht bitte Mr. Kramer anweisen, die Angeklagte zu bitten, den Begriff ›Originale‹ zu erklären.«

Der Richter nickte Laurie zu, sie solle fortfahren.

»Originale kosten so ungefähr fünftausend Dollar pro Stück. Aber Designer-Jeans trägt heute jeder.«

An einer Stelle ließ Kramer Laurie aus dem Zeugenstand kommen, damit sie einen roten Jogginganzug hochhalten konnte. Dann ließ er sie neben sich stehen, damit die Geschworenen sahen, wie groß sie war. Er erklärte den Geschworenen, es wäre für eine Frau dieser Größe leicht, wie ein Mann auszusehen.

Als Laurie endlich den Zeugenstand verließ, dachten alle, Kramer wäre fertig. Doch dann informierte Kramer den Richter, daß er zwei zusätzliche Zeugen aufrufen wolle.

Eisenberg und Laurie kannten die Namen der beiden Frauen nicht, die gegen sie aussagen sollten.

Die erste Zeugin war Marilyn Gehrt. Sie besaß ein Perückengeschäft auf der siebenundzwanzigsten Straße in Milwaukee, genannt ›Olde Wig World‹. Sie berichtete Kramer, Laurie Bembenek habe im vorigen Frühjahr bei ihr eine Perücke gekauft.

Laurie fragte sich, woher diese Frau aufgetaucht war. Sie war nicht einmal irgendwann an dem Perückengeschäft vorbeigefahren.

»Glauben Sie einen so billigen Trick?« fragte Eisenberg Laurie, während er aufstand. »Passen Sie auf. – Miss Gehrt«, sagte er. »Wann sind Sie mit dieser Information herausgerückt?«

»Gestern«, erwiderte sie.

»Gestern?« rief Eisenberg. »Gestern? Einen Tag vor dem letzten Tag des Prozesses! Dieser in allen Medien breitgetretene Fall war in den letzten neun Monaten ständig in den Schlagzeilen! Was hat Sie denn dazu veranlaßt, sich nun zu melden?«

»Es dämmerte mir eben.«

»Es dämmerte Ihnen eben. Wie passend. Sie behaupten, Sie hätten über diesen Fall nichts in den Zeitungen gelesen und nichts im Fernsehen oder im Radio gehört?«

»Ich habe darüber gelesen.«

»Sie sagten, die Angeklagte wäre im letzten Frühjahr in Ihren Laden gekommen und habe bei Ihnen eine Perücke gekauft?«

»Ja.«

»Wissen Sie das Datum, wann das war?«

»Eines Nachmittags.«

»Erinnern Sie sich an den Tag?«

»Nein.«

»Können Sie wenigstens sagen, in welchem Monat es war?«

»Ich erinnere mich nicht.«

»Wie kommt es dann, daß Sie diesen Gerichtssaal betreten und diese junge Frau als jene identifizieren können, die angeblich eine Perücke bei Ihnen kaufte?«

»Als sie die Perücke bezahlte, notierte ich ihren Namen auf dem Scheck.«

»Ist Ihnen bewußt, daß die Angeklagte seit 1977 kein Scheckkonto hat?«

»Ähhh, nein.«

Die nächste Zeugin war noch schlimmer. Ihr Name war Annette Wilson. Sie war Wächterin im Boston Store. Laurie sah Annette in den Gerichtssaal kommen und war betroffen. Sie erinnerte sich an eine Unterhaltung, die sie mit der Frau gehabt hatte, bevor sie ihren Job im Boston Store aufgab, um in die Polizeiakademie einzutreten.

Annette reagierte damals abfällig, als Laurie ihr erzählte, sie würde an die Akademie gehen. Sie erklärte Laurie, ihr Vater wäre Polizist, und er sei der Meinung, Frauen gehörten nicht in die Polizeitruppe.

Miss Wilson erschien vor Gericht, um allen zu berichten, Laurie habe im Boston Store einen grünen Jogginganzug gestohlen. Sie konnte sich allerdings nicht erinnern, wann das war oder welche Farbe der Anzug genau hatte. Eisenberg setzte alles auf eine Karte.

»Ist es nicht eine Tatsache, daß Sie Laurie nicht mochten?«

»Im Gegenteil, wir kamen gut miteinander aus.« Laurie wollte aufspringen und schreien: ›Lügnerin! Lügnerin! Lügnerin!‹ Annette Wilson war ihr gegenüber offen feindselig gewesen.

Eisenberg fragte nach Unterlagen über Ladendiebstahl oder irgend etwas, das darauf hindeutete, daß Laurie diesen Anzug gestohlen hatte. Annette Wilson hatte nichts dergleichen.

»Ist es nicht eine Tatsache, Miss Wilson, daß Sie Laurie nicht mochten, weil sie hübscher ist als Sie?«

Eisenberg hatte die Grenze überschritten. Zuschauer buhten, und sogar der Richter unterdrückte ein Lachen.

Endlich erklärte die Staatsanwaltschaft die Anklage für abgeschlossen, und der Richter verkündete, er werde sich am nächsten Tag die Schlußplädoyers anhören.

Der Mordprozeß gegen Lawrencia Bembenek hatte über zwei Wochen gedauert. Insgesamt neunundvierzig Zeugen hatten ausgesagt, und hundertvierunddreißig Beweisstücke waren vorgelegt worden.

Der Gerichtssaal war noch immer bis auf den letzten Platz besetzt, als der Richter zu den Geschworenen darüber redete, wie sie über Lawrencia Bembeneks Unschuld oder Schuld entscheiden sollten. Die Belehrung der Geschworenen beinhaltete Details darüber, was sie bedenken sollten und was nicht. Ihr Hauptziel, sagte er, müsse es sein zu entscheiden, ob die Angeklagte die Absicht gehabt hatte, Christine Schultz zu töten, und zweitens, ob sie tatsächlich den Tod von Christine Schultz verursacht hatte.

»Wenn Sie über jeden vernünftigen Zweifel hinaus durch die Beweise in diesem Fall überzeugt wurden, daß die Angeklagte, Lawrencia Bembenek, Christine Schultz erschossen hat, und zwar zu dem Zeitpunkt und an dem Ort, die in der Anklage genannt wurden, und daß sie irgendwann davor den Plan faßte, Christine Schultz zu töten, und daß die Angeklagte in Ausführung ihres Plans geschossen hat, dann sollten Sie die Angeklagte für schuldig befinden des Mordes ersten Grades, wie es in der Anklageschrift heißt. Sind Sie nicht überzeugt worden, dann müssen Sie die Angeklagte für nicht schuldig des Mordes ersten Grades befinden.«

Der Richter sprach ausführlich über vernünftigen Zweifel. Er sagte den Geschworenen, sollten sie vernünftige Zweifel haben – Zweifel, die auf Vernunft und gesundem Menschenverstand basierten –, dann müßten sie die Angeklagte für nicht schuldig befinden.

Skwierawskis ausführliche Instruktion der Geschworenen umschloß die Glaubwürdigkeit von Zeugen, gestrichene Aussagen und Bemerkungen der Anwälte. Er sagte, sie sollten sich Zeit lassen und alle Informationen abwägen, die ihnen vorgelegt worden waren.

Die Geschworenen hörten während der nächsten sechs Stunden zu, wie Kramer und Eisenberg abwechselnd ihre Schlußplädoyers hielten, die hauptsächlich eine Zusammenfassung dessen waren, was sich während des Prozesses abgespielt hatte.

Kramer betonte, daß Laurie Christine Schultz getötet hatte, damit sie und Fred das Haus verkaufen und das Geld bekommen konnten. Seine Zeugen wären alles gute, hart arbeitende Menschen, die gegen Laurie ausgesagt hatten, weil sie sich dazu verpflichtet fühlten. Er versuchte, Sean Schultz' Aussage dadurch abzuwerten, daß er darauf hinwies, daß es im Raum zu dunkel gewesen war. Sean wäre verängstigt und ein kleiner Junge gewesen. Christine Schultz hätte zweifelsfrei Laurie erkannt und um Hilfe geschrien. Er erwähnte die Aussage von Judy Zess und sprach von Drohungen, die Laurie gegen Christine Schultz ausgesprochen hatte.

Laut Kramer war Laurie Bembeneks Motiv für die Ermordung von Christine Schultz Geldgier. Laurie habe die falsche Vorstellung gehabt, Christine Schultz wäre nicht fair und habe auch nicht die Tatsache akzeptieren können, daß sie ihren Ehemann Elfred Schultz verloren hatte. Wenn Christine aus dem Weg geräumt war, konnten Laurie und Fred das Haus verkaufen oder einziehen, und sie müßten nicht länger Alimente zahlen. Sie hätten mehr Geld gehabt, und der Gedanke an dieses Geld trieb Laurie Bembenek dazu, Christine Schultz zu ermorden.

Kramer vermutete, daß Laurie einen Teil der Strecke zu Christines Haus fuhr und den restlichen Weg zu Fuß ging. Deshalb war ihr Wagen nicht warm, als Fred Schultz in der Mordnacht die Hand auf die Motorhaube legte. Auf jeden Fall paßte die Kugel in Christine Schultz' Leiche zu dem Lauf von Freds Privatrevolver.

Er sagte, Laurie habe Shannon und Sean Schultz einer Gehirnwäsche unterzogen, damit sie dachten und sagten, die Person, die sie in dem Haus in der Mordnacht gesehen hatten, wäre nicht Laurie Bembenek gewesen.

»Wenn Sie Lawrencia Bembenek glauben, so ist sie nicht schuldig. Sie werden darüber zu entscheiden haben. Aber lassen Sie mich eines sagen. Bei den von mir vorgebrachten Beweisen, bei allen Beweisen in diesem Fall – wenn Miss Bembenek Sie davon überzeugt, unschuldig zu sein, dann hätte sie nicht nur Christine Schultz getötet, sondern dann wäre sie auch damit durchgekommen. Lassen Sie das nicht zu.«

Donald Eisenberg brauchte fast fünf Stunden für sein Schlußplädoyer. Er ging die von Kramer vorgelegten Beweise Stück für Stück durch. Er zeigte auf, daß vernünftiger Zweifel bei allem angebracht war, was die Anklage vorgebracht hatte.

Eisenberg erklärte, Kramer habe nicht bewiesen, daß Laurie am Tatort war oder auch nur die angebliche Mordwaffe in der Hand gehalten habe. Er wies darauf hin, daß es sich bei allem um Indizien handelte. Es gab nicht einmal einen Fingerabdruck von Laurie auf der Waffe oder am Tatort.

Er sprach über fehlende Notizbücher und über den Schlüssel zu Christine Schultz' Haus, den Fred an seinem Schlüsselbund hatte. Er wollte wissen, wieso der Privatrevolver von den beiden Detektiven überprüft und als Tatwaffe ausgeschlossen, später aber zur Mordwaffe erklärt worden war.

Eisenberg wollte, daß sich die Geschworenen daran erinnerten, daß Sean und Shannon ausgesagt hatten, die Person, die ihre Mutter getötet hatte, wäre nicht Laurie Bembenek gewesen. Vieles, was Kramer behauptet hatte, wäre Spekulation gewesen. Niemand habe jemals einen grünen Jogginganzug oder die Wäscheleine vorgewiesen, die Laurie Bembenek angeblich benutzt hatte, um Christine zu fesseln. Niemand hatte sie gesehen, wie sie die Straße entlang joggte oder eine Perücke in einer Toilette hinunterspülte oder Schmutz von ihren schwarzen Polizeischuhen putzte.

»Laurie Bembeneks Hoffnung, Ladies und Gentlemen, liegt in Ihren Händen«, erklärte Eisenberg den Geschworenen. »Wenn Sie Grund zu Zweifeln haben, dann kann keine Rede sein von ›über jeden vernünftigen Zweifel erhaben‹. Und wenn nicht die Rede sein kann von ›über jeden vernünftigen Zweifel erhaben‹, dann dürfen Sie nicht auf schuldig befinden.«

Er erinnerte die Geschworenen daran, daß sie niemanden verurteilen durften, weil er oder sie schön war. Sie sollten die Fakten des Falles betrachten und sonst nichts. Laurie Bembenek wäre keine Mörderin, und die Staatsanwaltschaft habe nicht einmal im entferntesten bewiesen, daß sie Christine Schultz getötet hatte.

Die Geschworenen erhoben sich und verließen den Saal, um mit ihren Beratungen zu beginnen. Lawrencia Bembenek konnte jetzt nichts anderes mehr als warten.

Es geht um alles

Das Wochenende des 6. März 1982 war für Lawrencia Bembenek eine schreckliche Mischung aus ängstlichen Spekulationen und pessimistischen Erwartungen. Jedesmal, wenn das Telefon klingelte, hämmerte ihr Herz so heftig, daß sie glaubte, ihr Herz müsse stillstehen bleiben.

Laurie hielt es eigentlich für unmöglich, wegen Mordes verurteilt zu werden. Sie hielt es für unmöglich, weil sie wußte, daß sie Christine Schultz nicht getötet hatte. Dennoch nagte eine Angst in ihr, die sie ständig auf dem Sprung hielt. Sie griff nach einer Flasche Scotch und versuchte, sich durch Alkohol zu entspannen.

Wenn sie schlafen konnte, tauchten in ihren Träumen Stimmen und Echos aus dem Prozeß und der Vorverhandlung auf. »Ich liebe sie nicht mehr.« – Sie hat Fred wegen seiner Vasektomie geheiratet.« – »Sie sind beide sicher, daß du es warst, aber ich weiß, daß du es nicht warst, weil ich es war. Ha, ha, ha, ha!«

Am Samstagabend fuhren Fred und Laurie auf die East Side von Milwaukee, um sich mit Eisenberg und seiner Frau zum Dinner zu treffen. Laurie hatte kaum Platz genommen, als ein Mann die Bar betrat und fragte: »Hat jemand gehört, ob sie die Bembenek schon verbrannt haben?«

Laurie sah ihn an, und der Mund blieb ihm offenstehen.

»Es war tatsächlich eine Hexenjagd«, sagte sie. »Sie sehen aus, als könnten Sie eine Tochter in meinem Alter haben. Würden Sie so etwas auch sagen, ginge es um Ihre Tochter?«

»Bartender«, sagte der Mann und deutete auf Lauries Tisch. »Eine Runde Drinks dorthin auf meine Rechnung.«

Als es Zeit zum Aufbruch war, bot Fred an, den Wagen zu holen, damit Laurie nicht durch die verschneiten Straßen gehen mußte. Als sie da stand und auf ihn wartete, kam ein Paar in das Restaurant und blieb bei ihr stehen. »Viel Glück«, sagten die beiden. Es war seltsam, daß völlig Fremde sie erkannten, und sie war noch immer jedesmal überrascht, wenn es passierte.

Als Laurie und Fred zu Hause eintrafen, kam ihnen Lauries Mutter an der Tür entgegen. »Ich bin so stolz auf dich, Laurie«, sagte ihre Mom und umarmte sie. »Du bist so tapfer. Mein Gott, ich weiß nicht, wie ich das durchhalten würde.«

Fred ging nach oben und schlief ein. Laurie blieb auf und sprach mit ihren Eltern.

»Ich habe nachgedacht«, sagte ihr Vater. »Vielleicht willst du nicht über den Prozeß sprechen. Aber ich denke immer wieder über den ballistischen Bericht nach. Er ergibt einfach keinen Sinn. Was hätte die Polizei daran hindern sollen, das Originalgeschoß, das der Gerichtsmediziner aus der Leiche holte, gegen eine Patrone aus Freds Waffe auszutauschen?«

»Ist das nicht ein wenig weit hergeholt?« fragte Laurie.

»Eigentlich nicht. Was passiert, wenn die Leiche in die Leichenhalle gebracht wird? Schritt für Schritt. Der Arzt entfernt die Kugel, markiert sie mit seinen Initialen, steckt sie in eine kleine Tüte – und übergibt sie wem? Den Cops. Wer sind die Cops? Leute wie Cole oder Ruscitti. Dann konfiszieren die Cops Freds Waffe. Feuern sie einen Testschuß ab, bevor sie sie ins Kriminallabor bringen? Das wäre doch ganz einfach, wenn sie sie erst einmal in ihren Händen haben. Sie könnten eine Kugel aus Freds Waffe mit Initialen versehen, genau wie der Gerichtsmediziner die Kugel des Mörders kennzeichnete, sie ins Kriminallabor bringen – und Bingo! Kugel und Waffe stimmen überein. Wer bringt die Kugel ins Kriminallabor? Frank Cole. Wer ist dir scharf auf den Fersen? Frank Cole.«

Laurie schwieg einen Moment. Es stimmte, daß Judy Zess die Starzeugin der Anklage war und daß Frank Cole in Judys Bett lag.

»Ich weiß nicht, Dad«, sagte sie. »Ich weiß nicht, wer die Kugel von der Leichenhalle ins Kriminallabor gebracht hat. Es muß auf irgendeinem Bericht eine Unterschrift geben, die uns das verrät.«

»Bist du so naiv zu glauben, das wäre nicht möglich? Ohne die Waffe hätten sie diesen Fall nicht!«

»Ich sage nicht, daß es unmöglich ist«, erwiderte Laurie.

»Wir wissen bereits, daß Cole mit Judy Zess unter einer Decke steckt, aber wir durften nicht einmal versuchen, das zu beweisen. Kannst du dir vorstellen, so etwas zu beweisen, wie du eben angedeutet hast?«

Lauries Mutter erklärte, jetzt hätten sie für einen Abend genug über den Prozeß gesprochen. Laurie ging nach oben und fand Fred laut schnarchend vor. Da warte ich darauf, wie ich den Rest meines Lebens verbringen werde, und er kann nicht einmal wach bleiben für den Fall, daß ich ihn brauche, dachte Laurie, als sie an das Schlafzimmerfenster trat.

Fred und Laurie schliefen in dem Zimmer, in dem sie die Jahre ihrer Kindheit verbracht hatte. Laurie wandte sich von dem vereisten Fenster ab und sah Fred an. Nicht einmal in ihren wildesten Träumen hätte sie sich vorgestellt, sie könnte im Haus ihrer Eltern mit ihrem Ehemann leben.

Die Geschworenen waren noch zu keinem Urteil gelangt, als Eisenberg am nächsten Morgen anrief und Fred und Laurie bat, sich mit ihm zum Brunch in einem Restaurant im Zentrum von Milwaukee zu treffen. Freds Bruder Bob gesellte sich zu ihnen, und Laurie fühlte sofort, daß Eisenberg ungewöhnlich angespannt war. Eisenberg begann die Unterhaltung beim Frühstück mit der Bemerkung, die lange Beratungszeit der Geschworenen könne ein gutes Zeichen sein. »Ich habe Geschworene erlebt, die nach weniger als zwanzig Minuten mit einem Urteil auf schuldig zurückgekommen sind«, sagte er. »Wir könnten Geschworene haben, die zu keiner Einigung kommen.«

»Was passiert dann?« fragte Laurie.

»Dann ist es wie bei dem Prozeß gegen Judy Zess. Erinnern Sie sich? Sie hatte Geschworene, die keine Einigung erzielen konnten, und die Anklage wurde fallen gelassen.«

»Das würde man auch mit einer Mordanklage machen?« fragte Bob. »Einfach fallen lassen, wenn die Geschworenen keine Entscheidung erreichen?«

»Nun, man könnte den Fall noch einmal zur Verhandlung bringen, aber ich bezweifle das.«

Während sie aßen, erhielt Eisenberg einen Anruf. Laurie konnte kaum atmen, während er weg war. Sie war sicher, daß das Urteil gefunden war.

Doch als Eisenberg zurückkam, sagte er, die Geschworenen hätten verlangt, den Apartmentkomplex zu sehen, in dem Fred und Laurie auf der zwanzigsten Straße gewohnt hatten. Don hatte keinen Einwand, aber Kramer weigerte sich. Da beide Anwälte zustimmen mußten, konnte der Richter das Verlangen der Geschworenen nur ablehnen. Eisenberg sagte, der Richter habe den Geschworenen nicht gesagt, daß Kramer und nicht Eisenberg gegen ihren Lokalaugenschein war.

»Aber das ist nicht fair«, sagte Laurie. »Die Geschworenen könnten denken, daß wir nicht wollen, daß sie das Apartment sehen. Sie könnten denken, wir hätten etwas zu verbergen.«

»Ich frage mich, warum sie das Haus sehen wollten«, erwiderte Don. »Verdammt! Ich wünschte, ich wüßte, was in ihren Köpfen vor sich geht.«

»Ich auch«, meinte Laurie. »Ich wünschte, sie könnten die Größe dieser Mülltonnen sehen, in denen meine Mutter angeblich herumgewühlt hat. Wir hätten ein Foto von den Tonnen machen sollen, wie jemand von der Größe meiner Mutter daneben steht.«

Laurie begann bereits darüber nachzudenken, was sie hätten tun sollen, um ihre Unschuld zu beweisen.

Am Sonntagabend verkündete der Richter, daß er an diesem Tag kein Urteil mehr annehmen würde. Er weigerte sich festzustellen, daß die Geschworenen keine Einigung erzielen konnten. Laurie blieb an diesem Abend lange auf und sah mit ihrer Mom und ihrem Dad fern. Sie wollte nicht darüber sprechen, was mit den Geschworenen vor sich gehen mochte. Sie verfiel wieder in diese Depression, die ihr ständiger Begleiter war, seit sie des Mordes angeklagt worden war.

Am nächsten Morgen wurde ihr gesagt, sie solle Don im Gericht treffen, weil die Geschworenen verlangt hatten, daß ihnen Teile der Mitschriften vorgelesen wurden. Sie hatten nun fast vier Tage beraten.

»Sie wollen Durfees Aussage noch einmal hören, einen Teil der Ihren und einen Teil von Freds Aussage«, erklärte Eisenberg. »Ich werde Einspruch erheben. Es ist nicht fair, Aussagen aus dem Zusammenhang zu reißen.«

»Nun, wenn Kramer nicht wollte, daß die Geschworenen das Apartment sehen, dann sollten wir in der Lage sein, dieses Verlangen abzuweisen«, sagte Laurie.

Doch Richter Skwierawski hatte andere Vorstellungen. Trotz Eisenbergs Einspruch meinte der Richter, normalerweise würde er zwar ein solches Verlangen ablehnen, doch diesmal würde er erlauben, daß Teile der Mitschriften den Geschworenen noch einmal vorgelesen wurden.

Der Montag schleppte sich endlos dahin. Am Ende des Tages hatten die Geschworenen noch immer kein Urteil erreicht.

Am Dienstag, dem 9. März 1982, war Laurie so deprimiert, daß sie kaum aus dem Bett aufstehen konnte. Draußen war es fast zwanzig Grad unter Null, und alles sah grau aus. Als sie aus dem Fenster ihres Schlafzimmers blickte, konnte sie nur alles in Schwarz und Weiß sehen.

Endlich nahm Laurie um 11 Uhr 30 eine lange heiße Dusche, wickelte ein Handtuch um ihre Haare und setzte sich an den Küchentisch, um mit ihrer Mutter Scrabble zu spielen. Kurz vor Mittag klingelte das Telefon. Laurie hielt den Atem an und hob ab. »Die Geschworenen haben ein Urteil«, sagte Eisenberg. »Drücken Sie sich die Daumen, und wir sehen uns im Gericht.«

Die Farbe war aus Lauries Gesicht gewichen, als sie sich zu ihrer Mutter umdrehte. Angst stieg in ihr hoch. In Wisconsin bedeutete ein Urteil auf Lebenslänglich, daß ein Häftling fünfzehn bis zwanzig Jahre im Gefängnis verbringen mußte, bevor er für eine bedingte Strafaussetzung in Frage kam.

»Es wird schon gutgehen«, sagte ihre Mutter und hielt sie an den Schultern fest. »Es muß!«

»Aber wir dachten, die Geschworenen könnten keine Einigung erzielen.«

»Keine Geschworenen, die ihren Verstand beisammen haben, könnten dich für schuldig befinden.«

»Mom! Du hast keine Ahnung. Du warst nicht die ganze Zeit da, weil du ausgeschlossen warst. Es war so unfair! Ich habe dieses schreckliche Gefühl . . .«

»Nein«, schnitt ihre Mutter ihr das Wort ab. »Hier, nimm das und trag ihn, damit er dir Glück bringt.« Sie gab Laurie ihren schmalen goldenen Ehering.

Oben zog Laurie sich hastig an. Sie griff nach einem weißen Sweater und einem Plaidrock. Ihr ganzer Körper zitterte. Sie schaffte es kaum an die Haustür.

Als Laurie, ihre Eltern und Fred eintrafen, wirkte der Gerichtssaal sonderbar still. Die Reporter und Fotografen waren da. Alle warteten.

»Wie geht es Ihnen?« fragte Eisenberg.

Laurie erklärte ihm, sie fühle sich, als habe sie schon lange an einer unheilbaren Krankheit gelitten und würde gleich sterben. »Ich fühle mich wie bei meiner eigenen Beerdigung. Warum sind hier alle so still?«

»Eine bessere Frage ist, warum hier so viele Deputies des Sheriffs sind. Erwarten sie einen Aufruhr?« fragte Eisenberg.

Deputies standen an allen drei Seiten des Gerichtssaals.

Eisenberg sagte, er habe mit den Gerichtsdienern gesprochen, und sie hätten ihm gesagt, daß die Geschworenen verschiedene Entscheidungen getroffen hätten. Sie hätten verschiedene Antworten gefunden.

»Ich sage Ihnen etwas, Laurie. Wenn die Geschworenen hereinkommen und Sie dabei ansehen, sind Sie in Sicherheit. Wenn keiner Sie ansieht, ist es Zeit für die Berufung.«

Dann kam der Richter. Laurie setzte sich neben Eisenberg und legte ihre Hände vor ihr Gesicht. Dann kamen die Geschworenen einzeln herein. Die dicke Frau mit den langen braunen Haaren sah Laurie nicht an. Der Schwarze sah auf seine Füße, als er die Geschworenenbank einnahm.

»O nein«, stöhnte Eisenberg. »Gott, nein.«

Keiner der Geschworenen sah Laurie Bembenek an.

»Ladies und Gentlemen der Jury, haben Sie ein Urteil gefunden?« fragte der Richter.

»Das haben wir, Euer Ehren.«

Der Obmann der Geschworenen, eine kleine, dunkelhaarige Frau mit Halbbrille, überreichte Richter Skwierawski das Urteil.

Er öffnete es langsam, las es einmal durch und sagte dann, ohne eine Miene zu verziehen: »Wir befinden die Angeklagte, Lawrencia Bembenek, des Mordes ersten Grades für schuldig.«

Einen Moment lang glaubte Laurie tatsächlich, sie wäre tot. Sie konnte sich nicht bewegen. Sie atmete nicht. Irgendwie schaffte sie es aufzustehen und fand sich vor dem Richter wieder. Tränen liefen ihr über das Gesicht. Eisenberg stand rechts hinter ihr. Laurie dachte, ihr Kopf würde platzen.

Der Richter fragte sie, ob sie etwas sagen wollte. Laurie hörte ein »Nein« und nahm an, daß es aus ihrem eigenen Mund gekommen war.

Der Richter hatte allerdings etwas zu sagen. Er erklärte, obwohl der Fall auch anders hätte ausgehen können, sähe er genug Beweise, um Laurie wegen Mordes ersten Grades zu verurteilen. Er sagte ebenfalls, dies wäre der am meisten auf Indizien basierende Fall, den er je erlebt hätte.

»Aufgrund des Schuldspruchs wegen Mordes ersten Grades lautete der Urteilsspruch dieses Gerichts, daß Sie, Lawrencia Bembenek, eine lebenslängliche Gefängnisstrafe im Staatsgefängnis von Wisconsin in Taycheedah verbüßen, wohin Sie der Sheriff überstellen wird.«

Laurie hörte lautes, schreckliches Schluchzen hinter sich. Sie wußte, daß es von ihrer Mutter kam.

Dreh dich nicht um und sieh niemanden an, sonst stirbst du, sagte sie sich selbst.

Eisenberg wollte, daß Laurie auf Kaution freigelassen wurde, weil er eine Berufung gegen das Urteil einlegen wollte. Kramer erhob Widerspruch gegen eine Kaution. Er behauptete, Laurie wäre eine Bedrohung. Richter Skwierawski stimmte Kramer zu. Er sagte, Laurie wäre soeben eines sehr ernsten Verbrechens für schuldig befunden worden, und er könne sie nicht auf Kaution freilassen.

Es gab nichts, das irgend jemand für sie tun konnte. Die Geschworenen sahen sie noch immer nicht an. Hintereinander verließen sie den Gerichtssaal so schnell wie möglich. Eisenberg legte seinen Arm einen Moment um Lauries Schultern und führte sie zu einer Gruppe von Deputies.

Sie wurde sofort von Wächtern umringt. Eine dicke Kette wurde um ihre Taille geschlungen, und ihre Hände wurden mit Handschellen daran gefesselt. Laurie konnte sich nicht von ihren Eltern oder von Fred verabschieden. Sie sah sie nicht einmal.

Plötzlich war sie allein in einem Raum und saß auf einem Stuhl. »Oh«, hörte sie eine männliche Stimme sagen, »die neue Gefangene ist hier!«

Laurie wurde in ein anderes Zimmer geführt, in dem sie irgendwelche Papiere unterschrieb, die sie nicht einmal las. Sie zog sich um, erhielt ein dünnes Gefängniskleid und wurde in das Milwaukee County Jail geführt.

Ein Deputy sagte ihr, sie solle alle Anrufe erledigen, die sie machen wollte, weil sie am Morgen in ein Frauengefängnis mit mittlerer Sicherheitsstufe in Taycheedah gebracht wurde, nahe Fond du Lac, Wisconsin, einer kleinen Gemeinde ungefähr fünfundsechzig Meilen nördlich von Milwaukee.

Eine Tür öffnete sich, und Laurie wurde zu dem Zellenblock geschickt. Sie stand direkt vor dem Telefon, konnte es aber nicht einmal sehen. Andere Gefangene saßen um einen Tisch und starrten sie an.

Laurie wurde in ihren Zellenblock geführt, in dem sie unkontrolliert zu schluchzen begann. Eine Gefängniswärterin kam herein und stellte ein Tablett mit Essen auf ein an der Wand befestigtes Brett. Laurie dachte, daß es wie Hundefutter mit einem Löffel darin aussah.

Sie stand auf und ging zu ihrer offenen Zellentür hinaus und zurück zu dem Telefon, das sich in dem Zellenblock befand. Sie wählte die Telefonnummer ihrer Eltern, und Fred meldete sich. Sie sagte ihm, sie würde einen Mantel brauchen und den Behälter für ihre Kontaktlinsen. Sie war wieder in ihrer Zelle und weinte, als eine andere Wärterin hereinkam und sagte, Kanal vier wolle ein Interview.

»Nein«, sagte Laurie. Sie weinte so heftig, daß ihr ganzer Körper bebte.

Dann kam ein weiblicher Deputy herein. »Ziehen Sie sich an«, sagte sie.

»Wie bitte?«

»Kommen Sie mit mir. Ich hole Ihre Kleider. Sie kommen jetzt sofort nach Taycheedah.«

Laurie hatte keine Ahnung, warum sie dermaßen schnell in das Gefängnis gebracht wurde. Man hatte ihr nicht erlaubt, auf ihren Mantel zu warten, und sie saß zitternd in dem Streifenwagen des Sheriffs zusammen mit drei Deputies. Ohne ihre Kontaktlinsen sah alles verwischt aus. Als der Wagen Taycheedah erreichte, konnte sie kaum etwas sehen. Kurz bevor sie aus dem Wagen stieg, wandte sich einer der weiblichen Deputies zu ihr und sagte: »Viel Glück, Lawrencia.«

Drinnen wurde sie in einen kleinen Raum mit zwei Duschkabinen geführt. Ein massiger männlicher Lieutenant erklärte ihr, sie werde im Bereich Empfang und Einweisung gehalten, bis sie medizinisch untersucht worden war. Überall hörte sie Schlüssel klirren.

»Es liegt an Ihnen, wie Sie Ihre Zeit absitzen wollen«, bellte der Mann sie an. »Sie können den Mund halten und es recht einfach haben, oder Sie können schwere Zeiten haben. Es liegt ganz bei Ihnen.«

Harte Zeiten, sagte Laurie zu sich selbst. Noch vor wenigen Stunden hatte sie am Küchentisch ihrer Mutter gesessen, Scrabble gespielt und sich ihre Füße unter ihrem Hund angewärmt.

Laurie stand allein in einer kleinen Zelle. Die Metalltür vor ihr verschloß sich automatisch mit einem lauten, schabenden Geräusch. Kurz darauf hörte sie die Geräusch von Walkie-talkies, und zwei Gefängniswärterinnen kamen in ihre Zelle und befahlen ihr, alle ihre Kleider auszuziehen.

Gedemütigt und verängstigt stand Laurie vor ihnen, nackt und weinend. Sie starrte auf den gekachelten Boden.

»Drehen Sie sich um, beugen Sie sich vor und spreizen Sie die Backen.«

Die Wächterinnen sahen anschließend zu, als Laurie mit einem Entlausungsshampoo duschte. Danach erhielt sie wieder ein dünnes Gewand und einen Bademantel aus Baumwolle, der

Körpergeruch an sich hatte. Sie fragte sich, wer den Bademantel vor ihr getragen hatte.

Laurie Bembenek saß auf der Kante ihrer Metallpritsche und starrte auf die Ziegelwand. Sie hatte keine Ahnung, welche Uhrzeit es war. Aber sie kannte das Datum. Es war der 9. März 1982. Es war der Tag, an dem sie wegen Mordes ersten Grades verurteilt worden war.

Die Stärksten überleben

Milwaukee war geteilter Meinung über das Urteil, das die zwölf Geschworenen an Richter Skwierawski übergeben hatten. Bars, Restaurants und Wohnzimmer waren voll von Leuten, die über Unschuld oder Schuld von Lawrencia Bembenek diskutierten. Die Zeitungsredakteure waren mit den riesigen Schlagzeilen für die Morgenausgaben beschäftigt, die besagten LEBENSLÄNGLICH FÜR BEMBENEK. Beide Zeitungen von Milwaukee beeilten sich zu versichern, daß der Gerechtigkeit Genüge getan worden war. Lawrencia Bembenek hatte erhalten, was sie verdiente.

Doch ein satirischer Kolumnist des *Milwaukee Journal* deutete an, ihr Verbrechen wäre ihre Schönheit gewesen. Joel McNally schrieb, daß der Prozeß gegen Lawrencia Bembenek in erster Linie eine visuelle Angelegenheit war. Er meinte, jene Reporter, die über die Geschichte berichtet hatten, würden schnell herausfinden, wie sich ihr Stil zukünftig verändern müßte. Nach der sensationellen Berichterstattung über den Mordprozeß Bembenek müßten Reporter nun jedes Kleidungsstück beschreiben, das jeder Angeklagte trug. McNally scherzte, daß sogar Berichte über Brände in der Stadt von jetzt an detaillierte Beschreibungen der Farbe von Stiefeln und von Regenumhängen beinhalten müßten. Er sagte auch, daß von jetzt an jedermann die Person, über die er schrieb, dadurch identifizieren mußte, indem er jeden Job erwähnte, den diese Person jemals innegehabt hatte, also zum Beispiel ehemalige Polizistin, Mitarbeiterin eines Sicherheitsdienstes, Model, Playboy Bunny und Instruktorin für Aerobictanz und Fitneß.

Die allgemeine Öffentlichkeit war gleichfalls kritisch gegenüber der Presseberichterstattung und dem Ausgang des Prozesses. Briefe an Zeitungen und Anrufe bei Radiotalkshows besagten, daß Laurie Bembenek keinen fairen Prozeß erhalten hatte. Mehrere weibliche Briefschreiber, die Verhandlungen mit Richter Skwierawski verfolgt hatten, behaupteten, er würde seine

Entscheidungen nach dem Geschlecht des Angeklagten ausrichten.

Kommentare von Offiziellen der Stadt, einschließlich des Bürgermeisters und des Polizeichefs, fehlten in den Zeitungen. Doch die Leute, die über ihren Verbleib im Amt abstimmten, würden sie den Prozeß gegen Lawrencia Bembenek nicht vergessen lassen.

Kramer schüttelte seinen Assistenten die Hände. Eisenberg sammelte seine Papiere ein und ging, um einen Drink zu nehmen. Er sagte, er werde den Urteilsspruch so bald wie möglich anfechten. Lauries Eltern fuhren nach Hause und versperrten alle Türen. Fred Schultz saß vor dem Haus von Joseph und Virginia Bembenek und sprach mit Zeitungsreportern.

»Wer es getan hat? Wer weiß das . . . wer weiß das? Ich weiß es nicht«, sagte er zu den Reportern.

Fred klagte auch über das Geld, das für die Verteidigung seiner Frau ausgegeben worden war. Mehr als fünfzigtausend Dollar. »Alles, wofür ich gearbeitet habe. Alles, was ihre Eltern haben. Von ihnen kommt das Geld.«

Er sagte den Reportern, er wäre wütend, enttäuscht und verletzt durch das Urteil. »Und wenn es ein Jahr dauert, zwei Jahre, wie lang auch immer, ich werde da sein. Ich werde nur ein wenig älter sein, wenn sie herauskommt.«

Auch die Geschworenen sprachen über das Urteil. Fünf der Frauen hatten sofort entschieden, daß sie schuldig war. Sie wußten das sofort. Sie argumentierten mit den anderen. Sie waren sich nicht einig, und sie konnten nicht aufhören, an diese Waffe zu denken. Das überzeugte sie. Laurie hatte Zugang zu der Waffe. Sie sagten auch, die Aussage von Detective Durfee hätte ihnen bei der Entscheidung geholfen. Besonders als er sagte, Laurie und Fred hätten ein paar Sekunden allein miteinander gesprochen, als die beiden Detektive im Apartment in der zwanzigsten Straße gleich nach dem Mord eintrafen.

Die Geschworenen gaben auch Kommentare ab zu der Kleidung, die Laurie während des Prozesses getragen hatte. Sie sagten, es habe sie wirklich gestört, daß sie am Tag ihrer Aussage diese konservative Bluse trug. Ein paar machten auch Bemerkungen über Lauries Aussage, keine Kinder haben zu wollen. Was für eine Frau mußte das sein!

Am Tag nach ihrer Ankunft im Frauengefängnis von Taycheedah dachte Laurie, man habe sie in die Hölle gebracht. Abgesehen davon, daß es in der Hölle keine unschuldigen Seelen gibt.

Sie hatte Kopfschmerzen vom Weinen, und sie fühlte sich, als habe sie keine Kontrolle über ihren eigenen Körper oder über irgendeinen Bereich ihres Lebens.

Lauries erste Stunden in ihrer verschlossenen Zelle waren von Zweifeln an der Existenz Gottes erfüllt. Sie konnte nicht glauben, daß ein höheres Wesen eine so gnadenlose, sinnlose Vernichtung zulassen konnte.

In den frühen Morgenstunden ihres ersten Tages im Gefängnis dachte Lawrencia Bembenek auch an Selbstmord. Sie blickte zu der alten Wasserleitung hoch, die von einer Wand abstand und parallel zur Decke verlief. Sie erkannte, daß es leicht wäre, ihr Bettlaken in Streifen zu reißen und daraus ein Seil zu flechten, das lang genug war, um es um die Leitung zu schlingen. Der Tod wäre eine Erleichterung gewesen. Doch dann dachte sie an ihre Eltern, besonders an ihre Mutter. Sie wußte, daß ihre Eltern wollten, daß sie kämpfte. Laurie wußte, daß die beiden schon genug verletzt waren von allem, das ihr zugestoßen war, und daß sie ihnen nicht noch mehr Schmerz zufügen durfte.

Lauries Tage glitten bald in eine vorhersehbare Routine. Es gab nichts zu tun und niemanden, mit dem sie sprechen konnte. Sie hatte jede Menge Zeit, um darüber nachzudenken, wie schlecht sie dran war. Jeden Morgen um sechs hörte sie, wie Schlüssel das Schloß ihrer Zellentür öffneten. Dann hörte sie den diensthabenden Sergeant fragen: »Sechs Uhr. Wollen Sie ein Frühstückstablett, Bembenek?«

»Nein, danke«, rief Laurie dann von ihrer Pritsche zurück.

Zwanzig Minuten später öffnete sich die Zellentür ein zweites Mal, und ein anderer Wärter verlangte: »Tablett, bitte.«

»Ich habe kein Tablett. Ich habe das Frühstück abgelehnt.«

Dann ungefähr dreißig Minuten später hörte sie die Schlüssel zum dritten Mal. »Dusche.«

Tag für Tag gab es kein heißes oder warmes Wasser.

Nächster Punkt auf der Tagesordnung war Saubermachen. In jede Zelle wurden Mop und Eimer gestellt. Laurie zog ihre Gefängniskleidung an – weite Drillichhose, graues Sweatshirt, weiße Socken und alte weiße Tennisschuhe – und wischte ihren Boden auf. Dann hatte sie den Rest des Tages vor sich.

Während ihrer ersten paar Tage im Gefängnis öffneten Dutzende von Gefängniswärtern ihre Tür, bloß um einen Blick auf sie werfen zu können. Sie hörte auch Insassinnen vor ihrem Fenster sprechen. »Ist das da drinnen die Polizistin?« fragten sie einander.

Von Anfang an stellte Laurie Unterschiede zwischen den Gefängniswärtern fest. Einige hielten die Regeln strikt ein, und andere übersahen kleine Abweichungen. Einige waren menschliche Wesen, und andere behandelten die Gefangenen wie Tiere.

In ihrer Sorge, einen gewissen Kontakt zu ihrer Familie zu haben, wurde Laurie auch schnell in die Welt des Papierkrams im Gefängnis eingeführt. Es gab Formulare für alles. Es gab ein Formular für Kantinenprivilegien, für Anrufe, für Besucher, für medizinische Versorgung.

Ein Wächter erklärte ihr, daß Neuankömmlinge ihre Angehörigen nach zweiundsiebzig Stunden sehen konnten. Laurie schrieb rasch an ihre Eltern, an Fred und an Eisenberg. Sie hörte zu schreiben auf, als ihr Bleistift stumpf wurde. Sie schob ihn unter der Tür durch und mußte darauf warten, bis ein Wächter ihn bemerkte und ihn anspitzte, damit sie noch mehr Briefe schreiben konnte. Taycheedah ist das einzige Frauengefängnis in Wisconsin und beherbergt von Hausfrauen, die ungedeckte Schecks ausgeschrieben haben, alles bis hin zu verurteilten Mörderinnen. 1982 war das Gefängnis überbelegt und entsprach nicht den Standards des Bundes und des Staates. Mehr als zweihundert Frauen waren in einem Gebäude für einhundertsechsundzwanzig Betten untergebracht.

Wenn Laurie aus dem winzigen Zellenfenster spähte, konnte sie ein Farmhaus und einen Schuppen weit hinter dem Zaun sehen, der das Gefängnis umgab. Laurie stand oft stundenlang an dem Fenster, starrte auf das Haus und fragte sich, was für Leute darin wohnten. Sie beobachtete auch die blinkenden Lichter von Fond du Lac. Sie verspürte Klaustrophobie. Sie konnte nirgendwohin gehen und nichts tun, und sie fragte sich, worauf sie sich denn freuen konnte.

Die Fragen und Zweifel an Gott beschäftigten weiterhin ihre Gedanken in diesen ersten Tagen und Wochen im Gefängnis. Sie war von ihrem katholischen Glauben vor mehreren Jahren abgefallen, nachdem sie erkannt hatte, wie männlich dominiert und geldorientiert die Kirche sein konnte. Sie erinnerte sich noch an einen Priester aus der Volksschule, der Frauen haßte und ständig auf allen Mädchen herumhackte. Laurie forderte ihn oft heraus, besonders wenn er den Katechismus lehrte. Diese Herausforderungen durch Laurie ärgerten ihn so sehr, daß er sie beschimpfte. Als sie einmal ihre Füße auf der Mauer der Turnhallenwand hatte, nannte er sie ein Flittchen.

Das war der Priester, der sich unsere Beichte anhörte und uns Buße für unsere kindlichen Sünden auferlegte? Dies war ein geweihter Mann, der den Namen des Herrn nur hohl benutzte und die Handlungen eines Mädchens in der Grundschule als sexuell auslegte?

Der Priester wurde dann bei homosexuellen Handlungen mit Jungen in einem Heim ertappt. Laurie erinnerte sich an ihn, betrachtete ihr gegenwärtiges Leben und sah sich darin bestätigt, daß es keinen Gott geben konnte.

Laurie fand bald heraus, wie willkürlich Gefängnisvorschriften waren. Als sie in ein Sandwich biß und ihr Vorderzahn abbrach, bat sie einen Wächter um ein Formular zur Anforderung zahnärztlicher Behandlung. Sie wollte außerdem mit jemandem sprechen. Es war Tage her, seit sie eine Unterhaltung gehabt hatte.

»Ich kann es kaum erwarten, meine Angehörigen zu sehen«, erklärte sie ihm. »Sie kommen morgen her.«

»Sie können keine Besucher haben, bevor Sie nicht ärztlich behandelt wurden«, erwiderte er. »Das wird wahrscheinlich eine Woche oder so dauern.«

»Aber die Wärterin, die abends hier war, sagte, sie könnten

mich nach zweiundsiebzig Stunden besuchen«, sagte Laurie und fing an zu weinen.

»Tut mir leid, das ist eine alte Regel. Sie hat Ihnen eine falsche Information gegeben.«

»Ich habe nach Hause geschrieben und meinen Eltern gesagt, sie könnten mich besuchen. Jetzt werden sie die ganze Strecke von Milwaukee hierher vergeblich fahren!«

Die Regeln änderten sich im Gefängnis so rasch, daß die Wärter oft nicht wußten, was da vor sich ging.

Nachdem Laurie eine Woche im Gefängnis gewesen war, begann sie, Hunderte von Briefen von Leuten aus ganz Wisconsin und aus den gesamten Vereinigten Staaten zu bekommen, die ihre Behauptung, unschuldig zu sein, unterstützten. Fred schrieb, daß ein Verteidigungsfonds eingerichtet worden war, um bei der Bezahlung ihrer juristischen Kosten zu helfen. Er teilte ihr auch mit, er werde eine Spendensammlung unter dem Motto ›Laufen für Bambi‹ abhalten und von Milwaukee nach Taycheedah joggen, ungefähr fünfundsechzig Meilen, um Geld für den Fonds aufzutreiben.

Fred trieb etwa 2 800 Dollar auf seinem Bambi-Lauf auf, konnte jedoch nicht die gesamten fünfundsechzig Meilen laufen, weil sein Knöchel nach neunzehn Meilen den Dienst versagte. Ein paar Freunde, darunter zwei seiner Brüder, begleiteten ihn auf dem Lauf. Als sie nach Taycheedah kamen, durfte Fred seine Frau zwei Stunden lang sehen.

Er erzählte Reportern, die vor dem Gefängnis warteten, daß man ihm einen Kuß und eine Umarmung zur Begrüßung und einen Kuß und eine Umarmung zur Verabschiedung erlaubt habe. »Das schlimmste, wissen Sie, ist, daß ich sie nicht mit nach Hause nehmen kann«, sagte er.

Laurie sehnte sich verzweifelt nach Kontakt mit ihrer Familie, und als sie endlich Post von ihren Eltern bekam, brach sie erneut zusammen. Ihre Mutter erklärte, wie sie zum Gefängnis zurückgeeilt waren an dem Tag ihrer Verurteilung, um ihr einen Mantel zu bringen und sich von ihr zu verabschieden, aber sie war bereits nach Taycheedah gebracht worden.

»Sie konnten es nicht erwarten, Dich uns wegzunehmen, meine liebste Tochter«, schrieb ihre Mutter.

Laurie drückte die Briefe ihrer Eltern an ihre Brust, während sie schlief. Gedanken an ihre Eltern hielten sie am Leben.

Falls Menschen wirklich an gebrochenem Herzen sterben könnten, dachte Laurie, wäre ich schon vor Monaten gestorben. Im Leben gibt es keine Erlösung von diesem Schmerz. Ich würde den Tod freudig willkommen heißen, aber ich halte euretwegen durch, Mom und Dad.

Endlich wurde Laurie medizinisch überprüft und auf eine andere Etage in demselben Gefängnisgebäude verlegt. Sie hörte auch, daß ihre Eltern und Eisenberg auf sie im Besucherzimmer warteten. Bevor sie ihre Familie sah, wurde sie zu der Gefängnisleiterin, Nona Switala, gebracht. Es war ihr erstes Zusammentreffen.

»Nun, ist es so schlimm, wie Sie erwartet haben?« fragte die Leiterin.

»Ja«, erwiderte Laurie.

»Sie sind noch dabei, sich anzupassen.«

Switala erklärte Laurie, das Gefängnis habe Dutzende von telefonischen Anfragen von Fernseh- und Zeitungsreportern erhalten, die sie interviewen wollten.

»Sie sind begierig darauf, Sie zu interviewen, Laurie«, sagte Switala. »Wenn Sie nicht belästigt werden wollen, werde ich alles in meiner Macht Stehende tun, dafür zu sorgen, daß Sie in Ruhe gelassen werden – wenn Sie das wollen.«

Sie sagte Laurie, die Reporter hätten Fragen nach allen Aspekten von Lauries Leben im Gefängnis gestellt.

Laurie erklärte der Leiterin, daß sie mit niemandem sprechen wollte, und dann durfte sie ihre Angehörigen sehen. Fred war auch da, und er packte Laurie und versuchte, ihr einen leidenschaftlichen Kuß zu geben. Laurie war das peinlich und stieß ihn weg.

Eisenberg erzählte, er habe die Sprecherin der Geschworenen gesprochen und herausgefunden, daß die Geschworenen anfänglich geteilter Meinung wegen des Urteils waren.

»Offenbar war die Sprecherin extrem aggressiv, als sie ihren Standpunkt bei den Beratungen der Geschworenen vertrat, und brachte viele auf die für schuldig stimmende Seite. Sie wollte Sie wirklich hängen sehen«, sagte Eisenberg.

Er erklärte Laurie, daß er eine Berufung beim Berufungsgericht des Bundesstaates eingereicht habe. Aber, fügte er hinzu, es könnte mindestens sechs Monate dauern, bis die Berufung überprüft wurde. Es würde auch mindestens sechs Wochen dauern, um die Mitschriften des Prozesses tippen zu lassen.

»Wenn ich bloß sechs Monate durchhalten kann«, erwiderte Laurie.

»Wissen Sie was«, sagte Eisenberg. »Es gibt einen Gott! Annette Wilson, die Frau, die aussagte, Sie hätten einen grünen Jogginganzug gestohlen, wurde aus ihrem Job im Boston Store gefeuert. Ihr Vorgesetzter, Scott Nicholson, rief mich an und sagte, sie habe gelogen. Er bot an, uns eine eidesstattliche Erklärung zu geben.«

Als Lauries Angehörige gingen, wollte sie ans Fenster laufen, um ihnen zum Abschied zuzuwinken, aber ein Wächter hielt sie zurück und sagte, das wäre eine nicht autorisierte Kommunikation. Sie stand allein da und sah, wie die Schlußlichter verschwanden.

Als Laurie sich endlich unter die übrigen Insassen mischen durfte, mußte sie völlig neue Regeln lernen. Ihre erste Mahlzeit außerhalb ihrer Zelle fand an einem Tisch mit drei schwarzen Frauen statt, und Laurie hatte Schwierigkeiten zu verstehen, was sie sagten.

Ihre zwölf Quadratmeter große Zelle auf der dritten Etage der Addams-Wohneinheit besaß einen Schreibtisch und ein Eisenbett. Es gab eine Anschlagtafel an der Wand. Ein Schalter erlaubte es Insassen, eine Radiostation zu hören – Country-Western.

Die Wächter waren streng bei der Durchsetzung einer Regel, die es den Insassen nicht erlaubte, auf dem Bett zu sitzen, wenn die Decke darauf lag. Wenn Laurie auf ihrem Bett sitzen wollte, mußte sie es aufschlagen. Es gab eine andere Regel, die verbot, daß Insassen ihre Zelle verließen, wenn das Bett nicht gemacht war.

Lauries Zellentoilette bestand aus einem kleinen Porzellantopf mit einem Deckel. Laut Gesetz hätten die Frauen nicht in ihren Zellen ohne reguläre Toilette eingesperrt werden dürfen, aber die Wohneinheiten waren alt, und es gab kein Geld für einen Umbau.

Die weitverbreitete Hinnahme von lesbischen Aktivitäten im Gefängnis wurde rasch offensichtlich. Obwohl es eine Vorschrift gegen sexuelle Handlungen gab, wurde diese Regel nur selten durchgesetzt. Höchstwahrscheinlich, dachte Laurie, weil viele Wärterinnen ebenfalls lesbisch waren. Selbst Frauen, die draußen einen Ehemann hatten, nahmen sich im Gefängnis oft eine weibliche Partnerin, hauptsächlich aus Einsamkeit. Laurie machte klar, daß sie keine Lesbierin war und keine Partnerin suchte. Sie gehörte einer kleiner Minderheit an.

Die Insassen von Taycheedah setzten sich aus allen erdenklichen Arten von Menschen zusammen. Es gab maskuline, muskulöse Frauen und andere, die wie verlorene kleine Mädchen aussahen. Laurie war überrascht über die große Zahl geistig behinderter Frauen. Andere waren körperlich behindert, gingen an Krücken, saßen in Rollstühlen oder hatten fehlende Gliedmaßen.

Die meisten Insassen, mit denen Laurie sprach, hatten kurze Strafen erhalten für Fälschung oder Diebstahl oder drogenbezogene Verbrechen. Es gab auch andere Lebenslängliche wie Laurie. Manche hatten ihre Ehemänner oder ihre eigenen Kinder umgebracht. Was Laurie allerdings betroffen machte, war die Unterschiedlichkeit der Urteile. Eine Frau war für fünf Jahre hier, und eine andere, die wegen des gleichen Verbrechens verurteilt worden war, hatte fünfundzwanzig Jahre bekommen. Nichts schien einen Sinn zu ergeben.

Drogengebrauch war im Gefängnis ebenfalls weitverbreitet. Die Frauen schmuggelten Drogen herein, indem sie jede mögliche Körperöffnung benutzten. Die Wächter führten gelegentlich Urinproben durch, und die Strafe für eine negative Analyse oder ›schmutzigen Urin‹ bestand in dreihundertfünfundsechzig Tagen Absonderung. Das bedeutete dreihundertfünfundsechzig Tage allein in der Zelle.

Laurie verbrachte in den ersten Monaten im Gefängnis viel Zeit mit Briefeschreiben. Sie schrieb ständig an Eisenberg, und ihre Briefe waren mit viel Hoffnung erfüllt. Sie klebte Stickers auf ihre Briefe, auf denen stand ›Humor macht alles erträglich‹ und ›Es ist noch kein Gefängnis gebaut worden, das mich festhalten kann‹.

Sie war noch immer zuversichtlich, daß Eisenberg sie aus dem Gefängnis holen würde. Eisenberg schrieb durch seine Sekretärin zurück und unterschrieb seine Briefe oft mit ›Liebe und Küsse‹. Er schickte ihren Eltern und Fred Dutzende von Rechnungen. Er führte detaillierte Listen über zurückgelegte Entfernungen, Besprechungen, zu denen oft Mahlzeiten gehörten, Reisezeit und -kosten und Telefongespräche. Die Kosten waren atemberaubend, und als Laurie Kopien der Rechnungen erhielt, fragte sie sich, wie, um alles in der Welt, sie das bezahlen sollten. Eisenberg hatte bereits dreißigtausend Dollar erhalten, und Laurie Bembenek war noch immer im Gefängnis.

Ein Brief, den Laurie drei Wochen nach ihrer Einlieferung in Taycheedah schrieb, war eine interessante Mischung aus Sarkasmus, Hoffnung und Mutlosigkeit.

Montag, 22. 3. 1982

Lieber Don,
*ich sah den Artikel im gestrigen Milwaukee Urinal (*Milwaukee Journal*) über Sie – Sie schillernder Teufel! Es war ein ziemlich unzutreffender Artikel, aber ich nehme an, er hätte schlimmer sein können. Es macht mir Spaß, wie Sie präzise zitiert wurden, als Sie sagten, Sandy würde Sie ›umbringen‹, wüßte sie, daß Sie stolz Fotos von ihr in ihrem Bunny-Kostüm zeigen. War das Absicht? Alle meine Angehörigen und Freunde haben sich sofort darauf gestürzt – als wäre es ein typisches Beispiel, wie unmöglich es ist, Sarkasmus zu zitieren. Das war auch ein gutes Bild von Ihnen.*

Gestern hatten sie eine ziemliche Scheiße im Journal. *Ein Reporter beschrieb Taycheedah. Die hatten die unglaubliche Frechheit, es als Country-Club zu bezeichnen, auch als Privatcollege und Ferienhotel! Natürlich hat ein Haufen Idioten dem* Journal *geschrieben und sich darüber beklagt, daß ihre Steuergelder uns Mördern und bewaffneten Räubern eine so luxuriöse Umgebung ermöglichen! Ein paar Mädchen schrieben, sie würden mit Arbeit ihr Studium an der Marquette University verdienen, und sie fragten spöttisch an, wie sie einen Schlafsaal hier in Taycheedah mieten könnten, um ohne Schulgeld studieren zu können. Die ganze Sache hat mich WIRKLICH sauer gemacht! Es erstaunt mich immer wieder, wie das* Journal *ständig alles über mich falsch interpretiert! Na ja. Es gab auch einige gute Briefe von Leuten, die Skwierawskis Vorurteil gegen Frauen erkannten. Ein Mädchen, das einmal seine Gerichtsschreiberin war, wollte eine Petition in Gang bringen, um ihn seines Amtes zu entheben. Wie ich mir das wünschen würde! Ich frage mich, was seine Mutter ihm angetan hat.*

Ich sagte Fred, er sollte Ihnen einen Brief von Horenberger schicken – ein wenig saure Trauben, würde ich sagen. Wer würde, sofern er seinen gesunden Menschenverstand beisammen hat, mitten im Strom die Pferde wechseln? Wir müssen diese Berufung gewinnen! Nichts war fair! Absolut nichts! Es ist nicht richtig, wenn wir einen Beweis für Meineid haben und ihn nicht verwenden dürfen! Ich hoffe, daß es dem nächsten Richter klar sein wird, daß Skwierawski alles getan hat, was in seiner Macht stand, um einen fairen Prozeß zu verhindern. Wir müssen die Sache mit der Waffe stärker betonen – Zugang, Identifizierung etc., weil mich die Geschworenen offensichtlich aufgrund dieser Sache verurteilten – trotz der offensichtlichen Erklärung! Ich weiß, daß alle diese Frauen nichts taugten!

Ein Mann namens Clay Lampe aus Waupun hat mir geschrieben, und ich gebe die Information sicherheitshalber an Sie weiter. Er kennt und haßt Tom und Judy, und er meint, er erzählt mir etwas Neues, wenn er nur Horenbergers Geschichte wiederholt, nur mit ein paar Namen. Ich schicke Ihnen, was er an mich geschrieben hat. Der erste Brief, den er mir schrieb, erklärte, daß mein Mann Freddy ihm einmal vor langer Zeit eine Chance gegeben hat. Das einzige, was an seinen Behauptungen nicht stimmt, ist, daß er mich kennengelernt hat, aber ich denke, er könnte mich mit Judys anderer Freundin Laurie verwechseln, die auch blond ist.

Was für einen Sinn hat ein Gesetz gegen Meineid, wenn man ihn ohnedies nicht beweisen kann?

Bedeutet eine Berufung einen völlig neuen Prozeß, ganz von vorne, vor neuen Geschworenen und vor einem neuen Richter?

Hey! Was sagen Sie dazu, was mit dieser Type vom Sicherheitsdienst des Boston Store passiert ist, die als Überraschungszeugin gegen mich ausgesagt hat? Ha! Sie wurde gefeuert! Dieser andere Sicherheitsmann, Scott, war supersauer auf sie und nannte sie eine Lügnerin – er sagte, ich hätte nie unter Verdacht gestanden.

Meine Cousine Maria Bembenek sagte auch, ihre Freundin, der der Perückenladen gehört, hätte erst begonnen, nach mir zu fragen, nachdem sie meinen Namen in der Zeitung gesehen hatte. Sie hätte sich niemals gemeldet, aber ein Cop, der dienstfrei hatte, war in ihrem Laden (am Abend, bevor sie vorgeladen wurde) und hörte, wie sie über mich klatschte, und verständigte die Behörden.

Ich richte mich hier viel besser ein, seit ich meine Familie sehen konnte, und darf meine Zelle für die Mahlzeiten verlassen und wenn ich in die Bibliothek will und so weiter, aber ich hasse es noch immer, hier zu sein. Nach dreißig Tagen werde ich entweder einem Arbeitsprogramm oder dem Unterricht zugeteilt werden, so daß mich das hoffentlich viel mehr beschäftigt und die Zeit schneller vergeht. Es ist die Langeweile, die so bedrückend wirkt.

Meine Eltern mußten zurück nach Oregon, um ihre Sachen zu holen und sie wieder nach Milwaukee zu bringen. Sie hatten ein paar Sachen in einem Stahlfach.

Barbara Hoffman (eine verurteilte Mörderin und ehemalige Klientin von Eisenberg) wurde zur Strafe eingeschlossen. Ich frage mich, was passiert ist. Ich habe sie nicht mehr gesehen, seit Sie mich mit ihr bekanntgemacht haben.

Sobald ich ein paar Briefmarken bekommen kann, schicke ich diesen Brief los.

In Liebe,
Bambi

P.S.: Ich wurde einer Reihe von Tests unterzogen, aber ich habe immer die Pyramide in das runde Loch gesteckt! Ha!!!

Im April, einen Monat nach ihrer Einlieferung ins Gefängnis, wurde Laurie eine Zellengefährtin zugeteilt, und sie wurde in die Hochsicherheitseinheit in der Neprud-Unterkunft verlegt. Ihre Zellengefährtin Laura war nicht lesbisch. Sie war zu drei Jahren wegen Diebstahls und Betrugs verurteilt worden, weil sie einem Arbeitgeber Geld gestohlen hatte. Die Frauen entdeckten, daß sie in derselben Nachbarschaft aufgewachsen waren. Ihre Zelle maß 2,40 x 4,20 Meter und hatte eine Toilette. Ein Gefängnisluxus, der den Insassen verschafft worden war, weil eine Gruppe von Frauen eine Klage gegen den Staat erhoben hatte.

Von Lauries Fenster hatte man einen Ausblick auf zwei Apfelbäume, und weil ihre Zelle direkt über der Küche lag, war der Raum oft mit Dunst erfüllt.

Wächter führten auch stichprobenartige Überprüfungen der Zellen auf Schmuggelgut durch. Laurie und Laura kamen manchmal vom Mittagessen zurück und fanden ihren ganzen Raum auseinandergenommen – die Stifte zerbrochen, die Kleidungsstücke überall auf dem Fußboden verstreut.

Als Laurie endlich vor der Programmzuteilungskommission erschien und Aufnahme in ein zweijähriges Schulungsprogramm erbat, wurde ihr Ansinnen zurückgewiesen. »Aufgrund Ihres Urteils sind Sie keine geeignete Kandidatin für Rehabilitation durch Ausbildung«, wurde ihr erklärt.

Die Kommissionsmitglieder meinten, es erscheine sinnlos, wenn sie zwei Jahre lang die Schule mitmachte und dann ›zehn Jahre lang herumsaß‹, weil sie erst 1993 für eine bedingte Haftentlassung in Frage kam. Eher sollte sie der Arbeit in der Gefängnisküche oder der Wäscherei oder dem Reinigungsdienst zugeteilt werden. Laurie kam in die Küche, wo sie Töpfe putzte und Kartoffeln schälte. Sie hatte das Gefühl, daß die Zuständigen für das Gefängnis nicht wollten, jemand könnte meinen, sie würde eine Sonderbehandlung erhalten.

Laurie erhielt fünfzehn Cent die Stunde und arbeitete von fünf Uhr morgens bis ein Uhr mittags, und das täglich.

Ende Mai lagen Laurie und Laura eines Abends wach in ihren Stockbetten und redeten. Es war dunkel, und sie hatten das Fenster ein paar Zentimeter weit geöffnet, um frische Luft hereinzulassen.

»Es war ganz seltsam«, sagte Laurie. »Heute habe ich die Kartoffeln über einer Zeitung geschält, und der Geruch hat mich plötzlich so sehr an zu Hause erinnert. Passiert dir das auch?«

»Natürlich«, sagte Laura. »Mir fehlen die einfachen Dinge so sehr. Zum Beispiel, ans Telefon gehen zu können.«

»Auto zu fahren.«

»Einen Kühlschrank zu plündern!«

»Oder abends draußen zu sitzen«, sagte Laurie. »Ich saß gern an einem duftenden Sommerabend auf der Veranda vorne ... Flieder ... die Windglocken, die im Wind singen ... die Grillen ...«

»Oder das Gefühl von Geld in deiner Hand!«

»Worüber sprechen wir denn eigentlich, Laura?«

»Was?«

»Was ist denn das Wichtigste, das uns fehlt? Und sag nicht Männer!«

»Was denn?«

»Warum sagt keine von uns, daß uns die Privatsphäre fehlt? Unsere Liebesbriefe werden gelesen, jede unserer Bewegungen muß genehmigt werden! Unser Eigentum und sogar unsere Körper stehen jeder Inspektion offen und jeder Durchsuchung – mein Gott! Eine Welt ohne Leibesvisitation am nackten Körper, ohne plärrende Walkie-talkies und ohne die schweren Schritte von Wärtern und die stündlichen Lichtstrahlen in unseren Augen bei Nacht!«

»Du hast recht«, sagte Laura.

»Privatsphäre!« rief Laurie. »Ich könnte es von den Dächern schreien. Privatsphäre ist es, was uns am meisten fehlt!«

Flagge zeigen

Sobald sie im Gefängnis war, verschwand rasch, was von Lauries Beziehung mit Fred noch übrig war. Fred gab verschiedenen Reportern Interviews und erklärte ihnen, wie sehr er Lawrencia Bembenek noch immer liebte und daß er für immer auf sie warten würde. *Für immer* bedeutete für Fred Schultz offenbar drei Monate.

Lauries Freunde deuteten an, daß Fred wie ein hingebungsvoller Ehemann wirken mochte, sich aber mit anderen Frauen traf. Laurie wollte jedoch nicht glauben, was man ihr sagte. Als ihre Eltern sich jedoch weigerten, sie im Gefängnis zu besuchen, wenn Fred da war, wußte Laurie, daß etwas vor sich ging.

Ihre Mutter erzählte ihr endlich, daß Fred enorm viel Geld ausgab und die ganze Nacht wegblieb – mit dem Wagen seiner Schwiegereltern. Laurie hatte beschlossen, Gefängniskleidung zu tragen anstelle ihrer eigenen Kleidung, damit sie und Fred Geld für Anwaltskosten sparen konnten. Dann erzählte ihre Mutter, Fred hätte Stereolautsprecher gekauft und Briefpapier mit seinem Briefkopf und alle mögliche Kleidung.

Ihr Vater war direkter. Er arbeitete mit Fred und meinte, er wisse nicht, wie lange er das noch durchhalten würde. »Dieser Kerl will nicht arbeiten«, behauptete ihr Vater während eines Besuchs. »Er treibt mich zum Wahnsinn. Wir vereinbaren, mit einer Arbeit um acht anzufangen. Also stehe ich auf, dusche und ziehe mich an, während Fred frühstückt. Dann fängt er mit der Morgenzeitung an, und ich gehe aus dem Haus und fange an, den Lieferwagen zu beladen.«

Zwei Stunden später wäre Fred noch immer nicht bereit zu arbeiten.

»Meistens zeigt er sich bei der Arbeit um zwei, und der Tag ist bereits gelaufen. Ich will ihn ja nicht beleidigen, aber ich mache diese Arbeit schon seit fünfunddreißig Jahren. Ich habe versucht, mit ihm zu reden, aber es nützt nichts.«

Lauries Mutter meinte, sie glaube nicht, es noch lange mit

ihm aushalten zu können. »Er ist ein Manipulierer. Sage ich Fred etwas mehr als einmal, verhält er sich seltsam. Er nimmt es mir übel, und dann weigert er sich, es zu machen.«

Ihr Vater behauptete, jetzt, da Laurie fort sei, wäre Fred ein anderer. Jetzt könnten sie verstehen, wie Fred sie, Laurie, so lange Zeit zum Narren gehalten habe. Anfangs hätten sie ihn gemocht, aber jetzt könnten sie seinen Anblick nicht mehr ertragen.

»Immerhin«, sagte Mrs. Bembenek, »wenn du Fred nie kennengelernt hättest, wärst du jetzt nicht im Gefängnis.«

Trotz seines unpassenden Verhaltens schickte Fred am 19. April 1982 einen Brief an Eisenberg, in dem er seine Liebe zu Laurie bekräftigte und Eisenberg bat, den wahren Mörder von Christine Schultz zu finden. Fred dankte Eisenberg für seine Freundschaft und Hartnäckigkeit. Er nannte sich auch selbst ›einen ziemlich schlichten Mann‹, dessen Hauptinteresse darin bestand, eine Frau zu lieben und den Rest seines Lebens mit ihr zu verbringen. Fred sagte, er wolle nicht reich oder berühmt sein, obwohl er ganz gern mehr Geld hätte. Er versprach auch, alles zu geben oder zu tun, um Laurie zu befreien.

Weiter führte Fred in dem Brief aus: »Es wird täglich schwerer und schwerer, ohne Bambi zu leben.« Obwohl er kein tief religiöser Mensch wäre, bete er oft zu Gott und bitte um Verzeihung der vielen Fehler in seinem Leben. Er liebte Bambi dermaßen, daß er elf Jahre warten konnte, bis sie für eine bedingte Strafaussetzung in Frage kam, aber er wisse nicht, ob Bambi mit all diesen Jahren im Gefängnis fertig wurde.

Fred beendete seinen Brief mit der Bitte, Eisenberg solle ihn anrufen, wenn er in Milwaukee war, damit sie beide ›ein wenig auf den Putz hauen‹ konnten. Sein letzter Satz lautete: ›Verdammt! Schnappen Sie diese Bastarde!‹

Als Fred zu Besuch kam, konfrontierte Laurie ihn mit den Dingen, die sie von ihren Angehörigen und Freunden gehört hatte. Fred behauptete, er könne ihr nicht einmal Geld für Shampoo und Briefmarken schicken. Als sie ihn bat, einen Abzug von einem Foto machen zu lassen, das sie beide zusammen zeigte, erklärte er Woche um Woche, er habe es vergessen.

Laurie hatte auch erfahren, daß Fred für gewaltige Telefonrechnungen sorgte, indem er mit Florida telefonierte, und daß er sein ganzes Zimmermannsholz vom Konto ihres Vaters bezahlen ließ. Als Laurie ihn nach den Rechnungen und den persönlichen Gegenständen fragte, die er kaufte, wurde er sehr zornig. »Ich brauche gelegentlich etwas für mich«, erklärte er ihr. »Ich muß an mich denken. Immerhin bin ich ebenfalls in einem Gefängnis.«

Laurie konnte sich kaum dazu bringen, ihn anzusehen. Er hatte kostspielige Dinner und Kleidung von ihrem VISA-Konto bezahlt, und sie bekam die Rechnungen ins Gefängnis.

»Sag nie wieder etwas so Dummes zu mir«, erwiderte sie. »Du hast mir soeben erzählt, du wärst diese Woche mit deinem Kumpel George Marks beim Wasserski gewesen, du wärst zu einer Geburtstagsparty und in einen Nachtclub gegangen, und du besitzt die Frechheit, mir zu sagen, du wärst ebenfalls im Gefängnis? Ich wünschte bei Gott, ich wäre in einem solchen Gefängnis wie du!«

Mehrere Freunde hatten Laurie auch erzählt, Fred wäre in Milwaukee mit einer jungen Frau von achtzehn Jahren gesehen worden, die im Zentrum in einem Billigmarkt arbeitete und ›wie Lady Diana‹ aussah. Als er zu Besuch kam und Laurie ein neues goldenes Armband an seinem Handgelenk sah, erklärte er, es wäre ›ein Geschenk‹ gewesen.

Als Fred in der ersten Juniwoche Laurie besuchte, war er still. Er blickte zu Boden, als er ihr sagte, er würde nach Florida ziehen und versuchen, einen Job bei der Polizei von Miami zu bekommen. Bis dahin wollte er im Baugeschäft arbeiten.

»Was ist mit deinen Kindern?« fragte Laurie.

»Ich beantrage einfach eine Verlängerung der gemeinsamen Vormundschaft und kümmere mich später darum«, sagte er.

Laurie war tatsächlich erleichtert, als er von dem Umzug erzählte. Er wollte ihr Wasserbett, seine Kleider, einen Koffer und den Hund mitnehmen. Ihre Eltern versuchten, ihn aufzuhalten, aber er schaffte es, viel von Lauries persönlichem Eigentum wegzuschaffen.

Kurz vor seiner Abreise sprach Fred mit einem Reporter des *Milwaukee Sentinel*. Er verriet nicht, wohin in Florida er zog. Laurie hatte nicht einmal seine Adresse.

»Ich hoffe, daß die Polizei erkennt, was für ein guter Polizist ich bin, ungeachtet dessen, wer meine Frau ist«, sagte er. »Ich werde für eine Weile als Einsiedler leben.« Fred meinte auch, er müsse mit seinem Leben weitermachen, »nicht nur meinetwegen, sondern auch um unseretwegen.«

Als Fred sich endlich von Florida aus mit Laurie in Verbindung setzte, berichtete er, daß er seine Zeit mit Schwimmen und Tennis verbringen würde. Er sagte, sein Job, für den er sich beworben hatte, wäre ins Wasser gefallen, und er würde sich schrecklich langweilen, und das Geld würde ihm ausgehen.

In der folgenden Woche tauchte er während der Besuchszeit auf, Laurie starrte ihn bloß an, als er auf sie zukam. Fred trug ein rotes Muskelshirt und knappe rote Satinshorts. Er war gebräunt, und er hatte seine Haare wachsen lassen. Er meinte, er wäre heimgeflogen. Laurie wunderte sich, woher er das Geld hatte.

»Wäre ich in Florida geblieben, hätte ich genausoviel Geld ausgegeben«, sagte er.

»Wie rechnest du denn?«

»Mit Essen und Benzin.«

»Du hättest dreihundert Dollar für Essen und Benzin ausgegeben?«

»Ich habe meiner Mutter bei der Ankunft hundert Dollar abgeluchst. Also habe ich in Wirklichkeit nur zweihundert Dollar ausgegeben. Außerdem habe ich Jobs gefunden, die Ende der Woche auf mich warten.«

Laurie fragte sich, wieso er nicht einfach in Florida blieb und arbeitete. Sie fragte sich auch, ob ihre Eltern überhaupt wußten, daß er in der Stadt war.

»Das ist Geldverschwendung«, sagte Laurie.

»Ich glaube, du liebst mich nicht mehr.«

»Ich schreibe dir jeden Tag. Ist das nicht genug?«

»Es geht um die Qualität, nicht um die Quantität.«

»Du meinst den Kontext?«

»Hör auf, bei mir große Worte zu benutzen«, schrie Fred. »Ich bin kein kleines Kind.«

»Wovon sprichst du? Ich schreibe dir jeden Tag in meiner Pause. Und du bist noch immer nicht zufrieden. Was willst du? Ein Sonett?«

»Werde nicht sarkastisch. Du scherst dich einen Dreck!«

»Du bist unsicher und verlangst eine Menge.«

»Spar dir eine so billige Ausrede.«

»Das ist keine Ausrede. Ich weiß einfach nicht, was du von mir willst.«

»Es ist hart da draußen ohne dich«, sagte Fred. Dann meinte er, wenn er sie nicht liebte, hätte er sich an dem Tag ihrer Anklage von ihr scheiden lassen. »Manchmal bringst du mich dazu, mich so zu fühlen, als würdest du mich nur benutzen, um die Rechnung deines Anwalts zu bezahlen. Ich habe deinetwegen alles verloren, mein Haus, meine Kinder, meinen Job ...«

»Halt den Mund, Fred! Halt einfach den Mund! Hör auf, mir das alles an den Kopf zu werfen! Ich nehme das nicht mehr hin! Meine Eltern haben ihr Haus mit einer Hypothek belasten müssen, um meinen Anwalt zu bezahlen. Ich schulde ihnen dreißigtausend Dollar. Du hast keinen Penny herausgerückt. Also, worüber, zum Teufel, redest du? Als ich dich traf, hattest du schon dein Haus und deine Kinder verloren, und du warst schon dabei, deinen verdammten Job zu verlieren – also hör auf!«

Der Streit ging weiter, bis Fred aufstand und ihr einen Kuß auf die Schläfe gab. »Schade, weil ich dich wirklich so sehr hätte lieben können.«

Er drehte sich um und verließ das Besucherzimmer. Nach drei Tagen rief er an und entschuldigte sich, doch dann ertappte Laurie ihn bei einer anderen Lüge. Sie bat ihn, ihren Eltern etwas Geld zu schicken, weil sie Schwierigkeiten hatten, ihre Telefonrechnungen zu bezahlen. Fred sagte, er hätte kein Geld, obwohl ihr Vater Tausende von Dollars in Schecks gesehen hatte von der Arbeit, die sie zusammen ausgeführt hatten. Fred erzählte Laurie auch, daß er zwölftausend Dollar von einer Lebensversicherung erhalten hatte.

»Was ist mit der Versicherung, von der du mir erzählt hast? Du hast von zwölftausend Dollar gesprochen.«

»Oh, das! Das war ein großer Irrtum. Das war die Police meines Vaters.«

Lauries Eltern erzählten ihr, alle Schecks, die Fred ihnen gegeben hatte, um seine Rechnungen zu bezahlen, wären geplatzt. Laurie fand auch heraus, daß er ihre Unterschrift auf dem Zweitausendfünfhundertdollarscheck ihrer Einkommensteuerrückerstattung gefälscht hatte.

Im Juli 1982, nur fünf Monate nach ihrer Einlieferung ins Gefängnis, erhielt sie von ihrem Mann einen aus vier Wörtern bestehenden Brief.

»Viel Glück. Leb wohl.«

Laurie sollte nie wieder von ihm hören oder ihn wiedersehen. Aber gelegentlich tauchte er später in Milwaukee auf, ohne seine Söhne oder seine Familienmitglieder anzurufen. Laurie schrieb an Eisenberg und fragte ihn, was sie tun müßte, um sich scheiden zu lassen.

Eisenberg riet ihr, eine Weile zu warten. Er meinte, es würde besser aussehen, wenn die Scheidung nach ihrer Berufung erfolgte. Fred selbst beantragte die Scheidung nicht.

Im Juli reichte Eisenberg beim Berufungsgericht des Staates eine Berufung gegen das Urteil ein. Eisenberg gab an, Richter Michael J. Skwierawski hätte keine neutrale Haltung bewahrt und im Prozeß wiederholt den Ankläger unterstützt. Der Ankläger Robert Kramer hätte ›die Grenzen zulässigen Verhaltens‹ überschritten, indem er in der Verhandlung auf Fakten anspielte, die nicht zum Beweis anstanden. Beim Prozeß wären unrechtmäßige Beweismittel zugelassen worden. Die Verurteilung wegen Mordes sollte aufgehoben werden. Laurie war optimistisch. Sie glaubte noch immer alles, was Donald Eisenberg ihr erzählte. Sie hatte sonst nichts, woran sie sich halten konnte, und niemanden, dem sie glauben konnte. Die Vorstellung, freigelassen zu werden, half ihr von einem Tag zum nächsten.

Im Oktober schrieb sie Eisenberg einen Brief, weil sie bereit war, sich von Fred scheiden zu lassen. Ihre Freunde hatten Fred in Milwaukee mit seiner jungen Freundin getroffen. Er erzählte ihnen, er würde nicht versuchen, die Vormundschaft für seine Kinder zu erhalten. Er würde sie besuchen, wann immer er konnte. Sie schrieb Eisenberg auch, Fred sollte im Gefängnis sein, nicht sie.

»Ich will eine Scheidung, aber Sie sagen, daß ich bis nach meiner Berufung warten muß – und in der Zwischenzeit benützt er meine Kreditkarten, um ihr Abendessen und Kleider zu kaufen!« schrieb sie. »Und er wäscht sich rein bei meinen Freunden und bei anderen, indem er behauptet, ich hätte sein Leben ruiniert! Ich wünschte, ich könnte noch einmal mit dieser Radiostation sprechen und der ganzen Welt erzählen, was er mir antut! Was kann ich tun? Ich habe immer Ihren Rat befolgt. Ich fühle mich so hilflos, während er da draußen herumkurvt und mir Feinde macht. Aber ich glaube, die Mehrzahl der Leute verdächtigt ohnehin weiterhin ihn und nicht mich. Was kann ich tun? Kann ich ihn nicht wegen Ehebruchs verklagen oder so etwas? Ich bin so verletzt und frustriert. Ich wünschte, er wäre hier an meiner Stelle. Er sollte es sein!«

Im Oktober wurde Laurie, nachdem sie wiederholt Anträge bei der Gefängnisaufsicht gestellt hatte, in ein zweijähriges Kunstprogramm aufgenommen, das von einer örtlichen Universität durchgeführt wurde. Sie war die erste Lebenslängliche in Taycheedah, die Collegekurse belegen durfte. Sie verbrachte auch Stunden in der Gefängnisbibliothek und schlug die Antworten auf alle ihre juristischen Fragen nach.

Laurie wurde in eine Zone mit mittlerer Sicherheitsstufe im Gefängnis verlegt und begann mit den Kursen. Sie wurde auch verschiedenen Gefängnisarbeiten zugeteilt. Sie machte sauber, arbeitete weiterhin in der Küche und versuchte, nicht daran zu denken, daß sie vielleicht die nächsten zehn oder zwanzig Jahre in einem Gefängnis verbringen mußte für ein Verbrechen, das sie nicht begangen hatte.

Ein Gefühl von Ungerechtigkeit

Während der zweiten Woche des Februar 1983 bestätigte das Berufungsgericht von Wisconsin Lawrencia Bembeneks Verurteilung wegen Mordes. Das Gericht entschied, die Vorverhandlung und die Hauptverhandlung wären rechtmäßig durchgeführt worden. Das Gericht erklärte auch, daß die Durchsuchung von Lauries Spind in der Marquette University nach ihrer Verhaftung nicht gegen die Verfassung verstieß.

Laurie war von den Neuigkeiten am Boden zerstört. Eisenberg hatte ihr versichert, sie würde eine Berufung gewinnen und einen neuen Prozeß bekommen. Sie hatte in der Hoffnung gelebt, aus dem Gefängnis entlassen zu werden. Doch Donald Eisenbergs Versprechen hatte sich nicht erfüllt.

Das Leben in Taycheedah war für Laurie eine emotionale Achterbahn, und die Nachricht von ihrer verlorenen Berufung machte alles nur noch schlimmer. Ihre endlosen Tage und Nächte besaßen keine Zukunft. Sie sagte sich immer und immer wieder, daß nichts von alledem passiert wäre, hätte sie Fred Schultz nie kennengelernt und geheiratet.

Als Fred in Florida die Nachricht über Lauries Berufung erreichte, ergriff er die Gelegenheit, der Welt zu sagen, daß Laurie genau da war, wo sie sein sollte. Nachdem er seine Liebe und Loyalität für sie beteuert hatte, hatte Fred Schultz plötzlich seine Ansicht geändert. Fred sagte, er habe endlich ›zwei und zwei zusammengezählt‹ und erkannt, daß es wirklich Laurie Bembenek war, die Christine Schultz getötet hatte.

»Sie hat einen Menschen ermordet, den ich liebte und noch ein klein wenig liebe und wahrscheinlich immer lieben werde, und sie versuchte, einen meiner Söhne zu erdrosseln«, sagte er.

Als Fred eine Radiostation in Milwaukee nach der Ablehnung der Berufung anrief, sagte er, Laurie hätte den Mord nie wirklich gestanden, jedoch vor und nach ihrer Verhaftung gewisse Dinge angedeutet. Als der Radiosprecher Schultz fragte, ob er eine junge Freundin habe, lachte er, und später sagte er, nun ja, vielleicht hätte es da ein paar neunzehn Jahre alte Mädchen in ein oder zwei Kneipen gegeben, die er aufsuchte, wenn er in Milwaukee war.

Fred erzählte dem Rundfunksprecher, er wäre pleite und würde in einem Apartment ohne Radio, Fernseher oder Möbel wohnen. Er sagte, er hätte einen Job als Vorarbeiter bei einer Baufirma.

Laurie gestand ihrer Mutter, daß sie sich von Elfred Schultz scheiden lassen wollte. Sie fragte sich, ob Fred vielleicht mehr über den Mord wußte, als er gesagt hatte. Sie begann auch, die Fähigkeiten ihres Scheidungsanwalts anzuzweifeln.

»Wenn Fred etwas mit dem Mord zu tun hatte und mit Eisenberg an meiner Verteidigung zusammenarbeitete, wer soll dann wissen, was verborgen, was vertuscht wurde«, sagte sie ihrer Mutter.

Laurie fand es an der Zeit, selbst weitere juristische Nachforschungen anzustellen. Berufungen und alles, was mit dem Strafgerichtssystem zu tun hatte, schienen ewig zu dauern. Nachdem sie im März 1983 ihren Fall in der Gefängnisbibliothek durchgearbeitet hatte, schickte sie Eisenberg eine Liste von Fragen, auf die sie so bald wie möglich eine Antwort haben wollte.

Laurie wollte wissen, warum er während der Vorverhandlungen einige wichtige Zeugen nicht aufgerufen hatte. Sie wollte wissen, warum Eisenberg nicht Freds zwölftausend Dollar aus der Lebensversicherung überprüfte, warum Horenberger nicht benützt worden war, um den Meineid von Judy Zess aufzudecken, und ob jemand wirklich Freds Alibi in der Mordnacht überprüft hatte. Sie sorgte sich auch darum, daß sie etwas von ihrem Geld von Fred zurückbekam. Laurie hatte außerdem gehört, daß Fred bei Eisenberg angerufen hatte. Sie wollte wissen, was da vor sich ging.

Während Laurie auf Eisenbergs Antworten wartete, machte sie mit ihren Kursen weiter, schrieb Gedichte, fertigte Zeichnungen für die Wände des Besucherraums an und beantwortete ihre Post. Milwaukee hatte die Expolizistin nicht vergessen, die die besten Jahre ihres Lebens in einem Staatsgefängnis verlor. Wann immer es Nachrichten über ihren Fall im Fernsehen oder in den Zeitungen gab, erhielt Laurie eine Flut von Post, die ihre Unschuldsbeteuerungen unterstützte. Kleine Spenden für ihren Verteidigungsfonds tröpfelten noch immer herein, und sie erhielt nach wie vor jede Woche Dutzende Briefe aus dem ganzen Land von Leuten, die von ihrem Fall gehört hatten.

Viele dieser Leute schrieben auch an Staatsanwalt E. Michael McCann, um Lawrencia Bembenek zu unterstützen. Viele Briefe kamen von durchschnittlichen Bürgern, die sich Sorgen über das Justizsystem machten. Sie erklärten McCann: »Wenn ihr das zustoßen konnte, wer sagt, daß es mir nicht zustoßen könnte?«

Am 20. April 1983 schrieb Lauries Mutter an Don Eisenberg, um ihm mitzuteilen, wie enttäuscht mittlerweile alle über seine Arbeit waren. Die Bembeneks waren emotional und finanziell ruiniert. Mrs. Bembenek schrieb Eisenberg, daß alles zu lange dauerte. Es wäre nahezu unmöglich, sich mit ihm in Verbindung zu setzen, und es würde Tage dauern, bis er ihre Anrufe beantwortete.

»Wir sind jedesmal zerrissen, wenn wir Laurie sehen«, schrieb sie. »Unter der äußeren Schale von Haltung und Selbstsicherheit ist sie sanft, sensibel und verletzbar.« Laurie würde an ihn so vollständig glauben, als könne er ›über Wasser gehen‹. Mrs. Bembenek flehte ihn an, etwas zu unternehmen, weil sie nicht glaubte, daß ihre Tochter es noch zehn Jahre im Gefängnis aushalten würde. »Wir müssen doch jetzt noch mehr tun können als bisher!«

Zwei Monate nach der Abweisung durch das Berufungsgericht erhielt Laurie die Nachricht, daß der Oberste Gerichtshof des Staates sich geweigert hatte, ihr Urteil zu überprüfen, und nicht einmal einen Kommentar zu ihrem Fall geben wollte, doch es war nicht Eisenberg, der sie anrief, um es ihr zu sagen. Die schlimme Nachricht kam von jemandem im Gefängnis.

Wenige Tage nach der letzten Abweisung bestand Laurie den Streß-Analyse-Test, um den Eisenberg sie gebeten hatte. Eisenberg wußte, daß die Ergebnisse eines Lügendetektortests nicht vor den Gerichten der Vereinigten Staaten zugelassen waren, aber er meinte, eine Streßanalyse könnte akzeptabel sein. Der Test ist ähnlich wie ein Lügendetektortest, aber der Testauswerter benützt Stimmenklang, um seine Schlüsse zu ziehen. Ein ausgebildeter Testauswerter, den Eisenberg engagiert hatte, fragte Laurie, ob sie Christine Schultz getötet hätte oder irgend etwas über den Mord wüßte.

Die Testergebnisse zeigten, daß sie die Wahrheit sagte. Laurie hatte zwei Berufungsanträge verloren, aber sie konnte sich noch immer an den Obersten Gerichtshof der Vereinigten Staaten wenden, wenn ein juristisches Problem in ihrem Prozeß die Aufmerksamkeit dieses Gerichtshofs verdiente.

Sie informierte Eisenberg, daß Freunde von ihr im Boston Store Judy Zess und Tom Gaertner gesehen hatten.

»Das bedeutet, daß Tom bereits bedingte Strafaussetzung erhalten hat und daß der angebliche Handel mit der Staatsanwaltschaft funktioniert hat, und ich sitze hier«, schrieb sie Eisenberg in einem Brief.

Im nächsten Monat schrieb Laurie erneut an Eisenberg und teilte ihm mit, daß sie sich um die Erlaubnis bemühte, im Sommer bei einer Reparatureinheit im Freien arbeiten zu dürfen. Wenn sie etwas frische Luft bekam und im Freien war, würde sie vielleicht nicht ständig deprimiert sein.

Laurie schrieb, ihr Gefängnispsychologe habe ihr geraten, sich keine zu großen Hoffnungen zu machen. Das Gefängnis habe einen Brief von jemandem beim Milwaukee County erhalten, demzufolge Laurie höchstwahrscheinlich ein Sicherheitsrisiko wäre, weil ihre Berufung abgelehnt worden war. Sie war sicher, daß Fred etwas mit dem Brief zu tun hatte, und wollte, daß Eisenberg herausfand, ob jemand von außerhalb in der Lage war, ihre Beweglichkeit im Gefängnis einzuschränken.

Eisenbergs nächste Idee war, mit allem, was er seit Ende des Prozesses über den Fall erarbeitet hatte, an E. Michael McCann heranzutreten. Laut Eisenberg war McCann ›ein sehr ernsthafter, professioneller und nachdenklicher Ankläger‹, der schrecklich besorgt war, ein unschuldiger Mensch könnte wegen eines Verbrechens verurteilt werden.

Bei seinem Treffen mit Eisenberg versprach McCann, er würde einen Ermittler damit beauftragen, sich jeden neuen Beweis und jede neue Behauptung anzusehen. Doch Eisenberg erhielt nichts Schriftliches. Er hatte nur McCanns Wort. Bill Watson, Eisenbergs Ermittler, verfolgte weiterhin Spuren, die neue Beweise in dem Fall versprachen. Als er mit Elaine Samuels sprach, der Gerichtsmedizinerin, die in Lauries Prozeß ausgesagt hatte, berichtete er hinterher Eisenberg aufgeregt, sie habe Informationen, die den Fall aufbrechen könnten. Sie schrieb am 10. August 1983 eine drei Seiten lange eidesstattliche Erklärung, von der alle annahmen, sie würde Lawrencia Bembenek aus dem Gefängnis helfen.

In der Erklärung sagte Elaine Samuels aus, gewisse Unregelmäßigkeiten in der Morduntersuchung Christine Schultz hätten sie gestört. Das Büro des Gerichtsmediziners war erst zwei Stunden nach dem Mord an den Tatort gerufen worden, und als der Gerichtsmediziner eintraf, war die Leiche in Plastik gewickelt gewesen, was nicht hätte passieren dürfen. Als die Leiche eingewickelt wurde, waren Christines Hände zum Teil von den Fesseln befreit worden. Möglicherweise waren Beweise zerstört worden.

Als Elaine Samuels anrief und für die Autopsie einen Zeugen der Polizei anforderte, entschied die Polizei von Milwaukee, niemanden zu schicken. »Das ist bisher noch nicht vorgekommen«, schrieb sie. Während der ohne Zeugen stattfindenden Autopsie stellte sie viele braune Haare zusammen mit einer Menge Textilfasern sicher, jedoch keine blonden oder roten Haare. Alle sichergestellten Haare wären mit Christine Schultz' Haaren identisch gewesen. Elaine Samuels erklärte, während Lauries Prozeß habe sie das Gefühl gehabt, daß Staatsanwalt McCann ihr die belastenden blonden Haare zuschrieb. Das wäre jedoch eine irreführende Information gewesen.

»Ich finde keine logische Erklärung dafür, daß ein blondes Haar auf geheimnisvolle Weise in einem Umschlag auftauchte, der kein solches Haar zu dem Zeitpunkt enthielt, zu dem ich ihn versiegelte«, schrieb Elaine Samuels.

Sie hatte im Lauf der Jahre in dreihundertfünfzig anderen Mordprozessen ausgesagt. Sie meinte, sie habe schon andere Schuldsprüche in Frage gestellt, aber noch nie solche Zweifel gehabt wie bei Laurie Bembeneks Verurteilung. »Ich weiß nicht, wer es getan hat, aber ich glaube, es war ein anderer. Das habe ich die ganze Zeit geglaubt.«

Als die Nachricht von Samuels' eidesstattlicher Erklärung in die Zeitungen kam, erklärten verärgerte Bürger, sie wollten, daß etwas passierte. Mehr als sechzehnhundert Menschen unterschrieben eine Petition, in der McCann gebeten wurde, den Bembenek-Fall wieder zu eröffnen. Die Petition wurde von Lauries Familie und engen Freunden aufgesetzt und an Straßenecken, in Lebensmittelläden und von Tür zu Tür herumgereicht.

McCann, der sich zu diesem Zeitpunkt eifrig um ein öffentliches Amt bemühte, erklärte, die Wiedereröffnung des Falles würde nicht an vorderer Stelle stehen, aber er würde sich so bald wie möglich um die Sache kümmern. Er meinte, der Fall wäre von tüchtigen Juristen fair verhandelt worden.

Im September beschloß Laurie, selbst McCann zu fragen, warum in dem Fall nichts passierte. Ihr aus drei eng beschriebenen Seiten bestehender Brief war voll von Fragen und persönlichen Gefühlen über den Fall. Laurie schrieb, die Verhandlung wäre von Anfang an unfair gewesen, als Richter Skwierawski der Anklage erlaubte, gewisse Beweismittel zu benützen und einen Fall zu präsentieren, der andernfalls nicht zugelassen worden wäre. Die Benützung eines Schwarzweißfotos von ihr in einem Jogginganzug als Beweis dafür, daß sie einen grünen Jogginganzug besaß, war ein Beispiel eines Beweises, der nie hätte zugelassen werden dürfen. Die Person, die sie in dem grünen Jogginganzug identifizierte, war nicht der Fotograf, der ihr Bild geschossen hatte, oder der Reporter, der sie interviewt hatte. Es war ein anderer Fotograf, der lediglich auf dem Korridor an ihr vorbeigegangen war.

Während sie auf eine Antwort auf ihren Brief wartete, durfte Laurie ihren Vater besuchen, der ins Krankenhaus für eine Notoperation wegen Magenkrebses eingeliefert worden war. Während er sich davon erholte, besuchte Laurie in Begleitung von mehreren Wärtern ihren Vater und sprach mit ihm einige Stunden lang, bevor sie nach Taycheedah zurückgebracht wurde.

Ein vorzeitiges Weihnachtsgeschenk im Jahr 1983 kam von Judy Zess. In einer neunzigminütigen Aussage, die Eisenberg am 23. Dezember aufnahm, gab Judy Zess zu, daß sie von der Polizei von Milwaukee zu gewissen Aussagen gegen Lawrencia Bembenek gedrängt worden war. Eisenberg setzte sich mit Judy Zess in Verbindung, nachdem Laurie mit der Post einen Cartoon von Judy erhalten hatte. Der Cartoon zeigte die Figur Ziggy, die mit einem Hammer in der Hand neben einem Felsen stand. Judy hatte das Wort DU über Ziggy geschrieben. Sie bot Laurie keine Erklärung für ihre Aussage während des Prozesses an.

Zess erzählte Eisenberg, sie wäre von Detektiven und Polizisten aus Milwaukee unter Druck gesetzt worden, damit sie gewisse Dinge über Laurie sagte. Sie behauptete, viele dieser Dinge wären aus dem Zusammenhang gerissen worden. Die Polizei hätte ihr Informationen versprochen, die ihrem Mann, Tom Gaertner, helfen konnten, der eines Drogenvergehens angeklagt war. Als Gegenleistung verlangte die Polizei Kooperation. Während ihrer Aussage gab Zess an, die Polizei hätte von ihr verwendete Sätze und Redewendungen isoliert und aufgebauscht.

»Lassen Sie mich ein Beispiel bringen«, sagte Judy. »Das bezieht sich mehr auf die Vorverhandlung, als ich befragt wurde. Auf die Frage, ob Laurie meiner Meinung nach einen Scherz machte, als sie davon sprach, Christine Schultz wegpusten zu lassen, wollten sie ein Ja oder ein Nein. Ich durfte nicht sagen, ja, sie machte einen Scherz. Ich wollte sagen, daß sie es vielleicht ein wenig ernst gemeint hat, daß ich auch nicht glaube, daß sie die Frau wirklich umbringen wollte. Dieser Teil wurde weggelassen. Die wollten nur hören ›Nein, ich glaube nicht, daß sie scherzte.‹«

Sie gab an, die meisten Befragungen wären von Lieutenant

Ruscitti durchgeführt worden, und sie habe sich gedrängt gefühlt, Dinge zu sagen wie »Ja, diese Schnur sieht ähnlich aus wie die Schnur, die ich in meiner Küche gesehen habe.« Judy meinte, sie hätte nie sagen dürfen, daß sie gar nicht sicher wissen konnte, ob es die gleiche Wäscheleine war, mit der Christine gefesselt worden war. Man hatte sie dazu gebracht zu glauben, daß das Wort *ähnlich* genau so ist wie *gleich*.

»Das war so wie bei der Identifizierung von Freddys Waffe. Ich wußte, daß es ein 38er Smith & Wesson war mit einem Zwei-Zoll-Lauf, aber sie hätten jeden anderen Smith & Wesson hinlegen können. Es gab keine deutlichen Unterscheidungsmerkmale.« Judy erklärte Eisenberg auch, die Polizei hätte bei den Befragungen nur aufgeschrieben, was sie wollte. Ein Stenograph war nie anwesend, um ihre Gespräche mitzuschreiben.

Sie sagte aus, sie hätte auch nie einen grünen Jogginganzug gesehen. Laurie Bembenek trug nie einen grünen Jogginganzug und hätte auch nie einen besessen.

Laut Judy hatte auch Tom Gaertner Zugang zu dem Apartment auf der zwanzigsten Straße, wo die angebliche Mordwaffe aufbewahrt wurde. Sie hatte einen Schlüsselbund mit einem Schlüssel zu dem Apartment, und Tom hätte ihn benützen oder ›jemandem geben können‹.

Judy gab an, die Polizei hätte ihr gesagt, Laurie wolle ihr den Mord anhängen. Das wäre die alte Polizeitaktik gewesen, die Leute gegeneinander auszuspielen, aber sie hätte nie Grund gehabt zu glauben, daß Laurie ihr die Schuld an dem Mord geben wolle.

Weil Judys Schwester ermordet worden war, deren Ermordung nie aufgeklärt wurde, hatten die Cops auch diese Seite angesprochen. Die Cops sagten, ohne ihre Aussage und Hilfe könnten sie Laurie Bembenek nicht überführen. Falls sie der Polizei sagte, was sie wissen wollte, würden die Cops Tom einen Tip geben, wenn eine Drogenrazzia geplant war, damit er sich fernhalten konnte.

»Ich glaube, ich habe wahrheitsgemäße Aussagen gemacht, aber sie wurden völlig aus dem Zusammenhang gerissen und aufgebauscht, damit es so aussah, als hätte Laurie ernsthaft geplant, diese Frau zu ermorden, anstatt einfach zu sagen: ›Ich wünschte, ihre Unterhaltszahlung würde gekürzt werden.‹«

Judy meinte auch, Durfee hätte ihrer Ansicht nach gelogen, als er behauptete, Laurie und Fred hätten in der Mordnacht ein paar Momente allein miteinander gesprochen.

Ihre Theorie wäre von Anfang an gewesen, daß Fred Schultz die Waffe ausgetauscht hätte. Sie meinte, Fred Schultz hätte das fehlende Teil des Puzzles gehabt.

»Freddy hatte irgend etwas damit zu tun«, behauptete sie. »Wenn Sie es sich genau ansehen, so wurde er seine ehemalige Frau, seine Kinder und seine gegenwärtige Frau los.«

Dann gestand Judy, daß sie eine der Geschworenen kannte, eine Freundin aus der High-School, mit der sie zusammen aufgewachsen war und Partys besucht hatte. Wahrscheinlich wäre es falsch gewesen, daß keine von ihnen erwähnt hatte, daß sie einander kannten.

Als Laurie von Judy Zess' Aussage hörte, schöpfte sie wieder Hoffnung. Vielleicht wurde 1984 das Jahr, in dem sie endlich aus dem Gefängnis kam. Vielleicht würde die Wahrheit endlich ans Tageslicht gebracht werden.

Das Wartespiel

Während Lauries enge Freunde, ihre Familie und ihr Anwalt meinten, endlich würde alles gut verlaufen, war Laurie nicht ganz so zuversichtlich. Ihr Leben war ein Wartespiel, ein Spiel, in dem sie nicht sehr gut war.

Um die Tage, Wochen und Monate besser zu überstehen, teilte Laurie ihre tägliche Routine in drei Abschnitte ein.

Wenn sie morgens aufstand, baute sie sich mit dem Gedanken auf, daß sie wieder einen Tag hinter sich hatte. Die Zeit bis zum Mittagessen verging weniger langsam als die Zeit vom Mittag- bis zum Abendessen.

»Es ist zu gefährlich, an die Zeit als Ganzes zu denken«, meinte sie. »An zehn Jahre zu denken, ist zu vernichtend. Wir schleppen uns einfach durch jeden Tag, jede Sekunde, und wir denken nicht an die Zeit nach diesem Punkt.«

Ende 1983 und Anfang 1984 wurde Laurie von starken Depressionen befallen. Sie war seit fast einundzwanzig Monaten im Gefängnis, und sie hatte aufgehört, sich um ihr Äußeres zu kümmern. Oft kämmte sie sich nicht einmal. Sie sah nie in einen Spiegel. Sie sagte jedem, der sie fragte, daß sie ›nur ein Zombie‹ war, der herumwankte.

Ihr Retter in diesen Monaten war ein Gefängnispsychologe, Mike Levine. Als Laurie begann, unkontrolliert zu weinen und zu brabbeln, ging sie zu ihm. Die Sitzungen bei ihm begannen, als sie kurz davor war, den Verstand zu verlieren.

Laurie war nie ein Mensch gewesen, der seine tiefen Gedanken und Gefühle mitteilte. Niemand, nicht einmal ihre Eltern, wußten, wie sehr sie sich einem totalen Zusammenbruch näherte. Laurie wußte, wenn sie keine Hilfe erhielt, würde sie möglicherweise enden wie Dutzende von anderen Insassen, die den ganzen Tag in einem Dämmerzustand herumliefen, weil sie mit der Realität des täglichen Gefängnislebens nicht fertig wurden.

Levine erklärte Laurie, sie wäre wie eine Sodaflasche voll Kohlensäure, die immer wieder geschüttelt worden war. »Irgendwann muß es heraus«, sagte er zu Laurie. »Sie müssen Ihre Gefühle mitteilen und darüber sprechen. An der Oberfläche wirken Sie so tapfer, aber das entspricht absolut nicht der Realität. Sie sind bereit zu explodieren.«

Laurie vertraute Levine, und er half ihr zu lernen, wie sie mit ihren Gefühlen umgehen konnte. Sobald Laurie lernte, daß sie sich gehenlassen konnte, wenn ihr danach zumute war, und daß sie ein Recht hatte, zusammenzubrechen, angesichts dessen, was mit ihrem Leben passiert war, begann sie wieder zu schreiben. Ihre Gedichte wurden ein Ventil für ihren Zorn, ihren Kummer und ihre Frustrationen. Ein Gedicht, *Sinneserinnerungen*, gewann den ersten Preis in einem Schreibwettbewerb in allen Gefängnissen des Staates.

SINNESERINNERUNGEN

Gedanken an daheim
geboren aus Geruch
frisch gemähten Grases im Wind
verblassende Gesichter, Sommernächte
Jazzfestivals und überfüllte Biergärten
sonnendurchtränkte Holzböden.
Wie der Verstand die Realität
mit Erinnerungen bekämpft.
Ideen, bedeutungslos
ohne Freiheit, sie zu nutzen.
Dennoch hoffe ich,
fürchte den Rückzug
in bedingte Hoffnungslosigkeit.
Traurigkeit – unaufhörlich wie das Meer
das die Küste frißt.

Laurie machte Eisenberg klar, der an einem Antrag für einen neuen Prozeß arbeitete, daß sie endlich die Scheidung von Fred wollte. Eisenberg schlug vor, Robert M. Weidenbaum, einen guten Anwalt und persönlichen Freund, die Scheidung abwickeln zu lassen. Laurie stimmte zu und wollte so schnell wie möglich nichts mehr mit Fred Schultz zu tun haben.

In der ersten Märzwoche, fast zwei Jahre nach Lauries Schuldspruch, erklärte McCann, er werde den Bembenek-Fall nicht wiedereröffnen. Er fand das Urteil der Geschworenen korrekt. Die Wiedereröffnung des Falles würde die Integrität der Geschworenen angreifen. McCann hatte den Bericht von Elaine Samuels, der Stellvertretenden Gerichtsmedizinerin, gelesen und befunden, einige Dinge bei der Behandlung von Christine Schultz' Leiche wären zwar atypisch, jedoch nicht unerlaubt gewesen. Das Auf und Ab von Lauries Fall setzte sich fort. So schnell auch McCann die Wiedereröffnung des Falles abgelehnt hatte, so gab es doch auch einen positiven Durchbruch. Ein Polizist aus Milwaukee, Michael Brophy, der von Bill Watson befragt wurde, gab an, er habe Durfee und Fred am 28. Mai 1981, der Mordnacht, zwischen 2 Uhr und 2 Uhr 30 in einer Bar in Milwaukee gesehen.

Durfee und Schultz hatten ausgesagt, sie hätten zu dieser Zeit einen Einbruch untersucht. Doch Brophy sagte aus, er wäre ins Monreal's gegangen, ein Restaurant mit Bar auf der East Side von Milwaukee, am 28. Mai gegen 2 Uhr, und Schultz und Durfee saßen an einem Tisch und sprachen mit einer Kellnerin. Fred Schultz hatte telefoniert. Brophy war ziemlich sicher, daß sie noch da saßen, als er gegen halb drei ging.

Eisenberg erklärte Laurie, er werde die Aussagen von Brophy, Elaine Samuels und Judy Zess in seinem Antrag auf eine neue Verhandlung verwenden. Aber während Laurie glaubte, daß er ihre Sache vorantrieb, war Eisenberg eifrigst damit beschäftigt, sein berufliches Leben zu retten. Ende März erhielt er die Nachricht, daß das Oberste Gericht des Staates erwog, seine Zulassung zu suspendieren, weil eine Beschwerde wegen eines Interessenskonflikts eingegangen war.

Die Beschwerde drehte sich um den in den Medien breitgetretenen Mordprozeß gegen Barbara Hoffman aus Madison, Wisconsin. Eisenberg hatte die Hoffmann 1980 vertreten, als sie für einen Giftmord mit Zyankali verurteilt und von der Anklage eines zweiten Mordes freigesprochen worden war. Zur selben Zeit vertrat Eisenberg auch Samuel Cerro in einer Drogengeschichte. Eisenberg wußte, daß Cerro etwas über einen der mutmaßlichen Hoffman-Morde wußte. Aus ethischen Gründen hätte Eisenberg nicht beide vertreten dürfen, aber er wich offenbar dem Interessenskonflikt nicht aus.

Laurie kannte Barbara Hoffman, die auch in Taycheedah einsaß. Laurie hatte Eisenberg ein paarmal über Barbara geschrieben, weil sie sich um Barbaras geistigen Zustand sorgte.

Am 1. April erhielt Eisenberg die Nachricht, daß seine Zulassung für sechs Monate ausgesetzt worden war. Das bedeutete, er durfte nicht Recht praktizieren oder sich um einen seiner laufenden Fälle kümmern. Laurie geriet in Panik, als sie die Neuigkeit hörte. Er sollte sie in wenigen Tagen vor Gericht vertreten, um Beweise vorzulegen, die einen Antrag auf ein neues Verfahren unterstützten.

Wegen beschränkter Telefonprivilegien konnte sie nur zu bestimmten Zeiten anrufen, aber Weidenbaum kam zufällig an diesem Tag nach Taycheedah, um mit ihr über ihre Scheidung zu sprechen, und sie bat ihn, sie vor Gericht bei einigen vorbereiteten Anträgen zu vertreten. Weidenbaum war einverstanden, und als er vor Gericht eintraf, wurde der Fall für mindestens dreißig Tage vertagt.

Während der Verzögerung setzten Lauries Eltern sich mit James Morrison in Verbindung, dem Anwalt, der damals Laurie geholfen hatte, ihre Diskriminierungsklage gegen die Polizei von Milwaukee einzubringen. Morrison hatte jetzt eine Privatpraxis in Washington, D. C., aber er war einverstanden, an dem Fall zu arbeiten und zu tun, was er konnte. Er versicherte den Bembeneks, er habe ihre Tochter nicht vergessen. Der Fall gegen sie wäre schwach, und er war überzeugt, daß sie unschuldig war und ein anderer den Mord begangen hatte.

Eisenberg schlug vor, Laurie solle auch mit Thomas Halloran arbeiten, einem Anwalt in Milwaukee, der gelegentlich für ihn Arbeiten erledigte und eine Privatpraxis in Milwaukee hatte. Halloran war einverstanden, den Fall zu übernehmen, und Morrison stimmte zu, mit ihm zu arbeiten.

Beide Männer sagten, sie brauchten mehr Zeit zur Vorbereitung, und der Antrag auf einen neuen Prozeß wurde vorübergehend zurückgezogen, bis sie alles zusammenstellen konnten.

Dann sah Laurie das Material, das Eisenberg für den Antrag vorbereitet hatte, und war geschockt. Es sah so aus, als hätte Eisenberg den Antrag innerhalb weniger Minuten schnell zurechtgeschustert. Zum ersten Mal war sie dankbar dafür, daß der Fall vertagt worden war.

Am 29. Juni, als sie vierundzwanzig Jahre alt war und sich seit fünfundzwanzig Monaten im Gefängnis befand, reichte Laurie die Scheidung von Fred Schultz ein. Er war fünfunddreißig, arbeitete im Baugewerbe und hatte ein neues Leben in Bokeelia, Florida, begonnen. Laurie war erleichtert, daß ihre Ehe bald vorüber sein würde. Sie hatte wichtigere Dinge, um die sie sich kümmern mußte.

Während des Sommers 1984 traf sie sich gelegentlich mit Halloran. Er hoffte, den Antrag auf einen neuen Prozeß Ende August einbringen zu können. Laurie fragte sich ständig, ob sie jemals aus dem Gefängnis herauskommen würde, ob es jemanden auf der ganzen Welt gab, der tun konnte oder wollte, was getan werden mußte, um zu beweisen, daß sie ein unschuldiges Opfer war.

In Milwaukee, weniger als hundert Meilen entfernt, gab es jemanden, der bereit war, alles zu riskieren, um einem unschuldigen Opfer zu helfen. Ira B. Robins, ein Privatdetektiv, war dabei, in den Mordfall Lawrencia Ann Bembenek verwickelt zu werden.

Fabrikluft

Der Automechaniker blinzelte, als Ira Robins die schwach erleuchtete Werkstatt betrat und am Rand der Grube stehenblieb. Robins war so groß, daß er das meiste Licht abblockte, das durch die halb offene Tür hereinfiel. Mit einsdreiundachtzig und zweihundertfünfzig Pfund war Robins der Typ, bei dem jeder stehenblieb und blinzelte. Seine Gestalt, sein Verhalten und seine dröhnende Stimme forderten Aufmerksamkeit. Er wirkte wie ein großer, gefährlicher Teddybär.

»Hey«, bellte Robins zur Begrüßung. »Der Auspuff, den Sie im letzten Monat drangemacht haben, ist abgefallen. Können Sie ihn so hinkriegen, daß ich noch einen Monat damit fahren kann?« Der Mechaniker lachte. Robins kam mit seinem Schrotthaufen ständig in die Werkstatt.

Es war September 1984. Die Luft war dünn. Der Winter griff bereits die warmen Herbsttage an. Robins war ein Mann, der Extreme mochte. Die kalten Septembermorgen genau so wie die heißen Nachmittage gefielen ihm. Für ihn war es das beste beider Welten.

Noch vor Minuten war Robins, ein Privatdetektiv, zu einem Einsatz unterwegs gewesen in seinem kaum noch atmenden Thunderbird 1971, als er hörte, wie sein Auspuff auf der Straße landete. Er fuhr an den Straßenrand und warf die Überreste des rostigen Auspuffs auf die Rücksitze seines Wagens, wo er zwischen leeren weißen Kaffeebechern und einer Menge alter Zeitungen landete. Das letzte, was Robins gebrauchen konnte, war ein Wagen, der wie eine Boeing 747 klang.

»Bringen Sie ihn herein«, sagte der Mechaniker. »Wahrscheinlich haben Sie das absichtlich gemacht, damit Sie mit mir sprechen können.«

Robins fühlte sich in der dunklen Werkstatt zu Hause. Als ehemaliger Polizist wußte er, daß die Werkstatt auch ein Treffpunkt für Kerle war, die sich um das Gesetz herumdrückten. Ihm war auch klar, daß er vielleicht einen Tip in einem seiner vielen Fälle bekam, wenn er sich hier aufhielt, während sein Wagen wieder zusammengebaut wurde. An einem solchen Ort konnte alles passieren. Robins lebte von seinen Unterweltkontakten, und sogar die bösen Jungs wußten, daß sie sich auf Robins verlassen konnten, wenn sie eine falsche Anklage an den Hals bekamen. Er wußte, wie man mit Drogendealern sprach, mit Zuhältern, Räubern und den Kerlen, die sie arbeiten ließen.

An diesem Tag kam sein Tip von dem Mechaniker, der seinen verbeulten Wagen flickte. Während er direkt unter dem Wagen stand, wo niemand etwas hören konnte, stellte der Mechaniker Robins eine einfache Frage. »Wissen Sie irgend etwas über den Bembenek-Fall?«

»Verdammt, jeder weiß etwas über den Bembenek-Fall«, erwiderte Robins und fragte sich, worauf sein Freund hinaus wollte. »Was haben Sie?«

Robins wußte genauso viel wie alle anderen über Lawrencia Ann Bembenek, die ehemalige Milwaukee-Polizistin und Ex-Playboy-Club-Kellnerin, die das Stadtgespräch gewesen war. Er wußte, daß sie bereits seit über zwei Jahren im Gefängnis war. Aber er wußte auch, daß Laurie Bembenek Hunderte von Sympathisanten hatte, von Polizisten bis zu Hausfrauen aus den Vororten, die von Anfang an behauptet hatten, sie wäre hereingelegt worden und an dem Verbrechen völlig unschuldig. Robins selbst hatte auch gelegentlich über den Mord nachgedacht.

Nichts an der Sache ergab für ihn viel Sinn, und Freunde bei der Polizei hatten ihm versichert, die falsche Person wäre im Gefängnis. Als der Mechaniker zu sprechen begann, klickte etwas in Robins' analytischem Verstand. Der Mechaniker wurde nervös, als Robins ihn nach Informationen ausquetschte. Der Detektiv wußte, daß mehr an der Geschichte sein mußte. Dieser Kerl mußte etwas wissen.

»Ich habe gehört, daß die Perücke untergeschoben wurde, damit sie die Bembenek kriegen«, sagte der Mechaniker, während er versuchte, von Robins abzurücken. »Das ist alles. Ich habe nur etwas über die Perücke gehört.«

Eine Weile ging das so zwischen den beiden Männern hin und

her. Robins dachte, der Mechaniker wüßte mehr, und der Mechaniker dachte, Robins wüßte mehr. Als der Mechaniker zu schwitzen begann, brach Robins ab. Er arbeitete ohnedies nicht an diesem Fall, und er konnte immer noch zurückkommen und später mehr Informationen einholen.

Sobald der Auspuff am Wagen befestigt war, kehrte Robins zu seinem Einsatz zurück. Es war später Nachmittag. Er parkte dieses Wrack von Auto abseits der Straßenlaternen nahe einem riesigen Lagerhaus. Robins beobachtete, wie zwei Dutzend Arbeiter zu ihren Wagen hetzten. Feierabend. Er murmelte ein rasches Dankgebet, daß er nicht so leben mußte. »Die armen Kerle«, murmelte er in seinen lauwarmen Kaffee.

Eine Stunde, dann noch eine und noch eine wartete Robins und beobachtete. Er wußte, es war nur eine Frage der Zeit. Die Luft, die durch das Fenster herausdrang, roch schwer und faul. Milwaukees Fabrikluft.

Während er wartete, versuchte Robins, sich an gestern und vorgestern zu erinnern, aber er konnte die Unterhaltung mit dem Mechaniker nicht abschütteln. Er begann, über Lawrencia Ann Bembenek nachzudenken. Robins war ein Mann, der es haßte, wenn jemand fälschlich angeklagt wurde. Er war in dem Glauben erzogen worden, daß Gerechtigkeit wichtig war und daß der kleine Mann wirklich zählte. Robins wußte auch, wie die Polizei in ihrem Inneren funktionierte, und er wußte, daß die Cops so ziemlich machen konnten, was sie wollten, und dazu gehörte häufig, daß sie Beweise fabrizierten. Er hatte das schon früher gesehen, und er fragte sich, ob das im Bembenek-Fall passiert war.

Wenn er die Augen schloß, konnte er sich kaum Lawrencia Bembeneks Gesicht vorstellen, obwohl er dieses Gesicht immer wieder in den Zeitungen gesehen hatte. Er suchte nach ein paar schwachen Erinnerungen, und während er wartete, fragte er sich immer wieder: Was ist, wenn sie es nicht getan hat? Wenn sie es nicht getan hat und der Mörder noch immer irgendwo da draußen ist? Was ist, wenn eine Unschuldige im Gefängnis sitzt?

Dezembernächte

Lawrencia Bembenek hätte zu keinem besseren Zeitpunkt in Robins' Leben treten können. Er war zweiundvierzig, hatte gerade eine Arbeit hinter sich gelassen, die er liebte, ein neues geschäftliches Unternehmen schlug fehl, und nach sechzehn Jahren Ehe war er plötzlich wieder Single. Robins war am Boden zerstört, als sein Leben plötzlich vollständig zerfaserte.

Da war erst einmal seine Arbeit. Vierzehneinhalb Jahre hatte Robins in Wauwatosa, westlich von Milwaukee, als Polizist gearbeitet. Seine Arbeit war der Mittelpunkt seines Lebens gewesen.

Seine engen Freunde hatten noch nie jemanden kennengelernt, der seine Arbeit so liebte wie Robins. »Dafür wurde ich geboren«, erklärte er oft seinen Kameraden.

Die Polizeiarbeit bot Robins, der in den Straßen von Chicago aufgewachsen war, mehr als die Sicherheit eines Gehaltsschecks. Er war das einzige Kind einer hart arbeitenden jüdischen Mittelklassefamilie. Sein Vater, Albert Robins, war mehrere Jahre lang in Chicago Polizist einer Spezialeinheit gewesen, und die Geschichten aus jenen Tagen entflammten etwas in seinem jungen Sohn.

»Mein Dad wird immer mein Held sein«, sagte Robins zu seinem guten Freund Jim Strauss in den Anfängen seiner Polizeilaufbahn. »Es gibt nichts, was ich für ihn nicht getan hätte, und er hat mich gelehrt, an Gerechtigkeit zu glauben und alles zu tun, um der Gerechtigkeit zum Sieg zu verhelfen.«

Nach einem Zwischenspiel bei der Army zog Robins zurück nach Chicago und untersuchte für eine Sicherheitsanlagenfirma Einbruchsalarmrufe. Danach begann Robins, für die Chicago Northwestern Railroad Company zu arbeiten. Er verjagte Herumtreiber, Landstreicher und Diebe von Grundstücken der Eisenbahngesellschaft, die mitten im Herzen des Elendsviertels lagen. Nach einer Beförderung wurde Robins nach Milwaukee versetzt. Er fand seine neue Stellung zu zahm und nahm einen

Job als Kaufhausdetektiv an. Robins landete endlich bei der Polizei der eigenständigen Stadt Wauwatosa.

Helden kommen nicht immer groß heraus. Obwohl Robins hart arbeitete, um ein ordentlicher Cop zu sein, waren die Karten bei der Wauwatosa-Polizei nicht zu seinen Gunsten gemischt. Am 21. Mai 1981, sieben Tage vor dem Mord an Christine Schultz, schrieb Robins seine Kündigung bei der Polizei und traf sich dann mit seiner Frau Sharon und einem engen Freund in einem kleinen Restaurant nahe dem Polizeirevier.

Vierzehneinhalb Jahre lang hatte Robins gehört, wie Kameraden ihn einen dreckigen Juden nannten. Wie verächtlich Polizeioffiziere über Frauen und Minderheiten sprachen. Er hatte gesehen, wie Polizeiberichte verschwanden, und er hatte auf den Straßen unfaire, unmoralische Auseinandersetzungen beobachtet. Als Robins schließlich das Gesehene und Gehörte nicht mehr mit seinen Überzeugungen in Einklang bringen konnte, quittierte er den einzigen Job, den er jemals wirklich geliebt hatte.

»Ich kann das nicht mehr machen«, erklärte er seiner Frau und weinte leise, während er seine Dienstmarke aus der Tasche holte. »Ich kann nicht mehr unter diesen Bedingungen arbeiten. Ich kündige.« Robins holte seinen Polizeirevolver hervor, überreichte ihn dem Eigentümer des Restaurants als Geschenk und sagte: »Den brauche ich nicht mehr.« Seine Tage als hochdekorierter Polizist waren vorüber.

Robins reichte eine Diskriminierungsklage gegen die Polizei ein. Er gewann den Fall, hörte jedoch nie auf, um die einzige wahre Liebe seines Lebens zu trauern – Polizeiarbeit.

Der Verlust seiner Arbeit stellte sein Privatleben auf den Kopf, und seine sechzehn Jahre dauernde Ehe zerbrach. Ein neuer Anfang in der Gastronomie schlug fehl. Robins beantragte Bankrott und dann die Scheidung. 1984 war er ein finanzielles und emotionales Wrack. Er und seine Frau einigten sich gütlich über das Ende ihrer Beziehung, aber es war Robins' Aufgabe, ihrem vierjährigen Sohn die schlimme Nachricht beizubringen. Es war ein Moment, den Robins nie vergessen sollte.

»Mommie und Daddy werden nicht länger zusammenleben«, erklärte Robins seinem Sohn. Sie standen an einem kalten Vormittag vor einem Kaufhaus. David Robins drängte sich enger an seinen Vater. Er fror, und er hatte Angst. Er hatte seinen Vater nie zuvor weinen gesehen.

»Daddy, ist schon okay«, sagte er. »Ich weiß, daß du mich liebst.«

Robins versprach seinem einzigen Sohn, er werde immer für ihn da sein, ganz gleich, worum es ging. Und er würde immer in seiner Nähe wohnen. Er hob den Jungen hoch und drückte ihn an seine Brust. »Ich werde dich nie wirklich verlassen.«

Robins zog in ein winziges, spärlich möbliertes Apartment auf der East Side von Milwaukee. Monatelang grämte er sich um alle Verluste in seinem Leben. Er vermißte dieses Gefühl, das ihn durchdrungen hatte, als er durch die Straßen patrouillierte und Verbrecher verfolgte. Unschlüssig, was er nun tun sollte, fand Robins, daß er sich nicht zu sehr von seiner Polizeiarbeit entfernen konnte. Er erledigte einige Ermittlungen für einen Anwalt in Milwaukee, aber das war nicht genug. Robins erkannte sehr richtig, daß er nichts zu verlieren hatte, und begann, für seine Dienste als Privatdetektiv in höchst riskanten Angelegenheiten zu werben. Er liebte es, knapp am Abgrund zu leben und gefährliche Fälle anzunehmen. Er gab folgende Annonce auf:

ÄRGER MIT DER POLIZEI?

Wenn Sie verhaftet wurden oder gegen Sie wegen Drogen oder ernsthafter Vergehen gegen den Staat oder gegen den Bund ermittelt wird, brauchen Sie meine Hilfe. Ich führe auch Ermittlungen für Verteidiger durch. Ich besitze die Erfahrung von fünfundzwanzig Jahren, habe mich als Experte qualifiziert, auch vor Gericht. Gehe jederzeit überall hin und spezialisiere mich auf Aufträge mit hohem Risiko.

Ira B. Robins
Privatdetektiv
414-527-1101
(24 Stunden täglich)

Robins' Annoncen in Telefonbüchern und Zeitungen hatten Erfolg. Er warb auch damit, daß er sich auf verdeckte Ermittlungen spezialisierte, einschließlich heimlich aufgenommener Fotos und Infiltration von Banden. Mitglieder von Motorradbanden, Verbrecherfamilien, Drogendealer und Geschäftsleute in Schwierigkeiten begannen, seine Dienste in Anspruch zu nehmen. Robins fühlte sich einigermaßen wohl in seiner neuen Tätigkeit. Es gefiel ihm, den Leuten zu helfen, denen niemand helfen wollte. Nur weil ein Typ ein Vorstrafenregister hatte, hieß das nicht, daß er von vornherein eines Verbrechens schuldig war, das ein anderer begangen hatte. Wenn man unschuldig war, dann war man unschuldig. Ganz gleich, wer man war, wo man gewesen war oder welche Hautfarbe man hatte. Robins verteidigte gern die Unterprivilegierten, die Typen, über die jeder trampelte, um voranzukommen. Gewinnen gefiel ihm aber noch besser.

An seinem dreiundvierzigsten Geburtstag am 12. Dezember 1984 tat sich einiges bei Robins. Er hatte beschlossen, sich den Bembenek-Fall anzusehen. Seine Gedanken hatten nicht aufgehört, sich um diesen Fall zu drehen, seit er den Tip mit der Perücke erhalten hatte. Ira Robins' sechster Sinn – die Polizistengene, die er von seinem Vater geerbt hatte – sandte ihm Signale, auf die er hörte.

Während Robins in seiner bevorzugten Bar mit einer Bloody Mary auf seinen Geburtstag anstieß, saß Lawrencia Ann Bembenek, nun fünfundzwanzig, auf ihrem Eisenbett im Taycheedah-Gefängnis, fünfundsechzig Meilen entfernt in Fond du Lac.

Dieser Abend war nicht viel anders als Hunderte, die sie bereits am selben Ort, in denselben Kleidern, in derselben Hölle zugebracht hatte. Laurie Bembenek war jetzt seit zweieinhalb Jahren im Gefängnis.

Die kalte, feuchte Luft des Winters in Wisconsin drang in ihre winzige Zelle. Die Nacht war wie immer endlos und brachte dunkle Träume und Erinnerungen, die bereits in weite Ferne rückten und ihr fremd wurden. Die nicht erhörten Gebete, die sich seit Monaten in ihr angesammelt hatten, ballten sich in ihr zusammen. Sie wollte es noch einmal in dieser Nacht versuchen. Etwas Verzweifeltes. Etwas Unkontrollierbares. Einen stummen Schrei aus ihrem Herzen – aus ihrer Seele – nach jemandem, der ihr half, irgendwo.

Das zweite Opfer

Sobald Ira Robins begann, Fragen über den Christine-Schultz-Mordfall zu stellen, wußte er, daß er sich auf eine heiße Sache eingelassen hatte. Die Straßen waren voll von Gerüchten über den Fall. Alle seine Kontaktleute hatten etwas gehört. Er war entschlossen, dafür zu sorgen, daß Laurie Bembenek nicht länger die gleiche Diskriminierung erleiden mußte, unter der er bei der Polizei von Wauwatosa gelitten hatte. Er war Jude. Sie war eine Frau. Das war kein Grund, jemanden ins Gefängnis zu stecken.

Robins saß in der letzten Januarwoche an seinem Schreibtisch, der mitten in seinem Wohnzimmer stand, und rief Thomas G. Halloran an, Laurie Bembeneks Anwalt. Es gab immer eine Möglichkeit, jemandem einen fairen Prozeß zu verschaffen, wenn man nur hart genug arbeitete. Halloran nahm gleichmütig zur Kenntnis, daß Robins erklärte, er hätte Informationen zum Bembenek-Fall, bat ihn aber in sein Büro.

Als Robins vor Halloran stand, krampfte sich alles in ihm zusammen. Es war ein blitzartig auftauchender Haß. Der große, hagere Anwalt hatte glatt anliegende braune Haare und eine Nase, die ständig lief.

Halloran wirkte irgendwie desinteressiert, fand Robins. Hinter Hallorans Schreibtisch hing ein von Hand gestickter Spruch NIE SCHULDIG BEKENNEN. Robins fiel es leichter, auf diesen Spruch als auf Halloran zu sehen.

Er sagte nicht viel, als Robins von der Perücke erzählte, aber er sagte, er könnte Hilfe gebrauchen. Ein Rechtshelfer namens Bill Roddick erledigte einige Arbeiten an dem Fall. Halloran schlug Robins ein Treffen mit Lauries Eltern vor. Er gab ihm auch die Namen von zwei möglichen Zeugen, mit denen Robins sprechen konnte. Als Robins das Büro von Halloran verließ, hing er am Haken. Alle Gefühle, die er über den Fall gehabt hatte, waren bestätigt. Es gab zu viele unbeantwortete Fragen.

Robins traf in der folgenden Woche mit Lauries Eltern in Hallorans Büro zusammen. Es war Februar, und die Temperatur näherte sich minus zwanzig Grad. Joe und Virginia Bembenek drängten sich in dem kleinen Büro aneinander. Robins mochte die Bembeneks sofort, aber sie wurden mit ihm nicht warm. Sie hatten Ermittler und Anwälte kommen und gehen gesehen. Sie wußten nicht mehr, wem sie trauen konnten.

Robins, der sich selbst als offen und ehrlich sah, ließ sich von ihrer lauwarmen Haltung nicht abschrecken. Er konnte sich leicht vorstellen, wie es war, eine Tochter zu haben, die für ein Verbrechen verurteilt worden war, das sie vielleicht nicht begangen hatte. Er hatte Fotos von Laurie gesehen, und er sagte Virginia, sie und ihre Tochter könnten als Zwillinge durchgehen. Laurie war groß und schlank wie ihr Vater, hatte jedoch die schönen Augen, das sanfte Gesicht und die hohen Wangenknochen ihrer Mutter.

»Sie werden alles erfahren, was immer ich über den Fall herausfinde«, versicherte Robins den beiden. »Ich werde Sie nicht hereinlegen.«

Die Bembeneks gaben Robins einen Scheck über vierhundert Dollar und versprachen weitere sechshundert Dollar für seine Arbeit. Robins stand auf, reichte ihnen die Hand, ignorierte Halloran und trat in die eisige Luft von Wisconsin hinaus. Er hatte viel Arbeit vor sich.

Robins arbeitete auch weiterhin an anderen Fällen, während er begann, in dem Bembenek-Fall herumzugraben. Er hatte einen Assistenten, der gelegentlich alle anderen Fälle übernahm, während Robins mehr und mehr Zeit damit verbrachte, den Spuren im Mordfall Christine Schultz nachzugehen. Er telefonierte ein- oder zweimal mit Laurie, aber von diesen Gesprächen mit ihr entwickelte er keine überwältigenden Gefühle für sie. Es sollte August 1985 werden, fast ein Jahr nachdem er mit der Arbeit an ihrem Fall begonnen hatte, daß Robins und Laurie sich trafen. Bis dahin gab es mehr als genug zu tun.

Robins wollte alle Dokumente des Falls lesen, aber Halloran ließ nicht zu, daß er irgend etwas aus dem Büro hinaus nahm. Robins hielt das für sonderbar. Für seine Arbeit brauchte er alles, was er in die Hände bekommen konnte.

Halloran ließ Robins allerdings eine Ecke seines Büros benutzen, und Robins hatte auch Zugang zum Kopierer. Wenn Halloran nicht im Büro war, machte Robins Kopien von Gerichtsdokumenten, Polizeiberichten, Zeugenaussagen – von der gesamten Bembenek-Akte.

Während Robins begann, die Unterlagen zu lesen, bereitete Halloran einen Antrag auf einen neuen Prozeß vor, in dem es um eine etwas komplizierte Theorie von einem gedungenen Mörder ging, die von einem Mann namens Jacob Wissler entwickelt und ausgearbeitet worden war. Wissler hatte eine Geschichte über Laurie am 18. September 1983 im *Milwaukee Journal* gelesen und war sofort von ihr besessen. Er schrieb ihr Liebesbriefe, versprach ihr einen Diamantring und bot an, einen Teil ihrer wachsenden Anwaltskosten zu bezahlen. Er behauptete, unabhängig und wohlhabend zu sein und alles tun zu wollen, um sie aus dem Gefängnis zu holen. *Alles* bedeutete offensichtlich lügen, betrügen, stehlen und das Fabrizieren einer komplizierten Geschichte von einem Profikiller.

Als Wissler auf dem Boden der Tatsachen landete, gab er zu, daß er in Wirklichkeit ein aalglatter Betrüger war, der einmal in Madison, Wisconsin, einen männlichen Begleiterservice betrieben hatte. Doch seit Herbst 1983 sah er es als seine neue Aufgabe an, Lauries Liebe und ihre Freiheit zu erringen. Die nachfolgenden bizarren Ereignisse ließen Laurie an ihrem Verstand zweifeln. Als Wissler sie im Gefängnis besuchte, hatte sie bereits mehrere Anträge auf einen neuen Prozeß verloren. Robins war noch nicht aufgetaucht, um sie zu retten, und sie sehnte sich verzweifelt nach jemandem, der beweisen konnte, daß sie keine Mörderin war.

Wissler hatte sich in Virginia und Joe Bembeneks Leben vorgearbeitet. Sie waren genau so verzweifelt wie ihre Tochter, und sie sagten: »Ja, bitte tun Sie, was Sie können.« Daraufhin arbeitete er mit Roddick, Hallorans Rechtshelfer, einen Plan aus, um Detective Michael Durfee, Elfred Schultz' Partner in der Mordnacht, in eine Falle zu locken. Im Januar 1984 setzten Roddick und Wissler sich mit Durfee in Verbindung und boten ihm fünfundzwanzigtausend Dollar an, wenn er mit der Wahrheit über die Vorgänge in der Nacht, in der Christine Schultz ermordet wurde, herausrückte. Als Durfee ein Telegramm von den beiden Männern erhielt, verständigte er seine Vorgesetzten und sprach dann mit Wissler am Telefon. Er stimmte einem Treffen mit den Männern im Ramada Inn auf der Michigan Street in Milwaukee zu. Sie ahnten nicht, daß er ein Aufnahmegerät trug und unter Beobachtung stand.

Ein Stellvertretender Staatsanwalt des Milwaukee County, Michael Malmstadt, der den Vertrag überprüfte, den Wissler und Roddick für Durfee zur Unterschrift vorbereitet hatten, entschied, keine Anklage gegen die beiden zu erheben. Er meinte, möglicherweise hätten die beiden Männer in gutem Glauben gehandelt und neue Beweise gesucht, die Laurie Bembenek halfen.

Wissler entschied daraufhin, daß er sich etwas anderes einfallen lassen mußte, um seine wahre Liebe aus dem Gefängnis zu befreien. Er beschloß, einem verurteilten Mörder, Joseph M. Hecht III, zwanzigtausend Dollar zu bezahlen, falls Hecht zugab, er hätte Christine Schultz getötet. Als Wissler sich 1984 mit Hecht in Verbindung setzte, saß dieser eine lebenslängliche Gefängnisstrafe plus dreiundfünfzig Jahre ab für den Auftragsmord am 14. Oktober 1983 an Carolyn Hudson, Frau eines Polizisten aus Madison.

Hecht hatte gestanden, er wäre in die Wohnung der Frau in Madison gegangen und hätte fünf Kugeln in die Brust der Frau gepumpt, während ihre vierzehnjährige Tochter zusah. Nach seiner Verurteilung erzählte Hecht, es wäre nicht sein erster bestellter Mord gewesen. Als Wissler von dem Fall las, glaubte er, den wahren Mörder von Christine Schultz gefunden zu haben.

Während Halloran und Roddick an der Hecht-Theorie arbeiteten, begannen Laurie und ihre Eltern zu begreifen, daß Jacob Wissler nicht war, was er vorgab. Er wurde sehr eifersüchtig auf Laurie und warf ihr vor, Sex mit einem Gefängniswärter zu haben. Dann bot er das Haus ihrer Eltern in einer Zeitung in Milwaukee zum Verkauf an. Sein Verhalten wurde immer seltsamer. Er gab sich als Polizist aus und begann, Leute zu bedrohen.

Als Hecht in den Zeugenstand während der Anhörung treten durfte, in der entschieden werden sollte, ob Laurie einen neuen Prozeß bekam, geschah etwas Seltsames. Er berief sich auf sein Verfassungsrecht, sich nicht selbst zu belasten.

Wissler, der drohte, Taycheedah in die Luft zu sprengen, war plötzlich nirgendwo zu finden. Die Polizei suchte ihn. Wegen der Drohanrufe und wegen seiner Auftritte als Polizist wurde ein Haftbefehl gegen ihn erlassen.

Während Wissler in Europa herumreiste, saß Laurie noch immer im Gefängnis und versuchte zu begreifen, wieso jeder Verrückte auf der ganzen Welt den Weg zu ihr fand. Wissler schrieb weitschweifige Erklärungen an Halloran.

›Ich habe die Frau, die ich liebe, hasse oder was auch immer, ich habe sie durch die Hölle gejagt‹, schrieb er. ›Mein Zorn und die schrecklichen Dinge, die ich über sie gesagt habe, meine vielen Versuche, ihre Berufung zu zerstören, beruhten auf einem gebrochenen Herzen und meinem Zorn darüber, daß ich die begehrenswerteste Frau, die ich je getroffen habe, nicht haben konnte.‹

Wissler gab zu, sein Geld für einen Rachefeldzug benutzt zu haben, nachdem Laurie ihn zurückgewiesen hatte. Er sagte, er hätte ihre Berufung absichtlich sabotiert.

›Die schöne, elegante, stolze Laurie wurde zu einer dünnen, blassen, geisterhaften Gestalt‹, schrieb er. ›Sie scheint seit langer Zeit keine anständige Mahlzeit mehr gehabt zu haben. Ihre blasse Haut braucht etwas Sonne . . . Ich habe Beweise gefälscht und andere Dinge getan, um Laurie zu verletzen. Es sollte so aussehen, als hätte ich Joe Hecht bestochen, ihr zu helfen. Wenn Laurie im Gefängnis bleibt, weiß ich, daß sie allein schläft.‹

Es war keine große Überraschung, daß Lauries Antrag auf einen neuen Prozeß abgewiesen wurde. Wissler wurde später von amerikanischen Zollbeamten entdeckt, als er von Kanada aus in die Vereinigten Staaten zurückkehren wollte, und er wurde zahlreicher Straftaten angeklagt.

Laurie erfuhr auch, daß Eisenberg seine Zulassung zur Ausübung seines Anwaltsberufs nicht zurückbekommen würde.

Der Oberste Gerichtshof des Staates fand heraus, daß er Klienten in Kalifornien vertreten hatte, während seine Zulassung suspendiert war. Eisenberg endete in Florida als Angestellter einer Lufttransportfirma. Er arbeitete nie wieder an Lauries Fall und erzählte Reportern, der Verlust seiner Zulassung wäre ›so eine Verschwendung von Talent‹.

Während Halloran sich mit Wissler, Hecht und Roddick abgab, studierte Robins die Prozeßmitschriften und die Polizeiberichte. Es gab über sechshundert Seiten Polizeiberichte, die durchgelesen werden mußten. In rascher Folge entdeckte er vier wichtige und unglaubliche Fakten – Fakten, die Eisenberg zugänglich waren oder jedem anderen auch, die aber aus irgendwelchen Gründen übersehen oder ignoriert worden waren.

Erstens – als das Kriminallabor des Staates Wisconsin Elfred Schultz' Dienstwaffe untersuchte, jene Waffe, die er bei sich in der Nacht getragen hatte, in der Christine Schultz ermordet wurde, entdeckte man Blut daran. Christine Schultz hatte Blut der Blutgruppe A, und das Blut auf dem Lauf der Waffe ihres Exmannes war Blutgruppe A. Es gab keine Berichte der Polizei von Milwaukee, in denen von Tests die Rede war, mit deren Hilfe man festgestellt hätte, woher das Blut auf Schultz' Waffe stammte.

Robins wußte, daß Eisenberg und sogar Laurie über das Blut Bescheid gewußt hatten – aber ohne Erklärung war es in ihrer Verteidigung nicht verwendet worden.

Robins entdeckte außerdem, daß am Morgen des Mordes Detective Drew Halvorsen von der Polizei von Milwaukee verdächtige Blutflecke von beiden Seiten des Korridors am oberen Ende der Treppe sichergestellt hatte, die zu den Schlafzimmern in Christines Haus führte. Halvorsen ließ das Blut testen. Es war vermutlich positiv, das heißt, das Blut stammte von einem Menschen. Das Blut konnte nicht von Christine Schultz stammen, weil sie nach dem Angriff auf sie das Schlafzimmer nicht mehr verlassen hatte. Aber das Blut wurde nicht weiter untersucht, obwohl die Polizei über das Blut an Schultz' Waffe Bescheid wußte. Die Herkunft des Blutes war niemals geklärt worden.

Drittens war da Durfees Behauptung, er habe sein Einsatzbuch von dem Tag des Mordes weggeworfen. Als Excop wußte Robins, daß es gegen die Vorschriften war, diese kleinen braunen Notizbücher wegzuwerfen.

Paragraph 69 der Vorschriften für die Polizei von Milwaukee drückte sich klar darüber aus, wie die Notizbücher zu behandeln waren: ›Mitglieder der Polizeitruppe sollen zu allen Zeiten ein Notizbuch führen, in das sie die Namen von Personen eintragen, die sie in Gewahrsam genommen haben, sowie solche Einzelheiten über jeden Fall, die in einem nachfolgenden Prozeß wichtig werden könnten; ebenso alle Alarme und andere Handlungen, Informationen und Angelegenheiten, die für die Ausführung ihrer offiziellen Pflichten von Bedeutung sind.‹

Robins wußte, daß es durchaus möglich war, daß Durfees Notizbuch nicht einfach verschwunden war. Zum einen hatte Durfee bei der Untersuchung des Mordes an Christine Schultz geholfen und zahlreiche detaillierte Berichte darüber geschrieben. Es wäre unmöglich gewesen, diese Berichte ohne Notizen zu schreiben – Notizen, von denen Durfee behauptete, sie nicht zu haben.

Entgeistert über die schluderige Polizei- und Ermittlungsarbeit, entdeckte Robins dann etwas noch Beunruhigenderes. Er ging die ›vernichtenden‹ Beweise des Anklägers Stück für Stück durch, als ihm eine interessante Information förmlich entgegensprang.

Elfred Schultz' Privatrevolver, Kaliber 38, die Waffe, die er in seinem Apartment aufbewahrt hatte, war irgendwann als die Waffe identifiziert worden, mit der Christine getötet worden war. Robins hielt es für äußerst unwahrscheinlich, daß die Waffe, die Durfee und Schultz in der Nacht des Mordes überprüft und für unbenutzt erklärt hatten, sich plötzlich als Mordwaffe entpuppte. Das hatte es noch nicht gegeben. Kein Anwalt und kein Ermittler mit klarem Verstand würde glauben, daß diese Waffe als gültiges Beweismittel für einen Mord verwendet werden konnte.

Schultz hatte den .38er Smith & Wesson in der Nacht des Mordes in das Besprechungszimmer des Inspektors gebracht. Sicher war die Waffe herumgereicht worden, und es gab Berichte über diese Zusammenkunft.

Durfee hatte die Waffe überprüft und mehrmals versichert, es wäre nicht aus ihr geschossen worden. Und zweiundzwanzig Tage später war derselbe .38er Revolver als Mordwaffe bezeichnet worden.

Robins las weiter. Sicher hatte Durfee, ein ausgebildeter Cop und Detective, die Seriennummer von dem verdammten Ding aufgeschrieben.

Vielleicht steht die Nummer in diesem braunen Notizbuch, das er praktischerweise verloren hat, sagte Robins sich selbst.

Robins konnte keinen einzigen Bericht finden, der eine Seriennummer erwähnte. Es war so, als habe plötzlich jemand entschieden, daß der .38er die Mordwaffe war.

Er dachte sofort daran, daß die Waffe vertauscht worden war. Irgend jemand, inklusive Fred Schultz, hätte in dieses Apartment gelangen und die Waffen vertauschen können. Seine eigenen Jahre mit Polizeiarbeit sagten Robins, daß an diesem Fall irgend etwas absolut nicht stimmte. Polizisten werden darauf trainiert, nie die Beweiskette zu unterbrechen. Niemand hatte Laurie jemals diese Waffe in die Hand gelegt. Ihre eigenen Anwälte, einer nach dem anderen, hatte nie wirklich die Gültigkeit der Beweiskette in Frage gestellt.

In Robins' Freude mischte sich Ärger. Er wollte die Bastarde schnappen, die sie hereingelegt hatten.

Es wurde Zeit, sich mit Lawrencia Ann Bembenek zu treffen.

Die Schöne und das Biest

Die Gegend zwischen Fond du Lac und Milwaukee ist übersät mit Farmen und winzigen Städten. Der Stadtrand von Milwaukee ist wie eine lange dünne Linie. Im einen Moment gibt es Verkehrsampeln, gellende Hupen und stickige Bürgersteige. Dann plötzlich riecht man Kuhdung und winkt Männern zu, die breitkrempige Hüte tragen und Traktoren fahren.

Als Robins über die Stadtgrenze hinauskam, fühlte er sich sofort unbehaglich. Er war auf den Bürgersteigen und in den Hinterhöfen daheim. Nur ganz selten überschritt er die Stadtgrenzen.

Der August in Wisconsin ist immer heiß und feucht. Der August 1985 war nicht anders. Ganz gleich, wie fest Robins auch auf sein Armaturenbrett hämmerte, die Klimaanlage seiner Klapperkiste sprang nicht an. Er gab auf und streckte seinen Arm zum Fenster hinaus. Er hatte fünfzig Minuten, um darüber nachzudenken, was er zu Lawrencia Bembenek sagen sollte. Nach fast sechs Monaten bloßer Telefongespräche mußte Robins die Frau kennenlernen, für die er arbeitete.

Zuerst stellte er sich ein lebhaftes Bild von Laurie vor, wie ihre Hände in eisernen Handschellen steckten, während sie in einem Gefangenenwagen saß und über denselben Highway rollte und zusah, wie die Welt leise hinter ihr zurückblieb. Er wußte, daß sie in den letzten paar Jahren mehrmals auf derselben Straße gewesen war. Einmal auf ihrem Weg nach Taycheedah und dann hin und her, hin und her für eine deprimierende Berufung nach der anderen.

Robins hielt seine anderen Gedanken und Gefühle unter Kontrolle. Er wußte, wenn er mit Laurie zusammentraf, würde er sehr schnell erkennen, ob sie irgend etwas über den Mord wußte. Er vermutete bereits, daß sie ein unschuldiges Opfer war, aber er konnte erst sicher sein, wenn er ihr in die Augen gesehen hatte.

Sein Instinkt für Leute, besonders schlechte Leute, hatte sich als hundertprozentig richtig herausgestellt. Er konnte einen Dieb in einem vollen Kaufhaus herauspicken, und im Lauf der Jahre hatte er auch mehr als einen Mörder herausgepickt, während er als Polizist und Eisenbahndetektiv arbeitete. Er hatte eine Liste von Fragen für Laurie, und er mußte ihr auch ein paar Dinge sagen.

Robins war in zahlreichen Gefängnissen gewesen, und er war jedesmal froh, wenn er wieder draußen war, in der Welt ohne Gitter und ohne verschlossene Türen. Das Geräusch der sich schließenden Türen bereitete ihm stets Unbehagen. Er konnte sich nicht vorstellen, wie es sein mußte, unschuldig im Gefängnis zu sitzen.

Das Gefängnis von Taycheedah sieht aus einiger Entfernung wundervoll aus. Das Gras ist grün, und die Gebäude sind von dichten Büschen und Bäumen umgeben. Von oberhalb des Gefängnisses blickt man weit auf den Lake Winnebago hinaus, einen riesigen, schimmernden, blaugrünen See, der ziemlich nahe an das Grundstück des Gefängnisses heranreicht. Keine bewaffneten Wächter stehen auf Türmen, und zuerst werden Besucher häufig von dem heiteren Äußeren getäuscht.

Trotz des äußeren Erscheinungsbildes ist Taycheedah ein Gefängnis. Ein Ort, an dem Frauen in winzigen Zellen hinter Türen und hinter Stacheldraht eingesperrt sind. Den Frauen wird gesagt, was sie wann zu essen haben, wann sie schlafen müssen, was sie tragen und wann sie ins Bad dürfen. Es gibt keine Privatsphäre, und Summer und Klingeln ertönen rund um die Uhr. Regeln bestimmen jede Bewegung in jeder Sekunde und jeder Stunde eines jeden Tages.

Robins ging durch die doppelte Glastür in eine kleine Eingangshalle. »Ich bin hier, um eine Gefangene zu sehen, Bembenek«, sagte er in den schmalen Schlitz in einem Fenster. Robins unterschrieb und setzte seine Adresse ein, und dann zeigte er dem Wächter hinter dem dicken Fenster seinen Führerschein.

»Beziehung?« fragte der Wächter.

»Ich bin ein Privatdetektiv, der für sie arbeitet.«

»In Ordnung, warten Sie.«

Der Wächter griff nach dem Telefon und rief in dem Block an, in dem Laurie untergebracht war. Robins trat von dem Fenster zurück und blickte in den langen gekachelten Korridor zu seiner Linken. Er wußte, daß er mit Laurie in einem abgeschlossenen Raum zusammentreffen würde. Den Insassen wurde dieses eine Privileg zugestanden, ihre Anwälte und Helfer in Abgeschiedenheit sehen zu dürfen. Während er darauf wartete, daß Laurie in das Verwaltungsgebäude gebracht wurde, fragte Robin sich, wie diese Lawrencia Bembenek sein würde.

Seit er mit der Arbeit an diesem Fall begonnen hatte, hatte er gehört, wie schön sie war. Typen, mit denen er nach der Arbeit zusammentraf, machten unausweichlich irgendwelche sexuellen Bemerkungen über Lawrencia Bembenek und darüber, wie sie Robins für seine Bemühungen bezahlen würde.

Robins war nicht empfindlich, was schmutzige Witze anging, aber er besaß nur wenig Toleranz für sexistische Bemerkungen, besonders nach all den Problemen, die er bei der Polizei in Wauwatosa gehabt hatte. Seine Motive waren sehr einfach. Jemand wurde unfair behandelt, und Robins konnte nicht damit leben.

Robins folgte einem Wächter ein kurzes Stück durch den Korridor, dann rechts in einen anderen Korridor, durch eine Tür, die der Wächter aufschließen mußte. In einem kleinen Raum, ungefähr zwei mal drei Meter, mußte Robins warten. Die Wände waren nackt. In der Mitte des Raums stand ein kleiner Schreibtisch mit zwei Stühlen.

»Hi, Ira«, sagte Laurie und streckte die Hand aus, als sie durch die Tür kam.

»Hallo«, sagte Robins. Er mochte sie sofort.

Laurie trug Bluejeans, ein Sweatshirt und Tennisschuhe. Sie schob die Ärmel des Shirts hoch und ließ sich auf einen Stuhl fallen. Ihre Haare waren vorne sehr kurz und hinten lang. Ihr Gesicht zeigte nur einen Hauch von Make-up. Robins mußte zustimmen, daß Lawrencia Ann Bembenek schön war.

»Wissen Sie, wir haben uns schon einmal gesehen«, erklärte sie.

»Wann?«

»Vor mehr als einem Jahr. Sie haben an dem Fall Kathy Braun gearbeitet. Sie ist hier drinnen eine Freundin von mir.«

»Oh«, sagte Robins und schlug sich gegen die Stirn. »Jetzt erinnere ich mich.«

»Ja, ich habe in der Küche gearbeitet und meine Fähigkeiten verbessert, damit ich einen guten Job bekomme, wenn ich hier herauskomme.«

»Na ja, wissen Sie, es besteht wirklich ein Mangel an Exsträflingen, die wissen, wie man Toiletten schrubbt und Möhren schält.«

»Sie hatten die irresten weißen Tennisschuhe an, die ich in meinem ganzen Leben gesehen habe«, sagte Laurie.

»Die richtige Kleidung bringt Erfolg.«

Robins und Laurie konnten es sofort gut miteinander. Er fand, sie war schlagfertig, amüsant, freundlich und eine der intelligentesten Frauen, die er je getroffen hatte.

Laurie staunte über Robins' Wissen über ihren Fall. Sie hatte ihre Geschichte so oft erzählt, daß sie jedes Detail ihrer Verhaftung und ihres Prozesses im Schlaf hersagen konnte. Anwälte, die herkamen, um sie zu besuchen, wußten nicht einmal, daß Elfred Schultz eine Dienstwaffe und eine Privatwaffe besessen hatte. Niemand, nicht einmal ihr Prozeßanwalt Donald Eisenberg, wußte, was Robins über sie und Schultz und den Fall wußte. Laurie sah genau so tief in seine Augen wie er in ihre.

Gibt es so einen Mann wirklich? fragte sie bei sich.

Robins wollte ihr unbedingt ein paar Fragen stellen. Er wollte jedes kleine Detail über jeden Moment ihres Lebens wissen. Er holte ein kleines Notizbuch heraus, das in seiner gewaltigen Hand verloren wirkte, und schrieb mit. Robins wußte, was er fragen und wie er jemanden führen mußte, damit der Betreffende sein Wissen preisgab.

»Die Augen verraten viel«, pflegte Robins den Männern und Frauen zu erklären, die er in Verhörtechniken unterrichtete. »Wissen sie etwas, sind sie schuldig, dann wenden sie die Augen von einem so oft wie möglich ab. Sie werden Andeutungen und Hinweise und Anhaltspunkte äußern, um einen in eine bestimmte Richtung zu führen, nur damit man verschwindet und sie in Ruhe läßt.«

Lauries Augen wandten sich nicht ab, und sie schickte Robins auch nicht in irgendeine Richtung. Vier Jahre nach dem Mord an Christine Schultz wußte die Frau, die sie angeblich getötet hatte, weniger über den Mord als Robins.

»Haben Sie Christine Schultz getötet?« fragte Robins.

»Nein, ich habe Christine Schultz nicht getötet.«

»In Ordnung«, sagte Robins. »Ich glaube Ihnen, Laurie.«

Während der nächsten Stunden erzählte Laurie Robins alles, woran sie sich über die letzten fünf Jahre ihres Lebens erinnerte. Bevor Robins sie spät an diesem Tag verließ, beugte er sich auf seinem Stuhl vor und sagte zu ihr etwas, das er noch nie zu einer anderen Person gesagt hatte.

»Ich verspreche Ihnen beim Grab meines Vaters, daß ich dafür sorgen werde, daß sich die Gerechtigkeit durchsetzt und Sie einen fairen Prozeß bekommen.«

Er hatte keine Ahnung, daß sich die Gerechtigkeit so schwer würde fassen lassen und daß er gerade erst eine Reise antrat, die jeden Moment seines Lebens in Anspruch nehmen sollte, und zwar für die nächsten Monate und Jahre.

Doch Robins war ein Mann, der zu seinem Wort stand, und als Laurie zu sprechen begann, konnte er förmlich sehen, wie eine gewaltige Last von Lawrencia Bembenek auf ihn überging. Es war eine Bürde, die er tragen wollte, bis er sie als freie Frau aus den Toren des Gefängnisses kommen sah.

Der Kreis erweitert sich

Als Robins aufgefordert wurde, das Gefängnis zu verlassen, war er sicher, daß Lawrencia Bembenek den Mord an Christine Schultz nicht begangen hatte. Nicht nur gab es keinen Beweis, daß sie irgend etwas mit dem Mord zu tun hatte, sondern Robins war auch überzeugt, daß sie zu einem so schrecklichen Verbrechen – noch dazu an einer Frau – nicht fähig war.

Zurück in Milwaukee, stieß Robins' Enthusiasmus für den Fall auf wenig Interesse bei den Bembeneks und Halloran. Robins präsentierte seine Entdeckungen weiterhin Halloran.

Aber Halloran unternahm nichts. Weil Halloran sich nicht dafür interessierte, was Robins machte, entschieden auch die Bembeneks, daß er auf der falschen Spur sein mußte.

Das Blut an Elfreds Dienstwaffe, das fehlende Einsatzbuch, die Blutflecke an der Wand und die Lücke von zweiundzwanzig Tagen vor der Untersuchung des Privatrevolvers schienen den Anwalt nicht zu stören. Robins konnte es nicht glauben.

Robins beschloß, die Dinge selbst in die Hand zu nehmen. Auf einer geliehenen Schreibmaschine tippten der Privatdetektiv und ein enger Freund täglich stundenlang Berichte über seine Entdeckungen. Halloran sah sich die Berichte an, erlaubte jedoch nicht, daß Robins seine Bürokräfte für Verbesserungen benützte. Robins arbeitete oft achtzehn Stunden am Tag, und seine Freunde dachten, er wäre verschwunden.

»Wenn Halloran sich nicht dafür interessiert, dann vielleicht der Staatsanwalt«, sagte Robins zu einem engen Freund.

Robins schickte vier Berichte an Staatsanwalt McCann. Sein Hauptaugenmerk richtete sich auf die Behauptungen des Anklägers bezüglich der mutmaßlichen Tatwaffe. Robins war sicher, daß der .38er Privatrevolver nicht die Mordwaffe sein konnte.

Es gab zu viele unbeantwortete Fragen, und Robins konnte riesige Löcher in die Theorie der Staatsanwaltschaft bohren. In einem detaillierten Dokument wies Robins darauf hin, daß es

Elfred Schultz gewesen war, der darum gebeten hatte, die Privatwaffe im staatlichen Kriminallabor untersuchen zu lassen.

Robins führte aus, dadurch hätte Lawrencia sofort schuldig gewirkt, und jede Schuld wäre von Elfred weggelenkt worden. Es wirkte so, als hätte Fred an der Unschuld seiner eigenen Ehefrau gezweifelt und die Waffe untersuchen lassen, um zu beweisen, daß sie den Mord begangen hatte. Robins führte aus, daß sich die Polizei vollständig auf Schultz' Angaben verlassen habe, daß der Revolver in seiner Wohnung die einzige Waffe war, die er außer seinem Dienstrevolver besaß. Er sagte außerdem, die Waffe wäre in das Verwaltungsgebäude der Polizei gebracht, von Polizisten bis hinauf zum Rang eines Inspektors untersucht und dann wieder in Schultz' Apartment zurückgebracht worden.

Robins erklärte, weder das Schultz-Apartment noch das Haus von Lauries Eltern wäre jemals von der Polizei durchsucht worden. Außerdem führte er Prozeßaussagen von Elfred Schultz an.

Frage: In Ausübung Ihrer Pflichten als Detective hatten Sie Waffen?
Antwort: Ja.
Frage: Hatten Sie irgendwelche Handfeuerwaffen?
Antwort: Ja.
Frage: Welche Art von Waffen hatten Sie, als Sie Ihre Frau, Christine Schultz, verließen und bei Mr. Honeck einzogen?
Antwort: Zu dem Zeitpunkt, als ich Christine verließ und bei Stu Honeck einzog, hatte ich fünf Waffen.

Robins wollte den Staatsanwalt darauf hinweisen, daß Schultz in der Nacht des Mordes auch andere Waffen in seiner Wohnung haben konnte, von denen Laurie nichts wußte. Fred sagte nie, wo seine anderen Waffen aufbewahrt wurden, und Robins vermutete, daß die Waffen ausgetauscht worden waren. Robins wollte den Staatsanwalt auch darauf hinweisen, daß Fred Schultz, als er die Mordwaffe ablieferte, einen Lügendetektortest hinter sich gebracht hatte und die Polizei ihm erklärt hatte, er wäre kein Verdächtiger im Mordfall Christine Schultz. Wenn Fred wußte, daß er kein Verdächtiger war, nahm Robins an, daß er rasch handelte, um die Schuld von sich zu schieben, damit jede gegen ihn gezielte Untersuchung gestoppt wurde.

Während Robins seine Theorie über den wirklichen Mörder von Christine Schultz entwickelte, entwickelte er auch einige Theorien über seine Beziehung zu Halloran. Eines Nachmittags trug Robins einen Stapel Akten und Bücher in Hallorans Büro und legte sie auf der Schreibtischkante des Anwalts ab. In den Akten war ein Recorder verborgen. Robins wollte ein für allemal herausfinden, was Halloran zu unternehmen gedachte.

»Sobald diese Berufung vorbei ist, bin ich mit diesem verdammten Fall fertig«, sagte Halloran.

»Und wenn Sie nicht gewinnen?«

»Wen kümmert das? Sie wissen, daß ich wahrscheinlich nicht gewinnen werde. Ich hole mir einfach das Geld und vergesse die Angelegenheit.«

Die Unterhaltung ging weiter. Es war offensichtlich, daß Halloran nichts daran lag, Lawrencia Bembenek aus dem Gefängnis zu holen.

»Also, dann bringe ich jetzt diese Dokumente zu den Bembeneks«, sagte Robins und legte den Köder aus. Er wußte, daß Halloran die Bembeneks anrufen und ihnen sagen würde, bei Robins vorsichtig zu sein. Er versuchte, sich selbst gut aussehen zu lassen, damit die Bembeneks dachten, er würde sein Geld verdienen. Das war Hallorans ständiges Muster gewesen, seit Robins begonnen hatte, mit dem Anwalt zu arbeiten. Diesmal war er entschlossen, den Bembeneks die Wahrheit zu sagen.

Als Robins im Haus von Lauries Eltern eintraf, behandelten sie ihn kühl. Robins wollte ihnen die Wahrheit über Halloran sagen, und er wollte die Bembeneks wissen lassen, daß es ausgeschlossen war, diesen letzten Berufungsantrag zu gewinnen.

»Hat Halloran angerufen, bevor ich herkam?«

»Ja, warum?« fragte Virginia Bembenek.

»Sagte er Ihnen, er würde hart für Sie arbeiten und alles in seiner Macht Stehende tun, um Laurie herauszuholen?«

»Ja.«

»Na schön. Ich möchte, daß Sie sich das anhören. Ich habe soeben unsere Unterhaltung auf Band aufgenommen.«

Robins spielte das Band ab, und die Bembeneks ließen die Köpfe hängen. Sichtlich erschüttert richteten Joe und Virginia ihre Augen auf Robins.

Joe fragte Robins: »Werden Sie uns helfen, Laurie aus dem Gefängnis zu holen?«

»Das ist alles, was ich will.«

An diesem Nachmittag schmiedeten Robins und die Bembeneks einen Pakt. Sie richteten alle ihre Hoffnungen und Befürchtungen auf Robins. Finanziell ruiniert und immer am Rand der emotionalen Katastrophe, hatten Joe und Virginia Bembenek sich zu ihrer Tochter in deren grausamem Alptraum gesellt. Ihre zwei Besuche in der Woche bei Laurie waren unerträgliche Fahrten. Sie standen Woche für Woche da und sahen zu, wie Laurie in den Besucherraum stürmte, um sie zu begrüßen. Ihre schöne, talentierte jüngste Tochter kämpfte immer um Haltung, konnte ihre Eltern jedoch nie täuschen. Lawrencia Bembenek ihrerseits war nahe daran, den Verstand zu verlieren. Wieviel länger kann sie noch durchhalten – können wir durchhalten? fragte ihre Mutter sich.

Robins saß ruhig da, als die Bembeneks jahrelangem Ärger, Frustration und Depression Luft machten. Er sah ein Mittelklassepaar im Ruhestand. Groß, hager, mit leiser Stimme – Joseph Bembenek war ein sanfter Mann. Seine Frau hatte das starke Gesicht einer Frau, die gute und schlechte Zeiten erlebt hatte. Sie war freundlich und großherzig. Er umarmte beide und machte ihnen das gleiche Versprechen, das er bereits ihrer Tochter gegeben hatte.

Bald nach Robins' Besuch bei den Bembeneks hörte Halloran auf, ihre Anrufe entgegenzunehmen. Robins riet Joe, ihm zu sagen, er hätte einen neuen Fall für ihn. Genau das tat Joe, und Halloran nahm seinen Anruf sofort entgegen. Joe fragte sich, ob es irgendwo auf der ganzen Welt einen Anwalt gab, der wirklich daran interessiert war, ihrer Tochter aus dem Gefängnis zu helfen.

Robins stimmte zu, an dem Fall ohne Bezahlung zu arbeiten, bis Lauries Eltern Geld auftreiben konnten. Das Paar hatte bereits fünfzigtausend Dollar an Anwaltshonoraren ausgegeben, Geld von Verwandten geliehen und ihr Haus mit einer Hypothek belastet.

Robins wandte sich an mehrere Anwälte und fragte, ob sie daran interessiert wären, an dem Fall zu arbeiten. Einer, der besonders daran interessiert war, war ein bekannter Anwalt aus Milwaukee und ein Mann, von dem Robins erwartete, daß er endlich etwas Positives für Laurie tun könnte. Ihr gemeinsames Treffen mit Laurie verlief gut, und als Robins und der Anwalt über den Gefängnisparkplatz zurück zu dem Wagen gingen, fragte Robins ihn, ob er den Fall übernehmen wollte.

»Wenn ich den Fall gewinne und sie aus dem Gefängnis hole, meinen Sie, ich kriege dann einen geblasen?« fragte der Anwalt.

»Bestimmt nicht von mir«, antwortete Robins.

Robins begann, den Kreis der Hoffnungslosigkeit zu erkennen, in den Lawrencia Bembenek hineingeraten war.

Zurück in Milwaukee, schaltete Robins seinen Anrufbeantworter ein. Er stoppte das Gerät und ließ es zum dritten Anruf zurücklaufen.

»Finger weg vom Bembenek-Fall, sonst bist du ein toter Mann.«

Robins hatte seine erste Morddrohung erhalten, und das machte ihn glücklich. Jetzt war er sicher, auf der richtigen Spur zu sein. Offenbar kam er nahe heran, und jemand geriet in Angst.

Er war sicher, daß einige der nachfolgenden Drohungen von Verrückten stammten, die seinen Namen in der Zeitung gelesen hatten, und er war genauso sicher, daß andere Anrufe von Polizisten kamen, denen er zu nahe an die Wahrheit herankam. Die meisten Anrufe waren auf seinem Anrufbeantworter aufgezeichnet. Manche nahm er persönlich entgegen. Einige der Stimmen klangen vertraut, andere nicht. Die Drohungen waren ein Teil seines Jobs, und er war an sie gewöhnt.

Die Drohungen waren stets in seinem Hinterkopf verankert, und sie gingen immer weiter, bis ihre Zahl an die zwölfhundert heranreichte. Der Großteil kam über Telefon. An manchen Tagen rief dieselbe Person immer wieder an und sagte Robins, er wäre ein toter Mann. Es gab auch Briefe, und manche Leute hielten Robins auf der Straße an und bedrohten ihn verbal. Robins fragte sich sogar, ob ihn der wahre Mörder von Christine Schultz angerufen und bedroht hatte.

Doch unter gar keinen Umständen würde er aufgeben.

Akten und Verrücktheiten

Lauries Berufung wegen eines neuen Prozesses schleppte sich in das Jahr 1986 hinein. Sie fing mit ihrem fünften Jahr im Gefängnis an, und mit fünfundzwanzig wußte sie, daß dies einige ihrer besten Jahre hätten sein sollen, nicht ihre schlimmsten. Obwohl Ira Robins wußte, daß Anwalt Hallorans Anstrengungen, den Antrag zu gewinnen, halbherzig waren, konnte Robins keine neue Berufung beginnen oder einen neuen Anwalt finden, bevor diese letzte Berufung abgeschlossen war, und das Warten frustrierte ihn.

Im April entschied Richterin Janine P. Geske, daß ein Lügendetektortest, dem Laurie sich im Monat davor unterzogen hatte, nicht als Beweismittel zugelassen werden konnte, um ein neues Verfahren zu erreichen. Geske sagte, der Oberste Gerichtshof von Wisconsin verbiete den Einsatz von Lügendetektoren. Sie wollte das Thema nicht einmal während der Berufungsanhörung zur Sprache bringen.

Laurie hatte den Lügendetektortest mit einer hohen Punktezahl absolviert. Der Mann, der den Test durchführte, erklärte, Laurie Bembenek hätte Christine Schultz nicht getötet.

Der Stellvertretende Staatsanwalt Robert Donohoo, der jetzt den Fall für die Staatsanwaltschaft vertrat, hatte zu jedem Beweisstück, das Halloran vorlegte, um für Laurie einen neuen Prozeß zu erreichen, einen negativen Kommentar. Jedesmal, wenn Robins ihn wegen einer neuen schriftlichen Erklärung ansprach, sah Donohoo ihn einfach an und sagte »Na und? Na und?« Robins versuchte, Donohoo zu erklären, daß es neues Beweismaterial in dem Fall gab. Er nahm Judy Zess' Aussage als Beispiel.

»Sehen Sie, diese Frau gab zu, daß sie dazu gedrängt wurde, Aussagen zu machen, die nicht wahr waren«, erklärte Robins Donohoo. »Hätten die Geschworenen das gewußt, wäre Lawrencia auf keinen Fall verurteilt worden.«

Robins begann, die Unterstützung der Öffentlichkeit zu suchen, um Laurie Bembenek zu befreien. Er hatte eine Liste von Namen zusammengestellt und entwickelte ein Netzwerk von besorgten Bürgern, die bereit waren, zu Lauries Gunsten Briefe zu schreiben und Instanzen der Stadt, des Staates und des Bundes anzurufen. Die Leute, die mit Robins arbeiteten, hatten Leserbriefe geschrieben und bei lokalen Rundfunk-Talkshows angerufen und sich in den letzten Monaten mit Robins in Verbindung gesetzt, um ihn zu fragen, wie sie helfen könnten. Robins sammelte ihre Namen in einem Computer und startete jedesmal, wenn er Hilfe brauchte, eine Telefonaktion.

Zu Laurie Bembeneks Unterstützern gehörten Großmütter und Großväter, Geschäftsleute, Polizisten, Anwälte und Vertreter so gut wie aller überhaupt vorstellbaren sozialen, rassischen und wirtschaftlichen Schichten. Überraschenderweise engagierte sich fast niemand von diesen Leuten, weil Laurie Bembenek eine ›schöne Expolizistin und Playboy-Club-Kellnerin‹ war. Die Männer und Frauen, die von Robins rekrutiert wurden, waren schlichtweg besorgte Bürger, die dafür sorgen wollten, daß das Justizsystem tat, was es tun sollte. In Laurie Bembeneks Fall hatten diese Leute das Gefühl, daß die Justiz versagt hatte.

Laurie wurde von dem Aufkommen öffentlicher Unterstützung ermutigt, aber sie wußte, daß ihr dadurch noch kein neuer Prozeß garantiert wurde. Fünf Jahre nach der Ermordung Christine Schultz' war sie noch immer Gefangene in Taycheedah.

Ihr Exmann Fred Schultz hatte wieder geheiratet, und sein Bauunternehmen in Florida florierte. Als Lauries Fall in die Fernsehnachrichten kam, wurde Fred gezeigt, wie er tief gebräunt ein großes Motorboot vor der Küste Floridas steuerte.

Laurie wußte auch über die Probleme mit Halloran Bescheid. Robins warnte sie davor, auf die Annahme des Antrags auf einen neuen Prozeß zu hoffen. Er versprach, bei ihr durchzuhalten und für sie zu arbeiten, bis sie ihre Freiheit gewonnen hatte.

Ende April 1986 beschloß Laurie, an Richterin Geske zu schreiben. Laurie informierte die Richterin, daß sie vor ihrem Mordprozeß einen Handel ausgeschlagen hatte, der ihr ein reduziertes Strafmaß verschafft hätte. Sie habe dieses Angebot abgewiesen, weil sie unschuldig war und kein Verbrechen zugeben konnte, das sie nicht tatsächlich begangen hatte. »Bitte, bitte, haben Sie den Mut, dieses Unrecht in Ordnung zu bringen«, schrieb Laurie an Richterin Geske. »Obwohl Freunde und sogar mein eigener Ehemann mich betrogen und emotional in Stücke rissen, obwohl Menschen in Machtpositionen mir mit so herausfordernder Leichtigkeit meine Freiheit nahmen, glaube ich an das System der Strafgerichtsbarkeit.«

Laurie versicherte Geske in dem Brief mehrmals, daß sie weder Sympathie noch Mitleid suchte. Sie hoffe nur, jemanden zu finden, der den Mut hatte, die wahren Fakten des Falles zu betrachten.

»Ich weigerte mich, mich für dieses schreckliche Verbrechen, das ich nicht begangen habe, schuldig zu bekennen«, schrieb Laurie. »Das Ergebnis war, daß ich einen Urteilsspruch erhielt, der viermal länger ist als der, den ich erhalten hätte, hätte ich mein Recht auf einen Handel mit der Staatsanwaltschaft in Anspruch genommen.«

Sie schrieb Geske, daß ihre unrechtmäßige Verurteilung ihren Eltern das Herz gebrochen habe. Sie selbst fühle sich einsam, und ihr Herz würde brechen, so oft sie ihre Eltern von Taycheedah wegfahren sah.

»Meine Gefühle sind heftig, und ich leide und weine und hoffe, wie jede andere Frau es tun würde, in meinem vierjährigen Kampf meine Unschuld beweisen zu können. Niemand weiß, wie verzweifelt ich manchmal bin.«

Zwei Wochen später wies Richterin Geske Lauries Antrag auf einen neuen Prozeß ab. Sie akzeptierte nicht die Theorie mit dem gedungenen Killer, die Halloran präsentiert hatte. Halloran wollte Richterin Geske glauben machen, Joseph Hecht wäre bezahlt worden, um Christine zu töten. Obwohl Hecht ein Geständnis unterschrieben hatte, er wäre dafür bezahlt worden, Christine Schultz zu töten, verweigerte er die Aussage, als er in den Zeugenstand trat. Die Richterin erwähnte auch, daß Erklärungen von Christine Schultz' Scheidungsanwalt vorlagen, Fred Schultz hätte gedroht, Christine zu töten. Im ersten Prozeß hätte Eisenberg sich aber nicht die Mühe gemacht, darauf einzugehen.

Im selben Monat meldete Laurie Bankrott an. Eisenbergs Anwaltsfirma behauptete, Laurie würde noch über dreißigtausend Dollar schulden. Fred Schultz hatte kurz nach dem Mord seine Hälfte an Christines Haus an Eisenberg überschrieben, doch die Gerichte erklärten dies später für illegal. Eisenbergs ehemalige Anwaltsfirma behauptete, wenn Fred nicht Lauries Anwaltskosten bezahlte, wäre es Lauries Pflicht, für Eisenbergs Dienste zu bezahlen. Laurie hatte insgesamt neunundsechzig Dollar und dreiundachtzig Cent auf ihrem Gefängniskonto. Eisenberg hatte ihr bis zu hundertfünfzig Dollar die Stunde berechnet.

Bis zum Abschluß ihres Antrags auf ein neues Gerichtsverfahren hatte sich Laurie mit juristischen Vorgängen vertraut gemacht. Sie hatte sich auch einen Ruf erworben als entschiedene Vertreterin und Verteidigerin der Rechte von Strafgefangenen. Sie schloß sich mehreren Mithäftlingen an, die gegen die Überfüllung in Taycheedah klagten. Laurie arbeitete auch daran, Telefonprivilegien für weibliche Strafgefangene durchzusetzen und den Lebensstandard von weiblichen Gefangenen auf den Standard der männlichen Gefangenen zu heben.

Andere Gefangene wußten auch, daß sie zu Laurie kommen konnten, wenn sie juristische Probleme oder Fragen hatten. Viele Frauen hatten keine Ahnung, was ihre Anwälte draußen für sie taten — sofern sie überhaupt etwas taten. Laurie ging mit ihnen ihre juristischen Unterlagen durch und erklärte ihnen, was sie erwarten konnten.

Als Laurie in ihr fünftes Jahr als Strafgefangene ging, sah sie entlassene Häftlinge nach der zweiten oder dritten Verurteilung zurückkommen. Für viele dieser Frauen war das Gefängnis wie eine Drehtür. Weil die Mehrzahl der in Taycheedah eingesperrten Frauen nur für eine kurze Zeit dort war, fiel es Laurie schwer, enge Beziehungen zu ihnen zu entwickeln. Kaum gewöhnte sie sich an eine neue Zellengefährtin, wurde die Frau bedingt freigelassen. Dann bekam Laurie eine neue Zellengefährtin, eine andere Lebenslängliche, die höchstwahrscheinlich genauso lange wie Laurie in Taycheedah bleiben würde.

Im Sommer 1986 hatte Laurie eine enge Beziehung zu Kathy Braun entwickelt. Braun, eine intelligente Frau und vierfache Mutter, verbüßte eine lebenslängliche Gefängnisstrafe für einen Drogenmord, und einmal hatte Ira Robins etwas für ihren Anwalt in Milwaukee erledigt. Laurie und Kathy waren Zellengefährtinnen und halfen einander, bei klarem Verstand zu bleiben.

»Kathy wurde die Sonne und der Mond in meinem Leben«, behauptete Laurie. »Wir waren wie Schwestern. Wir teilten die Bürden der anderen, die Verluste, den Kummer, und wir wußten, daß die andere immer da sein würde, wenn etwas Schlimmes passierte.«

Einmal wurden Laurie und Kathy erwischt, als sie mit eingeschmuggeltem Haarfärbemittel ihre Haare färbten. Obwohl Laurie versuchte, ihr Haar blond zu halten, die Farbe, mit der sie ins Gefängnis gekommen war, wurde sie des Schmuggels beschuldigt sowie der versuchten ›Verkleidung‹.

»Ich sagte sofort, es wäre mein Fehler, damit ich die Strafe erhielt«, sagte Laurie. »Aber wir lachten beide so heftig, daß wir schon dachten, sie würden uns an die Wand stellen und erschießen.«

Kathy und Laurie brüteten gemeinsam über juristischen Angelegenheiten, tauschten Bücher aus und versuchten, sich gegenseitig daran zu hindern, verrückt zu werden.

»Mir war klar, wenn ich das überstehen wollte, müßte ich Humor bewahren«, sagte Laurie. »Kathy half mir, über mich selbst zu lachen, über das System, über eine Urinprobe um drei Uhr nachts, über kaltes Essen, und wenn ich nicht lachen konnte, war sie da und zeigte mir, daß es auch in Ordnung war zu weinen.«

Je länger Laurie im Gefängnis blieb, desto klarer wurde ihr, daß sie eine Närrin gewesen war, Fred zu heiraten, ihm zu glauben und Eisenberg zu glauben. Robins war gleich zu dem Schluß gekommen, daß ihre anwaltliche Betreuung zu den schlechtesten gehörte, die er je gesehen hatte. Er interessierte sich besonders für die Rolle, die Fred bei ihrer Verteidigung gespielt hatte.

Robins erklärte ihr: »Wenn Sie sich alles ansehen, die Waffe, das Motiv, die mutmaßliche Vertuschung durch die Polizei, dann hätte Fred Schultz der Verdächtige Nummer eins sein müssen und nicht Sie.«

Robins behauptete, wenn Fred ein Verdächtiger war, dann war es absolut unrichtig gewesen, daß er mit Eisenberg zusammenarbeitete oder ihn heimlich bezahlte. Eisenberg hätte die Pflicht gehabt, andere Verdächtige zu verfolgen, aber das hätte er nicht getan.

»Fred Schultz durfte am Tatort zugegen sein und bei den Ermittlungen helfen«, meinte Robins. »Er durfte sogar die Leiche in der Leichenhalle identifizieren, was einfach unglaublich ist, wenn man etwas über Polizeiarbeit weiß. Verdächtige werden für gewöhnlich schnellstens vom Tatort entfernt, damit sie keine Beweise verändern können.«

Robins war außerdem sicher, daß die Polizei noch immer etwas verbarg. Er hielt es für möglich, daß Fred Schultz wußte, was dieses ›etwas‹ war. Robins ging stundenlang Freds Aussage durch, und er hörte sich eine auf Band festgehaltene Befragung an, die am 17. Juli 1981 von Bill Watson durchgeführt worden war, dem Privatdetektiv, der für Eisenberg arbeitete.

In dieser Befragung gab Schultz zu, daß er mit Drogen experimentiert habe, einschließlich Kokain, und daß er einige interessante sexuelle Praktiken mochte.

Watson: Haben Sie Honeck einmal über besonderen Sex sprechen gehört?
Schultz: Ja, ja, ja, also, weil das nur für Don Eisenberg ist – Honeck hatte eine Freundin, und die kam rüber zu uns, und ich habe sie gevögelt, während sie ihm einen geblasen hat.

Laut Schultz war er auch einmal eines Abends mit Honeck unterwegs, um etwas zu trinken, und die beiden Männer ›rissen zwei Nutten auf‹ und führten das gleiche Ritual aus.

Während dieser Befragung gab Schultz an, die Polizei von Milwaukee habe zweiunddreißigtausend Dollar dafür ausgegeben, ›mich intern zu verfolgen‹. Er erzählte Watson, daß die Polizei vielleicht versuchte, ihn und Lawrencia loszuwerden.

Schultz wußte auch, daß Judy Zess' Telefon während der Ermittlung im Mordfall Christine Schultz abgehört wurde. Er gab an, ein Freund, George Marks oder George Markovich, der Besitzer von *George's Pub and Grub*, habe ihm gesagt, er sollte vorsichtig sein, wenn er Judy anrief, weil ihre Leitung angezapft war. Fred erzählte Laurie nichts von der Abhöraktion.

Während dieser Befragung gestand Fred Schultz bei Bill Watson ein, daß er und Durfee am 28. Mai in mehreren Bars waren, nur wenige Stunden vor dem Mord. Und er gab an, obwohl er als Detektiv im Dienst war, habe er versucht, von den Barbesitzern Geld einzutreiben, das sie ihm für Zimmermannsarbeiten schuldeten.

Schultz sagte auch aus, sie hätten die Bar verlassen und wären zum El Matador Restaurant gefahren, außerhalb seines Zuständigkeitsbereichs auf der East Side, weil er wußte, daß ihn die Kellnerinnen gut behandeln würden. Nach zwei Uhr nachts war seine Erinnerung nicht so klar. Schultz blätterte in seinen Notizen herum und meinte dann, er habe um zwei herum einen Anruf erhalten, zu einem Einbruch zu fahren. Robins blätterte ständig hin und her zwischen den Polizeiberichten, die Durfee über die Ereignisse vom 27. und 28. Mai geschrieben hatte, und den Berichten, die Fred Schultz geschrieben hatte. Er stellte fest, daß drei Wochen nach dem Mord an Christine beide Männer neue, detailliertere Berichte über ihre Tätigkeiten in jener Nacht schrieben. Für Robins konnte das nur eines bedeuten – es hatte irgendeine interne Untersuchung gegeben. Durfee hatte im Prozeß erwähnt, er habe die Anweisung erhalten, neue Berichte zu schreiben. Robins wußte, daß dies nur der Fall gewesen sein konnte, wenn die Polizeiführung etwas vertuschen wollte.

Deckt Durfee vielleicht Schultz? fragte Robins sich. Wo, zum

Teufel, waren die beiden in der Mordnacht zwischen eins und zwei gewesen?

Das waren nicht die einzigen Fragen, auf die Robins eine Antwort suchte. Er wollte auch herausfinden, was im Besprechungszimmer des Inspektors nur eine Stunde nach dem Tod von Christine Schultz passiert war. Laut Laurie hatte Fred seinen Privatrevolver ins Polizeiverwaltungsgebäude gebracht, als sie Christines Leiche identifizierten. Die Waffe befand sich in seiner Aktentasche, obwohl er noch immer seinen Dienstrevolver trug. Während Laurie im Aufenthaltsraum wartete, gingen Fred und Durfee nach oben. Durfee hatte gemeint, Vorgesetzte würden auf sie warten. Laurie wußte, daß diese Besprechung auf derselben Etage abgehalten wurde, auf der das Büro des Polizeichefs lag. Fred nahm seine Aktentasche zu dieser Besprechung mit.

Robins suchte überall nach einem Bericht über diese Zusammenkunft im Besprechungszimmer des Inspektors. Es gab keinen. Niemand erwähnte ihn während des Prozesses, aber Robins wußte, daß es eine Besprechung gegeben hatte und daß Schultz' Privatrevolver Gegenstand dieser Besprechung war. Als Robins an die Polizeiführung schrieb und um Informationen über das Zusammentreffen zwischen Durfee, Schultz und den hochrangigen Polizeioffizieren bat, erhielt er eine sonderbare Antwort:

> *Was Ihr Ersuchen um Informationen bezüglich einer Besprechung betrifft, die am 28. 5. 1981 im Besprechungszimmer des Inspektors im Polizeihauptquartier von Milwaukee stattgefunden hat, wobei Detective Elfred Schultz jr. vor einem hochrangigen Untersuchungsausschuß erschien, so nehmen Sie bitte zur Kenntnis, daß wir keine Unterlagen über ein solches Zusammentreffen haben, wie Sie es beschrieben.*

Das Geheimnis, das Freds Privatrevolver umgab, wuchs weiterhin. Robins fragte sich, wieso weder Eisenberg noch sonst jemand die Herkunft einer dritten Patronenhülse untersucht hatte, die Monty Lutz übergeben worden war. Lutz war der Techniker des Kriminallabors, der festgestellt hatte, daß Freds Privatrevolver die Mordwaffe war.

Nachdem Lutz am 18. Juni 1981 Freds Privatrevolver abgefeuert hatte, schickte Lutz Detective Schultz und Detective Gauger zurück zu der grünen Munitionsschachtel, die Fred in Christines Haus aufbewahrt hatte, um ihm einige 200-Grain-Patronen zu bringen. Die Kugel, die angeblich aus Christines Leiche entfernt worden war, war eine 200-Grain-Kugel, hergestellt von der Speeris Company. Diese Kugel traf im Kriminallabor am Tag nach dem Mord ein. Fred gab an, diese Patronen wären vor Jahren als Standardmunition ausgegeben worden, die während des Dienstes benutzt werden sollte. Er habe noch immer etwas von dieser Munition übrig. Schultz übergab Lutz sechs nicht abgefeuerte Patronen und eine Patronenhülse, die bereits abgeschossen worden war. Drei Patronen wurden durch den Privatrevolver zur Probe abgefeuert und drei durch den Dienstrevolver. Lutz berichtete, es habe genügend Spuren im Lauf des Privatrevolvers gegeben, die mit der Kugel übereinstimmten, die angeblich aus Christines Leiche entfernt worden war, um ihn zu der Schlußfolgerung zu führen, daß die Kugel, die Christine Schultz tötete, aus dem Privatrevolver abgefeuert worden war.

Die Kugeln, die aus dem Dienstrevolver zur Probe abgeschossen worden waren, und das Geschoß, das angeblich aus der Leiche entfernt worden war, stimmten nicht überein. Die bereits abgefeuerte Patronenhülse wurde mikroskopisch mit den Zügen im Lauf der Dienstwaffe und der Privatwaffe verglichen, um festzustellen, ob sie übereinstimmten. Die Patronenhülse paßte zu keiner der beiden Waffen. Sie war aus einer dritten Waffe abgefeuert worden. Robins dachte sofort, diese dritte Waffe könne die Waffe gewesen sein, die Durfee am 28. Mai 1981 überprüfte. Immerhin hatte Fred Schultz – oder sonst jemand – einundzwanzig Tage nach dem Mord Zeit gehabt, die Waffen zu vertauschen.

Es muß einen Grund geben, wieso Eisenberg alle diese Informationen ignorierte, sagte sich Robins. Hätten Geschworene diese Dinge gehört, hätten sie Laurie niemals wegen Mordes ersten Grades verurteilt. Der Ankläger wäre aus dem Gerichtssaal hinausgelacht worden.

Robins fand es an der Zeit, seine Bemühungen zu verstärken,

Laurie einen neuen Anwalt zu verschaffen. Er war sicher, daß Laurie einen neuen Prozeß bekommen konnte, weil sie ganz sicher nicht angemessene juristische Behandlung erhalten hatte.

Anwälte und Lügner

Unmittelbar nach Weihnachten 1986 erhielt Robins einen Anruf von einem seiner Klienten, Martin E. Kohler, einem jungen Strafverteidiger aus Milwaukee, der sich einen Ruf als zurückhaltender, aber eifriger Anwalt aufbaute. Kohler wollte, daß Robins für ihn in die Innenstadt fuhr und Geld eintrieb. Einer seiner Klienten schuldete ihm achtzehntausend Dollar, und Kohler wußte, daß Robins keine Angst hatte, ins Herz von Milwaukee zu fahren und Geld zu holen. Als Robins das Geld bei Kohler privat ablieferte, beschloß er, Kohler zu fragen, ob er daran interessiert war, Laurie Bembenek zu vertreten.

Der Fall interessierte Kohler, und er war einverstanden, ihn zu übernehmen. Er meinte, Laurie habe eine gute Chance freizukommen, wenn ein Antrag auf einen neuen Prozeß gestellt wurde. Er arbeitete eine Vereinbarung mit Laurie aus, daß er fünfzigtausend Dollar erhalten sollte, wenn er den Fall gewann. Verlor er, dann hatte er seine Zeit und Energie verschwendet. Er versicherte Laurie, er wäre zuversichtlich, ihre Entlassung aus Taycheedah zu erreichen.

Robins' erste Sorge war es, von Halloran alle Akten und Unterlagen über den Fall zu bekommen. Er war sicher, daß es noch Notizen und Briefe zu diesem Fall gab, die er nie zu Gesicht bekommen hatte. Kohler rief Halloran an, um ihn zu informieren, daß er jemanden schickte, der die Bembenek-Akten holte. Er wollte den Fall übernehmen und brauchte alle Dokumente. Robins hatte seit Beginn seiner Arbeit an dem Fall gehofft, die kompletten Unterlagen zu sehen, die Eisenberg und Halloran zusammengetragen hatten.

Kohler bat Robins, für ihn die Unterlagen zu holen, und Robins ließ es von einem Freund machen, damit Halloran nicht wußte, daß Robins die Unterlagen sehen würde. Robins' Freund lieferte die Unterlagen in Robins' Büro ab.

Als erstes fiel aus dem Aktenstapel ein rosa Notizzettel, den Eisenbergs Sekretärin geschrieben hatte. Eine Kellnerin aus

Sally's Steak House in Milwaukee hatte angerufen, um Eisenberg wissen zu lassen, daß jemand von der Abteilung für interne Angelegenheiten der Polizei von Milwaukee in dem Restaurant gewesen war und sich nach Fred Schultz erkundigt hatte. Sie ermittelten gegen ihn als möglichen Verdächtigen in dem Mord an seiner Exfrau. Eisenberg verfolgte offenbar diese Mitteilung nicht, aber sie war ein weiterer Beweis dafür, daß Elfred O. Schultz jr. tatsächlich ein Mordverdächtiger gewesen war.

Bei den Akten lagen Dutzende von Briefen, die Laurie an Eisenberg geschrieben hatte. Robins las sie alle sofort und war betroffen über ihren mitleiderregenden, hilflosen Ton. Laurie war vollständig überzeugt gewesen, Eisenberg würde sie freibekommen.

Robins stellte schnell fest, daß Fred Schultz eine wichtige Rolle bei Lauries Verteidigung gespielt hatte. Fred Schultz war bei fast allen ihren Besprechungen mit Eisenberg anwesend, obwohl er zeitweise als Tatverdächtiger gegolten hatte.

Dann griff Robins nach einem Stapel gelber Notizzettel, auf denen Laurie während des Prozesses ihre Nachrichten für Eisenberg aufgeschrieben hatte. »Warum machen wir dies . . . warum machen wir nicht das?« hatte sie Eisenberg immer wieder gefragt. Lauries Notizzettel stellten einen endlosen Strom von Fragen dar, die offenbar nicht beantwortet wurden. Zwischen den Akten steckte auch ein Brief eines Reporters vom *National Enquirer*, der sich für Eisenbergs Hilfe bei einer Story über Laurie bedankte. Robins konnte nicht glauben, daß Eisenberg eine Story über einen seiner Klienten verkauft hatte. Laurie hatte ihm dafür nie die Erlaubnis erteilt. Robins suchte die Story heraus.

KILLER-EHEFRAU VERLANGT ALIMENTE WÄHREND LEBENSLÄNGLICHER HAFTSTRAFE schrie die Schlagzeile. Der Artikel bezeichnete sie als ›kaltherzige Killerin‹.

Robins schleuderte angewidert die Zeitung von sich. Wenn der Verkauf einer Geschichte über einen Klienten an eine Zeitung wie den *National Enquirer* (Skandalblatt, Anm. des Übers.) kein Interessenskonflikt war, dann gab es keine Interessenskonflikte.

Während Robins mit Kohler zusammenarbeitete, um Beweismittel für ihren Antrag zu sammeln, kämpfte er ums finanzielle Überleben. Gelegentlich übernahm er auch andere Jobs, um seine Miete bezahlen zu können, aber die Energie und die Zeit, die nötig waren, um Spuren im Bembenek-Fall zu verfolgen, überschatteten alles. Er flog aus einem Apartment hinaus, dann aus dem nächsten. Als er auch Probleme bekam, seinen Unterhaltszahlungen für sein Kind und seine Exfrau nachzukommen, sprach er mit seiner Exfrau, Sharon Robins.

»Ich weiß, du könntest mich ins Gefängnis werfen lassen«, erklärte er ihr. »Aber du kennst mich, ich kann diese Sache einfach nicht aufgeben. Wenn ich es nicht mache, wer, zum Teufel, soll es dann machen?«

Sharon glaubte an ihren Exmann und entließ ihn aus seinen finanziellen Verpflichtungen, bis er wieder ein Einkommen hatte. Sie hatte einen Vollzeit-Job und lebte bei ihrem Vater. Sie und Robins hatten eine gute Beziehung, was ihren Sohn anging. Robins versprach seiner Exfrau, ihr eines Tages alles zurückzuzahlen, was er ihr schuldete. Eines Tages, wenn Lawrencia Bembenek eine freie Frau war, würde er Sharon und David für alles entschädigen.

Robins sprach ständig mit Sharon und seinem siebenjährigen Jungen über den Fall. Sein Sohn sollte wissen, daß er siegen würde. Sein Junge sollte auch wissen, daß, wenn man wirklich an etwas glaubte, einen nichts daran hindern sollte, seine Träume zu verfolgen.

»Ich kann dich nicht an manche Orte mitnehmen, die deine Freunde besuchen, und ich kann dir keine teuren Geschenke kaufen«, erklärte Robins seinem Sohn David. »Aber du sollst wissen, daß es andere Dinge gibt, die viel wichtiger sind.«

Im Frühling 1987 wurde Robins' Hingabe für seinen Sohn auf die allerhärteste Probe gestellt. Die anonymen Drohungen, die ständig gegen sein eigenes Leben ausgestoßen worden waren, richteten sich plötzlich gegen den Jungen.

»Wir wissen, wo David ist«, sagte der Anrufer. »Wir wissen, wo er ist, und wir werden ihn uns holen, und du wirst ihn nie wiedersehen.«

Robins reizte die Anrufer. Er wollte sie aus ihrer Reserve

locken. Er war bereit, alles zu tun, was nötig war, um seine Familie zu schützen. »Ihr seid genau wie einige von den Arschlöchern bei der Polizei von Milwaukee«, sagte er. »Warum zeigt ihr euch nicht, wo ich euch sehen kann, und laßt es an mir aus anstatt an einem kleinen Jungen?«

Die Anrufe gingen weiter. Sie kamen zu jeder beliebigen Tageszeit. Die Stimmen waren unterschiedlich, immer ein Mann.

»Wen soll ich zu Hilfe rufen – die Polizei?« fragte Robins einmal Marty Kohler. »Allein schon der Gedanke ist ein Witz.«

Robins tat, was er immer tat, wenn er ein Problem hatte. Er nahm die Angelegenheit selbst in die Hand. Sechs Wochen hielt er ununterbrochen beim Haus seines Sohnes Wache. Bewaffnet mit zwei Handfeuerwaffen, die er in Plastiktüten bei sich trug, »damit sie nicht als verborgene Waffen galten«, ging er durch die Straße und richtete sich in den Büschen nahe dem Schlafzimmerfenster seines Sohnes ein. Er wollte jeden erschießen, der sich seinem Sohn näherte. Wenn es sich um einen Cop handeln sollte, wollte Robins ihm in den Kopf schießen, weil er wußte, daß die Cops kugelsichere Westen trugen.

Wer immer Robins und seine Familie bedroht hatte, zeigte sich nicht, und Robins gab endlich seine nächtliche Wache auf. Die Anrufe wurden allerdings fortgesetzt, und obwohl Robins seine Leitung von der Telefongesellschaft anzapfen ließ, fand er nie heraus, wer ihn anrief.

Im Mai 1987 bestätigte das Berufungsgericht des Staates den Spruch von Richterin Geske aus dem Mai 1986 und erklärte, es gäbe keine neue Beweislage, die einen neuen Prozeß rechtfertigte. Laurie wurde wütend und deprimiert. Es fiel ihr schwer zu glauben, daß sie noch immer im Gefängnis war und die besten Jahres ihres Lebens wegen eines Verbrechens verschwendete, das sie nicht begangen hatte. Sie sprach mit Robins und fragte ihn, was als nächstes mit ihr geschehen würde.

»Werde ich hier jemals herauskommen, Ira? Warum sind alle gegen mich? Ich verstehe nicht, warum sich niemand die Zeit nimmt, um sich anzusehen, was wir vorzulegen haben.«

Robins war genauso betroffen. »Hier wurde der Gerechtigkeit noch nicht Genüge getan, Laurie«, versicherte er. »Etwas wurde vertuscht, und es fängt zu stinken an. Wenn Staatsanwalt E. Michael McCann denkt, ich wäre wie eine Mücke, die man mit einer Handbewegung in die Flucht schlägt, steht ihm eine große Überraschung bevor.«

Er versprach Laurie, nicht aufzugeben. Er erinnerte sie an sein ursprüngliches Versprechen. Er wollte dabei sein, wenn sie das Gefängnis als freie Frau verließ. Laurie nannte Robins »meinen persönlichen Pitbull«, und sie sprach oft mit ihm am Telefon. Außerdem schrieben sie einander Briefe über den Fortgang des Falles.

Während Robins sich unermüdlich vorankämpfte, arbeitete Laurie weiterhin auf ihren Collegeabschluß hin und kämpfte für die Rechte von Strafgefangenen. Sie lernte, ihre eigenen juristischen Schriften abzufassen, und sie verschaffte ihrer Frustration durch ihr Schreiben ein Ventil. Ein Gedicht ohne Titel, geschrieben 1987, war eine Zusammenfassung ihrer tiefsten Gefühle und Ängste.

Es bedarf jetzt mehr als einer Hand,
um all die Geburtstage zu zählen, die ich hier verbracht.
Wartend in einer dunklen Zelle an einem kalten Morgen,
blickte ich zu den Zweigen im Freien,
erkannte, daß sie schon aussehen
wie Venen, zum Himmel gereckt,
und erkannte,
ich kann so nicht länger leben.

Man sollte meinen,
nach Jahren der Unterwerfung
unter Entmenschlichung
Degradierung und Bedrängung,
nach nackt Ausziehen während der Menstruation
(zur offensichtlichen Freude zweier lesbischer Wärterinnen),
nachdem man gezwungen war,
die Toilette vor vielen Fremden zu benützen,

nachdem man mitten in der Nacht herausgeschleppt wurde,
um Schnee zu schaufeln oder in eine Tasse zu urinieren – auf Kommando,

nach Jahren der gefühlsmäßigen Beraubung, der mentalen Sodomie,
nachdem man belästigt wurde
beschuldigt
kontrolliert
beschämt
abgesondert
eingeschränkt
gedemütigt
heruntergemacht
angeklagt
kritisiert
entmutigt
bedroht und entmutigt

sollte man meinen,
die kleinen Strafen könnte man ignorieren –
wenn wir laut gewarnt werden, uns nicht noch einmal von einem Besucher küssen zu lassen,
wenn uns sinnlose Arbeit befohlen wird
und wir dann zwei Tage Bezahlung verlieren wegen Zuspätkommens,
wenn wir hilflos von einem Ort an den anderen verschoben werden,
wenn man uns ein Päckchen Kekse von zu Hause vorenthält,
aber diese bedeutungslose Unterdrückung wird nur schlimmer
– wird nur unerträglicher.

Ich bin müde, mich zu fragen,
wie viele faschistische Arschlöcher meine Briefe lesen (und mich zu fragen, ob sie ihre Bestimmung erreichen),
überwacht zu werden von Kameras, des Sex beraubt,
beherrscht von einem Mangel an Alternativen und dem Geräusch von Klingeln, Schlüsseln, Walkie-talkies.

Ich kann nicht länger sehen die Kinder
draußen vor dem Zaun. »Aber Mommy! Ich will nicht weggehen!«
Ich habe keine Kinder, aber ich fühle mich wie dieses Kind.
Ich sehe schnell weg von der Frau mit den geröteten Augen.
Ich will es nicht mehr sehen.
Ich ertrage nicht die Paranoia, die Sorge und Verzweiflung.

Manchmal in letzter Zeit
glaube ich zu explodieren: doch dann würden SIE gewinnen.
Ich würde nur meine schmerzliche Realität eintauschen
gegen Psychodrogen und Papiernachthemden.
Also sammle ich wieder eine Handvoll Widerstand
und mache weiter,

erst einmal.

Im Frühsommer 1987 arbeitete Robins mit Marty Kohler im State Office Building im Zentrum von Milwaukee. Während sie durch die Korridore gingen, trafen sie einen Anwalt, der stets etwas für die Rechte der Beschuldigten tat. Er zog Kohler und Robins beiseite und stellte seine Aktentasche ab.

»Ich weiß, was ihr macht, Leute«, sagte der Anwalt. »Viele von uns sind auf eurer Seite und meinen, daß Lawrencia durch den Wolf gedreht worden ist.« Der Anwalt holte ein Blatt Papier hervor, schrieb die Namen von zwei Männern auf und reichte es Robins. »Vielleicht wollen Sie die beiden überprüfen«, meinte er, wandte sich ab und ging weg.

Robins entfaltete das Blatt, und der Unterkiefer klappte ihm herunter. Er las die Namen Frederick Horenberger und Daniel L. Gilbert.

»Marty«, sagte Robins, »das sind die Kerle, die wegen Raubes an Judy Zess verurteilt wurden, und ein Danny L. Gilbert wurde in der Mordnacht auf dem Freeway genau oberhalb des Tatortes gestoppt.«

Kohler und Robins wußten sofort, daß es eine Verbindung zwischen diesen beiden Männern und dem Mord an Christine

Schultz geben mußte. Robins wußte, daß Horenberger Judy Zess gekannt hatte und daß er nur wenige Monate nach dem Mord dafür verurteilt worden war, sie beraubt zu haben. Er erinnerte sich an die schriftliche Aussage, die Horenberger an Eisenberg geschickt hatte und in der er einen Plan anführte, wie Laurie der Mord an Christine angehängt werden sollte.

Da muß noch mehr sein, dachte Robins. Da muß es irgendeine Verbindung geben.

Robins nahm rasch Einblick in die Akten von Horenberger und Gilbert. Zuerst entdeckte er, daß Horenbergers Anwalt Robert Weidenbaum war – der Laurie bei ihrer Scheidung sowie teilweise bei ihrem Antrag für einen neuen Prozeß geholfen hatte. Er war Laurie von Donald Eisenberg empfohlen worden.

Dann fand Robins heraus, daß einer der Männer, die in Verbindung mit dem Raubüberfall auf Judy Zess verhaftet worden waren, tatsächlich Daniel L. Gilbert war. Konnte das derselbe Danny L. Gilbert sein, der in der Mordnacht oberhalb von Christine Schultz' Haus auf dem Freeway gestoppt worden war? Der Zufall wirkte unwahrscheinlich, aber nicht unmöglich. Robins versuchte sofort, einen Lastwagenfahrer namens Daniel L. Gilbert aufzuspüren.

Robins fand heraus, daß ein Daniel L. Gilbert für eine Transportfirma in Illinois arbeitete. Seine Adresse war ein Postfach. Die Transportfirma gab keine Informationen über den Mann heraus. Obwohl Robins häufig anrief, rief Gilbert nicht zurück.

Während Robins versuchte, Gilbert in Illinois zu finden, erfuhr Robins, daß zwei Detektive aus Milwaukee ihn aufgespürt und befragt hatten. Die beiden Detektive behaupteten, der Daniel L. Gilbert aus Illinois wäre nicht derselbe Daniel L. Gilbert, der in den Raubüberfall auf Judy Zess verwickelt war. Doch Robins konnte nie einen Polizeibericht über Gilbert aus Illinois finden. Es gab nichts über ihn in der Mordakte Christine Schultz. Robins versuchte weiterhin herauszufinden, ob die beiden Männer verwandt waren, vielleicht Cousins mit dem gleichen Namen, aber er fand keine Unterstützung durch die Polizei.

Robins fand auch die Verbindungen zwischen Eisenberg, Weidenbaum und Laurie Bembenek seltsam. Weidenbaum und

Eisenberg waren enge Freunde und Berufskollegen gewesen. Weidenbaum war einmal Eisenbergs Praxishelfer gewesen. Eisenberg wußte, daß Frederick Horenberger ein Schlüsselzeuge in Lauries Prozeß sein sollte. Weidenbaum hatte Horenberger in dem Prozeß um den Raubüberfall auf Judy Zess vertreten, von dem Robins vermutete, daß er irgendwie mit dem Mordfall Christine Schultz zu tun hatte.

Während des Horenberger-Prozesses hatte Weidenbaum sich zweimal mit Daniel L. Gilbert in Verbindung gesetzt, obwohl Gilberts Anwalt ihm dafür die Erlaubnis verweigert hatte. Weidenbaum war wegen unprofessionellen Verhaltens von der Anwaltskammer gerügt worden.

Robins fragte Laurie, ob sie Weidenbaum die Erlaubnis erteilt hatte, Einsicht in ihre Akten zu nehmen. Sie versicherte, das habe sie nicht getan.

In all seinen Jahren als Detektiv und Polizist hatte Robins noch nie einen deutlicheren Interessenskonflikt gesehen.

»Hier ist Eisenberg, der eine Mordverdächtige vertreten soll, und er nimmt Geld von dem Ehemann der Verdächtigen, der ebenfalls ein Verdächtiger ist«, sagte Robins zu Kohler. »Die Klientin darf sich nie mit dem Anwalt allein treffen, und der Anwalt verfolgt nicht einmal den wahrscheinlicheren Verdächtigen, nämlich den Ehemann.«

Kohler und Robins beschlossen, den Interessenskonflikt in ihrem nächsten Antrag für einen neuen Prozeß als Hauptthema zu verfolgen. Kohler wollte, daß Robins Scheckabschnitte auftrieb, die zeigten, daß Fred tatsächlich geholfen hatte, Lauries Verteidiger vor dem Prozeß zu bezahlen. Robins sollte auch nach anderen Problemen Ausschau halten, die mit Eisenberg und Weidenbaum zu tun hatten. Robins ließ von Kohler einen Gerichtsbeschluß gegen die First Wisconsin Bank erwirken, der sich auf die Unterlagen zu Freds Scheckkonto bezog, und Robins konnte einen eingelösten Scheck über tausendfünfhundert Dollar finden, der am 15. Februar 1982 auf Eisenberg ausgestellt worden war. Das Geld hatte zur Verteidigung von Lawrencia Bembenek gedient.

Während Robins weiterhin alle Informationen zusammentrug, derer er habhaft werden konnte, trat er bei jedem, der zuhören wollte, als Lauries Sprecher auf. Alle Neuigkeiten, die sich auf Lawrencia Bembenek bezogen, standen in den Zeitungen und wurden an bevorzugter Stelle in den Abendnachrichten gesendet. Dennoch entpuppte es sich als schwierig, einen ernsthaften Reporter für die wahre Geschichte des Mordes an Christine Schultz zu interessieren.

Mitte 1987 beschloß Robins, sich an Channel 12 in Milwaukee zu wenden mit einer Liste von allem, das er aufgedeckt hatte, seit er an dem Bembenek-Fall zu arbeiten begonnen hatte. Er erstellte eine Liste der Hauptpersonen in dem Mordfall Christine Schultz und bot zusätzliche Informationen darüber, wie jeder jeden gekannt hatte. Bei seinen Ermittlungen hatte Robins eine Verbindung zwischen Fred Schultz und Fred Horenberger entdeckt. Die beiden Männer waren Geschäftspartner gewesen. Robins fand heraus, daß George Marks, der Besitzer von *George's Pub and Grub*, die beiden Männer miteinander bekanntgemacht hatte.

»Jeder kennt jeden«, erklärte Robins Reportern und offiziellen Vertretern, die sich für sein Channel-12-Meeting versammelten. »Marks kannte Horenberger und Schultz und die anderen Männer, die mit dem Zess-Raub zu tun hatten.«

Robins sah sich um, während er sprach. Marty Kohler war da und Bob Donohoo, Mr. »Na und . . . na und?« von der Staatsanwaltschaft. Dave Begel, der Nachrichtenchef von Channel 12, war ebenso anwesend wie Mark Siegrist, einer seiner Reporter. Michael Malmstadt, ebenfalls von der Staatsanwaltschaft, saß ruhig da und hielt seine Augen auf Robins gerichtet.

Robins zeigte auf, daß Elfred Schultz absolut jeden kannte, der in die Nähe des Mordes an Christine gekommen war: Mark, Horenberger, Weidenbaum, Eisenberg, Christine und Honeck.

Ganz gleich, was Robins auch sagte, Donohoo konterte mit »Na und?« und Robins merkte, daß er absolut nichts erreichte. Es war, als würde er gegen eine Wand reden. Jeder hatte sich bereits festgelegt und wollte nichts Neues hören.

Schließlich setzte Robins sich in eine Ecke und aß ein Sandwich mit Corned beef, das Channel 12 bereitgestellt hatte. Er kaute auf seinem Fleisch und sah Donohoo an. Der Held gewinnt immer, du mieser Bastard, dachte Robins und starrte Donohoo an. Früher oder später werden die Leute auf der ganzen Welt wissen, was für eine Art Mensch du bist, und die Wahrheit wird ans Tageslicht kommen.

Standbilder

Im August 1988 erlebte Laurie Bembenek ihren achtundzwanzigsten Geburtstag in Taycheedah. Zu jenem Zeitpunkt hatte Laurie bereits mehr als zweitausenddreihundert Tage im Gefängnis verbracht.

Freunde aus Milwaukee schickten ihr Briefe über ihr Klassentreffen von der High-School. Es gab Neuigkeiten über Babys, Collegeabschlüsse, Berufskarrieren. Eine Klassenkameradin war in Europa gewesen. Eine andere hatte soeben ein neues Haus gekauft und ihren Wagen abbezahlt.

Laurie erledigte manuelle Arbeiten in einem Gefängnis. Sie reinigte Toiletten, stellte Autokennzeichen her, schrubbte Fußböden und versuchte, sich von den verlockenden Stimmen des Irrsinns fernzuhalten. Ihr Schreiben und ihre wenigen engen Freundinnen im Gefängnis blieben weiterhin ihre Hauptquelle für Trost. Ihre Sehnsucht nach vertrauten Dingen verblaßte nie, und eines Morgens, als sie sich einsam fühlte und sich an Freunde und Momente der Vergangenheit erinnerte, setzte sie sich auf ihr Bett in ihrer Zelle und schrieb ›Standbilder‹.

STANDBILDER

In einem Raum, dunkel wie ein Granat,
drehen meine Gedanken sich und betrachten sich selbst;
eine Rückkehr in frühere Zeiten,
gefiltert durch das Prisma der Reife,
Fragen:
was habe ich bloß gelernt?
Ich weine noch immer um einen Hund, der starb,
Jahre vergehen,
und ich sehe meine Familie weniger und weniger.

Als ich Kind war,
träumte ich stets, ich könnte fliegen.

Manchmal flog ich nur
einen Meter über dem Bürgersteig,
meine Arme ausgebreitet wie ein Flugzeug.
So fühlte ich mich,
als ich heut abend aus meinem Fenster blickte,
auf das gelbe Licht nach dem Tornado,
das den nassen, schwarzen Highway schimmern ließ.
Blitze schlugen gegen einen dicken Regenbogen,
der zur Erde glitt.

Meine Mom. Immer ruhig und frisch,
wie die regennassen Pfingstrosen
neben der Gartenschaukel,
ihre Haut kühl und sauber.
Ich male mir den Wind aus, wie er die Zweige
über ihr schwanken läßt im Park.
In ihrer ärmellosen Bluse.
Sichere Arme zum Nachhausekommen.

Ich rufe alte Freunde an, höre im Hintergrund
die Geräusche ihres Zuhauses
und bekomme dies seltsame, traurige Verlangen,
die Vergangenheit nochmals zu durchleben.
Doch ich bin so müde geworden, so verloren und ängstlich,
und ich freue mich nur noch
auf die schmerzlosen Traumreisen,
die der Schlaf den Eingeschlossenen gewährt.

Irgendwie schaffte es Laurie, ihren Humor zu behalten. Von Zeit zu Zeit zog sie ihre Hose herunter und zeigte einer Freundin das nackte Hinterteil. Zu Feiertagen zog sie sich oft zusammen mit Kathy Braun irgendwie albern an und unterhielt die anderen. Manchmal legten Laurie und Kathy dickes Make-up auf und stolzierten durch die Korridore wie Avonberaterinnen. Sie stopften ihre Sweatshirts mit Kleidungsstücken aus, damit sie schwanger aussahen. Die Frauen unternahmen alles mögliche, um sich und die anderen Häftlinge zum Lachen zu bringen.

Laurie konnte diese Tätigkeiten nicht ihr Leben nennen. Das

hatte alles vor langer, langer Zeit aufgehört. »Ich existiere«, sagte sie zu einer Freundin, die wissen wollte, wie es in einem Frauengefängnis war. »Die besten Jahre meines Lebens vergeude ich hier drinnen. Es ist, als lebte man in der Hölle. Ich kann darüber schreiben, aber bevor du nicht hier warst, bevor dir nicht alles weggenommen wurde, kannst du nicht wirklich wissen, wie es ist.«

Sympathisanten schrieben ihr weiterhin und taten für sie, was sie konnten. Viele Männer und Frauen, die Laurie schrieben, hatten sie nie kennengelernt, aber über ihren Fall in den Zeitungen gelesen. Ihre Verwandten und Kollegen schrieben ebenfalls. Diejenigen, die weiterhin mit Laurie in Verbindung blieben, taten es, weil sie überzeugt waren, daß sie Christine Schultz nicht ermordet hatte. Manche schrieben Briefe an den Gouverneur. Andere wandten sich an die Staatsanwaltschaft oder an die Bundesanwaltschaft. Allen, die jemals von Lawrencia Bembenek gehört hatten, fiel es schwer, sie zu vergessen und das Unglück, das ihr zugestoßen war.

Ende 1987 hatten Robins und Kohler Pläne für einen Antrag auf einen neuen Prozeß angekündigt. Kohler erklärte, vieles von dem, das sie in dem Antrag verwenden wollten, wäre kein neues Material. Alles wäre bereits für Lauries frühere Anwälte verfügbar gewesen. Sie hatten lediglich diese Informationen nicht richtig angewandt, und deshalb würde sie einen neuen Prozeß verdienen.

Bei dem Studium von Lauries Akten und der erneuten Befragung von Zeugen war Robins außerdem auf einige interessante neue Informationen gestoßen.

Er fand heraus, daß Christine Schultz vor ihrem Tod für mindestens drei Monate beschattet worden war. Sie hatte mehreren Leuten erzählt, daß sie vermutete, es handelte sich um die Abteilung für interne Angelegenheiten der Polizei. Tags und nachts würden vor ihrem Haus seltsame Autos parken, und Autos würden ihr überall hin folgen.

Robins erfuhr auch, daß Virginia und Joe Bembenek am 4. Dezember 1982 einen sonderbaren Anruf von Stu Honeck erhalten hatten. Honeck rief an, um über Christines Ermordung zu sprechen. »Ich habe gehört, wie der Polizist Stewart Honeck erklärte, Drogen im Wert von dreihunderttausend Dollar wären in der Nacht von Christine Schultz' Ermordung aus ihrem Haus verschwunden«, sagte Joe zu Robins. »Er sagte auch, daß möglicherweise Elfred Schultz die Drogen genommen hätte.«

Laurie erzählte Robins auch, daß Honeck ihre Eltern Monate nach dem Mord angerufen und nach allen Pflanzen gefragt hatte, die Christine in ihrem Haus gehabt hatte. Er wollte wissen, wer sie jetzt hatte. Robins wußte, daß viele Dealer Drogen in ihren Blumentöpfen versteckten, weil es den Drogenspürhunden schwerfiel, sie dort zu finden.

»Das wäre ein Motiv für den Mord und für einen Raubüberfall gewesen«, sagte Robins. »Ich kann nicht glauben, daß Eisenberg diese Information nicht verfolgt hat.«

Robins brauchte Honecks Aussage auf Band. Also rief er ihn bei der Arbeit an und erklärte ihm, Mr. und Mrs. Bembenek hätten die Information über die Drogen schon auf Band von damals, als Honeck sie anrief. Robins konnte Honeck dazu bringen, über die Drogen zu sprechen, und er versprach Honeck, er würde ihm das Band geben, damit er keine Schwierigkeiten bekam. Es existierte kein früheres Band, aber Robins zeichnete heimlich seine Unterhaltung mit Honeck auf.

Die Drogenverbindung umfaßte auch den Raubüberfall auf Judy Zess. Horenberger wußte, daß Gaertner – Judys Ehemann – mit Drogen zu tun hatte, und Robins dachte, daß Horenberger es vielleicht auf die Drogen abgesehen hatte, als er Judy Zess überfiel. Indem er den Zess-Raub und den Christine-Schultz-Mord miteinander verglich, konnte er viele Ähnlichkeiten zwischen den beiden Verbrechen feststellen.

1. An beiden Tatorten gab es einen Mann mit einer Perücke.
2. Beide Opfer wurden geknebelt.
3. Beide Opfer wurden mit einer Waffe bedroht.
4. In jedem Fall wurde ein Revolver Kaliber 38 verwendet.
5. Beiden Opfern wurden die Hände gefesselt.
6. In dem Zess-Raub war der Mitangeklagte ein Daniel L.

Gilbert. Dreißig Minuten nach dem Schultz-Mord wurde ein Danny L. Gilbert von der Polizei befragt, weil sein Lastwagen gleich oberhalb des Schultz-Hauses auf dem Freeway stand.

7. In beiden Fällen wurden die Wohnungstüren nicht gewaltsam geöffnet, offenbar wurden Schlüssel benutzt.
8. In beiden Fällen wurden die Räume durchwühlt und etwas mit der Stereoanlage gemacht.
9. Drogen spielten in beiden Fällen eine Rolle.
10. Gewalt wurde in beiden Fällen angewandt.
11. Elfred O. Schultz jr. hatte mit beiden Opfern zusammengelebt.
12. Detective Frank Cole von der Polizei von Milwaukee war in beiden Prozessen Belastungszeuge.

Robins' Befragungen von Christine Schultz' Freunden förderten auch andere wichtige Informationen zutage, die Eisenberg vor dem Prozeß zur Verfügung gestanden hatten. Mehrere ihrer Freunde sagten, Christine hätte Angst vor Fred gehabt, und er wäre mehrmals ihr gegenüber gewalttätig geworden. Es gab auch das Gespräch mit Eugene Kershek, Christines Scheidungsanwalt, der aussagte, daß Fred gedroht hatte, seine Exfrau umzubringen. Mindestens eine von Freds Freundinnen erzählte Robins, daß Fred ihr gegenüber gewalttätig geworden war.

Der Antrag auf einen neuen Prozeß, den Kohler für Laurie im Dezember 1987 einreichte, wirkte perfekt. Kohler zeigte den Interessenskonflikt zwischen Eisenberg und Fred Schultz auf. Eisenberg wußte, daß es Freds Waffe war und daß Fred einen Schlüssel zu Christines Haus hatte. Er wußte, daß Fred und Laurie Eheprobleme hatten, und er ließ die beiden trotzdem noch einmal heiraten. Eisenberg nahm Geld von Fred an, obwohl er wußte, daß Fred ein Mordverdächtiger war.

In dem Antrag wurde auch Eisenbergs Verbindung mit Weidenbaum und Horenberger erwähnt, Horenbergers Verbindung mit Fred und Freds Verbindung mit Eisenberg. Ebenso wurden die Ähnlichkeiten zwischen den Verbrechen an Judy Zess und Christine Schultz umrissen, und es wurde erklärt, daß mehrere Leute jemanden, auf den Horenbergers Beschreibung paßte, nicht weit von Christines Haus entfernt gesehen hatten. Horenberger wohnte tatsächlich nur sieben Blocks von Christines Haus entfernt. Die Probleme mit dem Privatrevolver und der Perücke wurden ebenfalls erwähnt. Alles in diesem Antrag machte klar, daß Elfred Schultz und nicht Lawrencia Bembenek der Verdächtige hätte sein sollen.

Gleich nachdem der Antrag bei Richter Robert W. Landry eingebracht worden war, versicherte der Stellvertretende Staatsanwalt Donohoo rasch, daß darin absolut nichts Neues enthalten war. Donohoo kündigte an, er werde sein Bestes tun, damit der Antrag abgelehnt wurde.

Während die Anwälte ihre Fälle vorbereiteten, reichte Laurie eine Klage zusammen mit Kathy Braun und einer anderen Gefangenen, Rhonda Ambuehl, ein. Laurie und ihre Freundinnen arbeiteten mit der Anwältin Diane Schwerm Sykes zusammen, um gegen die Überbelegung und unzulänglichen Programme für Häftlinge in Taycheedah zu protestieren. In ihrer Klage führten sie an, daß die verfassungsmäßigen Rechte der Häftlinge verletzt wurden. Bei Klageerhebung befanden sich 247 Häftlinge in Taycheedah. Das Gefängnis war für 126 Frauen gebaut worden.

Laurie hatte zumindest noch eine Sache, an der sie arbeiten konnte. Obwohl sie wegen ihrer Chancen auf einen neuen Prozeß optimistisch war, war sie noch optimistischer, ihre Klage zu gewinnen.

Auch wenn der Antrag auf ein neues Verfahren bereits bei Gericht anhängig war, hörte Robins nicht auf, an dem Fall zu arbeiten. Er beantwortete jeden Anruf, der in seinem Büro wegen des Mordfalls Christine Schultz einging. Robins traf sich mit einer Frau aus dem Gebiet von Milwaukee in einem Restaurant, weil sie behauptete, sie habe eine Information über den Mord, die ihm helfen könnte. Als Robins eintraf, sagte die Frau als erstes: »Lawrencia hat es nicht getan.«

Robins konnte es kaum erwarten, ihre Geschichte zu hören, aber sie ließ ihn zuerst das Essen bestellen. Während sie warteten, verriet die Frau ihm ihre große Neuigkeit: »Christine Schultz hat mir gesagt, wer sie ermordet hat«, behauptete die Frau. »Wann haben Sie mit Christine gesprochen?« fragte Robins.

»Erst letzte Woche«, erwiderte die Frau.

Robins hätte fast der Versuchung nicht widerstehen können, der Frau die Gabel in die Stirn zu stechen. Er aß, so schnell er konnte, und ging.

Robins mußte auch Schuldeneintreibern ausweichen, weil er sich ständig um den jämmerlichen Zustand seiner Finanzen sorgte. Robins' Stimmung hob sich allerdings, als ihm das Finanzamt von Wisconsin einen unbegrenzten Aufschub für seine überfälligen Steuern gewährte. 1988 ließ er sich auch eine einzigartige Möglichkeit einfallen, um etwas Aufmerksamkeit auf seine Anstrengungen, Laurie aus dem Gefängnis zu holen, zu lenken. Er fertigte sich zwei große Schilder an, eines für jede Seite seines Wagens. Auf den Schildern stand: E. MICHAEL McCANN – DIE BÜRGER DES MILWAUKEE COUNTY FORDERN EHRLICHKEIT UND INTEGRITÄT ODER EINEN NEUEN STAATSANWALT. Robins unterschrieb die Schilder.

Die Schilder riefen eine Menge Aufmerksamkeit hervor. Leute hielten Robins ständig an, um mit ihm über den Fall zu sprechen und zu fragen, was sie tun konnten. Wenn er durch die Hauptstraßen des Stadtzentrums von Milwaukee fuhr, reihten sich oft Autos zu einer Schlange hinter ihm ein und hupten. Robins wußte, daß er die Unterstützung der breiten Öffentlichkeit hatte. Die meisten Leute glaubten, Laurie Bembenek wäre fälschlich verurteilt worden. Aber er fragte sich, wie fair und unparteiisch die Gerichte sein würden.

Der weite, beschwerliche Weg

Ira Robins und Marty Kohler glaubten, daß Laurie einen neuen Prozeß gewinnen würde. Ihr Optimismus brachte Laurie dahin, alles zu glauben, was sie ihr sagten. »Wir haben einen Antrag zusammengestellt, der geradlinig ist, und alles daran ist richtig«, versicherte Ira. »Diesmal werden wir gewinnen.«

Alle Hoffnungen wurden rasch zerstört, als Richter Landry, den viele für den erfahrensten Richter des Staates hielten, den Fall abgab, so daß er an Richter Michael Skwierawski zurückgehen konnte, den Richter, der den ursprünglichen Prozeß geführt hatte.

»Ich kann gar nicht genug Schlechtes über ihn sagen«, erklärte Robins bei mehreren Interviews. »Im ursprünglichen Prozeß hat er die meiste Zeit mit Eisenberg gestritten, und er ließ Dinge zu, die kein anderer Richter irgendwo erlaubt hätte. Wenn er damals nichts Falsches erkennen konnte, kann er das jetzt auch nicht.« Kohler war noch immer zuversichtlich, daß der Antrag eine Chance hatte, aber Skwierawski als Richter war kein gutes Omen.

Robins wußte, daß Eisenberg in Wisconsin einen schrecklichen Ruf hatte und noch immer nicht das Recht praktizieren durfte. Der Interessenskonflikt mußte für jeden offensichtlich sein.

Die Anhörung begann am 9. Mai 1988. Richter Landry hatte drei Tage für die Anhörung anberaumt, und Kohler erklärte Richter Skwierawski, er werde beweisen, daß Laurie Bembenek keinen fairen Prozeß erhalten hatte. Donohoo stand auf und sagte: »Der Standpunkt der Staatsanwaltschaft lautet, daß es faktisch keinen Konflikt gegeben hat.«

Laurie war die erste Zeugin, und sie sagte aus, sie habe ihr ganzes Vertrauen in Eisenberg gesetzt. Nur dreimal hätte sie sich mit Eisenberg allein getroffen, und die anderen Male hätte Fred die Gesprächsführung übernommen.

»Also, es gab gewisse Dinge, über die ich nicht sprechen

konnte, weil ich von bestimmten Themen keine Ahnung hatte, die Don mit Fred besprechen wollte«, sagte sie. »Es ging um Freds Exfrau. Es ging um Freds Waffe. Es waren die beiden Kinder von Fred. Fred war ein Detektiv, ich war keiner.«

Laurie gab zu, sie hätte entschlossener sein müssen, aber sie habe es eben nicht besser gekonnt.

»Ich dachte wirklich nicht, daß etwas nicht stimmte. Ich befand mich emotional am Tiefstpunkt meines Lebens, und ich sah in Don und Fred die beiden einzigen Menschen an meiner Seite. Und ich habe wirklich nicht – ich habe die Situation einfach nicht in Frage gestellt. Ich suchte bei ihnen alle Hilfe, die sie mir geben konnten, und ich habe es nicht besser verstanden.«

Am ersten Tag der Zeugenaussagen plante Kohler, eine Reihe von Experten in den Zeugenstand zu rufen, aber Richter Skwierawski erlaubte Donohoo, einige Zeugen von auswärts zu befragen. Das brachte zwar Kohlers Plan durcheinander, aber er erhob keinen Einspruch. Er war überrascht, daß Richter Skwierawski dem Staatsanwalt erlaubte, die Zeugen aufzurufen. Das war nicht das übliche Vorgehen. Für gewöhnlich durfte die Verteidigung ihre Zeugen zuerst präsentieren, weil die Verteidigung der Teil war, der ein erneutes Tätigwerden des Gerichts forderte.

Kohler und Robins dachten, Skwierawski hätte mehrere Tage für die Anhörung reserviert. Sie waren bereit. Aber Robins wußte nicht, was sich etwas früher abgespielt hatte, als der Richter kurz vor Beginn der Anhörung Kohler in sein Richterzimmer rief. Robins saß da und wartete. Er hatte keine Ahnung, was da vor sich ging.

Nach nur wenigen Stunden Zeugenaussagen verkündete Richter Skwierawski, daß die Anhörung um einen Monat bis Juli vertagt wurde. Robins war wütend. Irgend etwas in der Art, wie die Anhörung ablief, war nicht in Ordnung. Es kam Robins so vor, als wäre die ganze Anhörung bereits entschieden. Kohlers Assistentin, Ann Reilly, meinte, sie hätte auch keine Ahnung, was da vor sich ging, aber die Anhörung schien eine reine Formalität zu sein.

Als die Anhörung im Juni wieder aufgenommen wurde,

konnte Kohler seine Zeugen aufrufen – alles Rechtsexperten, die sicher waren, daß Donald Eisenberg durch seine Vertretung von Lawrencia Bembenek dem anwaltlichen Berufsstand einen schlechten Dienst erwiesen hatte.

Thomas G. Cannon, ein ehemaliger Juraprofessor der Marquette University in Milwaukee, Exmitglied der Ethikkommission von Milwaukee, leitender Direktor der Rechtshilfegesellschaft und Partner in seiner eigenen Anwaltsfirma, erklärte, es gäbe mehr als genug Beweise für die Annahme, daß Fred Schultz der Hauptverdächtige in der Ermordung seiner ehemaligen Frau, Christine Schultz, war. Cannon, von seinesgleichen hoch angesehen, erklärte, Eisenberg hätte eine große Anzahl von Faktoren besser berücksichtigen müssen, als er Laurie vertrat.

Erst einmal gehörte die Mordwaffe Fred Schultz. Er hatte gedroht, seine Exfrau umzubringen, und er hatte mindestens drei mögliche Motive. Es gab ein finanzielles Motiv, seinen Zorn darüber, daß Christine in seinem Haus wohnte, und seine Eifersucht sowie sein Ärger über ihre Beziehung mit Stu Honeck.

Cannon führte auch an, daß Schultz Schlüssel zu Christines Haus besaß; Blut befand sich an seinem Halfter, das mit Christines Blut übereinstimmte; Schultz log über seinen Aufenthalt am Tag des Mordes; er hatte Zugang zu dem Verbrechen als untersuchender Polizist; sein Beruf als Polizeidetektiv gab ihm das nötige Wissen über Verbrechen und Verbrechensaufklärung; die Polizei hielt ihn für einen Tatverdächtigen; und er berief sich auf sein Recht nach dem Fünften Zusatzartikel, als er in den Zeugenstand gerufen wurde.

Cannon sagte aus: »Es ist meine Meinung bis zu einem vernünftigen Grad von Sicherheit auf dem Gebiet des Strafrechts und der juristischen Ethik, daß Lawrencia Bembenek die wirkungsvolle Unterstützung eines Rechtsbeistandes versagt blieb, wie sie ihr die Verfassungen der Vereinigten Staaten und des Staates Wisconsin garantieren.«

Zwei andere Rechtsexperten, die Anwälte Michael K. McChrystal und Stephen E. Kravit, stimmten mit Cannon überein. »Lawrencia Bembenek setzte ihr gesamtes Vertrauen auf ihren Anwalt«, sagte Kravit. »Sie glaubte irrtümlich, ihre Interessen würden geschützt. Bedauerlicherweise waren die einzigen Interessen, denen gedient wurde, die ihres Mannes, da Anwalt Eisenberg dem Herrn diente, der sein Honorar bezahlte.«

Die Erklärungen aller drei Experten waren aussagekräftig, und die Männer waren gute Zeugen.

McChrystal, der geholfen hatte, den Ehrenkodex für Anwälte im Staat Wisconsin abzufassen, meinte, Laurie Bembenek hätte von Eisenberg informiert werden müssen, daß es einen Interessenskonflikt wegen Horenberger gab, wegen ihres Mannes und weil vertrauliche Informationen über sie an Horenbergers Anwalt Weidenbaum weitergegeben wurden. McChrystal sagte: »Anwalt Eisenbergs Vertretung von Miss Bembenek war mit ernsthaften Interessenskonflikten behaftet, die diese Vertretung nachteilig beeinflußten. Diese Konflikte waren so ernst und so zentral für die Vertretung, daß die Integrität dieser Vertretung tiefgreifend unterminiert wurde.«

Gerade als Kohler warm wurde, verkündete Richter Skwierawski, er müsse wieder vertagen.

Robins dachte, der gesamte Gerichtssaal, einschließlich des Richters, wäre eingeschlafen. Er wußte, wenn erst einmal die Zeugen der Verteidigung nicht in Reihenfolge aufgerufen wurden, war es ein harter Kampf, damit alles zusammenpaßte. Robins hatte außerdem das Gefühl, die Vertagungen wurden verkündet, damit Donohoo Zeit bekam, die Aussagen durchzugehen und sämtliche Beweismittel auseinanderzunehmen. Ihm war klar, daß hinter verschlossenen Türen etwas ablief.

So oft Laurie zum Gerichtsgebäude von Milwaukee transportiert wurde, mußte sie eine Reihe erniedrigender Rituale über sich ergehen lassen. Sie mußte sich jedesmal zur Leibesvisitation nackt ausziehen und verbrachte endlose Stunden in einem Polizeibus, an andere Häftlinge gekettet. Als sie im August zum dritten Mal zur Fortsetzung ihrer Anhörung zurückgebracht wurde, war sie an einen geistesgestörten schwarzen Mann gekettet, der sie die ganze Strecke nach Milwaukee bedrohte.

In Milwaukee wurde sie in eine winzige Verwahrzelle hinter dem Richterzimmer gebracht. Sie war nicht größer als ein kleiner Schrank, und es gab nur ein Fenster in der Tür. Laurie war nervös und aufgeregt. Kohler kam zu ihr, um ihr zu sagen, daß alles bereit war. Der Richter habe noch einen anderen Fall, aber in höchstens zwanzig Minuten würde ihre Anhörung beginnen.

Laurie wartete. Sie hatte nichts zu lesen, niemanden zum Reden, nichts zu tun. Eine Stunde ging vorbei, und endlich kam Ann Reilly zu ihr. Sie meinte, alles würde länger als erwartet dauern, aber doch bald beginnen. Laurie wartete weiter. Sie hörte, wie Richter Skwierawskis Sekretärin in ihr Büro kam und ihre Mutter anrief.

»Mom, hi, ich bin es«, sagte die Frau. »Hör mal, die Bembenek ist hier, und ich werde heute abend im Fernsehen sein. Also sieh es dir an. Ich muß gehen. Leb wohl.«

Laurie konnte nicht glauben, daß die Frau den Nerv hatte, dieses Gespräch zu führen, obwohl sie wußte, daß Laurie gleich neben ihrem Büro saß und jedes Wort hörte.

Laurie wartete noch eine Stunde und dann noch eine. Endlich kam ein Deputy des Sheriffs und erklärte ihr, sie müsse zurück in ihre Gefängniszelle im Countygebäude. Daraufhin wartete sie noch mehrere Stunden in einer schmutzigen Zelle des Countys. Sie versuchte, ihre Eltern anzurufen und Marty Kohlers Büro, aber nirgendwo meldete sich jemand. Endlich setzte Kohler sich mit ihr in Verbindung. Sie müsse zurück nach Taycheedah, weil es eine weitere Verzögerung gegeben habe.

Laurie war am Boden zerstört und wütend. Sie wußte sofort, daß es ausgeschlossen war, daß sie den Antrag auf einen neuen Prozeß gewinnen konnten.

»Ich möchte ihn verschnüren, in den Hintern treten und ihm noch einen Stoß versetzen«, sagte Laurie zu Robins. »Er tut gar nichts. Er erhebt gegen nichts Einspruch.«

Robins mußte ihr aus vollem Herzen zustimmen, aber er konnte nichts dagegen unternehmen. Marty Kohler war der Anwalt, und Robins als Detektiv hatte kein Recht, die Vorgänge aufzuhalten oder zu protestieren. Er war genauso wütend wie Laurie. Kohler erzählte ihm nicht, was sich im Richterzimmer abgespielt hatte, aber seit dieser Besprechung war Kohler still und bedrückt.

Als der Richter beiden Parteien erklärte, sie sollten schriftliche Zusammenfassungen einreichen, und ihnen eine Frist setzte, hielt Kohler seine Frist ein, Donohoo jedoch nicht. Robins und Laurie waren wütend, aber Kohler erhob keinen Einspruch. Es passierte immer und immer wieder. Sie gingen erneut vor Gericht, und es gab erneut eine Verzögerung. Donohoo hielt wieder eine Frist nicht ein, und Kohler erhob auch dagegen keinen Einspruch.

Ende September wollte Laurie einfach die ganze Sache erledigt haben. Sie wollte nicht wieder nach Milwaukee gebracht werden, und sie wußte, daß es ausgeschlossen war, daß Richter Skwierawski zu ihren Gunsten entschied. Sie hatte recht. Im Oktober 1988 fällte Richter Skwierawski mehrere Entscheidungen gegen ihre Behauptung, Eisenberg habe sie nicht angemessen verteidigt. Der Richter sagte, er würde Eisenberg glauben, einem Anwalt, der in Wisconsin von der Tätigkeit vor Gericht ausgeschlossen worden war, und nicht der Liste von Experten, die Marty Kohler zusammengestellt hatte, um das Gegenteil zu beweisen.

Im folgenden Monat wies Skwierawski formell Lauries Antrag auf einen neuen Prozeß ab. Es gäbe absolut keinen Beweis dafür, daß Lawrencia Bembenek keinen fairen Prozeß erhalten hatte wegen eines Interessenskonflikts ihres Anwalts. Kohler kündigte sofort an, gegen die Entscheidung Rechtsmittel einzulegen. In Taycheedah konnte Laurie nur warten, daß Kohler Rechtsmittel einlegte. Sie konnte allerdings mehrere eigene juristische Siege feiern.

Erstens wurde ihre Klage wegen Überbelegung und schlechter Bedingungen in Taycheedah außergerichtlich geregelt. Als Teil dieser Regelung waren staatliche Vertreter einverstanden, die Insassenzahl in dem Frauengefängnis zu reduzieren, und die Gefangenen, die die Klage erhoben hatten, stimmten überein, keine weiteren juristischen Schritte zu ergreifen.

Die Regelung erstreckte sich auch auf medizinische Versorgung von weiblichen Strafgefangenen rund um die Uhr und garantierte eine jährliche Überprüfung von Gesundheitsvorsorge und -maßnahmen. Ungleichheiten zwischen Programmen für Männer und Frauen sollten korrigiert werden, und mindestens sechs Prozent der Häftlinge sollten Jobs im Gefängnis garantiert, Drogen- und Alkoholmißbrauchprogramme ausgeweitet werden.

Dann entschied der Leiter eines staatlichen Hearings, daß einer von Lauries Aufsehern in der Seidenprüfwerkstatt des Gefängnisses sich unprofessionell verhalten hatte, indem er sie bei zahlreichen Gelegenheiten bedrängt hatte. Der Wächter, Dave DePrey, hatte ihr ein Doughnut ins Gesicht gedrückt, in ihren Kaffee gespuckt und gelb gefärbte Limonade in ihre Kaffeetasse gefüllt und gesagt, es wäre Urin. Er hatte sie auch mit Schimpfwörtern belegt. Der Aufseher wurde angewiesen, sich bei Laurie zu entschuldigen.

Sie durfte mit ihrer Arbeit in der Seidenprüfwerkstatt aufhören und Telefonanrufe zur Staatslotterie beantworten. (Die Häftlinge beantworteten Fragen über die Lotterie über eine besondere 800er-Nummer, die im Gefängnis installiert worden war.) Laurie studierte auch weiterhin für ihren College-abschluß.

Robins arbeitete nach wie vor mit Kohler an der Berufung, aber seine Beziehung zu dem Anwalt hatte sich reichlich abgekühlt. Robins meinte, Kohler habe Laurie Bembenek im Stich gelassen, indem er den Antrag auf einen neuen Prozeß in einer alles andere als aggressiven Art geführt hatte. Der Antrag war sehr stark gewesen, und mit den Experten als Zeugen hatten sie eine überdurchschnittliche Erfolgschance gehabt.

Obwohl Kohler Lauries offizieller Anwalt blieb, traf Robins sich nun täglich mit einem anderen Anwalt in Milwaukee, Robert Sosnay. Sosnay, ein Strafverteidiger mit Privatpraxis, glaubte an Lauries Unschuld. »Es ist eine Sache, wenn man im Gefängnis sitzt und schuldig ist«, sagte Sosnay einem Lokalreporter. »Aber unschuldig dort zu sein, das ist etwas, das ich kaum glauben kann.«

Sosnay, ein kleiner, untersetzter Kettenraucher, wurde rasch zu Robins' juristischem Resonanzboden. So oft Robins einen Brief schrieb, einer neuen Spur folgte oder wieder eine öffentliche Erklärung abgeben wollte, in der er die Staatsanwaltschaft des Milwaukee County tadelte, sorgte Sosnay dafür, daß alles legal war. Robins war überzeugt, daß sie mit Bob Sosnays Hilfe irgendwann Lauries Freiheit zurückgewinnen konnten. Die

Abweisung des Antrags auf einen neuen Prozeß hatte ihn nicht gebremst, und er sah 1989 mit Hoffnung entgegen. »Das sollte ein gutes Jahr werden«, erklärte er Sosnay bei einer ihrer unzähligen Tassen Kaffee. »Die alle können nicht ewig lügen.«

Film, Freunde und Furcht

Die Lawrencia-Bembenek-Story erlebte einen neuen Aufschwung an landesweiter Beachtung in den ersten Monaten des Jahres 1989, als Filmemacher James Benning einen Film über Laurie herausbrachte, genannt *Ausgenutzte Unschuld*. Der Film war nicht für einen allgemeinen Kinostart vorgesehen, sondern wurde in kleinen Kinos und an einigen Universitäten gezeigt. Obwohl der Film nie vor großem Publikum lief, erschienen kritische Berichte in Zeitungen und Magazinen des ganzen Landes.

In Wisconsin geboren, war Benning ein Avantgarde-Filmemacher, der für seine Filme *Landschafts-Selbstmord* und *Einbahn-Boogie-Woogie* hochgelobt wurde. Er lehrte am California Institute of Arts. 1986 sah er ein Zeitungsfoto von Laurie und wurde von ihrer Schönheit gefesselt. Benning, der mit einer Frau zusammenlebte, als er sich mit Laurie anfreundete, behauptete, nie in sie verliebt gewesen zu sein, sondern sich lediglich für den Fall interessiert zu haben. Er begann, an sie zu schreiben.

Laurie antwortete, und Benning und Laurie wurden bald Freunde. Er besuchte sie. Nachdem er von ihrer Unschuld überzeugt war, beschloß er, einen Film über sie zu machen.

Die meisten Kritiker zerrissen den Film. Janet Maslin von der *New York Times* meinte, Bennings Glaube an Lauries Unschuld wäre »anrührend«, entbehre jedoch einer klaren These. Sie schrieb: »Benning glaubt an sein Thema, hat gute Absichten, jedoch nicht viel mehr.« Andere Kritiker stellten fest, Bennings Freundschaft mit Laurie habe den Film dominiert, und er hätte sich lieber auf ihre Story konzentrieren sollen.

Teils in Milwaukee und Umgebung gedreht, bot der Film keine Stars mit großen Namen. Er wurde von Briefen gestützt, die Benning und Laurie einander schrieben.

Die öffentliche Aufmerksamkeit erneuerte Robins' Hoffnung, daß endlich etwas getan werden konnte, um Laurie zu befreien. Obwohl ein Rechtsmittel gegen die Ablehnung ihres Antrags noch immer in Vorbereitung war, hatte Robins kaum Hoffnung, daß es Erfolg haben würde. Laurie durfte den Film nicht sehen. Er wurde nur an zwei Abenden an der University of Wisconsin in Milwaukee gezeigt.

Benning hatte anfangs einen Film über Lauries Fall und die damit verbundenen Ungerechtigkeiten machen wollen. Doch plötzlich änderte er seine Absicht.

»Zuerst wollte ich objektiv bleiben und von außen her nach einer Lösung suchen. Ich wollte Journalist und/oder Detektiv sein. Herausfinden, ob man sie wirklich hereingelegt hatte«, erklärte Benning. Doch dann, fügte er hinzu, war sein eigenes Leben zerbrochen. Seine Langzeit-Geliebte zog aus, und er hatte Liebeskummer.

»Einen Monat schrieb ich nicht und besuchte sie nicht«, erklärte er in dem Werbematerial für seinen Film. »Dann begann ich von vorne, und es war völlig anders. Sie wurde meine Freundin. Sie half mir weiter. Sie und das Leben im Gefängnis interessierten mich genauso sehr wie ihr Fall. Ich konnte nichts mehr von außen betrachten. Ich konnte nicht mehr eine Story nur über ihren Fall machen. Ich mußte mehr von ihr enthüllen. Und einiges von mir.«

Laurie hatte gehofft, der Film würde einen Einblick in ihren Fall bieten anstatt einer Story über Bennings Beziehung zu ihr. Sie wartete noch immer auf jemanden, der den Mord an Christine Schultz untersuchte.

Während der ersten beiden Monate des Jahres 1989 brachte eine alternative Milwaukee-Zeitung, der *Shepherd Express*, eine Artikelserie, die den Fall umriß. Robins hatte die Redakteure der Zeitung gebeten, die Story zu schreiben. Es fiel ihm sehr schwer, sonst irgend jemanden zu interessieren. Die Serie entpuppte sich als gutes Forum für ihn und half, das Interesse an Lauries Fall zu erneuern.

Robins saß eines Nachmittags im Büro des *Shepherd Express*, als er hörte, wie eine Sekretärin sich am Telefon mit einer Frau über Fotos von Polizisten unterhielt, die nackt in der Öffentlichkeit tanzten. Er wußte, daß Laurie ähnliche Fotos von Partys, die von der Tracks-Kneipe veranstaltet wurden, abgeliefert hatte. Robins sprang auf und riß der Frau den Hörer aus der Hand.

Am anderen Ende der Leitung befand sich eine ehemalige Freundin des Mannes, dem Tracks gehörte. Sie behauptete, Zugang zu einer Menge Fotos zu haben. Robins war überzeugt, daß Fotos von Tracks-Partys eine Antwort auf den Mord an Christine Schultz enthalten konnten.

Er hatte bereits Fotos gesehen, die Laurie 1981 der Polizei von Milwaukee übergeben hatte, einschließlich der Fotos von Fred Schultz, der nackt in einem Park posierte. Robins wußte, daß Dutzende von Polizisten an diesen Partys teilgenommen hatten, und wenn er Fotos von ihnen bekam, wie sie nackt tanzten oder sich an anderen illegalen Aktivitäten beteiligten, mochte er ein Motiv finden, warum jemand bei der Polizei Laurie Bembenek durch falsche Beweise hereingelegt hatte. Die Tracks-Kneipe konnte ebenfalls Ärger bekommen, wenn sie Partys veranstaltet hatte, in deren Verlauf es zu illegalen Aktivitäten gekommen war.

In den folgenden Wochen fand Robins heraus, daß Tracks einem Mann namens Peter Wolberson gehörte, der dreimal wegen Verkaufs und Verteilung von Drogen verurteilt worden war. Wolberson hatte Fred Schultz als Zimmermann angestellt, Wolberson besaß zusammen mit Detective William Vogel ein Achtfamilienhaus. Detective Lieutenant Vogel war einer der Leiter der Mordkommission, die bei der Untersuchung des Mordes an Christine Schultz geholfen hatten. Robins fand, daß die Verbindungen zwischen Fred und der Tracks-Kneipe sowie zwischen Detective Vogel und der Tracks-Kneipe mehr als nur ein Zufall waren.

Robins sagte zu Sosnay: »Wenn hochrangige Polizeioffiziere in illegale Aktivitäten verwickelt waren wie Drogen, Glücksspiel und Alkoholausschank nach der Sperrstunde und Nacktpartys, die von der Tracks-Kneipe veranstaltet wurden, und diese hochrangigen Offiziere erkannten, daß Laurie Bembenek über diese Partys Bescheid wußte und Fotos von illegalen Tätigkeiten abgeliefert hatte, dann hatten sie ganz sicher einen guten Grund, sie bei dem Mord an Christine Schultz hereinzulegen, damit sie den Mund halten mußte.«

Channel WVTV in Milwaukee begann ebenfalls, an einer Serie über den Bembenek-Fall zu arbeiten. Robins arbeitete eng mit den Reportern zusammen und war beeindruckt, als der erste Teil der Serie gesendet wurde. Doch am folgenden Tag passierte etwas Sonderbares, als der nächste Teil gesendet werden sollte. Robins, der an der Serie beteiligt gewesen war, erkannte den nächsten Bericht nicht wieder. Man hatte ihn dramatisch heruntergespielt, und viele Anspielungen auf eine Vertuschung durch die Polizei waren entfernt worden.

Als Robins sich mit Duane Gay in Verbindung setzte, dem Reporter, der die Story zusammengestellt hatte, fand er heraus, daß E. Michael McCann, der Staatsanwalt, angerufen und von Gay einige Änderungen verlangt hatte. Er hatte Gay mit juristischen Aktionen gedroht, und Gay und sein Produzent wurden vom Sender unter Druck gesetzt. Hinweise auf gewisse Polizisten in Milwaukee und auf die Tracks-Kneipe waren weggelassen worden.

Trotz der Änderungen gewann die Serie den Preis der Associated Press für die beste Reportage des Jahres 1989. Doch Robins war mehr als je zuvor davon überzeugt, daß die wahre Story über den Mord an Christine Schultz nicht erzählt worden war.

Am 17. April 1989 reichte Marty Kohler eine fünfundzwanzigseitige Berufung beim Berufungsgericht von Wisconsin ein und verlangte einen neuen Prozeß für Laurie. Seine Berufung gründete sich auf dem Antrag für einen neuen Prozeß, der von Richter Skwierawski abgelehnt worden war. Kohler behauptete, daß Laurie Bembeneks verfassungsmäßige Rechte auf eine angemessene juristische Vertretung und einen fairen Prozeß von ihrem Anwalt Donald Eisenberg behindert worden waren.

Ironischerweise erklärte Richter Robert Landry öffentlich, er habe einige ernsthafte Fragen bezüglich der Handhabung des Bembenek-Falles. Landry war der Richter, der ursprünglich dafür eingeteilt worden war, Lauries Antrag auf einen neuen Prozeß anzuhören. Doch er war auf Ersuchen der Staatsanwaltschaft von dem Fall abgezogen worden, so daß der Fall an Richter Skwierawski zurückverwiesen worden war.

Richter Landry erklärte mehreren Reportern, je mehr er über den Fall erfuhr, desto betroffener würde er. »Ich habe das Gefühl, daß wir in diesem Fall nie die Wahrheit und nichts als die Wahrheit erfahren haben.« Der Richter führte aus, es wäre jammerschade, daß Laurie Bembenek so naiv war, als sie des Mordes ersten Grades angeklagt wurde. Hätte sie es besser gewußt, hätte sie während des Prozesses oder sogar davor gegen Richter Skwierawski eine Beschwerde wegen Interessenskonflikt einbringen können.

Auch andere Richter in ganz Wisconsin sagten privat zu Robins, daß seine Klientin ihrer Meinung nach keinen fairen Prozeß erhalten hatte. »Bleiben Sie denen auf den Fersen«, sagten die Richter und klopften Robins auf den Rücken, wenn er auf den Korridoren der Gerichtsgebäude an ihnen vorbeiging. »Viele von uns zählen darauf, daß Sie die Wahrheit an die Öffentlichkeit bringen.«

Kurz nachdem der Antrag gestellt worden war, hielten etliche von Lauries Sympathisanten überall in Milwaukee Zusammenkünfte ab, um ihren Glauben an Lauries Unschuld zu zeigen. Die ›Freunde von Lawrencia Bembenek‹ waren ebenfalls von Robins gegründet worden, um Spenden für ihre Verteidigung aufzutreiben und alles zu tun, um ihr zu helfen. Die nicht auf Profit arbeitende Gruppe, bestehend aus Robins, Virginia Bembenek und vier oder fünf von Lauries Freunden, traf sich gelegentlich, um mögliche Spendenaktionen und Briefkampagnen zu besprechen. Robins hatte die Gruppe organisiert, weil kleine Spenden für Lauries Verteidigung über die Jahre hinweg den Bembeneks zugeflossen waren und die Gruppe bei der Entscheidung helfen konnte, wie diese Mittel genutzt werden sollten. Ein Schatzmeister verwaltete das Geld. Robins war auch der Meinung, daß die Gruppe Leuten, die sich für Lauries Fall interessierten, eine Möglichkeit bot, sich aktiv zu beteiligen.

Die Freundesgruppe brachte zweitausend Dollar zusammen – kaum genug, um die Ausgaben zu decken und die Honorare zu bezahlen, die auf einhundertundfünftausend Dollar angewachsen waren. Lauries Eltern, die von einem kleinen Einkommen lebten, hatten buchstäblich kein Geld mehr. Sie hatten ihr kleines Haus mit einer Hypothek belastet, und Joe Bembenek erledigte alle Arten von Arbeiten, verdingte sich als Zimmermann, führte Reparaturen aus und wirkte bei Umbauten mit, damit sie das Nötigste zum Leben kaufen konnten. Sie schuldeten Robins noch immer Geld für die Arbeit, die er erledigt hatte, und ungefähr fünfundzwanzigtausend Dollar an Anwaltshonoraren.

Robins' finanzielle Situation war nicht viel besser. Er war letztlich zu einem Freund ins Kellergeschoß gezogen und lebte weitgehend in seinem Auto. Sosnay ließ ihn in seinem Büro arbeiten, und wenn die Bembeneks es sich leisten konnten, gaben sie ihm zwanzig oder dreißig Dollar für Benzin und Essen.

Während ihre Helfer eifrig taten, was sie konnten, beschäftigte Laurie sich in der Bibliothek von Taycheedah. Mit der Hilfe von Anwältin Ann Reilly und von Robins schrieb sie eine Beschwerde gegen Richter Skwierawski. Laurie reichte einen Antrag bei der Gerichtskommission von Wisconsin auf eine Untersuchung darüber ein, wie Richter Skwierawski ihren Antrag auf einen neuen Prozeß gehandhabt hatte. Sie hatte ihrer Meinung nach zahlreiche willkürliche Regelverstöße und Unterlassungen gefunden, die Richter Skwierawski begangen hatte.

Laurie schrieb: »Er gewährte dem Staatsanwalt völlige Verschonung von Gerichtsregeln, Fristen, gerichtlichen Verfügungen und Verfahrensweisen, während er von dem Verteidiger verlangte, sich an all dies zu halten. Er kostete die Verteidigung große persönliche Schmerzen sowie Geld für die Bezahlung von Zeugen und andere Ausgaben, die durch willkürliche Verzögerungen, Verschiebungen und absichtlich von dem Richter herbeigeführte Vertagungen verursacht wurden.«

Laurie führte auf, daß aus einem für zwei Tage angesetzten Antrag sechzehn Gerichtstermine wurden. Sie führte auch aus, welche emotionale Belastung es darstellte, zu dem Gerichtsgebäude in Milwaukee hin und her transportiert zu werden.

»Diese Fahrten zu Gericht und wieder zurück waren extrem streßbeladen, entwürdigend, angsteinflößend und demütigend«, schrieb sie. »Leibesvisitationen, bei denen man sich nackt ausziehen muß, sind vorher und hinterher nötig. Frauen werden in einem Gefangenenwagen des Milwaukee County zusammen mit männlichen Gefangenen transportiert, von denen einige gefährlich, geistesgestört oder körperlich krank sind. Dabei werden uns allen die Hände mit Handschellen an Ketten um die Taille gefesselt. Es ist schrecklich entmenschlichend.«

Dann teilte sie der Gerichtskommission etwas mit, das nur sehr wenige Leute gewußt hatten.

»Ich hatte in meinem Antrag zwei Häftlinge als Verdächtige benannt, Daniel L. Gilbert und Fred Horenberger, und ich mußte mit ihnen und ungefähr fünf anderen Männern in demselben Wagen fahren. Beide Männer waren offensichtlich wütend auf mich, und ich hatte den ganzen Weg zum und vom Gericht Angst. Gilbert ist in Waupun eingesperrt, Horenberger in Columbia.«

Nachdem sie alle Verzögerungen und versäumten Termine durch den Stellvertretenden Staatsanwalt Donohoo angeführt hatte, heftete Laurie eine Aussage von Kohlers Sekretärin bei, die vor dem Gerichtssaal saß, als Richter Skwierawski den Antrag auf einen neuen Prozeß ablehnte. Die Frau wurde Zeugin, wie Richter Skwierawski sich an einen Gerichtsdiener wandte und bemerkte: »Jetzt kann ich mit etwas Wichtigem weitermachen.«

Während Laurie ihre Beschwerde einreichte, reichte Robins eine andere bei der Milwaukee City Fire and Police Commission ein. Diese Kommission war dafür bekannt, daß sie Beschwerden von Bürgern gegen Polizei und Feuerwehr ablehnte. Von 116 zu den Akten genommenen Beschwerden innerhalb der letzten paar Jahre waren alle bis auf zwei kleinere Disziplinarfälle abgewiesen worden. Trotzdem wollte Robins, daß seine Beschwerde zu Protokoll genommen wurde.

Robins behauptete, daß seit dem Sommer 1980 der Stellvertretende Polizeichef von Milwaukee, Orval Zellmer, darüber informiert war, daß gewisse Polizisten und Detektive illegale Handlungen begangen hatten, die gegen Gesetze und Vorschriften von Staat und Stadt verstießen. Er führte an, daß Laurie Bembenek Beweise dafür geliefert hatte, Fotos von den Tracks-Partys, auf denen Polizisten zu sehen waren, wie sie nackt in einem öffentlichen Park tanzten, doch nichts wäre in dieser Sache unternommen worden. Robins legte eine detaillierte Liste bei, was Zellmer gewußt und untätig hingenommen hatte. Zellmer habe gewußt, daß mindestens fünfzehn Polizisten, mehrere Anwälte und ein Richter in die unzüchtigen und lasterhaften Partys in öffentlichen Parks verwickelt waren.

Laut Robins habe Zellmer auch gewußt, daß Freds Partner, Michael Durfee, zahlreiche Vorschriften der Polizei gebrochen hatte, indem er sein Einsatzbuch wegwarf, nicht seine wahren Aktivitäten in der Mordnacht niederschrieb und Fred Schultz wegen seiner außerberuflichen Aktivitäten in der Nacht, in der Christine ermordet wurde, nicht zur Meldung brachte.

Stu Honeck hatte ebenfalls gegen Regeln der Polizei verstoßen und war nie bestraft worden. Honeck hatte sexuelle Beziehungen zu einer Frau unterhalten, die nicht seine Ehefrau war, hatte abgestritten, ein Alkoholproblem zu haben, hatte einen Zeitungsreporter belogen und bedroht, hatte Informationen besessen, daß Drogen in dem Mordfall eine Rolle spielten und daß ein Zeuge bedroht worden war.

Robins reichte Beschwerden auch gegen mehrere andere Polizisten ein, einschließlich Michael Durfee. Alle diese Beschwerden wurden abgewiesen.

Am 15. August 1989 veranstaltete Ira Robins eine Party in einem Hotel von Milwaukee für mehrere hundert Freunde, Sympathisanten und Verwandte, um Laurie Bembeneks einunddreißigsten Geburtstag zu feiern. Es gab Ballons und Luftschlangen, aber die Stimmung war ernst. Während die Partyteilnehmer sich anstellten, um ein großes Geburtstagsbanner für Laurie zu unterschreiben, kümmerte Robins sich um die Menge, schüttelte Hände und beantwortete Fragen. Die Gäste stellten eine interessante Mischung dar. Es waren mehrere Polizisten anwesend und mindestens ein Detektiv aus Milwaukee. Zwei Anwälte saßen an einem der hinteren Tische beisammen. Der Vater des Senators des Staates machte bekannt, daß er Lauries Verurteilung wegen Mordes für falsch hielt. Reporter waren da, ein paar Großmütter und Großväter und viele Leute, die Lawrencia Bembenek nicht vergessen konnten. Sie glaubten daran, daß eine Unschuldige im Gefängnis war.

Robins hatte angekündigt, er werde während der Party Beweise für eine Vertuschungsaktion der Polizei vorlegen. In einer Ecke des Ballsaals des Hotels waren Dutzende von Fotos nackter Polizisten an den Wänden befestigt. Die Fotos waren auf den mittlerweile berühmten Tracks-Partys gemacht worden. Hotelangestellte mischten sich unter die Partybesucher, um einen Blick auf einige von Milwaukees Polizisten zu erhaschen. Robins setzte den Leuten auseinander, die Fotos würden beweisen, daß die Polizei versucht hatte, Laurie am Sprechen zu hindern, weil sie über illegale Aktivitäten zahlreicher Polizisten Bescheid wußte.

»Sie brachte diese Fotos zur Führungsspitze der Polizei«, sagte Robins. »Sie besaß eindeutig Beweise dafür, daß Polizisten Verbrechen begingen, und man wollte sie zum Schweigen zwingen. Man zwang sie zum Schweigen, indem man sie ins Gefängnis steckte!«

Während des Abends berichtete Robins den Leuten von seinen Ermittlungen. Er sprach über das Besprechungszimmer des Inspektors, über die Verzögerung bei der Entscheidung, welcher Revolver die Mordwaffe war, über Durfees ›verlorenes‹ Notizbuch, die Drogenverbindung.

Robins meinte, man müsse auch betroffen sein über die Art, in der die Staatsanwaltschaft den Fall behandelte. »Dies könnte Ihnen oder sonst jemandem zustoßen«, sagte er und deutete auf verschiedene Leute in der Menge. »Da ist in diesem Moment eine Frau im Gefängnis für ein Verbrechen, das sie nicht begangen hat, und es fällt uns zu, sie herauszuholen.«

Meilenweit entfernt versuchte Laurie, ihren siebenten Geburtstag im Gefängnis zu überstehen.

Die große Flucht

Kurz nach ihrem einunddreißigsten Geburtstag sprach Laurie im Besucherraum von Taycheedah mit einigen Freunden aus Milwaukee, als sie einen gutaussehenden Mann hereinkommen sah. Er trug weiße Tennisshorts, ein weißes Tennisshirt und Tennisschuhe. Ausgehungert selbst nach einem flüchtigen Blick auf einen Mann, bemerkte Laurie, daß er sich zu einer Mitgefangenen setzte, Mary Beth Kline.

Nach der Besuchszeit ging Laurie mit Mary Beth hinaus. Laurie wußte, daß die Frau im Gefängnis war, weil sie ein Drogenproblem hatte und Rezepte gefälscht hatte. Bisher war sie nur ein- oder zweimal mit ihr in der Gefängnisbibliothek zusammengekommen.

»Hey, wer war der Kerl in den weißen Tennisshorts?« fragte Laurie.

»Das war mein Bruder, Nick Gugliatto«, antwortete Mary Beth.

»Ist er schwul oder verheiratet?«

»Weder, noch.« Mary Beth lachte. »Er wurde gerade geschieden. Du bist ihm auch aufgefallen. Er hat gefragt, wer du bist.«

Die beiden Frauen sprachen darüber, wie schrecklich es war, nach Sex ausgehungerte Gefangene zu sein.

»Warum schreibst du ihm nicht?« fragte Mary Beth.

»Ausgeschlossen«, antwortete Laurie. »Du kannst ihm sagen, er soll mir schreiben, und wenn er das tut, schreibe ich zurück.«

Dominic Gugliatto, vierunddreißig, geschieden, Vater dreier Kinder, Fabrikarbeiter, wußte nichts über Lawrencia Bembenek. Als seine Freunde erfuhren, daß er begonnen hatte, Laurie zu schreiben, konnten sie es nicht glauben, daß er tatsächlich mit der berüchtigten Bambi korrespondierte. »Du mußt der einzige Mann auf der ganzen weiten Welt sein, der nicht weiß, wer sie ist«, neckten ihn seine Freunde.

Laurie und Nick ließen ein paarmal Briefe hin und her gehen, und er schlug endlich vor, sie zu besuchen. Laurie stimmte zu, und Nick Gugliatto wurde rasch zu einem regelmäßigen Besucher. Laurie war vorsichtig bei Nick. Sie hatte genug Verlierer kennengelernt und wollte ihre Hoffnungen nicht auf eine Beziehung setzen, die höchstwahrscheinlich schon endete, bevor sie überhaupt begann. Laurie war klar, daß es für jeden Mann sehr schwierig sein mußte, eine Beziehung zu einer Frau zu haben, die im Gefängnis saß.

»Es ist nicht so, als würden die Männer sich anstellen, um eine Frau im Gefängnis zu besuchen«, sagte sie. »Ich habe ihn bemerkt, weil ich Tennis spiele und er wie ein Tennisspieler ausgesehen hat.« Nick war kein Tennisspieler, aber er war freundlich und extrovertiert, und Laurie erkannte, wie leicht es wäre, sich in ihn zu verlieben. Er rief an, schickte ihr Geschenke und kam mehrmals die Woche zu Besuch. Seine Besuche und die Gespräche fügten ihrem Leben eine neue Dimension hinzu.

»Ich finde, ich habe genauso das Recht, mit einem Mann glücklich zu sein, wie jede andere«, vertraute sie einer engen Freundin an. »Mein Leben ist schon so lange ausgesetzt worden, während ich auf diese Berufung warte und auf jene Berufung, und Nick ist jemand, den ich jetzt lieben kann und der mir jetzt etwas bedeutet.« Laurie hielt ihre Beziehung zu Nick mehrere Monate lang vor vielen ihrer Freunde und vor ihrer Familie geheim. Als sie ihrer Mutter endlich erzählte, daß sie es mit Nick Gugliatto ernst meinte, wurde die Neuigkeit nicht gut aufgenommen.

»Laurie, woher willst du wissen, daß er nicht wie alle anderen ist?« fragte ihre Mutter, wobei sie sich an Fred Schultz und Jacob Wissler erinnerte. »Ich möchte nicht miterleben, daß du wieder verletzt wirst. Bitte, sei vorsichtig.«

Laurie wußte bereits, daß sie sich in den dunkelhaarigen Italiener mit den dünnen Beinen verliebte. Sie wollte jeden Moment genießen, in dem sie mit ihm am Telefon sprechen oder ihn bei seinen Besuchen sehen konnte. Sie durfte Nick küssen, wenn er zur Besuchszeit eintraf, und dann noch einmal, wenn er ging. Besuche mit Beischlaf waren in Taycheedah nicht erlaubt, aber für Laurie waren zwei Küsse besser als nichts.

Lauries Beschwerde gegen Richter Skwierawski wurde abgewiesen. Doch im Oktober 1989 ersuchte das Berufungsgericht des Staates das Oberste Gericht um Hilfe bei der Berufung, die Laurie eingereicht hatte und in der sie behauptete, Eisenberg hätte sie nicht wirkungsvoll vertreten. Das Berufungsgericht bat um eine klare Festsetzung des Standards für wirkungsvollen Beistand durch einen Rechtsberater. Man wollte Hilfe bei der Entscheidung, ob Eisenberg bei der Vertretung von Lawrencia Bembenek seine Pflicht erfüllt hatte.

Kohler meinte, es wäre ein gutes Zeichen, daß sie sich mit seiner Berufung schwer taten.

Doch im nächsten Monat, am 8. November, gab das Oberste Gericht den Fall zurück an das Berufungsgericht und erklärte, es wäre nicht seine Pflicht, eine Entscheidung zu fällen. Es wäre viel angemessener, daß das Berufungsgericht entschied. Kohler meinte, es bestünde noch immer Hoffnung, daß das Berufungsgericht zu ihren Gunsten entschied. Und sollte diese letzte Berufung scheitern, würde er ohnedies schon an einigen neuen Spuren arbeiten.

Robins schrieb an Michael J. Barron, den Oberrichter von Milwaukee, und bat um eine John-Doe-Untersuchung der Polizei von Milwaukee von 1980 bis zur Gegenwart. In einer John-Doe-Untersuchung ruft ein Sonderankläger Zeugen vor einen Richter, arbeitet mit einem Sonderermittler zusammen und versucht, Korruption und Verschwörung aufzudecken. Der Ermittler und der Richter besitzen dann die Macht, Strafanzeige zu stellen, wenn sie auf ein Fehlverhalten stoßen. Robins bat darum, Richter Robert Landry dafür zu bestimmen, die Untersuchung zu leiten, weil Richter Landry sich demnächst zur Ruhe setzen wollte und sich nicht um seine Wiederwahl sorgen mußte.

Robins wußte, daß eine John-Doe-Untersuchung dem Vorsitzenden Richter Zugang zu allen Unterlagen der Polizei erlauben würde. Die Ermittler, die mit dem Richter arbeiteten, würden so auch ziemlich freie Hand haben, um an die Wahrheit heranzukommen, etwas, worauf Robins seit über sechs Jahren hinarbeitete.

In seinem John-Doe-Antrag umriß Robins alles, von den

Tracks-Partys bis zu dem Zögern der Polizei, Informationen freizugeben, die helfen konnten, Lawrencia Bembenek zu befreien. Er bat auch darum, daß die Staatsanwaltschaft nicht an der Untersuchung teilnahm.

»Die Staatsanwaltschaft ist keine Hilfe, weil sie sich entweder täuschen ließ, oder jetzt aktiver Teilnehmer an der gegenwärtigen Vertuschungsaktion ist«, schrieb Robins. »Die Staatsanwaltschaft weigert sich anzuerkennen, daß das Telefon einer ihrer Hauptzeuginnen gegen Bembenek abgehört wurde, nämlich Judy Zess (interessanterweise hat diese Zeugin ihre Aussage widerrufen und behauptet, vor dem Prozeß starken Einflüssen durch die Polizei ausgesetzt gewesen zu sein), hat die Existenz des Besprechungsraums des Inspektors unter den Tisch gekehrt und weigert sich, auch nur einen Blick auf die Informationen zu werfen, die ich gesammelt habe.«

Robins stattete auch Besuche dem Büro des Bürgermeisters von Milwaukee, John Nordquist, und dem Büro des Polizeichefs von Milwaukee, Phillip Arreola, ab und bat um eine Untersuchung gegen die Polizei. (Arreola hatte den Polizeichef Breier ersetzt, der sich 1989 zur Ruhe gesetzt hatte.) Der Bürgermeister und der Polizeichef antworteten nicht auf Robins' Beschwerde.

Im Januar 1990 fand Robins auch heraus, daß zwei Sets nicht identifizierter Fingerabdrücke am Schauplatz des Mordes gefunden worden waren. Robins benutzte das Gesetz zur Einsicht in Unterlagen, um Kopien von mehreren Polizeiberichten zu erhalten, in denen die Fingerabdrücke behandelt wurden. Die Unterlagen sagten aus, daß die Fingerabdrücke an Christine Schultz' Bett und an der hinteren Eingangstür ihres Hauses gefunden worden waren. Die Fingerabdrücke stimmten nicht überein mit denen von Fred Schultz, Christine Schultz, Sean und Shannon Schultz, und sie waren auch nicht von Lawrencia Bembenek hinterlassen worden.

Robins war nicht nur über den Bericht über die Fingerabdrücke erregt, sondern er war auch sicher, daß es noch mehr Informationen gab, die von der Polizei geheimgehalten wurden. Strafverteidiger haben das Recht, alle relevanten Beweisstücke zu erhalten, die von Ermittlern der Polizei zusammengetragen wurden. Entlastende Beweise müssen noch vor einem Prozeß vorgelegt werden, damit die Verteidigung sie verwenden kann, wenn sie dies wünscht. Bob Sosnay, der Anwalt, der Robins beriet, erklärte ihm sofort, daß die Unterlassung der Polizei, die Information über die Fingerabdrücke freizugeben, benutzt werden konnte, um einen neuen Prozeß anzustreben.

Doch als Staatsanwalt E. Michael McCann von den Fingerabdrücken hörte, zuckte er bloß die Schultern. Er erklärte, Häuser wären voll von Fingerabdrücken, und er wäre überzeugter als je zuvor, Lawrencia Bembenek hätte Christine Jean Schultz ermordet. Im Februar entschied McCann, den Fall nicht wegen der Fingerabdrücke noch einmal zu eröffnen. Der Stellvertretende Staatsanwalt Donohoo meinte, er wäre ziemlich sicher, daß die Information über die Fingerabdrücke an Eisenberg weitergegeben worden war. Als er die Fingerabdrücke durch den Polizeicomputer laufen ließ, sagte Donohoo, er könnte nicht erkennen, wem sie gehörten.

»Sie standen in keinem Zusammenhang zu dem Verbrechen«, sagte Donohoo. »Das waren einfach irgendwelche Fingerabdrücke, die in einem Haus gefunden wurden.«

Robins begann zu glauben, daß er erst jemanden finden mußte, der den Mord mit einer Videokamera aufgezeichnet hatte, bevor er die Staatsanwaltschaft dazu brachte, ihm zuzuhören. Und er wußte, daß andere Mordurteile schon mit weniger Beweisen aufgehoben worden waren.

Beim Verfolgen von Spuren gelang es Robins, zwei weitere interessante Informationen über Fred Schultz zusammenzutragen. Erstens erzählte eine ehemalige Nachbarin von Fred und Christine Schultz, Fred hätte versucht, Christine zum Partnertausch zu zwingen. Die Nachbarin sagte, sie hätte gehört, wie Fred und Christine stritten, und als Fred die Wohnung verließ, ging sie nach unten, um mit Christine zu sprechen. Christine weinte und erzählte der Frau, Fred wolle neue Sexpartnerinnen ausprobieren. Er hätte Christine gesagt, falls sie ihn liebte, würde sie beim Partnertausch mitmachen.

Die Frau fragte Christine, wieso Fred sich keine Sorgen

machte, sie könne von einem anderen Mann schwanger werden, und Christine antwortete, sie wäre bereits schwanger.

Dann erzählte eine Polizistin aus Milwaukee, Laura Schwefel, eine große Blondine, die nicht glaubte, jemals einen grünen Jogginganzug besessen zu haben, daß sie und nicht Laurie Bembenek die Frau war, die zwei andere Polizisten und ihre Frauen zusammen mit Fred Schultz gesehen hatten. Die Polizisten und ihre Frauen hatten ausgesagt, daß sie Laurie Bembenek in einem grünen Jogginganzug in einem Kino in Milwaukee gesehen hatten. Schwefel erklärte, sie hätte sich nicht gemeldet, weil sie Angst um ihr Leben und um ihren Job hatte.

Robins wurde von der Police and Fire Commission verständigt, daß seine Beschwerde gegen die Polizei nicht standhielt, weil er nicht die betroffene Partei war. Die Beschwerde müsse von Laurie kommen, und Laurie könne sie einreichen, wenn sie jemals aus dem Gefängnis herauskam.

Richter Michael Barron, der Robins' Antrag auf eine John-Doe-Untersuchung erhalten hatte, erklärte sofort, Robins müsse seinen Antrag in Form einer eidesstattlichen Erklärung abgeben. Robins rang die Hände. Es kam ihm so vor, als würde er mit dem Kopf gegen die Wand rennen.

Während Laurie ihre letzten Enttäuschungen durchlitt, hatte sie etwas und jemanden, der ihre Gedanken und ihre Zeit in Anspruch nahm. Sie bereitete sich auf die Hochzeit mit Nick Gugliatto vor. Robins sollte ihr Trauzeuge sein. Wenn sie die Erlaubnis der Gefängnisleiterin erhielten, wollten Nick und Laurie im August in der Gefängniskapelle heiraten. Lauries Familie hatte sich endlich mit dem Gedanken abgefunden. Sie erkannten, daß Nick das Leben ihrer Tochter verändert hatte.

Seit Monaten wurde Lauries Mutter von einem nagenden Gefühl verfolgt, daß Laurie etwas zustoßen würde. Das Gefühl hielt sie nachts wach, und sie wartete begierig auf Anrufe ihrer Tochter. Virginia Bembenek wußte, daß 1989 ein hartes Jahr für Laurie gewesen war. Jedesmal, wenn sie sich gerade über die

Möglichkeit zu erregen begann, daß eine Anhörung oder ein Antrag zu ihren Gunsten ausgehen konnte, wurden ihre Hoffnungen zerstört. Sie wußte, daß Laurie bei einer Gruppe zur Verhinderung von Selbstmord im Gefängnis teilgenommen hatte. Der Gedanke, noch mehr Jahre im Gefängnis verbringen zu müssen, war für ihre Tochter zu viel.

Obwohl Laurie 1993 nach elf Jahren und drei Monaten Haft für eine bedingte Strafaussetzung in Frage kam, war es unter den Häftlingen allgemein bekannt, daß das erste Entlassungsdatum nichts weiter war, als das Wort besagte – ein Datum. Die eifrigen Bürokraten im Staatskapitol in Madison hatten die Klassifizierung von Urteilen so verändert, daß es fast unmöglich war für jemanden mit einem Urteil, wie Laurie es erhalten hatte, aus dem Gefängnis zu kommen, wenn sie nicht mindestens fünfzehn Jahre gesessen hatte.

»Bei Nick weiß ich wenigstens, daß jemand etwas für mich empfindet, und er hat mir etwas gegeben, worauf ich hoffen und warten kann, während ich auf alles andere warte«, sagte Laurie einer Freundin.

Die Gefängnisleiterin erlaubte, daß sie am 5. August 1990 in der Gefängniskapelle heirateten, und Laurie widmete sich Hochzeitsplänen. Sie bestellte ein Kleid und Schuhe und fragte sich, wie es wäre, die gleichen Pläne anderswo und nicht in einem Staatsgefängnis zu machen.

Im Mai machte Laurie erneut Schlagzeilen, als die University of Wisconsin – Parkside Campus, verkündete, daß sie Mitglied der Abschlußklasse von 1990 sein würde. Sie hatte alles bis auf einen Klassenabschluß erfüllt, um das Abschlußdiplom in neueren Sprachen und Literatur zu erhalten, und sie hatte vier Jahre lang einen fast perfekten Notendurchschnitt gehalten. Doch die Verantwortlichen von Taycheedah ließen sie nicht an den Abschlußfeiern teilnehmen. Sie sagten, da Laurie noch eine Klasse abschließen müsse, könne sie technisch nicht als graduiert gelten.

Laurie wurde von der Entscheidung schwer getroffen. Seit fünf Jahren hatte sie geplant, an ihrer Abschlußzeremonie teilzunehmen, und sie hatte hart an ihren Noten gearbeitet.

Im folgenden Monat, am 20. Juni, verkündete das Berufungsgericht in einer achtzehnseitigen Erklärung, daß es Lauries Antrag auf einen neuen Prozeß verwarf. Das Gericht wollte nicht, daß seine Entscheidung veröffentlicht wurde. Das Gericht stellte fest, Fred Schultz' finanzieller Beitrag zu ihrer Verteidigung wäre klein gewesen, und es wäre nicht ungewöhnlich für einen Ehemann, die Anwaltskosten seiner Frau zu bezahlen.

Die Entscheidung stürzte Laurie in eine totale Depression. Die ganze Welt schien gegen sie zu sein.

Wie viele Ehemänner, die die Anwaltkosten ihrer Ehefrau bezahlen, sind in demselben Fall Mordverdächtige? fragte sie sich. Laurie wußte, daß es auf ihre Fragen keine einfachen Antworten gab, aber sie wußte auch, daß Robins weiterhin versuchen würde, diese Antworten irgendwie zu finden. Doch das schien nicht zu genügen.

Sie war seit acht Jahren im Gefängnis. Jedes Jahr hatte wie hundert gewirkt. Alles, was sie jemals ihr eigen genannt hatte, war ihr genommen worden. Alles, was ihr geblieben war, waren ihr klarer Verstand und Nick.

Am 15. Juli 1990 führten Gefängniswärter um 21 Uhr 25 in Taycheedah eine Routineüberprüfung durch, um sicherzugehen‹ daß alle Insassen in ihren Zellen waren.

Alle waren da, ausgenommen Lawrencia Ann Bembenek.

Vom Schicksal eingeholt

Bis Mitternacht hatten die Aufseher von Taycheedah das gesamte Gelände abgesucht und keine Spur von Laurie Bembenek gefunden. Die Gefängnisleiterin Nona Switala setzte Suchhunde ein. Die Wächter hatten jedes Gebäude durchsucht, aber sie fanden lediglich einen Abschnitt des Stacheldrahts, der mit einem Damengürtel heruntergezogen worden war. Sie stellten auch fest, daß das Rollo der Waschküche im Keller von Lauries Wohneinheit herausgedrückt worden war. Das letzte Mal, als jemand Laurie gesehen hatte, wusch sie ihre Wäsche.

Am frühen Morgen des 16. Juli war die Neuigkeit von Lawrencia Bembeneks Flucht aus dem Gefängnis die größte Nachricht im Mittleren Westen. Polizeisprecher hatten nicht viel dazu zu sagen, wie Laurie aus dem Gefängnis herausgekommen war. Sie gaben an, man habe Fußspuren gefunden, die in einen Wald nahe dem Gefängnis führten. Aber niemand wußte, wo Laurie war. Sie deuteten auch an, Laurie könnte zusammen mit ihrem Verlobten, Dominic Gugliatto, auf der Flucht sein. Er war an diesem Morgen nicht zur Arbeit erschienen.

Polizeireviere in ganz Wisconsin erhielten Anrufe wegen des vermißten Paares, aber niemand hatte tatsächlich Laurie und Nick entdeckt. Die meisten Anrufer ließen die Cops wissen, sollte Lawrencia bei ihnen auftauchen, würden sie sie nicht verraten.

Die Staatsanwaltschaft des Milwaukee County beeilte sich, allgemein bekanntzumachen, daß eine verurteilte Mörderin auf freiem Fuß war. Die Staatsanwaltschaft wollte auch gern Robins als Fluchthelfer festnageln. Detektive der Polizei tauchten bei Robins auf, um festzustellen, wo er während Lauries Flucht gewesen war.

Fred Schultz sagte Reportern, er habe Angst, Laurie Bembenek wäre nach Florida unterwegs, um ihn zu töten. Als in Florida eine Frau ermordet wurde, sagte Fred, er wäre sicher, daß Laurie etwas damit zu tun hatte. Er hatte keinen Beweis, daß

Laurie überhaupt in Florida war, aber Fred sagte Reportern, sie sollte als Hauptverdächtige betrachtet werden.

Laurie Bembeneks Sympathisanten beteten darum, daß sie in Sicherheit war. Sofort tauchten Gerüchte auf, einige Polizisten aus Milwaukee hätten sie getötet, damit sie nicht gegen sie aussagen konnte. Jemand meldete sich bei der Polizei und gab an zu wissen, daß Laurie und Nick in Mexiko waren. Ein anderer hatte sie im nördlichen Wisconsin gesehen in der Nähe eines Grundstücks, das Nick Gugliatto gehörte.

Nicks grauer GMC-Lastwagen wurde drei Tage nach der Flucht auf dem Parkplatz eines Kaufhauses vor der Stadtgrenze von Milwaukee gefunden. Als er auf Fingerabdrücke untersucht wurde, fand die Polizei keine, die mit Lauries Fingerabdrücken übereinstimmten.

Gugliattos Freunde und Verwandte spekulierten, die beiden wären gemeinsam geflohen, weil sie verliebt und von dem Gerichtssystem frustriert waren. Fünf Tage nach der Flucht waren die Behörden sicher, daß Gugliatto ihr geholfen hatte, wußten jedoch noch immer nicht, wohin Nick und Laurie geflohen waren. Eine landesweite Fahndung nach Laurie wurde herausgegeben, und der Sheriff von Fond du Lac erklärte, er wäre zuversichtlich, daß man sie finden würde.

Nachrichten von Lauries Flucht breiteten sich allmählich in den gesamten Vereinigten Staaten aus, und Magazine und Zeitungen gruben ihre Geschichte wieder aus. ›Geraldo‹, ›Inside Edition‹, ›Hard Copy‹, ›A Current Affair‹ (TV-Magazinsendungen, Anm. d. Übers.) und alle großen Zeitungen im Land brachten Storys über sie. Reporter riefen ihre engen Freunde in Wisconsin an und suchten nach jeder Information, die sie in ihrem Bericht verwenden konnten. Nicks Angehörige hielten vor ihrem Haus in Milwaukee eine Pressekonferenz ab und sagten, daß sie ihren Sohn unterstützten und an Laurie Bembeneks Unschuld glaubten. Sie hofften, die Flucht würde Laurie zu einem neuen Prozeß verhelfen.

Tage vergingen, und es gab noch immer keine Spur von Gugliatto und Bembenek. Freunde und Verwandte von Laurie wurden unter Überwachung gestellt. Telefone wurden angezapft. Als ein Möbelwagen in der Straße gegenüber dem Hause der Bembeneks hielt, griffen getarnte Polizisten ein. Sie waren sicher, daß Laurie in dem Wagen war und ihre Eltern besuchen wollte.

Restaurants und Bars in Milwaukee stimmten sich sofort auf Lauries Flucht ab. Jemand druckte leuchtend rosa Aufkleber für Stoßstangen mit der Aufschrift RUN, BAMBI, RUN (LAUF, BAMBI, LAUF – Anm. d. Übers.). Auf anderen Wagen prangten weiße Aufkleber, die besagten, GO LAWRENCIA, GO (VORWÄRTS, LAWRENCIA, VORWÄRTS – Anm. d. Übers.). Es gab Bembenek-Burgers und Auf-nach-Mexiko-Burgers. Eine Bar hielt einen Wettbewerb für Laurie-Bembenek-Doppelgängerinnen ab. Eine andere verkaufte T-Shirts, die einen Gürtel zeigten, der über einem Stacheldrahtzaun hing, und ein Bein, das in einem Wald verschwand.

Robins und Lauries ehemaliger Anwalt Marty Kohler wußten nicht, daß Laurie Bembenek die Flucht geplant hatte. Beide erklärten den Behörden, sie hätten keine Ahnung, wo sie war.

»Ich hoffe, sie ist in Sicherheit«, erklärte Robins im Fernsehen. »Ich weiß, daß eine Flucht schlimmer sein kann als Gefängnis.«

Obwohl Robins verstehen konnte, daß Laurie über das Gerichtssystem frustriert war, wußte er auch, daß seine Arbeit zum Stillstand kam, bis sie gefangen wurde. Wenn Laurie sich nicht in Haft befand, konnten keine neuen Berufungen und Anträge eingebracht werden.

Während er wartete, konzentrierte Robins sich auf das erneuerte Interesse an Lauries Fall. Er sammelte mehrere tausend Unterschriften auf einer neuen Petition, um ihr einen neuen Prozeß zu verschaffen, und er organisierte eine Zusammenkunft, um Unterstützung für sie zu demonstrieren. Ungefähr fünfhundert Menschen versammelten sich auf dem Rasen vor dem Büro von Staatsanwalt E. Michael McCann und hörten Robins zu. Einige Sympathisanten bei dieser Zusammenkunft trugen Lawrencia-Bembenek-Masken und riefen: »Wir wollen einen neuen Prozeß!« Eine lokale Fernsehstation führte eine Telefonumfrage durch und fragte Zuschauer, ob sie Laurie für unschuldig oder schuldig hielten. Die Telefonleitungen wurden von Anrufen überflutet. Die überwältigende Mehrheit der Anrufer hielt Laurie Bembenek für unschuldig.

Joe und Virginia Bembenek flogen mit Robins nach New York City und erschienen in ›Geraldo‹. Robins hielt die TV-Talk-Show für ein gutes Forum für Lauries Geschichte. So würde viel Unterstützung aufgeboten werden. Fred Schultz erschien via Satellit in der Schau, und bei ihm war ein Überraschungsgast, Donald Eisenberg.

Irgendwie hatten Fred und Eisenberg einander gefunden. Eisenberg sagte, er hielte Laurie jetzt für schuldig. Geraldo stellte Fred vor als den ›Mann, den einige für verantwortlich an diesem Mord halten‹. Als er Virginia fragte, ob sie jemanden sah, der der wahre Mörder sein konnte, deutete sie sofort auf Fred Schultz. »Er hatte am meisten zu gewinnen«, behauptete sie.

Wieder zurück in Milwaukee, nutzte Robins die öffentliche Aufmerksamkeit und verlangte den Rücktritt des Staatsanwalts. McCann reagierte, indem er Robins mitteilte, er könne jederzeit neue Beweise vorlegen. Das Gerichtsgebäude wäre von acht Uhr bis fünf Uhr geöffnet.

Anfang September war Laurie fast schon sechzig Tage in Freiheit. Sympathisanten hielten jeden Tag, an dem sie verschwunden blieb, für ein gutes Omen. Je länger sie vermißt wurde, desto schwieriger würde es für die Behörden werden, sie aufzuspüren.

Robins verfolgte weiterhin Spuren in dem Fall. Eine entpuppte sich als besonders fruchtbar. Er setzte sich mit Sharon M. Niswonger in Verbindung, der Frau, die in dem Apartment neben Laurie und Fred auf der 20. Straße gewohnt hatte. Die Perücke, die aufgefunden und anschließend mit dem Mord an Christine Schultz in Verbindung gebracht worden war, war aus dem Abfluß in Niswongers Wohnung gezogen worden.

Sharon Niswonger erzählte Robins, daß nur wenige Wochen nach dem Mord etwas Sonderbares geschehen war. Damals rief Judy Zess sie an und fragte, ob sie ins Fitneßcenter mitkommen und gemeinsam mit ihr trainieren wollte. Sharon Niswonger hielt den Anruf für sonderbar, weil sie ihre Nachbarin kaum jemals sah. Noch an diesem Tag kam Judy in ihr Apartment. Sie trug ein Kleid und hatte eine Sporttasche bei sich. Sharon Niswonger ließ Judy in die Wohnung, und Judy fragte, ob sie sich in dem kleinen Badezimmer umziehen könnte. Judy nahm die Sporttasche mit ins Bad. Dann ging sie wieder.

Die nächste Person, die die Toilette benützte, stellte fest, daß sie verstopft war und nicht funktionierte. Sharon Niswonger gab an, als die Toilette von einem Klempner untersucht wurde, wäre die rötliche Perücke herausgezogen worden. Auch wenn niemand direkt gesehen hatte, wie Judy Zess eine Perücke in die Toilette steckte, meinte Robins, daß es genau so gewesen sein könnte. Sharon Niswonger war einverstanden, ihm eine schriftliche Erklärung ihrer Geschichte zu geben.

George Marks, der Eigentümer von *George's Pub and Grub*, gab Robins gegenüber zu, daß die Detectives Durfee und Schultz in der Nacht, in der Christine ermordet wurde, mit ihm getrunken hatten. Er sagte, die Männer hätten in zwei verschiedenen Bars getrunken, und einmal, um zwei Uhr herum, wäre Schultz für kurze Zeit verschwunden.

»Ich dachte, er wäre nur auf die Toilette gegangen«, sagte Marks.

Marks gab auch zu, daß Fred mit Freunden und einem Arbeitskollegen, Fred Horenberger, zusammen war. Horenberger war der Mann, den Robins im Verdacht hatte, in den Mord an Christine Schultz verwickelt zu sein, derselbe Mann, der Judy Zess überfallen hatte. Marks meinte, er hätte die beiden Männer miteinander bekanntgemacht, und sie wären zusammen oft in seiner Bar gesehen worden.

Robins fand, daß Marks' Aussage ein großer Durchbruch in dem Fall war, weil sie Fred Schultz und Horenberger miteinander verband. Sie minderte auch die Glaubwürdigkeit von Fred Schultz' Alibi für die Mordnacht. Während des Prozesses hatte Fred behauptet, er habe die ganze Nacht gearbeitet und sich nie von Durfee getrennt. Marks behauptete, das würde nicht stimmen.

»Ich habe die ganze Zeit vermutet, daß Durfee und Schultz

gelogen haben, wo sie in der Mordnacht waren«, sagte Robins zu Sosnay, seinem Anwaltsfreund. »Sie kümmerten sich in jener Nacht angeblich um einen Einbruch, aber als sie ihre ersten Berichte schrieben, hatten sie nicht einmal den Namen des Opfers.«

Als Robins die Polizeiberichte durcharbeitete, stellte er fest, daß Durfee und Fred anfänglich aussagten, sie wären auf Streife gewesen, hätten gehalten, um etwas zu essen, und hätten dann den Einbruch untersucht. Doch als Robins die Aussagen vor Gericht durchlas, erkannte er, daß Eisenberg wußte, daß Fred und Durfee in George's Kneipe gewesen waren. Eisenberg hatte ihn vor Gericht danach befragt, und Fred hatte zugegeben, sie wären dagewesen, hatte jedoch bestritten, zum Trinken hingegangen zu sein. Kramer und die gesamte Staatsanwaltschaft wußten auch, daß Fred Schultz im Zeugenstand gelogen hatte. Niemand außer Fred und Durfee selbst wußte genau, wo sie waren und was in der Nacht passierte, in der Christine ermordet wurde.

Als Robins die Polizeiberichte über den Einbruch anforderte, den Fred und Durfee angeblich in der Mordnacht untersucht hatten, fehlte der halbe Bericht. Unter der Hand verschaffte Robins sich endlich den Rest des Berichts und stellte fest, daß zwei uniformierte Polizisten in jener Nacht die Arbeit bei dem Einbruch erledigt hatten. Für gewöhnlich übernehmen Detektive die Ermittlungen in einem solchen Fall. Durfee und Fred waren in jener Nacht die diensthabenden Detektive gewesen, und sie hatten nicht einmal gewußt, daß es Tatverdächtige gab.

Robins war sicher, endlich Fred Schultz' Alibi für die Mordnacht zerstört zu haben. Doch nicht einmal mit der neuen Information, die er von Marks erhalten hatte, konnte Robins die Staatsanwaltschaft dazu bringen, auch nur einen Blick auf den Fall zu erwägen. In den Augen der Staatsanwaltschaft gab es keine neuen Beweise.

Während die Wochen verstrichen, blieb das Interesse an dem Bembenek-Fall bestehen. Anfang Oktober erhielt Robins noch immer Anrufe von überall in der Welt von Leuten, die etwas über Laurie wissen wollten. Magazine und Zeitungen aus London, Japan, Australien und Frankreich sprachen mit ihm. Während der zweiten Oktoberwoche wurde in der Fernsehsendung ›America's Most Wanted‹ (›Amerikas Meistgesuchte‹ – Anm. d. Übers.) ein Abschnitt über Laurie gesendet.

Wenige Tage nach der Sendung erhielt das FBI einen Tip von einem Mann, der vor kurzem in Kanada zu Besuch war. Er berichtete einem FBI-Agenten, daß eine Frau, die ihn in einem Restaurant bedient hatte, genau wie Lawrencia Bembenek aussah.

Dieser Tip war einer von Dutzenden, die nach der Sendung beim FBI eingegangen waren. Er erschien allerdings möglich. Kanada war nicht so weit von Wisconsin entfernt. Ein Detektiv der Royal Canadian Mounted Police (Königlich Kanadische Berittene Polizei – Anm. d. Übers.) wurde in ein kleines Café in Thunder Bay, Ontario, geschickt, einer sehr hübschen Stadt, die von Bergen und Seen umgeben am Ufer des Lake Superior liegt.

Der Detektiv befragte eine Kellnerin in dem Café, die ihren Namen mit Jennifer Lee Gazzana angab. Nachdem er wieder gegangen war, überprüfte er den Ausweis, den sie ihm gezeigt hatte, und stellte fest, daß er nicht gültig war. Die Kellnerin war Lawrencia Bembenek. Sie hatte seit ihrer Flucht mit Nick in Thunder Bay gelebt. Nick hatte den Namen Anthony Gazzana benützt und als Koch im Schnellimbiß gearbeitet. Neben ihrem Job als Kellnerin hatte Laurie auch als Aerobic-Trainerin gearbeitet.

Nick und Laurie waren gerade am Packen, als sie festgenommen wurden. Sie ergaben sich stumm und wurden in das District Jail, das Distriktsgefängnis, von Thunder Bay am Ufer des Lake Superior gebracht. Laurie nahm an, sie würden sofort deportiert werden, aber das geschah nicht. Ein Tag verging, dann noch einer.

Vor dem Gefängnis versammelten sich Reporter und Fotografen aus den Vereinigten Staaten, Europa, Kanada und Japan. Lauries neue kanadische Freunde kamen ebenfalls, um ihre Unterstützung für die Frau zu zeigen, die sie als Jennifer kannten. Sie konnten nicht glauben, daß diese Jennifer eine kaltblütige Killerin war.

Louis Kebezes, Lauries Chef im Columbia Grill&Tavern sagte, er würde ihr in jeder Hinsicht vertrauen. »Sie war eine großartige Kellnerin, sehr populär«, erklärte er. »Sie war auch sehr nett, und alle mochten sie.«

Laurie und Nick hatten nur wenige Tage nach Lauries Flucht ein kleines Apartment im Souterrain von einer Frau namens Jenny Beck gemietet. Sie kam ebenfalls zu Lauries Verteidigung und sagte aus, Laurie und Nick hätten allen in der Nachbarschaft geholfen. Laurie hätte Gras gemäht und alles getan, worum jemand sie bat.

Im Gefängnis wurde Laurie gesagt, sie solle sich anziehen, weil sie zu ihrer Abschiebeanhörung mußte. Aber niemand kam. Drei Stunden vergingen. Endlich kam eine Wächterin und meinte, an diesem Tag würde nichts mehr passieren. Laurie hatte sich gar nicht die Mühe gemacht, einen Anwalt zu rufen, weil sie sicher war, man würde sie umgehend in die Vereinigten Staaten zurückbringen. Als die Anhörung verzögert wurde, begriff Laurie, daß es ein Problem geben mußte.

»Ich sagte der Wächterin, ich wollte einen Anwalt rufen«, erzählte Laurie einem Reporter. »Der erste Name auf der Liste war eine Frau aus Thunder Bay, die einen großartigen Ruf hatte. Die Wächterin ging, um sie anzurufen, und ich wartete.«

Stunden später kam die Wächterin endlich zurück und sagte, sie hätte Probleme, sich mit der Anwältin in Verbindung zu setzen. Laurie bat sie, den nächsten Namen auf der Liste anzurufen. Dieser Anwalt war Dave Dubinsky, der vor kurzem das Studium beendet hatte. Dubinsky hatte keine Probleme, sich einen Weg durch die Menge der Reporter zu suchen, die vor dem Thunder-Bay-Gefängnis warteten. Er trug Jeans und T-Shirt. Niemand vermutete, daß er ein Anwalt war, der zu Lawrencia Bembenek kam.

Dubinsky hörte sich Lauries Geschichte an. Er machte sich Notizen, während Laurie ihm alles über den Fall erzählte, was überhaupt möglich war. Er meinte, er würde sie vertreten und mit seinem Chef, Anwalt Ron Lester, über ihren Fall sprechen. Laurie wartete wieder, und am nächsten Tag kehrte Dubinsky zurück.

»Das ist ein unglaublicher Fall«, erklärte er ihr. »Ich denke,

Sie könnten einen Anspruch auf den Flüchtlingsstatus haben.«

Zum ersten Mal seit zehn Jahren hatte Laurie Bembenek das Gefühl, daß das Schicksal endlich freundlich zu ihr war. Sie hatte gedacht, sie würde in die Vereinigten Staaten zurückgebracht, aber jetzt hatte sie einen Anwalt, der sagte, daß es für sie vielleicht, nur vielleicht möglich war, in Kanada zu bleiben und hier als freier Mensch zu leben.

Erhörte Gebete

Lauries und Nicks Anwälte konnten für die Abschiebeanhörung einen sofortigen Aufschub erreichen. Das gab beiden Anwälten Zeit, etwas Hausarbeit zu erledigen, und sie hofften, dann würde die Aufmerksamkeit sinken, die ihre Gefangenen erregten. Dubinsky hatte Ron Lester überredet, ihm bei dem Fall zu helfen. Laurie erklärte Lester, daß sie kein Geld hatte. Lester, ein Mann mit Brille und sanfter Stimme und mit einem makellosen Ruf, sagte, das interessierte ihn nicht. Wenn sie jemals zu Geld käme, könnte sie ihm etwas schicken, aber bis dahin würde er alles in seiner Macht Stehende für sie tun. Er hielt sie für unschuldig. In den Vereinigten Staaten hatten die Anwälte über jede Sekunde Buch geführt, die sie mit Laurie verbrachten, damit sie alles auf die Rechnung setzen konnten. Dubinsky und Lester waren freundlich, besorgt und tatsächlich an Lauries Behauptung ihrer Unschuld interessiert.

Während Laurie auf ihre Anhörung wartete, hatte sie reichlich Zeit, sich auf ihr neues Gefängnis einzurichten und sich an die letzten drei Monate ihres Lebens zu erinnern. Enge Freunde waren überrascht zu hören, wie erleichtert sie über die Festnahme war.

»Die Flucht – nun, es war, als würde man von einem Gefängnis in ein anderes kommen«, sagte sie. »Ich mußte genauso vorsichtig sein, was ich sagte und mit wem ich sprach. Das einzig Gute war, daß ich für diese Leute keine Vergangenheit hatte und sie mich nicht danach beurteilen konnten, was irgendein anderer gesagt hatte. Sie kannten mich so, wie ich war.«

Nachdem sie in Kanada angekommen und in dieses Apartment gezogen waren, hatte Laurie zu viel Angst, um allein irgendwohin zu gehen. »Es war, als würde mich etwas zurückhalten. Ich glaube, ich war schon so programmiert, daß ich von jemandem hören wollte, was ich zu tun und zu lassen hätte. Zehn Jahre lang hatte mir jemand gesagt, wann ich ins Bad gehen konnte, essen, schlafen oder atmen durfte.«

Ihre Monate in Freiheit waren wie ein Traum. In Restaurants bestellte sie frisches Gemüse, etwas, das sie in zehn Jahren nicht gegessen hatte, und sie fiel fast in Ohnmacht, als sie in einen Lebensmittelladen ging.

»Ich konnte tatsächlich bekommen, was immer ich wollte, und ich war überwältigt von all diesen Entscheidungen«, erinnerte sie sich einer Freundin gegenüber. »Allein die Fahrt in einem Auto war wie eine Reise zum Mond. Es war unglaublich.«

Nach Jahren gefühlsmäßiger Beraubung war Laurie zu Tränen gerührt, als sie zum ersten Mal mit dem Bus fuhr.

»Die Farben, die Leute, die Freiheit. Das alles war einfach zuviel. Es war wie ein Traum. Allem haftete ein Gefühl des Unwirklichen an, was ich in diesen Monaten auch tat oder sah.«

Lauries liebster Zeitvertreib war es, auf den hinteren Stufen des Hauses zu sitzen und den Himmel zu betrachten.

»Die Nordlichter sind phänomenal«, erinnerte sie sich. »Ich konnte da so lange sitzen, wie ich wollte, und diese Luft einzuatmen war, als würde ich neues Leben einatmen.«

Wenn Nick nicht arbeitete oder angelte, gingen sie viel spazieren. Laurie wollte jedes Tier streicheln, das sie sah. Wenn sie jemanden mit einem Hund auf der anderen Straßeseite entdeckte, lief sie so schnell sie konnte hinüber, um das Tier zu berühren. Sie wollte sich herunterbeugen und an jeder Blume riechen. Sie wollte jeden Tag erleben, als wäre es ihr letzter Tag auf dem Antlitz der Erde.

Eines Abends nahm Nick sie zum Angeln auf einen See nahe Thunder Bay mit. Der See war von Tannen umgeben, und der Mond stand über den Baumwipfeln wie eine große orangefarbene Kugel.

»Diese Szene ist jetzt in meinem Gedächtnis verankert«, meinte Laurie. »Vor Jahren wäre ich nicht so gerührt gewesen, wenn ich einfach den Mond betrachte, aber ich hatte das viele, viele Jahre nicht gesehen, und alles war sehr intensiv.«

Nachdem sie fast zehn Jahre lang allein geschlafen hatte, war Laurie auch froh, daß jemand sie in seinen Armen hielt. Daß jemand sie offen berühren durfte, war etwas, das sie ebenfalls seit Jahren nicht mehr erfahren hatte. Da sie aus dem Gefängnis geflohen war, konnte Laurie sich niemandem außer Nick wirklich öffnen. Sie hatte Angst, ihre Gefühle niederzuschreiben, und sie war einsam.

»Ich schrieb etwas auf und zerriß es sofort wieder und verbrannte es«, sagte Laurie. »Ich vermißte meine Familie und fragte mich ständig, ob es allen gut ging. Es nahm mich sehr mit, Tag für Tag so zu leben.«

Nach ihrer Festnahme konnte Laurie sich wenigstens an die Sonnenuntergänge erinnern, an die hellen Farben des frühen Morgens, an den Geruch von frischem Essen, das auf dem Herd köchelte. Ihre Erinnerungen waren nicht mehr zehn Jahre alt.

Das Gefängnis von Thunder Bay war eines der schlechtesten, in denen Laurie jemals gewesen war. Als Verwahreinrichtung für Kurzzeithäftlinge war das Gefängnis nicht für Frauen eingerichtet. Es war nicht mehr als ein Käfig in einem Raum. Es gab drei Zellen und drei Pritschen und einen Klapptisch, der an die Gitterstäbe geschweißt war. Die Männer durften arbeiten, aber nicht die Frauen. Es gab einen kleinen Fernseher. Die weiblichen Gefangenen mußten um Erholung bitten. Die Männer durften das Gefängnis verlassen und Bingo spielen und im Freien an sportlichen Veranstaltungen teilnehmen. Doch für die Frauen gab es keine geplanten Aktivitäten. Es kostete tagelange Verhandlungen, bis die weiblichen Gefangenen für ein paar Minuten an die frische Luft durften.

Häftlinge durften nicht telefonieren, aber Zigaretten konnte man in der Kantine kaufen. Weil Rauchen im Gefängnis verboten war, versammelten sich die Wächter in der Frauenabteilung, um dort zu rauchen. Post wurde zensiert. Die Wächter zwangen Laurie, in den Briefen alles zu streichen, mit dem sie nicht einverstanden waren.

Während viele Wächter mit Laurie sympathisierten, hatte sie besondere Schwierigkeiten mit zwei jungen männlichen Wächtern, Brian McNeil und Dan Haig. Als Ron Lester einmal zu ihr kam, wandte Haig sich an ihn und fragte: »Wann, zum Teufel, werden wir sie endlich los? Sie ist lästig, und sie kriegt pro Tag vierzig verdammte Briefe, die wir behandeln müssen.«

Laurie wurde bald krank. Das Frauengefängnis war oft voll

von psychiatrischen Patienten, die sich in den Straßen herumtrieben und alle möglichen Krankheiten mit sich herumschleppten. Als sie endlich zu einem Arzt durfte, war sie so krank, daß sie mit Antibiotika vollgepumpt werden mußte.

Die Verantwortlichen des Gefängnisses erlaubten einen Besuch von Lauries Eltern. Bei einem emotionsgeladenen Zusammentreffen umarmten sie einander, weinten und weinten noch mehr. Ihre Mutter war erleichtert, daß ihre Tochter in Sicherheit war und daß sie sie wieder in den Armen halten konnte.

Im November gingen die guten Nachrichten für Laurie weiter. Die kanadische Einwanderungsministerin Barbara McDougall widerrief eine Verfügung, die sie im Vormonat unterschrieben hatte und die Laurie zu einer Gefahr für die kanadische Öffentlichkeit erklärte. Diese Verfügung hatte verhindert, daß Laurie sich um politisches Asyl hatte bewerben können.

Um ihr bei ihrem jüngsten juristischen Kampf zu helfen, setzte sich Ron Lester mit Frank Marrocco in Toronto in Verbindung. Marrocco hatte bei der Abfassung der kanadischen Einwanderungsgesetze mitgeholfen, und man nannte ihn oft den F. Lee Bailey von Kanada. Nachdem er mit Lester gesprochen hatte, war Marrocco einverstanden, bei Lauries Fall mitzuhelfen. Sobald er Lauries juristische Unterlagen durchsah, hing er am Haken. Marrocco erklärte Laurie, wäre ihr Fall vor kanadische Gerichte gekommen, wäre er gar nicht verhandelt worden. Seine professionelle Integrität ließ nicht zu, daß er Lawrencia Bembenek im Stich ließ, eine Frau, die seiner Meinung nach fälschlich eines schrecklichen Verbrechens angeklagt worden war.

Marrocco und Lester arbeiteten sofort daran aufzuzeigen, daß Laurie eine glaubhafte Basis hatte, um sich um Asyl zu bewerben. Sie wollten beweisen, daß Laurie in den Vereinigten Staaten verfolgt worden war.

Marrocco erklärte einem Reporter: »Offenbar hat das Justizsystem der Vereinigten Staaten bei ihr versagt, aber der Teufel soll mich holen, wenn ich danebenstehe und zusehe, wie das kanadische Einwanderungssystem bei ihr versagt. Ich finde, Kanada sollte an dieser Sache nicht teilhaben.«

Robins und Marrocco begannen sofort zusammenzuarbeiten. Als Marrocco Unterlagen von Robins haben wollte, zog Robins die Schubladen seines Aktenschranks heraus, warf sie in den Kofferraum seines Wagens, lieh sich Geld und fuhr nach Kanada.

Lauries Anwälte mußten mehrere Brücken überqueren, bevor sie sich tatsächlich um den Status eines Flüchtlings bewerben konnte. Zuerst mußten sie aufzeigen, daß ihr Antrag berechtigt war. Sie mußten beweisen, daß Laurie Bembenek im Fall ihrer Rückkehr in die Vereinigten Staaten von Amerika weiter verfolgt werden würde. Danach konnten sie weitergehen zu einer Anhörung vor einem Beamten der Einwanderungsbehörde und einem Mitglied der Einwanderungskommission. Wenn diese Beamten bestätigten, daß es eine glaubhafte Grundlage für ihre Befürchtungen gab, dann konnte Laurie an einen weiteren Ausschuß verwiesen werden, der ihr erlauben konnte, in Kanada zu bleiben.

Während ihre Anwälte an der Vorbereitung ihres Falles arbeiteten, wurde Nick in die USA abgeschoben und dort angeklagt, Laurie bei der Flucht aus dem Gefängnis geholfen zu haben. Er wurde auf zehntausend Dollar Kaution entlassen, während er auf seine Verhandlung im September wartete. Doch nach einigen Wochen kehrte er ins Gefängnis zurück, weil es ihm unmöglich war, die Zinsen für die Kaution Monat für Monat zu bezahlen.

Laurie wurde in eine Haftanstalt in der Nähe von Toronto verlegt, damit sie näher am Ort der Anhörungen war und weil Marrocco sie regelmäßig sehen wollte. Die Haftanstalt war moderner, und obwohl es sich um ständig wechselnde Häftlinge handelte, hatte Laurie mehr Privilegien. Sie konnte telefonieren, an einigen Aktivitäten teilnehmen und Besucher zweimal pro Woche je zwanzig Minuten lang empfangen.

Im Februar 1991 reichte Marrocco eine einundneunzigseitige Eingabe bei kanadischen Einwanderungsbeamten ein und zeigte auf, warum Laurie nicht in die Vereinigten Staaten zurückgebracht werden sollte. Die Eingabe umriß den ganzen Fall und konzentrierte sich auf die Indizienbeweise, die zur Verurteilung von Lawrencia Bembenek verwendet worden waren. Marrocco zerpflückte jedes Beweisstück – die Perücke, die Waffe, den grünen Jogginganzug, das Haar und die Zeugenaussagen. Er wollte, daß die Beamten Lauries Verurteilung wegen Mordes nicht einmal in Betracht zogen, wenn sie entschieden, ob Laurie der Status als Flüchtling zuerkannt werden sollte. Marrocco wies auch auf Lauries Aktionen hin, durch die sie hatte aufzeigen wollen, daß in Milwaukee, Wisconsin, männliche Polizisten anders behandelt wurden als weibliche. Er wollte die Männer und Frauen, die über ihr Schicksal entschieden, wissen lassen, daß es mehr als einen Grund gegeben hatte, um sich Laurie Bembeneks zu entledigen.

Während Marrocco Lauries Fall in Kanada vorantrieb, hatte jemand anders ihn in Milwaukee aufgegriffen. Seit Monaten dachte eine Anwältin in Milwaukee, Mary Woeherer, über den Bembenek-Fall nach. Woeherer, eine tiefreligiöse Frau, hatte immer an Lauries Unschuld geglaubt, und sie hatte Laurie in ihre täglichen Gebete eingeschlossen.

Woeherer, zu deren juristischer Erfahrung die Pathologie gehörte, hatte stets gedacht, daß die aus Christine Schultz' Leiche entfernte Kugel gegen eine Kugel aus Fred Schultz' Privatrevolver ausgetauscht worden war. Sie wußte, daß der Schlüssel für den Fall etwas mit Pathologie zu tun haben mußte. Mary Woeherer, die auch am Medical College von Wisconsin in einem Kursus für medizinische Ethik unterrichtete, fühlte, daß sie von einer höheren Macht geleitet wurde, als ihr Kollege in diesem Kursus im Jahr 1991 Dr. Chesley Erwin war. Erwin war der Chefpathologe in Milwaukee gewesen, als Christine Schultz ermordet wurde, und er stimmte mit Woeherers Theorie über die Kugel überein.

Mary Woeherer, eine zierliche Blondine, wurde schnell zu

einer treibenden Kraft in Lauries Streben nach Freiheit. Sie arbeitete eng mit Robins zusammen und fand heraus, daß ihre Theorie über die vertauschten Kugeln korrekt war. Sie erklärte Robins und den Bembeneks, daß sie auf freiwilliger Basis arbeitete. Sie würde keinen Dime nehmen.

Zuerst setzten sich Robins und Woeherer mit Dr. Elaine Samuels, der Stellvertretenden Pathologin, die Christine Schultz' Leiche untersucht hatte, in Verbindung. Elaine Samuels war nicht von ihrer Überzeugung abgewichen, daß mit der Leiche etwas angestellt worden war und daß Laurie Bembenek nicht die Mörderin von Christine Schultz war. Mary Woeherer fand schnell heraus, daß Dr. Samuels auf die aus Christines Leiche entfernte Kugel die Initialen CJS für Christine Jean Schultz geschrieben hatte, und zwar auf die Unterseite. Doch die Kugel, die in dem Prozeß vorgelegt worden war, hatte sechs Initialen gehabt.

»Man konnte erkennen, daß die drei anderen Buchstaben nicht einmal dieselbe Handschrift aufwiesen«, sagte Mary Woeherer während eines Interviews. »Die einen Buchstaben waren mit einem bestimmten Stift geschrieben worden, die anderen mit einem ganz anderen Stift.«

Mary Woeherer verfolgte danach eine andere Idee. Sie wollte Nahaufnahmen von der Schußwunde in Christine Schultz' Rücken sehen und das Loch mit Fred Schultz' Privatrevolver vergleichen, und zwar mit der Mündung. Sie fragte mehrere Experten, ob die Wunde größer sein konnte als die Mündung der Waffe. »Absolut nicht«, versicherten ihr die Experten. »Die Wunde in Christines Leiche konnte nicht größer sein als die Mündung der Waffe, von der das Einschußloch verursacht wurde.«

»Als wir uns die Waffen ansahen und sie mit der Wunde verglichen, waren wir alle erstaunt«, erklärte Mary Woeherer. »Es ist ausgeschlossen, daß Christine Schultz mit dem Privatrevolver getötet wurde.«

Um ihre Theorie zu untermauern, ließ Mary Woeherer ihre beiden Experten detaillierte eidesstattliche Erklärungen über die Größe des Einschußlochs und des Laufs schreiben. Dr. John Hillsdon Smith, Leiter der Gerichtsmedizin am Ministerium des

Zweiten Kronanwalts in Ontario, ein anerkannter Experte für Pathologie, stellte fest, daß der Durchmesser des Privatrevolvers 13,29 Millimeter und der Durchmesser der Wunde 17,21 Millimeter betrug.

Ein anderer bekannter Experte für Pathologie aus den Vereinigten Staaten, Dr. Werner Spitz, untersuchte dieselben Waffen und die Fotos von der Einschußwunde. Auch er war sehr entschieden in seinen Feststellungen. »Die angebliche Mordwaffe, die während des Prozesses gegen Lawrencia Bembenek identifiziert wurde, ist nicht die Waffe, mit der Christine J. Schultz ermordet wurde«, erklärte er Reportern.

Mary Woeherer war noch nicht fertig. Sie wußte, daß Dr. Samuels stets behauptet hatte, als sie die Leiche von Christine Schultz untersuchte, hätte es daran kein blondes Haar gegeben, das angeblich von der aufgefundenen Perücke stammte.

Woeherer erklärte einem Journalisten: »Die Zeugen wurden während des Prozesses abgesondert, und Dr. Samuels, eine der brillantesten Frauen, die ich je kennengelernt habe, wußte während der Verhandlung nicht, daß dieses blonde Haar als Beweis gegen Laurie präsentiert worden war. Sie durfte nie sagen, daß die Beweiskette ihrer Meinung nach gebrochen worden war und daß das Haar in dem bei Christine benutzten Knebel nachträglich untergeschoben wurde.«

Robins und Woeherer erhielten endlich alle Berichte des Kriminallabors, die den Mord betrafen, etwas, das Robins seit fast sieben Jahren versucht hatte. Aus unerfindlichen Gründen stimmten Polizei und Staatsanwaltschaft der Freigabe der Berichte des Kriminallabors zu. Bei dem Durcharbeiten der Unterlagen konnte Mary Woeherer erkennen, daß zahlreiche Dinge die Beweiskette gestört hatten.

Es wäre für jemanden einfach gewesen, ein Haar von einer von Lauries Polizeiuniformen zu entfernen und auf dem Schal zu deponieren. Die Anwältin war sicherer als je zuvor, daß Laurie hereingelegt worden war.

»Diese Sache wird immer erschreckender«, erklärte Mary Woeherer. »Man fragt sich, wie viele Leute noch darin verwickelt sind und wie hoch hinauf die Korruption reicht. Wir sprechen hier über das gesamte Leben eines Menschen. Laurie

Bembenek darf nicht länger im Gefängnis sein. Sie war schon viel zu lange drinnen für etwas, das sie nicht getan hat.«

Bei dem genauen Durcharbeiten der Pathologieberichte erkannte Mary Woeherer auch, daß die Tests, ob Christine vergewaltigt wurde, unschlüssig waren. Das Labor fand Spuren einer Flüssigkeit, die Sperma sein konnte. Robins wußte, daß Christine in den Unterlagen des Kriminallabors als mögliches Sexualopfer geführt wurde, und Woeherers Erkenntnisse unterstützten diese Theorie.

Im April erklärte die Beamtin der kanadischen Einwanderungsbehörde Carmen DeCarlo, daß Lawrencia Bembenek einen glaubhaften Anspruch auf eine Anhörung hatte. Das bedeutete, daß Marrocco mit einer Anhörung weitermachen und jegliche Information vorlegen konnte, die zeigen sollte, warum Laurie in Kanada Asyl gewährt werden sollte. Die Anhörung wurde auf Juni vertagt, damit Marrocco seine Zeugen aufbieten konnte.

Als die Anhörung im Juni fortgesetzt wurde, trat James Morrison, der Anwalt, der einmal mit Laurie gearbeitet und sie bei ihrer Diskriminierungsklage gegen die Polizei von Milwaukee unterstützt hatte, in den Zeugenstand. Morrison, jetzt in einer Privatpraxis in Washington, D. C., erklärte den kanadischen Beamten, Laurie Bembenek wäre eine Schlüsselzeugin in seiner Ermittlung gegen die Stadt Milwaukee gewesen. Als Laurie des Mordes angeklagt wurde, hatte seine Ermittlung gestockt. »Das Herz der Ermittlung war herausgeschnitten worden«, meinte Morrison.

Morrisons Aussage unterstützte Robins' Behauptung, Laurie wäre diskriminiert worden und hätte eine Bedrohung für eine Anzahl von korrupten Polizisten dargestellt.

Als Robins in den Zeugenstand trat, verbrachte er Stunden damit, die Arbeit zu schildern, die er für Laurie in den letzten sieben Jahren getan hatte. Die eidesstattliche Erklärung von Dr. Samuels wurde ebenfalls vorgelegt, und Robins versicherte, die Polizei würde noch immer Beweismittel verbergen. Ein Lügendetektorexperte des kanadischen Justizministeriums, John

McClinton, sagte aus, Laurie habe einen ausgedehnten Lügendetektortest mit fliegenden Fahnen bestanden.

Marroccos Zeugen waren die respektiertesten Experten Kanadas, die bei Hunderten anderer Anhörungen ausgesagt hatten. Als die Anhörung auf August vertagt wurde, dachte Laurie positiver über ihre Chance auf Asyl. Endlich hatte sie ihre Seite der Geschichte erzählen können. Marrocco hatte auch versprochen, darauf zu drängen, sie auf Kaution freizulassen.

Wieder zurück in Milwaukee, arbeitete Robins mit Woeherer daran, die Polizei dazu zu bringen, einen Schlüsselbeweis freizugeben. Robins hatte seit Jahren versucht, von der Polizei ein Fotoalbum zu bekommen, das mit dem Mord zu tun hatte. Das Fotoalbum war angeblich am Tatort sichergestellt worden, und Robins wußte, daß die Polizei davon mehrere Fingerabdrücke genommen hatte.

In einer stürmischen Gerichtssitzung am 28. Juni 1991 befahl Richter William J. Shaughnessy vom Milwaukee County sichtlich zornig der Polizei, das Fotoalbum und alle dazugehörigen Informationen zu übergeben – »Sofort!«

Robins und Woeherer wurden in ein Hinterzimmer geführt und gingen stundenlang die Unterlagen durch. Was sie entdeckten, war schockierend, sogar für sie. Das Fotoalbum, das ihnen vorgelegt wurde, jedoch in den Wochen nach Christines Ermordung geheimgehalten worden war, enthielt Fingerabdrücke von Fred Schultz und von Carl Ruscitti, einem hochrangigen Polizeioffizier und dem Hauptermittler in diesem Mordfall. Das konnte beide Männer mit dem Mord an Christine Schultz in Zusammenhang bringen, und für Robins und Woeherer war es der letzte Beweis für eine Vertuschungsaktion der Polizei.

In dem Album gab es viele Nacktfotos, ebenso ein Bild von einer Polizistenfrau in Uniform und einem Anwalt aus Milwaukee. Doch obwohl der Polizei befohlen worden war, alle Beweismittel zu übergeben, konnte Robins feststellen, daß einige Fotos entfernt worden waren. Es gab noch immer fehlende Beweise. Einige Fingerabdrücke, die als Beweismittel aufgelistet waren, waren ebenfalls verschwunden, und von der Polizei kam dafür keine Erklärung.

Die Polizei hatte erklärt, sie wolle aus Personalgründen das Album nicht übergeben. In dem Album wurden keine Polizisten identifiziert. Robins dachte, entweder waren die Fotos der Polizisten entfernt worden, oder der Anwalt der Stadt hatte einen falschen Grund dafür angeführt, warum das Album nicht übergeben werden sollte. Zu den übergebenen Beweisen gehörte auch ein langer Bericht über eine interne Ermittlung gegen Fred Schultz. Der Bericht enthüllte, daß Fred in zahlreiche illegale Aktivitäten verwickelt gewesen war, und die Polizeiführung hatte erwogen, ihn wegen etlicher Regelverstöße anzuklagen, als sie sich am 10. Dezember 1981 mit ihm traf – dem Tag, an dem er seinen Polizeidienst quittierte.

Die Ermittler der Polizei hatten entdeckt, daß Fred falsche Angaben über seinen Familienstand gemacht, Laurie illegal geheiratet und bei einer Entschädigungsanhörung gelogen hatte, die im September 1981 von der Stelle für Arbeit, Industrie und zwischenmenschliche Beziehungen durchgeführt wurde. Bei dieser Anhörung hatte Fred gesagt, er würde keine Waffe auf dem Weg zur und von der Arbeit tragen, aber Fred Schultz trug doch eine Waffe, weil er Polizist war.

Für Robins bewies das Material in der vormals geheimen Akte seinen Standpunkt. Die Polizei hatte Beweise verborgen.

»Hätte dieses Material Laurie vor ihrem Prozeß zur Verfügung gestanden, hätte es ihr geholfen, sich reinzuwaschen«, erklärte Robins Reportern. »Dies hier beweist, daß Fred Schultz ein Lügner war, aber die Polizeiführung ließ ihn trotzdem vor Gericht aussagen und verhalf ihm zu Immunität, obwohl bekannt war, daß er bereits unter Eid gelogen hatte.«

Robins wußte, daß er irgendwie den Rest der Fotos und Fingerabdrücke bekommen mußte.

»Was verstecken die denn noch?« fragte er Mary Woeherer während einer ihrer spät nachts stattfindenden Besprechungen. »Was wissen wir noch immer nicht?«

Während Laurie wartet

Am Wochenende des 19. Juli 1991 arbeitete Ira B. Robins fast rund um die Uhr an einer detaillierten eidesstattlichen Erklärung, in der er eine John-Doe-Untersuchung erbat. Auf der anderen Seite der Stadt arbeitete Dr. Chesley Erwin an einer anderen eidesstattlichen Erklärung, die Robins' Arbeit unterstützte.

Am 22. Juli brachte Robins seine Dokumente zu Mary Woeherer. Sie hatte bereits Dr. Erwins Erklärungen. Gemeinsam prüften und überarbeiteten sie mehrere Stunden lang die Papiere. Mary Woeherer erstellte einen Brief an Richter William Shaughnessy, in dem sie formell eine Untersuchung darüber verlangte, wie der Mordfall Lawrencia Bembenek behandelt worden war. Sie schrieb dem Richter, daß die eidesstattlichen Erklärungen Informationen darüber enthielten, daß Beweise gefälscht worden waren, daß es eine Verschwörung gegeben hatte und daß die Polizei sich fehlverhalten hatte.

Robins brachte den John-Doe-Antrag eigenhändig in das Büro des Richters.

Am 26. Juli wurde Mary Woeherer verständigt, das Gericht habe Richter William J. Haese vom Milwaukee County mit der Entscheidung beauftragt, ob eine John-Doe-Untersuchung über den Mordprozeß gegen Lawrencia Bembenek in die Wege geleitet werden sollte. Woeherer begann sofort, Richter Haese mit Dokumenten zu versorgen. Woeherer bat auch um einen Sonderankläger und einen Sonderermittler, falls eine John-Doe-Untersuchung gewährt wurde, weil sie glaubte, daß die Staatsanwaltschaft entweder ein Zeuge oder ein Ziel der Untersuchung sein würde.

Ein Leitartikel im *Milwaukee Journal* zur Unterstützung einer John-Doe-Untersuchung erklärte: »Idealerweise sollte eine Untersuchung ein für allemal die Schuld oder Unschuld der Polizei oder von Bembenek feststellen. Jedenfalls stellt eine John-Doe-Untersuchung im Moment die einzige Möglichkeit dar, um die Luft zu klären.«

Als Reporter aus Milwaukee versuchten, sich mit Fred Schultz in Verbindung zu setzen, um einen Kommentar über eine John-Doe-Untersuchung zu erhalten, meldete sich jemand in seiner Wohnung in Florida und sagte, Schultz lebte in Kuwait. Doch mehrere Wochen später sprachen kanadische Reporter mit ihm am Telefon, und er meinte, er würde noch immer über die Kuwait-Erklärung lachen und er wäre nie in Kuwait gewesen.

Die Anhörung über Lauries Asylantrag wurde in der zweiten Augustwoche 1991 fortgesetzt. Als Laurie in den Zeugenstand trat, trug sie das gleiche Kleid, das sie 1982 bei ihrem Mordprozeß getragen hatte. Das Gefängnispersonal erlaubte ihr nicht, Make-up aufzulegen oder ihre Haare für das Verfahren aufzudrehen. Sie wirkte müde und blaß. Als Frank Marrocco sie fragte, ob sie Christine Schultz getötet hatte, sah sie ihm in die Augen und sagte: »Absolut nicht, nein!«

Während ihrer Aussage erzählte sie dem kanadischen Tribunal, das ihren Fall anhörte, daß sie von Polizeioffizieren verbal mißhandelt worden war. Sie wäre durch die Behandlung, die sie in der Polizeiakademie und von Polizeioffizieren während ihrer Ausbildung erhalten hatte, gedemütigt worden. Sie wäre auch überzeugt, wegen ihrer feministischen Ansichten zu drangsalierender Behandlung ausgesucht worden zu sein und weil Polizisten dachten, sie wüßte mehr über ihre illegalen Aktivitäten, als dies tatsächlich der Fall war.

Ihre Anhörung wurde am Ende der Woche vertagt und wieder für die zweite Septemberwoche angesetzt. Doch ein massiver Streik kanadischer Arbeitnehmer verschob die Anhörung auf den 17. Oktober 1991. Ironischerweise waren Laurie und Nick am 17. Oktober 1990 verhaftet worden. Laurie war jetzt seit einem Jahr Gefangene in Kanada.

Als Laurie in die Haftanstalt zurückgebracht wurde, begann sofort eine der Gefangenen, sie zu bedrängen und ihr zu drohen, sie zu töten. »Als diese Frau herausfand, daß ich Polizistin war, stellte sie mich und sagte, sie würde mich mit einem Messer erstechen«, erzählte Laurie einer Freundin aus Wisconsin.

Obwohl Laurie oft Freundschaft mit Wächtern und Mithäftlingen schloß, gab es immer eine Anzahl von Mithäftlingen, die sie haßten, weil sie Polizistin gewesen war, und eine Anzahl von Wächtern, die sie haßten, weil sie eine Gefangene war.

»Ich erklärte, daß ich im Gefängnis bin, weil ich einmal Polizistin war und hereingelegt wurde, aber bei einigen von diesen Leuten spielt es keine Rolle, was man sagt«, erklärte Laurie. »Die können einen hassen, nur weil man Tennisschuhe trägt.«

In Wisconsin wartete Nick Gugliatto, angeklagt, Laurie bei ihrer Flucht aus dem Gefängnis geholfen zu haben, im Gefängnis des Fond du Lac County auf den Beginn seines Prozesses am 4. September. Kurz bevor er ins Gefängnis eingeliefert wurde, ließ Nick eine alte Tätowierung am rechten Oberarm durch das Wort *Lawrencia* ersetzen. Nick feuerte seinen Anwalt nur wenige Wochen vor dem Prozeß, weil der Anwalt ihn zu der Aussage bringen wollte, Laurie hätte die Flucht geplant. Nick weigerte sich, und Robins' Freund, Bob Sosnay, war einverstanden, ihn in der Verhandlung zu vertreten.

Die gesamte Verhandlung dauerte weniger als einen Tag. Mehrere Zeugen sagten, sie hätten Nick in und nahe Fond du Lac an dem Tag gesehen, an dem Laurie floh, aber niemand hatte Nick Gugliatto tatsächlich mit Laurie Bembenek während oder nach der Flucht gesehen. Nick trat nicht in den Zeugenstand, und Sosnay erklärte dem Richter, die einzige Zeugin, die er hätte aufrufen können, Laurie Bembenek, wäre in Kanada und würde vielleicht nie wiederkommen. Laurie und Nick hatten nie öffentlich über Details der Flucht gesprochen.

Die Geschworenen brauchten knapp mehr als eine Stunde, um Nick schuldig zu sprechen, und er wurde in das Gefängnis von Fond du Lac zurückgebracht, um auf seine Verurteilung in der ersten Oktoberwoche 1991 zu warten.

Nach Nicks Schuldspruch erklärte Nicks Vater verbittert jedem Reporter, der es hören wollte, Laurie Bembenek wäre selbst über den Zaun von Taycheedah geklettert. Er meinte, es wäre nicht richtig, daß sein Sohn für schuldig befunden wurde, Laurie bei der Flucht geholfen zu haben.

Laurie war überrascht, als sie von Nicks Verurteilung hörte. Obwohl sie mit ihm korrespondieren konnte, waren Telefonate nicht möglich, weil alle Anrufe aus dem Gefängnis R-Gespräche sein mußten. »Es ist immer schwer, im Gefängnis eine Beziehung aufrechtzuerhalten«, vertraute Laurie einer engen Freundin an. »Meine Beziehung zu Nick ist im Moment hauptsächlich wegen der Entfernung zwischen uns unsicher.«

Lauries Aufenthalt in der Metro Toronto West Haftanstalt nahm am 12. September 1991 eine unerwartete Wende. Laurie arbeitete in einer Hobbyklasse an ihrem letzten Gemälde, als sie von einem Wärter zu ihrem wöchentlichen Hafttermin gerufen wurde. Diese Termine waren vom kanadischen Gesetz vorgeschrieben und sollen den Männern und Frauen hinter Gittern eine Chance geben, ihre Gründe anzuführen, weshalb sie auf Kaution freigelassen werden sollten. Woche für Woche war Laurie mit ihrem Anwalt zu diesem Termin gegangen, aber jedesmal war ihr Antrag auf Kaution abgelehnt worden. Sie dachte, der Termin am 12. September würde genauso verlaufen.

»Ich lebe für meine Malerei, weil sie das einzige ist, was ich hier drinnen tun kann«, sagte Laurie einer Freundin. »Als der Wärter kam, um mich zu holen, wollte ich nicht einmal so schnell gehen. Ich bat ihn, mich bleiben zu lassen, weil ich gerade alle meine Farbtuben geöffnet hatte.«

Aber der Wärter bestand darauf, und Laurie wurde in ein kleines Besprechungszimmer geführt, wo zu ihrer Überraschung ein anderer Beamter der Einwanderungsbehörde den Vorsitz führte. Carmen DeCarlo hatte ihren Fall bearbeitet, aber DeCarlo, Mitglied der Gewerkschaft für den öffentlichen Dienst in Kanada, streikte zusammen mit Hunderten anderer kanadischer Arbeitnehmer. Der neue Beamte erklärte Laurie, er finde, sie sollte sofort auf Kaution freigelassen werden.

»Alles geschah so schnell. Ich saß einen Moment da«, erzählte Laurie einem Journalisten und Freund aus Wisconsin. »Ich saß da, und Tränen liefen mir über das Gesicht, während ich versuchte, dem Mann zu glauben. Er versicherte mir, daß es Wirklichkeit war.«

In einer privaten Unterhaltung mit dem Einwanderungsbeamten klangen die Empfindungen der meisten Kanadier an, als er Laurie erklärte, seiner Meinung nach wäre sie zu Unrecht wegen Mordes verurteilt worden. Sie sollte frei sein. Andere kanadische Einwanderungsbeamte versuchten allerdings, eine Verfügung eines Bundesgerichts zu erwirken, um Laurie im Gefängnis zu halten. Doch ihre kanadischen Anwälte arbeiteten genauso hart daran, sie freizubekommen. Am folgenden Tag, dem 13. September 1991, wurde Laurie Bembenek endlich aus der Haftanstalt entlassen.

»Wegen all der anderen Dinge, die mir zugestoßen waren, wußte ich, daß mich jederzeit irgend etwas aufhalten konnte«, meinte Laurie. »Ich wollte glauben, daß ich außerhalb der Haftanstalt bleiben und zum ersten Mal seit zehn Jahren wirklich frei sein konnte.«

Freigelassen gegen zehntausend Dollar Kaution und unter der Auflage, sich täglich bei der Einwanderungsbehörde zu melden, wurde Laurie von ihren Anwälten in einem Wagen von der Haftanstalt weggebracht. Frank Marrocco hatte dafür gesorgt, daß Laurie in einem Übergangsheim im Zentrum von Toronto untergebracht wurde, das von der Elizabeth Fry Society geführt wurde, einer karitativen Gruppe, die sich um Frauen kümmerte, die mit der Strafgerichtsbarkeit zu tun hatten. In Milwaukee bestiegen Lauries Eltern rasch ein Flugzeug nach Toronto.

Laurie verbrachte ihre ersten Stunden in Freiheit mit ihren Anwälten, die wußten, daß sie Wunder vollbringen mußten, um sie aus dem Gefängnis herauszuhalten. In dem Übergangsheim erreichte sie die Nachricht, daß die Behörden von Fond du Lac ein Auslieferungsbegehren anstrebten, damit Laurie sofort nach Fond du Lac zurückgeschickt wurde.

»Ich war erschöpft, weil ich in der Nacht davor zu aufgeregt war, um zu schlafen«, erzählte Laurie einer Freundin. »Ich aß ein kleines Stück Pizza und traf mich dann mit meinen Eltern für ein paar Stunden, bevor ich einschlief.«

Am nächsten Morgen um sechs Uhr war Laurie fertig angezogen für ein neues Zusammentreffen mit ihren Anwälten. Am frühen Nachmittag war sie wieder im Gefängnis. Ein Bundesankläger, der für Wisconsin auftrat, hatte erfolgreich einen neuen Haftbefehl für Laurie beantragt, und die Royal Canadian Mounted Police brachte sie schnell und unauffällig in die Haftanstalt zurück.

»Ich schaffte es, einen Twinkie zu essen, und das war es dann«, sagte Laurie, als sie wieder in ihrer Zelle war. »Für mich ist das wie mentale Folter. Im einen Moment bin ich frei, im nächsten bin ich es nicht. Jetzt ist mir nur noch die Hoffnung geblieben, daß die Wahrheit herauskommt und ich freigelassen werde – für immer.«

Ein Auslieferungsverfahren wurde für November angesetzt, und Beamte der Einwanderungsbehörde erklärten Laurie, ihre Anhörung wegen Gewährung von Asyl würde am 17. Oktober fortgesetzt werden, wie geplant.

Am 4. Oktober 1991 wurde Nick zu einem Jahr Gefängnis und zur Zahlung der Auslieferungskosten von zweitausendfünfhundert Dollar verurteilt. Als Nick vor dem Richter stand, sagte er: »Gott ist mein Zeuge, aber wenn Lawrencia Bembenek jetzt hier hereinkäme und mich bitten würde, ihr bei der Flucht zu helfen, würde ich nein sagen.«

Nick behauptete, Laurie noch immer zu lieben, aber er sagte, er habe keine Ahnung gehabt, daß so viele Menschen, einschließlich seiner eigenen Familie, durch Lawrencias Flucht aus dem Gefängnis und sein plötzliches Verschwinden betroffen wurden.

In Kanada war Laurie trotz ihrer gespannten Beziehung froh, daß Nick ein mildes Urteil erhalten hatte. Er hätte bis zu zehntausend Dollar und fünf Jahren Gefängnis verurteilt werden können. »Ohne Nick hätte ich es vielleicht nicht nach Kanada geschafft, und dann hätte ich nicht diese Chance«, erzählte sie einer engen Freundin. »Jetzt kann ich nur noch tun, was ich seit dem Tag getan habe, an dem ich für ein Verbrechen verhaftet wurde, das ich nicht begangen habe. Ich kann nur warten und hoffen.«

Am 11. Oktober verkündete Richter William J. Haese des

Milwaukee County, daß er eine Entscheidung getroffen hatte über einen Antrag zur Abhaltung einer John-Doe-Untersuchung über die Behandlung des Mordfalls Christine Schultz. Haese sagte, er würde am kommenden Montag in seinem Gerichtssaal eine formelle Erklärung abgeben.

Robins, Woeherer und zwei Freunde und Sympathisanten von Laurie saßen am 14. Oktober um 8 Uhr 45 in Haeses Gerichtssaal und warteten auf die Entscheidung des Richters. Der Raum war gerammelt voll mit Fernsehreportern und ihren Kameraleuten. Lauries Eltern hatten entschieden, nicht dabei zu sein, weil sie sich davor fürchteten, wie sie vor den Kameras reagieren könnten, sollte die Entscheidung gegen die Untersuchung ausfallen. »Noch ein Rückschlag könnte zu schwer zu verkraften sein«, erklärte Lauries Mutter einem Journalisten.

Als Haese zu sprechen begann, schien jeder im Gerichtssaal den Atem anzuhalten. Der Richter hatte niemandem verraten, wie seine Entscheidung ausfallen würde. Er hatte beschlossen, die John-Doe-Untersuchung anzuordnen. Robins und Woeherer ergriffen einander an den Händen und kämpften die Tränen zurück, als sie Haeses Entscheidung hörten. Auf der anderen Seite des Gerichtssaals saß der Stellvertretende Staatsanwalt Bob Donohoo still und mit gesenktem Kopf da.

Haese führte aus, Robins und Chesley Erwin, der ehemalige Gerichtsmediziner des Milwaukee County, wären die Männer, die diese Untersuchung verlangten. »Fragen wurden gestellt und Behauptungen aufgestellt über die Handhabung von Beweismitteln und die Anklage und Verurteilung von Lawrencia Bembenek«, erläuterte Haese den Anwesenden. »Eine John-Doe-Untersuchung wird die Klageführenden und andere, die irgend etwas wissen, befähigen, sich zu melden und jeglichen Beweis vorzubringen, damit entschieden werden kann, ob es tatsächlich einen Beweis gibt, der ausreicht, um ein Strafverfahren einzuleiten.«

Haese bestimmte dann einen Anwalt aus dem Gebiet von Milwaukee, E. Campin Kersten, neunundfünfzig Jahre alt, zum Leiter der Ermittlungen. Er sagte, eine normale John-Doe-Untersuchung würde von der Staatsanwaltschaft durchgeführt werden, aber da gegen diese ermittelt werden sollte, wäre ein Sonderankläger nötig.

Kersten, ein grauhaariger Mann mit ruhiger Sprechweise, betonte, Haese würde letztlich entscheiden, ob Strafanträge aufgrund seiner Ermittlungen eingebracht würden.

»Dies ist keine Untersuchung über Schuld oder Unschuld von Lawrencia Bembenek«, meinte Kersten. »Wir werden feststellen, ob es kriminelle Aktivitäten während der Morduntersuchung gab, die zu ihrer Verurteilung führten.«

Laut Kerstens Aussage würde Laurie Bembeneks Verurteilung wegen Mordes höchstwahrscheinlich davon betroffen sein, sollten kriminelle Machenschaften aufgedeckt werden.

Haese ordnete ferner an, daß die Ermittlungen geheim geführt würden. Manche Zeugen könnten sonst zögern, sich zu melden, falls sie wußten, daß ihre Aussagen veröffentlicht werden konnten. Nach den Richtlinien einer John-Doe-Untersuchung besaß Kersten die Macht und Autorität, Zeugen vorzuladen und jegliche Information zu sichern, die er brauchte.

Kersten führte aus, er wolle rasch vorgehen, fügte jedoch hinzu, daß es dennoch mehrere Monate dauern würde, um Material, Gerichtsprotokolle und Berichte durchzuarbeiten. Er sagte, es würde bis weit ins Jahr 1992 hinein dauern, bis er seine Arbeit abschließen konnte.

Robins war begeistert. Alles, was er sich je gewünscht hatte, war jemand, der nicht mit dem Fall in Verbindung stand und der in dieser Sache ermittelte. Er äußerte Reportern gegenüber, er wäre »sehr zuversichtlich«, daß die Untersuchung beweisen würde, daß es kriminelle Machenschaften im Zusammenhang mit der Morduntersuchung gegeben hatte.

Als Laurie hörte, daß die John-Doe-Untersuchung gewährt worden war, dämpfte sie ihre Gefühle mit ihren Erfahrungen in Milwaukee während der letzten zehn Jahre. »Nach all diesen Jahren fällt es schwer, an etwas Positives zu glauben«, sagte sie einer Freundin während eines Telefongesprächs. »Ich möchte glauben, daß es gut ist und daß endlich der Gerechtigkeit Genüge getan wird, aber so zu denken, fällt nach all diesen Jahren schwer.«

Knapp zwei Wochen später entdeckten Robins und Woeherer

einen weiteren Bericht der Abteilung für interne Angelegenheiten der Polizei von Milwaukee in einem Stapel von Polizeidokumenten, geschrieben am 19. November 1981.

In diesem Bericht vom November 1981 informierten Ermittler der Polizei Kenneth Hagopian, den damaligen Inspektor der Detectives, sie hätten Beweise, daß Elfred Schultz mehrere Straftaten begangen hatte. Zu diesen Straftaten gehörten der Verstoß gegen eine gerichtliche Anordnung, nicht innerhalb von sechs Monaten nach seiner Scheidung zu heiraten, Meineid während einer Anhörung der Stelle für Arbeit, Industrie und zwischenmenschliche Beziehungen sowie die Teilnahme an den Tracks-Partys.

Laut diesen Berichten baten zwei Detektive, Lieutenant Craig Hastings und Lieutenant James Kelly, den Staatsanwalt E. Michael McCann, Schultz wegen Meineids oder eines ähnlichen Delikts anzuklagen. McCanns Antwort laut Polizeibericht lautete: »Wollt ihr Bembenek, oder wollt ihr Schultz?« McCann wies die Detektive an, eine weitere Verabredung zu treffen, wenn sie noch einmal über die Beschuldigungen sprechen wollten.

Nach der Freigabe der Polizeiakten erklärte Robins öffentlich, daß die Informationen über Schultz an Lauries Anwälte hätten übergeben werden müssen, bevor der Fall zur Verhandlung kam. Er sagte, diese Informationen hätten eine drastische Auswirkung auf den Ausgang des Prozesses haben können.

Zur selben Zeit, zu der Lauries Team in Wisconsin die Berichte der internen Ermittlungen der Polizei von Milwaukee aufdeckte, erhoben ihre kanadischen Anwälte die Beschuldigung, Donohoo würde Lauries Asylantrag ›aktiv unterminieren‹. Lauries Anwälte erklärten in ihren Gerichtsdokumenten, Donohoo würde Beamten der Einwanderungsbehörde Material zukommen lassen, obwohl er stummer Beobachter sein sollte.

Diese Beschuldigungen waren Teil eines Schriftstücks nach ›habeas corpus‹, eingereicht zu Lauries Gunsten. Ein solches Schriftstück soll einen Menschen gegen illegale Inhaftierung schützen, und Lauries Anwälte wußten, daß sie durch die Einreichung dieses Schriftstücks die kanadischen Behörden, die daran arbeiteten, sie in das Gefängnis in Wisconsin zurückzuschicken, zwangen zu beweisen, daß sie tatsächlich ein Verbrechen begangen hatte. Es war ihnen auch klar, daß dies eine nicht zu lösende Aufgabe war.

Die Wochen des Oktobers und Novembers waren angefüllt mit einer verschobenen Einwanderungs- und Auslieferungsanhörung nach der anderen. Laurie erzählte Freunden und Angehörigen, es käme ihr so vor, als wäre sie Teil eines ›Zirkus‹. Sie verbrachte Stunden in Verwahrzellen und wartete auf Gerichtsvertagungen, damit ihre Anwälte ihren Fall besser vorbereiten konnten.

Am 10. November nahm in Milwaukee die Ermittlung im Mordfall Schultz eine dramatische und bizarre Wendung, als Frederick Horenberger, vierzig Jahre alt, sich nach einem bewaffneten Raubüberfall erschoß. Horenberger, in Robins' Augen ein Hauptverdächtiger des Mordes, raubte an einem frühen Samstagmorgen eine Bäckerei in der Nähe des Bembenek-Hauses auf der South Side von Milwaukee aus. Horenberger und ein Komplize wurden von der Polizei von der Bäckerei aus verfolgt. Die beiden Verdächtigen verließen den Lastwagen, den sie fuhren, und liefen in ein Wohngebiet. Horenberger erzwang sich Zugang zu einem Haus im 4000er-Block auf der 2. Straße und hielt mehrere Stunden lang mit gezückter Waffe ein altes Ehepaar als Geiseln, bevor er in den Keller des Hauses hinunterstieg und sich in den Kopf schoß.

Horenberger war im Dezember 1990 aus dem Gefängnis entlassen worden, nachdem er eine zehnjährige Strafe dafür abgesessen hatte, daß er Judy Zess wenige Wochen nach dem Mord an Christine Schultz beraubt und zusammengeschlagen hatte. Obwohl Horenberger leugnete, in den Schultz-Mord verwickelt zu sein, behauptete Robins, es wäre nur eine Frage der Zeit, bis er genug Informationen zusammengetragen hätte, um Horenberger mit dem Verbrechen in Verbindung zu bringen.

»Horenberger wußte, daß er ein Ziel der John-Doe-Untersuchung sein würde, und er wußte auch, daß er für lange, lange Zeit wieder im Gefängnis landen konnte«, erklärte Robins, als er von Horenbergers Tod erfuhr. »Es gibt sehr viele Leute, die jetzt bereit sein werden, über den Mord zu sprechen, weil sie wissen, daß Horenberger ihnen nichts mehr antun kann.«

Robins versicherte, er habe zahlreiche Informanten, die Horenberger mit dem Mord an Christine Schultz in Verbindung bringen könnten. Er habe jahrelang daran gearbeitet, diese Leute zu einer Aussage zu bringen, und einige von ihnen hatten angeblich auch behauptet, Horenberger habe den Mord an Christine Schultz gestanden.

»Die Polizei betrachtete Horenberger von Anfang an als Verdächtigen in dem Schultz-Mord, aber sämtliche polizeilichen Unterlagen, die darauf abzielten, wurden uns nie übergeben«, sagte Robins. »Ich weiß, daß die Polizei ihn als Verdächtigen betrachtete, aber irgendwie verschwanden diese Berichte.«

Als Laurie von Horenbergers Tod erfuhr, war ihre Reaktion ähnlich wie die von Robins. Sie sagte, auch wenn er nicht Ziel der John-Doe-Untersuchung sein konnte, würden sich jetzt eher andere Leute melden, die Informationen über seine Verstrickung hatten.

Für Laurie Bembenek war das Leben nichts weiter geworden als ein Wartespiel. Während der juristische Hickhack in Kanada und Wisconsin weiterging, blieb Laurie in der Metro West Haftanstalt eingeschlossen und verbrachte ihre Nächte und Tage damit, auf den Moment zu warten, in dem sie das Gefängnis als freier Mensch verlassen konnte.

Nach zehn Jahren Inhaftierung war Warten etwas geworden, das sie nur allzugut konnte.

ENDE

Nachwort über den Fortgang des Falles Bambi bis zum 11.9.1992

Im August 1992 begann Laurie Bembenek sich zu fragen, ob die John-Doe-Untersuchung wohl jemals zu einem Abschluß käme. Das hermetische Schweigen, das diese Untersuchung umgab, war bisher noch nicht durchbrochen worden: Selbst die hartgesottensten Reporter und Detektive sahen sich außerstande, herauszufinden, wie weit die Nachforschungen gediehen waren.

Als der High Court Richter William J. Haese ankündigte, daß die Ergebnisse der John-Doe-Untersuchung am 20. August um 8 Uhr 30 in einer Pressekonferenz der Öffentlichkeit bekanntgegeben würden, faßte Laurie neue Hoffnung. Sie wußte, daß die Männer, die die bisherigen Ermittlungen zum Christine-Schultz-Mordfall kritisch geprüft hatten, immerhin zehn Monate darauf verwandt hatten, die Wahrheit herauszufinden.

Dutzende von Reportern belagerten den Gerichtssaal von Richter Haese. Allein die Freunde und Sympathisanten von Laurie Bembenek füllten schon die Hälfte des großen, mit Marmor verzierten Raums; Sheldon Zenner, Lauries Anwalt, saß dicht neben dem Richter, die Arme fest vor der Brust verschränkt.

Die Spannung stieg mit jedem Augenblick. Der Richter las eine Stunde lang ein Zweiunddreißig-Seiten-Dokument vor. Die Neuigkeiten, die er vorzutragen hatte, waren zum Teil enttäuschend, zum Teil beruhigend oder beschwichtigend.

»Es gibt keinen triftigen Grund, anzunehmen, daß irgendeiner der mit diesem Fall befaßten Juristen in eine Verschwörung verwickelt gewesen sei, die darauf abgezielt hätte, Lawrencia Bembenek hinter Gitter zu bringen«, las der Richter vor. »Die Verurteilung von Lawrencia Bembenek ist nicht das Ergebnis einer kriminell geartetnen Vorgehensweise«.

Haese räumte ein, daß das erste Verfahren ›schwerwiegende Schnitzer‹ aufweise und daß der Polizei von Milwaukee ›bedeutende Fehler‹ bei den Ermittlungen unterlaufen seien.

Zu diesen von Haese herausgestrichenen Fehlern gehörte auch das Versäumnis, den Revolver sicherzustellen, über den Fred Schultz außerdienstlich verfügte; ferner das Versäumnis, im Zuge der Autopsie die tödliche Wunde genauestens zu untersuchen und die Kugel sicherzustellen; das Versäumnis des Kriminallabors, den Halstuchknebel genau zu untersuchen und das Ergebnis festzuhalten, bevor man dieses Halstuch wieder dem Polizeirevier überließ; schließlich noch das Versäumnis der Polizei, den Erhalt eines Albums mit Fotografien zu dokumentieren und sich Klarheit über die wechselnden Besitzer dieses Albums zu verschaffen.

Jeder der Anwesenden interpretierte diese Ausführungen auf seine Art. Die Vertreter der Anklage fühlten sich von allen Verdächtigungen entlastet und beteuerten, daß dem Recht Geltung verschafft worden sei. Lauries Anwalt vertrat einen entgegengesetzten Standpunkt: Diese Ausführung hätten gezeigt, wie problematisch die Ermittlung gelaufen sei. Zenner kündigte an, er würde die Resultate der John-Doe-Untersuchung in seinen Antrag für ein neues Gerichtsverfahren einarbeiten. »Und ich hoffe sehr, daß wir dieses neue Verfahren auch bekommen werden.«

Die John-Doe-Untersuchung betonte, daß die wenigen Beweisstücke, die zur Überführung von Laurie Bembenek angeführt wurden – die Schußwaffe, die Kugel und der Knebel –, nun in ihrer Beweiskraft in Frage gestellt seien. Wenn die Anklagevertretung nicht schlüssig darstellen konnten, wo diese Beweisstücke sich wann befunden hatten, wie sollte sie dann ihre Verbindung mit Laurie Bembenek aufzeigen?

Diese Frage wird von einem anderen Richter in einem anderem Gerichtssaal beantwortet werden. Hease betonte, daß er die offenen Punkte hier nicht lösen könne.

Laurie wurden die Resultate der John-Doe-Untersuchung durch Mike Armitage übermittelt, einem Privatdetektiv, der für Zenner arbeitete. Er sagte, Laurie sei etwas enttäuscht über die Bemerkungen des Richters, was den Verdacht einer Verschwörung zu ihren Ungunsten anging, aber die übrigen Punkte seiner Verlautbarung würde ihr Mut machen. »Sie hofft sehr darauf, daß wir einen Antrag für ein neues Verfahren einreichen«, meinte Armitage. »Und sie gibt nicht auf.«

Zenner betonte, der Antrag für ein neues Verfahren müsse perfekt ausgearbeitet werden, er rechnet damit, daß der Antrag im Oktober eingereicht wird. Und wenn dieser neue Antrag vorliegt, dann wird ein neuer Richter zu entscheiden haben, ob Laurie Bembenek ein neues Verfahren verdient oder nicht.

Während Zenner und sein aus fünf Anwälten bestehendes Team an dem neuen Gesuch arbeiten, sitzt Laurie in Taycheedah in Einzelhaft. Immer noch hofft sie, daß die Justiz sie endlich freilassen wird. Daß sie endlich aus diesem schrecklichen Alptraum erwachen wird.

Zweites Nachwort

Und tatsächlich hat Laurie nicht vergeblich gehofft.

Am 9. Dezember 1992 schickte der AP-Pressedienst die Meldung in die Welt hinaus, daß Lawrencia Bembenek endlich auf freiem Fuß sei. Nachdem sie elf Jahre versucht hatte, nachzuweisen, daß ihre Verurteilung das Resultat einer polizeilichen Verschwörung gewesen sei, reduzierte der Richter ihre lebenslängliche Haft zu zwanzig Jahren.

In der Pressemeldung heißt es: »Mrs. Bembenek ging mit den Anklagevertretern eine Abmachung ein: Sie verzichtet darauf, das 1981 verhängte Urteil anzufechten, wonach sie die Ex-Frau ihres Ehemannes umgebracht haben soll. Der Richter reduziert dafür die Haftstrafe und entläßt sie in Anbetracht der Zeit, die sie schon im Gefängnis verbracht hat, in die Freiheit.

Laurie Bembenek, auch als Bambi bekannt, verzichtet auch auf ihr Recht, den Fall vor einen höheren Gerichtshof zu bringen. Ihr Anwalt, Sheldon T. Zenner, hatte in dieser Woche einen Antrag auf ein neues Verfahren eingereicht.

Die vierunddreißig Jahre alte Laurie Bembenek ist inzwischen bei weiten Teilen der Bevölkerung zu einer Volksheldin geworden. Sie hatte sich als Opfer einer polizeilichen Verschwörung gesehen und war aus dem Gefängnis geflohen, bis sie in Kanada wieder gefaßt wurde.

Staatsanwalt Robert Donohoo erklärte heute, er und seine Mitarbeiter seien nach wie vor der Schuld Laurie Bembeneks überzeugt. Er räumte aber ein, daß es schwer geworden sei, eine neuerliche Verurteilung zu erreichen, weil einige Zeugen inzwischen verstorben seien. Und bei einigen weiteren Zeugen seien die Erinnerungen inzwischen verblaßt.« (AP, 9.12.92)

Das mag wohl richtig sein, aber man kann sich denken, daß Lauries Erinnerungen an diesen Fall wohl nie verblassen werden.

ENDE

Band 13 423

Eileen Franklin
William Wright

Die Sünden des Vaters

Deutsche Erstveröffentlichung

›Ich sah die Silhouette meines Vaters, die Sonne stand hinter ihm. Er hatte die Hände hoch über seinem Kopf erhoben und hielt einen großen Stein fest.‹ Mit diesen Worten klagt die achtundzwanzigjährige Eileen Franklin ihren Vater an: Er soll Eileens beste Freundin umgebracht haben. Allerdings liegt dieses Verbrechen schon über zwanzig Jahre zurück. Kann Eileen Franklin, die in San Francisco lebte und später in die Schweiz umsiedelte, nach so langer Zeit noch ihrer Erinnerung trauen? Warum, so fragt sich nicht nur die Polizei, hat sie die schreckliche Tat ihres Vaters so lange verdrängt? Fragen, die um so schwerer wiegen, als Eileen Franklin, die selbst zwei Kinder hat, bald immer schrecklichere Einzelheiten aus den Tiefen ihres Unterbewußten zutage fördert.

BASTEI LÜBBE

Sie erhalten diesen Band im Buchhandel, bei Ihrem Zeitschriftenhändler sowie im Bahnhofsbuchhandel.

Band 13 433

Dena Kleimann

Warum habt ihr alle geschwiegen

Deutsche Erstveröffentlichung

Die kleine Stadt ist geschockt: Brutal wird James Pierson vor dem eigenen Haus erschossen, ein braver, unauffälliger Familienvater, den alle mochten.
Dann kommt die Wahrheit ans Licht, und die ganze Stadt ist erschüttert – es war Vatermord. Die sechzehnjährige Cheryl Pierson hatte einen Schulfreund angeworben, um dafür zu sorgen, daß ihr Vater sie nie mehr belästigen konnte. Denn James Pierson hatte seine Tochter mißbraucht, seit sie elf Jahre alt war ...

Ohne Partei zu ergreifen, zeichnet die preisgekrönte New-York-Times-Reporterin DENA KLEIMAN ein behutsames Bild des Opfers, das zur Täterin wurde. Sie zeigt zugleich plastisch, welche Atmosphäre erst möglich macht, daß solche Tragödien geschehen. Denn wie in vielen ähnlichen Fällen gab es früh Indizien für das Undenkbare, das dort geschah. Doch da es um eines der letzten Tabuthemen unserer Gesellschaft ging, haben alle geschwiegen.

BASTEI LÜBBE

Sie erhalten diesen Band im Buchhandel, bei Ihrem Zeitschriftenhändler sowie im Bahnhofsbuchhandel.